GALLICA 2

La voix des brumes

Du même auteur
aux Éditions J'ai lu

La Moira :
1 - La louve et l'enfant, *J'ai lu* 6757
2 - La guerre des loups, *J'ai lu* 6935
3 - La nuit de la louve, *J'ai lu* 7331

Gallica :
1 - Le louvetier, *J'ai lu* 8542

Le testament des siècles, *J'ai lu* 8251
Le syndrome Copernic, *à paraître*

HENRI LŒVENBRUCK

GALLICA 2

La voix des brumes

J'AI LU

Aux Compagnons du Devoir.

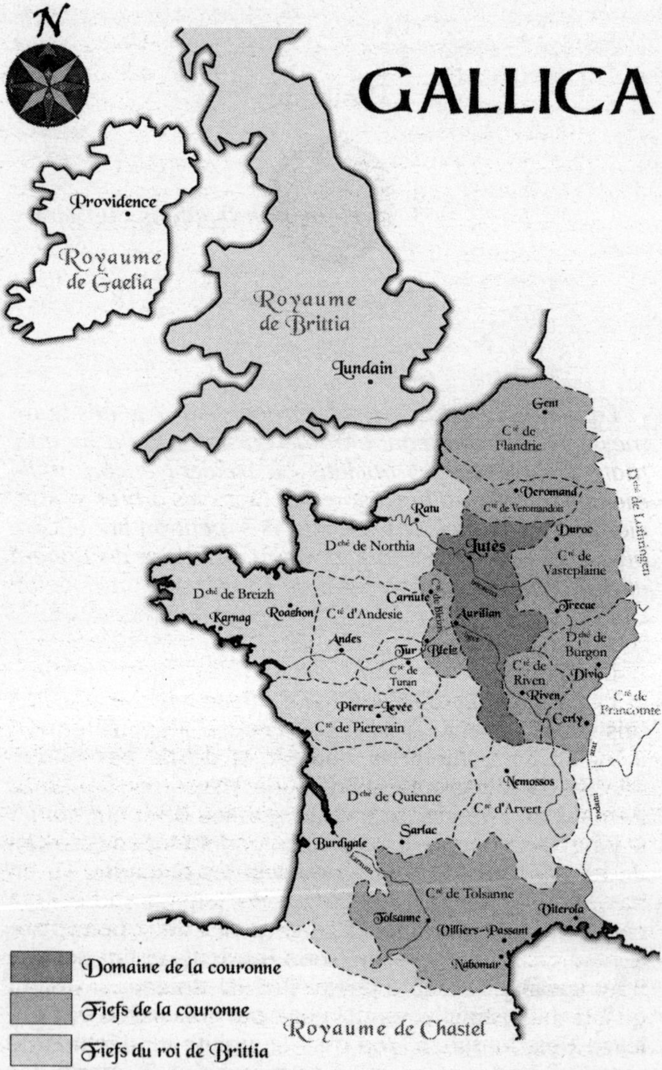
GALLICA
N
Providence
Royaume de Gaelia
Royaume de Brittia
Lundain
Gent
Cté de Flandrie
Veromand
Cté de Veromandois
Dché de Lothringen
Ratu
Dché de Northia
Lutès
Duroc
Cté de Vasteplaine
Dché de Breizh
Carnute
Cté de Bleiz
Roazhon
Cté d'Andesie
Aurilian
Trecae
Karnag
Andes
Tur
Bleiz
Dché de Burgon
Cté de Turan
Cté de Riven
Divio
Riven
Cté de Francomte
Pierre-Levée
Cté de Pierevain
Cerly
Nemossos
Dché de Quienne
Cté d'Arvert
Sarlac
Burdigale
Cté de Tolsanne
Tolsanne
Viterola
Villiers-Passant
Nabomar
Domaine de la couronne
Fiefs de la couronne
Fiefs du roi de Brittia
Royaume de Chastel

Prologue

LES BONS HOMMES

La mémoire de la terre est étrangère à celle des hommes. On croit tout connaître de l'histoire et du monde, mais il est des âges anciens où vivaient encore mille merveilles aujourd'hui disparues. Seuls les arbres se souviennent, et le ciel, et le vent... Ainsi peut-on lire encore aujourd'hui, gravée dans la pierre, l'histoire de Bohem et des Brumes, sur une terre de légende qu'on appelait Gallica.

Les siens.

La flèche était entrée dans son flanc gauche et s'était brisée à l'intérieur. La mâchoire crispée, les yeux fermés, il tentait de contenir la douleur et de ne pas hurler. Allongé dans le grenier d'une petite maison en flammes, Bernard de Laroche sentait les gouttes de sueur couler le long de sa tempe. Il inspira profondément en essayant de ne pas faire de bruit. Il pouvait les entendre, là, en bas, si près de lui. Le fracas de leurs armures qui cognaient à chaque pas. Il referma ses deux poings sur le bout cassé de la flèche, serra les dents et tira dessus. Il fut aussitôt secoué d'un spasme de douleur si violent qu'il lâcha instinctivement la hampe. Impossible de l'enlever. Cela lui faisait trop mal. La pointe lui déchirait le ventre. Il porta les mains à sa bouche et se mordit les doigts pour détourner sa souffrance. Il pleurait, comme un enfant. Les sanglots nouaient sa gorge, jusqu'à lui faire mal. Mais ce n'était pas la douleur physique qui lui arrachait ces larmes de vie.

Combien de temps allait-il pouvoir rester ici ? Il faisait si chaud ! Il tourna lentement la tête. De la fumée sortait d'entre les lattes du plancher. Le grenier tout entier n'allait pas tarder à brûler lui aussi, et à s'écrouler sans doute. Dans la rue, on entendait les ordres d'un officier, le crépitement des flammes et le cri des autres habitants qui se faisaient massacrer... Les siens.

Les siens. Sa femme et son fils. Une partie de lui-même. La plus belle partie de lui-même : le sens de sa vie. Ce lien si particulier, si fort, dont il n'avait jamais imaginé la puissance jusqu'à la naissance de son fils. Ce jour où il avait tenu la main de sa femme, ce jour où d'autres larmes avaient envahi ses yeux. Et à présent, ils n'étaient plus.

Il n'avait pas pu les sauver. Ils étaient morts sous ses yeux. Leurs deux vies volées, éteintes, là, en un instant. Un instant qui durerait tout le reste de sa vie. Parce qu'elle s'arrêterait là. Ce qui lui restait à vivre, ce n'était plus la vie. À peine des battements de cœur, des paupières qui clignent, des paroles qui se succéderaient mais qu'il n'entendrait plus. Il voulait bien mourir, à présent, lui aussi. Mais pas des mains de ceux qui avaient tué son épouse et leur enfant. Non. À ceux-là, il devait survivre. Que sa haine et son mépris pour eux se traduisent par ce dernier affront : refuser de mourir à leurs pieds. Se battre, non, mais refuser de mourir.

Il devait s'enfuir.

Il se tourna sur le côté droit, ramena ses genoux vers sa poitrine et essaya de se redresser. Chaque mouvement lui faisait atrocement mal, mais il n'avait pas le choix. S'il restait ici, il allait mourir brûlé ou écrasé dans les décombres. Il posa une main sur le mur de pierre à côté de lui, planta ses ongles dans les interstices et parvint enfin à se lever. Il baissa les yeux. Le sang avait coulé abondamment sur ses vêtements et sur le sol. Il souffla, reprit sa respiration puis fit quelques pas vers la petite lucarne qui donnait sur la rue principale. Il se recula aussitôt. Ils étaient encore là, juste en dessous. Il avait tout juste eu le temps de voir leurs uniformes. Et les cadavres à leurs pieds, éparpillés sur la chaussée.

Le feu ne purifie pas. Non. Il tue. Il a tué les miens. Nous sommes comme des Brumes sacrifiées par un prêtre sur le bûcher du village. Nous sommes comme des Brumes. Nous mourons les uns après les autres. Et bientôt, nous aurons complètement disparu. Nos voix auront disparu. Et comme elles nous ne pouvons rien faire. Pas même survivre. Mais je dois essayer. Essayer de sortir vivant de cet enfer, et aller raconter. Dire au monde comment tu es morte. Comment notre enfant est mort. Et pourquoi. Pourquoi ?

Bernard de Laroche comprit que plus il attendait, plus ses chances de s'en sortir s'amenuisaient. Quand il aperçut les premières flammes de l'autre côté du grenier, il fit volte-face et partit vers le mur opposé. Il y avait là une ouverture, par laquelle on faisait monter les vivres. En bas, une ruelle déserte. Il s'assit sur le rebord, rassembla ses dernières forces et se laissa tomber dans le vide.

*
* *

C'était aux derniers jours de l'été 1154, après la fin des moissons.

Ils étaient entrés dans la ville fortifiée de Nabomar au petit matin, quelques instants avant que le soleil n'éclaire d'une seule grâce les hauts remparts orangés. Les flammes des torches, au bout de leurs bras, avaient frôlé la chaussée de terre ; ils avaient traversé la ville au pas de course, les uns derrière les autres, comme une colonie d'insectes remonte la fourmilière. Leurs capes blanches avaient claqué dans le vent de l'aurore. Puis tout s'était tu, un bref instant. Le silence pesant qui sépare l'éclair de l'orage. Debout, ils avaient attendu en cercle tout autour du quartier de la tour du Nord. Les flammes crépitaient au bout de leurs flambeaux, grondaient à chaque sursaut de la tramontane. Mais leurs mains ne tremblaient pas.

Il avait suffi d'un regard, et la cité s'était embrasée. À

l'instant précis où les premiers rayons du soleil avaient allumé la grande ville de pierre.

Ils avaient d'abord mis le feu à la haute tour du Nord. Puis les flammes avaient gagné les maisons avoisinantes, sans distinction. Quand les premiers hurlements retentirent, l'incendie avait déjà atteint le sommet de la tour et l'on vit des hommes et des femmes se jeter dans le vide.

Encerclant le secteur, ils les avaient empêchés de sortir, coupant la tête de certains qui s'enfuyaient, renvoyant les autres vers les flammes. Les épées s'étaient abattues sans pitié, réfléchissant la lumière jaune de l'immense incendie avant de trancher les membres dans de grandes gerbes de sang. Quelques flèches avaient volé puis disparu dans la fumée noire. La tuerie ne faisait que commencer.

Avant le milieu de la journée, le quartier tout entier n'était plus qu'un charnier couvert de ruines. L'odeur infâme des corps brûlés empestait déjà l'air de la ville et la fumée dans les ruelles cachait la couleur du ciel. On ne pouvait dire s'il faisait encore jour. Les derniers murs de pierre, toujours debout au milieu des vapeurs, se drapaient du noir endeuillé de la suie. On voyait poindre ici et là, émergeant des tas de cendres, la peau calcinée des cadavres ; un bras, une jambe, une main tendue, comme suppliante.

Quelques survivants incrédules sanglotaient au milieu des décombres. Leurs larmes laissaient de longues traînées sur leurs joues, comme des traces de sang noir. Ils restaient immobiles et silencieux, à genoux, les épaules résignées, attendant peut-être leur tour.

Les soldats de la ville n'étaient donc pas intervenus. Prévenus de l'assaut, ils avaient eu pour instructions de ne pas défendre leur propre cité. Ils avaient laissé faire, impuissants devant ce sinistre spectacle, étouffant la colère qui grondait en chacun d'eux. *Ordre du prélat.* Celui-là même qui avait accueilli à Nabomar les hommes qu'il laissait à présent massacrer. Les *Bons Hommes*. Ceux que l'Église appelait « hérétiques ».

On ne saura jamais combien périrent ce jour-là dans les flammes. Plusieurs centaines sans doute. Peut-être un millier. Des familles entières, des enfants... Toute la communauté religieuse qui avait grandi là depuis plusieurs années, à l'abri – croyait-elle – des persécutions lointaines orchestrées par les institutions ecclésiastiques de Gallica.

Les Bons Hommes de Nabomar allaient donc servir d'exemple. La fière cité du comté de Tolsanne était la première à tomber, parce qu'elle était le symbole de l'hérésie que prétendait combattre l'Église. Et elle ne serait pas la dernière, car la volonté d'anéantir cette dissidence n'avait jamais été aussi forte. Cette nouvelle croisade servait trop d'intérêts différents pour que l'on n'aille pas jusqu'au bout, jusqu'à l'élimination pure et simple de tous les Bons Hommes. Livain VII, roi de Gallica, le pape Nicolas IV et Pieter le Vénérable, abbé de Cerly, tous y trouvaient leur compte. Et c'est ensemble qu'ils avaient donné l'ordre à la Milice du Christ de débarrasser la Tolsanne de ses indépendantistes religieux. Par tous les moyens possibles.

Une silhouette apparut de l'autre côté des flammes, sur la grande place de Nabomar. Descendu de cheval, l'homme avait traversé l'esplanade et observait ce spectacle, perché sur un muret de pierre. Il resta un long moment à évaluer la scène qui se jouait encore sous ses yeux, puis, lentement, il se retourna vers les quelques hommes qui attendaient derrière lui.

— Trouvez un survivant parmi leurs chefs, et amenez-le-moi !

Le visage d'Andreas Dumont Desbardes semblait chaque jour un peu plus dur, sans la moindre trace de pitié. Ses cicatrices et ses traits burinés témoignaient du nombre de ses combats passés, sous le soleil des routes d'Orient ou au cœur même de Gallica. Sa barbe noire, taillée de près, se laissait gagner par de petites touches grises qui trahissaient son âge avancé, mais il était encore un guerrier robuste, résistant et assuré, et le désir de vaincre n'avait quitté ni son cœur ni son regard. Le dos droit, le poing gauche serré sur l'*abacus*, bâton de commandement spirituel et temporel de l'ordre, il traversa le champ de ruines enfumé sans adresser un seul regard aux derniers survivants qui le virent s'éloigner vers le cœur de la ville. La croix rouge pattée sur sa cape blanche disparut lentement derrière les vapeurs vacillantes. Le Grand-Maître de la Milice du Christ avait accompli sa première mission.

*
* *

Bernard de Laroche roula sur le petit chemin de terre en criant de douleur. Il resta un moment recroquevillé, les mains pressées contre son flanc gauche. Quand il parvint à surmonter sa souffrance, il ouvrit les yeux et jeta un rapide coup d'œil des deux côtés de la ruelle. Personne... pour le moment.

La fumée qui avait envahi la ville semblait danser au gré du vent léger et se glisser malicieusement dans le passage. À droite comme à gauche s'élevaient de hautes flammes. Par terre, du bois brûlé, des gravats. L'homme se frotta le visage d'un revers de manche. La douleur, la peur, la peine profonde et l'aigreur de la fumée faisaient encore pleurer ses yeux. Il se leva péniblement, hésita un instant, puis partit vers le sud. Fuir. Il ne pouvait rien faire d'autre.

Le dos courbé, il marchait vite, courait presque, les mains baignées de sang, croisées sur sa plaie. Chaque fois que ses pieds heurtaient le sol, le choc remontait jusqu'à sa blessure et réveillait la douleur. Ce n'était plus la chaleur de l'incendie qui portait à son front des gouttes de sueur, mais la souffrance pure, la torture que lui infligeait ce petit bout de bois niché dans ses entrailles. Les murs défilaient à côté de lui. Il courait sans réfléchir, espérant seulement que la délivrance serait là, au bout du chemin.

Soudain, il vit une silhouette par-delà la fumée. Il se précipita sur le côté de la ruelle et se cacha dans un renfoncement. Un Milicien ! Cela ne faisait aucun doute. On devinait la croix rouge sur son épaule, brodée sur sa cape blanche. Bernard pencha la tête pour jeter à nouveau un coup d'œil. Le moine soldat avançait vers lui à présent. Rapidement. Il avait dû le voir.

Le blessé n'attendit pas un seul instant. Il fit demi-tour et partit en courant dans l'autre sens. Il grimaça. La douleur devenait insupportable. Mais il fallait courir. Il ne pouvait pas se battre. Il ne *voulait* pas se battre.

Il entendit bientôt les pas du Milicien derrière lui, plus rapides, bien sûr. Bernard pesta. Ses jambes lui semblaient de plus en plus lourdes, ses pieds traînaient dans la terre ocre. Il perdait toujours beaucoup de sang, et sa vue se troublait encore davantage. Il se demandait s'il n'allait pas perdre connaissance avant même que le Milicien ne le rattrape. Non, il fallait résister. Le bout de la ruelle n'était plus très loin. Il avait encore une chance de se cacher. Peut-être pourrait-il escalader une tour et monter sur les remparts de la ville. S'enfuir par la coursive qui faisait le tour de Nabomar. En aurait-il vraiment la force ?

Mais, avant même d'atteindre le bout de la ruelle, il fut interrompu dans sa course par l'apparition soudaine d'un second Milicien. Encore plus proche, celui-ci ; droit devant lui. Et il n'y avait pas d'autre issue. Aucune ouverture, aucune brèche. Les deux soldats l'avaient cerné et fonçaient sur lui comme deux chiens en chasse.

Il ne pouvait plus rien faire. Inutile de résister. Bernard de Laroche se laissa tomber sur les genoux. Il savait à présent qu'il allait mourir. Rejoindre sa femme et son fils. Il avait donc échoué. Il n'avait pas réussi à leur survivre. Mais c'était peut-être mieux ainsi.

Je n'aurai pas à supporter la vie sans eux. Je ne dois pas désespérer. Nos âmes survivront, je le sais. D'autres vies nous attendent, d'autres naissances. Je suis prêt. Allez-y, tuez-moi. Tuez-moi.

Il ferma les yeux et sourit. Attendant le coup fatal. Le tranchant de la lame. Comme une libération. Mais le coup ne vint pas. Il sentit soudain une main se poser sur son épaule.

— Debout ! lâcha l'un des deux Miliciens, la voix pleine de mépris. Le Grand-Maître veut vous voir !

Bernard de Laroche ouvrit les yeux, perplexe. Il vit le visage des deux hommes au-dessus de lui. Leurs regards. Ils semblaient déçus de ne pas le tuer sur place. Si seulement ils savaient qu'il aurait préféré, lui aussi, en finir ici, maintenant.

*
* *

— Bernard de Laroche, je vous prie de bien vouloir signer cette déposition que nous allons envoyer à Sa Sainteté le Pape Nicolas IV.

La Milice du Christ avait quitté les lieux le jour même de son assaut, abandonnant le cœur dévasté de la cité de Nabomar sans se préoccuper des suites de l'incendie. Les moines guerriers étaient déjà loin quand les dernières flammes s'éteignirent au milieu des corps et des décombres. Sans remords, ils avaient laissé s'évanouir derrière eux l'écho des pleurs et des douleurs.

Installé depuis plusieurs jours à Saint-Martin d'Asle, dans l'une des nombreuses abbayes que l'ordre possédait au comté de Tolsanne, comme pour défier les hérétiques en leur propre pays, le Grand-Maître avait essayé en vain de tirer des aveux de l'homme qu'il avait fait prisonnier.

— Et si vous me laissiez la lire, monsieur, avant de la signer... répondit une voix au fond de la geôle obscure.

Un visage sortit lentement de l'ombre, tuméfié, barré de plaies humides, un œil fermé. L'homme respirait péniblement, recroquevillé contre le mur de pierre froid. On avait rapidement soigné la blessure à son flanc gauche, mais il avait été depuis roué de coups et souffrait sans doute plus encore. Bernard de Laroche était un jeune seigneur de la petite noblesse de Nabomar, humble, généreux, impliqué dans la vie de la cité. Comme beaucoup des hommes instruits de cette région, il avait rapidement adhéré à l'évangélisme des Bons Hommes, parce que leur indépendance traduisait bien son attachement aux autorités locales et son rejet tant du roi de Gallica que du système politique qu'il représentait, mais aussi de l'Église et de ses missionnaires.

Depuis plusieurs années, il suivait l'enseignement des Bons Hommes, et leur foi était en contradiction absolue avec le système politique de Gallica. Ils faisaient le serment de ne plus jurer, de ne plus juger et de ne plus tuer, or les guerres et la chevalerie, violente, étaient les fondements de la seigneurie gallicienne. Ils croyaient en la réincarnation, or celle-ci contredisait le droit héréditaire et la hiérarchie fondée sur le sang, la noblesse... Leurs pratiques, enfin, abolissaient la hiérarchie religieuse. Les fidèles prenaient part aux cérémonies, la prédication des Bons Hommes se faisait tout simplement en langue de Quienne, en occitan, par petits groupes où chacun pouvait parler librement. Ici, l'esprit remplaçait l'autorité. Et Bernard de Laroche le savait : c'était pour toutes ces raisons que le royaume et l'Église avaient attaqué Nabomar et tué les siens. Parce que l'un et l'autre craignaient de se voir dépasser par ce mouvement libertaire qui prenait de l'ampleur à travers tout le comté de Tolsanne.

— Vous pouvez la lire. Tout ce qui est écrit ici est vrai, même si nous avons dû le découvrir nous-même, puisque vous refusez de parler.

Le jeune noble toussota. On ne pouvait dire si c'était un rire cynique qui se coinçait dans sa gorge ou un râle de douleur.

— Vous m'avez tant frappé que, même si je l'avais voulu, je n'aurais rien pu vous dire !

— Cela ne change rien, mon jeune ami. Je sais que vous êtes hérétique, et c'est tout ce qui compte. Allons, signez... À moins que vous ne préfériez que je le fasse à votre place ? N'avez-vous pas la force de signer vous-même ?

Le Grand-Maître se pencha en tendant une plume. Mais Laroche laissa sa tête retomber en arrière contre le mur.

— N'est-ce pas au notaire de me faire signer ce papier ? murmura-t-il.

— Vous êtes bien loquace aujourd'hui ! Et c'est bien la première fois que je vois un hérétique tellement attaché aux règles du royaume ! Soit, lâcha Dumont Desbardes en se redressant, puisque vous continuez de refuser à coopérer, je signerai donc à votre place. J'ai sincèrement de la peine pour vous. Vous voilà bien seul, à présent. Vous avez perdu votre arrogance...

J'ai surtout perdu ma femme et mon fils. Perdu ma maison. Mes frères. Tout ce qui faisait ma vie. Mais j'ai gagné une chose : la certitude.

— Vos compères ne sont pas venus nombreux pour vous sauver, n'est-ce pas ? ajouta Dumont Desbardes, moqueur. Votre secte ne favorise guère une grande fraternité...

— Nous ne croyons pas à la violence comme moyen de résoudre nos problèmes. Et de toute façon, il serait inutile de lutter contre des gens comme vous...

— Je suis content de vous l'entendre dire.

— Vous pouvez nous tuer, Desbardes, nous enlever la vie, mais vous ne nous enlèverez jamais notre foi...

Le Grand-Maître éclata de rire.

— Quel beau discours ! railla-t-il. C'est émouvant. Toutefois, quand vous aurez tous péri ou retrouvé la raison, je ne suis pas certain que votre prétendue foi aura la moindre importance... Allons, assez discuté, je dois faire parvenir ce précieux document à qui de droit.

Le Grand-Maître referma la grille derrière lui et s'éloigna d'un pas rapide.

Bernard de Laroche poussa un long soupir et essaya de s'endormir. Il ne pouvait rien faire de mieux, en attendant la mort. Attendre, et espérer que son âme trouve une vie meilleure.

*
* *

« L'an du Seigneur 1154, premier dimanche de septembre, Bernard de Laroche, citoyen de Nabomar, constitué en jugement devant le vénérable et très religieux Andreas Dumont Desbardes, par la providence divine Grand-Maître de la Milice du Christ, député par l'autorité apostolique, ayant juré sur les quatre saints Évangiles de Dieu de dire la vérité pure et entière sur le fait d'hérésie, à son propos comme prévenu et à propos des autres comme témoin, de ne pas cacher la vérité ou d'y introduire des faussetés par amour, par complaisance, par haine, par crainte ou par faveur, interrogé avec diligence, a dit ne rien savoir et n'avoir jamais eu aucun contact ni aucune familiarité avec les hérétiques.

Puis, l'an du Seigneur 1154, deuxième dimanche de septembre, le susdit Bernard de Laroche, constitué en jugement devant le susdit Grand-Maître, revenant au bon sens, ayant retrouvé la plénitude de sa mémoire, par la force du serment prêté, corrigea ses dires.

Disant que depuis deux ans ou environ, le prévenu se rendait chaque semaine à la tour du Nord de la cité de Nabomar pour se réunir avec les hérétiques Guillaume del Pech, Raimond Delboc, Arnaud Didier, Aimeric Deslandes, Raimond Huc, Guillaume Fenasse le Boiteux, Pierre Taillefer, Bérenger Broze, Gaillard France et Pierre de Claverie. Alors, le prévenu et tous les autres susnommés pratiquaient les enseignements hérétiques, contre la foi et contre les sacrements de l'Église, fléchissant les genoux et se saluant à la mode hérétique, c'est-à-dire en posant les mains sur les deux joues, en inclinant la tête, la penchant alternativement vers les deux joues et répétant trois fois : Benedicite.

Item, de dire qu'il avait reconnu lesdits hérétiques pour de bons hommes et qu'une grande utilité pouvait provenir au témoin de leur amitié et dilection, et que si le prévenu devenait leur adhérent et leur croyant, ils lui donneraient de la monnaie d'or et d'argent.

Item, de dire qu'il a partagé tout ce temps la croyance des hérétiques et qu'il croit encore ainsi.

Il a fait et signé cette déposition l'an et le jour susdits, devant le Grand-Maître susnommé et en présence et témoignage de religieux frères de la Milice du Christ, de Raimond d'Alayrac, notaire public député par le Saint-Siège et de moi, Bertrand Vizille, notaire public du roi dans tout le comté de Tolsanne.

Nous, les deux notaires susdits, fûmes présents à tout ce qui est dit ci-dessus et avons tout reçu et écrit, puis soumis au susdit Bernard de Laroche pour signature de sa déposition. Étant entendu que si quelque individu devient dangereux pour la société et que son péché soit contagieux pour les autres, il est louable et salutaire de le mettre à mort au nom du bien commun, ainsi, par jugement du Grand-Maître Andreas Dumont Desbardes, député par l'autorité apostolique, le prévenu est condamné ce jour à la peine de mort par pendaison.

Abbaye de Saint-Martin d'Asles, an du Seigneur 1154 »

Au bas de la lettre figurait le sceau d'Andreas Dumont Desbardes. Marqué dans la cire à l'aide de la bague dont héritaient les Grands-Maîtres, l'*Abraxas Panthée*, il représentait un homme à tête de coq tenant une rondache dans la main droite et un fouet dans la main gauche. Autour, en exergue, un simple texte latin : « *: + : SECRETVM : TEMPLI :* ».

*
* *

Ce matin-là, pendant que les Miliciens préparaient la potence à Nabomar, Andreas Dumont Desbardes était installé dans la bibliothèque de Saint-Martin d'Asles où il se recueillait en attendant l'exécution de Bernard de Laroche.

Pensif et grave, assis devant une petite table de la grande pièce emplie de livres, les coudes posés devant lui, il regardait dans le vide, les poings serrés sous le menton. Il n'y avait pas un seul bruit dans la grande abbaye. La plupart des Miliciens étaient partis et ce silence était apaisant. Le Grand-Maître avait besoin de calme. Il voulait prendre du recul pour analyser les choses, comment elles avaient évolué. Obéissant au pape, il n'était officiellement pas maître du destin de l'ordre. Pourtant, il jouissait d'une liberté suffisamment grande pour interpréter de telle ou telle façon les desiderata de Nicolas IV. Et c'était bien là toute la question. Comment interpréter les ordres du pape ? Que cachaient-ils ?

Les réponses à ses questions tardaient à venir, malgré le silence propice à la réflexion. Sans doute n'arrivait-il pas à s'extraire de ce qui l'attendait aujourd'hui. La journée serait longue. Et il allait bientôt devoir quitter l'abbaye.

Il avait ordonné que Bernard de Laroche soit exécuté sur la grande place de Nabomar, devant les habitants de la cité. Il voulait que son exécution serve d'exemple, pour prouver la détermination de l'Église. Nabomar ne s'était pas encore remise de l'assaut qu'avait mené contre elle le Grand-Maître de la Milice du Christ, mais le risque qu'une nouvelle communauté d'hérétiques s'installe dans la cité était bien réel, et Dumont Desbardes avait estimé qu'une seconde démonstration de force ne serait pas superflue. Les habitants du comté de Tolsanne, riches et pauvres, devaient comprendre que l'Église était décidée à éliminer l'hérésie une bonne fois pour toutes.

Le légat du pape avait été très clair à ce sujet. Et très insistant. Après l'échec de la capture du jeune Bohem, Andreas Dumont Desbardes tenait à refaire la preuve de son zèle et de sa valeur. L'affaire du jeune louvetier avait mis à mal sa réputation. Non seulement le pape avait été déçu par la défaite du Grand-Maître, mais des critiques étaient apparues au sein même de l'ordre. Après la rébellion du sergent Fredric – que Dumont Desbardes avait été obligé de tuer de ses propres mains – plusieurs Miliciens s'étaient permis de désapprouver ouvertement la Grande-Maîtrise. Cela ne se reproduirait pas. Dumont Desbardes s'en était assuré. Il avait durci son discours, promu aux postes clefs les frères qui lui étaient les plus favorables et écarté ceux qui le critiquaient. Sous son impulsion, l'ordre de la Milice du Christ était en train de se radicaliser. La croisade contre les hérétiques était l'occasion idéale de réaffirmer l'autorité de l'institution sur les terres de Gallica et de consolider ses liens avec la papauté.

Dumont Desbardes en était là de ses pensées quand un Milicien entra soudain dans la bibliothèque. Le Grand-Maître sursauta. Il avait demandé qu'on ne le dérange pas avant la fin de la matinée.

— Que se passe-t-il ? grogna-t-il en se levant.

— Grand-Maître, répondit le Milicien en saluant son supérieur, Bernard de Laroche a disparu.

étai
d'
vo

Chapitre 1

À L'AUBE DE L'AUTOMNE

Les premiers jours d'octobre avaient déjà coloré d'orange et de violet les jardins du palais des Ducs de Pierre-Levée. L'air s'emplissait de la fraîcheur sereine de l'automne et soulignait l'atmosphère tendue qui régnait en ces lieux. Le roi de Brittia était à sa cour, et la guerre contre Livain VII semblait inévitable.

Comme il en avait pris l'habitude depuis quelques jours, Bohem marchait ce matin-là dans les allées de terre des jardins du palais avec Hélène de Quienne, duchesse et épouse du roi. Ils se laissaient bercer l'un et l'autre par le vent d'octobre, comme deux feuilles mortes survolant les allées, et discutaient, bras dessus, bras dessous, tels deux vieux amis. Les tons écrus de la robe d'Hélène de Quienne se mariaient parfaitement aux couleurs de la saison. Ses longs cheveux roux, bouclés, étaient noués sous un voile blanc, et elle portait sur le front un bandeau brodé de perles.

Bohem vouait une grande admiration à la duchesse – elle qui les avait accueillis et protégés – et bien qu'il ne se sentît toujours pas à sa place à la cour royale, il était heureux de pouvoir rester quelques jours auprès d'elle et de profiter des précieuses discussions qu'elle voulait bien lui accorder. Le jeune homme mesurait la chance qu'il avait de pouvoir s'entretenir avec l'une des femmes les plus étonnantes du royaume. Une femme qui avait su tenir tête au roi de Gallica et qui était la protectrice des poètes et des troubadours du pays tout entier. Hélène de Quienne était tout autant fine politicienne que grande amie des arts. Il faisait bon vivre auprès d'elle, tout simplement.

Pendant ces longues conversations, Bohem inondait la duchesse de questions sur l'histoire de Gallica et sur la politique en général. Elle lui répondait toujours patiemment, en essayant d'être précise, car elle savait que le jeune homme ne connaissait rien à ces choses-là et qu'il mourait d'envie d'apprendre. Elle avait dû lui raconter son premier mariage avec Livain, puis comment il l'avait répudiée, comment elle avait alors choisi d'épouser Emmer Capigesne juste avant qu'il ne devienne roi à son tour. Elle lui avait parlé de Livain VI le Gros, père de Livain VII, et de ce qu'il avait fait pour essayer d'unifier le pays. Mais la plupart des questions de Bohem concernaient le système dans lequel ils vivaient. La chevalerie, la noblesse, le clergé, le droit du sang... tous ces concepts auxquels il ne trouvait aucune justification et que la duchesse tentait de défendre sans trop y croire. Elle appartenait à ce système et n'était pas forcément bien placée pour le contester, pourtant, sa lutte à elle pour la reconnaissance politique des femmes s'inscrivait dans la même logique de remise en question que celle qui semblait habiter le jeune louvetier. Alors elle se laissait émouvoir par les espoirs du jeune homme. La ténacité de ses doutes. La pertinence de ses révoltes. Plus il apprenait le fonctionnement de la chose politique, plus Bohem était convaincu qu'elle devait changer. « Les lois des hommes ne sont-elles pas faites pour être changées par les hommes ? » avait-il demandé un jour à la duchesse. Elle s'était contentée de sourire. Au fond d'elle, même si cela lui faisait peur, elle se disait que Bohem avait raison, et elle s'amusait à imaginer que tout cela puisse changer. Elle s'amusait à rêver le monde autrement, à accepter, malgré l'inertie du système, qu'il puisse encore être transformé. *L'Histoire s'arrête quand on ne veut plus croire que les choses peuvent s'améliorer.*

Ils parlaient ainsi ensemble jusqu'au déjeuner, sans voir passer le temps. Parfois même, ils oubliaient l'heure et c'était Vivienne qui venait les chercher dans les jardins du palais en se demandant de quoi ils pouvaient discuter si longuement.

En quelques jours, Bohem avait appris plus de choses sur le monde que pendant toute sa vie. Et il était extrêmement reconnaissant envers la duchesse de bien vouloir jouer ainsi le rôle de préceptrice.

Toutefois, le soir venu, Bohem continuait de refuser son hospitalité. Après le dîner, soudain, il disparaissait. Nul ne savait où il allait, pas même Vivienne, d'ailleurs fort agacée par la chose. On racontait que la nuit, Bohem partait rejoindre les Brumes. Des loups cachés non loin de la ville. Mais nul n'en était sûr, car personne ne le voyait partir, ni revenir. Et le louvetier s'amusait à entretenir le mystère. C'était sa façon à lui de signifier qu'il refusait de prendre part à la vie politique de Gallica. Qu'il refusait de choisir un camp, et donc, malgré toute l'amitié qu'il avait pour la duchesse, il refusait de loger chez elle. Plusieurs fois, Vivienne l'avait entraîné dans sa chambre. Il était resté de longues soirées avec elle, ils avaient fait l'amour une première fois, puis d'autres fois encore, tendrement, mais chaque fois, quand elle se réveillait, la jeune fille découvrait qu'il avait disparu. Et tous les matins, il revenait, tout simplement.

Bohem savait que ses amis avaient besoin de repos. La bataille sanglante qu'ils avaient dû livrer contre les Aïshans, les druides et les Magistels dans la forêt de Roazhon les avait épuisés, physiquement et nerveusement. Après avoir suivi en vain la trace des druides qui s'étaient enfuis, ils étaient enfin retournés à Pierre-Levée avec les soldats de la duchesse et ils essayaient à présent d'y reprendre leurs forces avant de repartir sur les routes. Car Mjolln, Vivienne et La Rochelle le savaient bien : leur ami ne pourrait rester longtemps en place. Ils savaient qu'il s'était juré d'accomplir une mission après sa rencontre avec la Licorne, et le jour de leur nouveau départ était certainement imminent. De plus, Emmer Capigesne, l'époux d'Hélène, n'aurait sans doute pas apprécié que leur séjour à Pierre-Levée s'éternisât : après tout, c'était la présence de Bohem ici qui avait déclenché la guerre entre Livain VII et le roi de Brittia.

Mais pour l'heure, Bohem semblait avoir encore à faire au palais des Ducs de Quienne.

— Croyez-vous que Vivienne ait une chance de devenir un jour troubadour, comme elle le désire ? demanda le jeune homme en se tournant vers la duchesse.

Hélène de Quienne le regarda en penchant la tête. Bohem avait changé, depuis le jour où elle l'avait vu arriver avec Vivienne. Il semblait moins sauvage à présent, plus sûr de lui peut-être, plus conscient sans doute. Elle devinait pourquoi. L'amour. La duchesse le lisait dans son regard : Bohem avait passé plusieurs nuits avec Vivienne. Tous les deux s'étaient unis, sans doute pour la première fois. Mais il n'y avait pas que cela. Les yeux bleus de Bohem paraissaient plus profonds ; ses traits, ses cicatrices, ses épais cheveux noirs, c'était presque le visage d'un adulte. La duchesse ne savait pas vraiment ce qui s'était passé dans la forêt de Roazhon, mais elle ne pouvait que constater la transformation du jeune homme. Elle en était enchantée, car elle le savait grandi, mais elle en concevait aussi quelque inquiétude, car elle comprenait qu'il était à présent en mission, et que sa mission était grave.

— Si elle continue de vous suivre partout où vous allez et si vous continuez de mener la vie que vous menez... j'en doute fort !

Bohem ne put s'empêcher de sourire.

— Allons ! Répondez à ma question ! Quelle chance a-t-elle de devenir troubadour ? N'y a-t-il jamais eu de femme...

— C'est très rare, reconnut la duchesse d'un air accablé, mais cela arrive... La plupart sont en réalité femmes de troubadour elles-mêmes, aucune n'a réellement ce statut en propre. Pas en Gallica, en tout cas. Mais votre ami Mjolln m'expliquait l'autre jour qu'en Gaelia il n'y a pas de troubadours, mais des bardes, et que la plupart sont des femmes.

— Vous croyez que Vivienne ferait mieux de se rendre là-bas, au pays où les femmes peuvent devenir poètes ?

La duchesse sourit à son tour.

— Pourquoi pas ? Il semble que ce soit le pays dont vous venez vraiment, Bohem. Il faudra bien un jour que vous passiez sur les terres de vos ancêtres. Mais pas trop longtemps, j'espère ! Je ne pourrai supporter de savoir Vivienne si loin de moi si longtemps... Et je ne suis pas certaine que la vie des femmes soit plus simple là-bas, uniquement parce qu'elles peuvent dire des poèmes...

— Mais alors, vous ne répondez pas à ma question ! insista le jeune homme. Quelle chance a Vivienne de devenir troubadour ?

— Il semble qu'elle se débrouille fort bien pour suivre les leçons de poésie que lui prodigue Romain de Saint Hilaire... Je ne me fais aucun souci quant à ses dons artistiques ; elle connaît le trobar et Mjolln lui enseigne la musique.

— Mais cela ne suffit pas...

— Non. Il faudra qu'elle sache s'imposer. C'est un métier d'homme...

— C'est un monde d'hommes ! ajouta Bohem.

— Eh bien ! Vous ne devriez pas vous en plaindre, vous qui en êtes un ! se moqua la duchesse.

— Pourtant, si ce sont les hommes qui dirigent le monde, ce sont donc les hommes qui sont responsables de tous nos maux ! Je ne connais pas grand-chose en matière politique, duchesse, mais des trois personnalités que j'ai rencontrées dans ce domaine, vous êtes la seule qui ne me glace pas le sang...

— Ce n'est pas très gentil pour mon époux !

— Pardonnez-moi. Mais si ce monde était dirigé par les femmes, ce serait tellement mieux et...

— Ce serait tout aussi ridicule ! coupa la duchesse. Bohem, vous vous trompez. C'est l'équilibre que nous devons trouver, en toute chose.

Le jeune homme hocha la tête.

— En tout cas l'équilibre, pour l'instant, est rompu. Pour les femmes comme pour les Brumes. Les hommes ne laissent que peu de place aux autres habitants de ce monde...

La duchesse s'arrêta de marcher et prit Bohem par la manche.

— Oui, vous avez sans doute raison, Bohem. Mais je ne suis pas certaine qu'il y ait jamais eu cet équilibre. C'est à votre génération de le construire, et aux suivantes... Mais il y a, je crois, quelque chose de plus grave que cela.

— Que voulez-vous dire ?

Hélène grimaça.

— Je ne sais pas. Je ne saurais vous l'expliquer. Vous allez me prendre pour une folle, mon enfant, mais je le sens, au fond de moi. L'avenir de ce monde est encore plus trouble que nous ne pouvons le comprendre. Il y a quelque chose d'étrange. Toutes ces guerres ; mon époux qui se prépare à se battre ; vous qui voulez sauver les Brumes ; les Aïshans qui vous poursuivent... Et ce personnage que vous voyez en rêve...

— Lailoken.

— Oui. Le Sauvage. Il y a un sens à tout cela. Une raison derrière ces choses si soudaines, qui sont apparues simultanément, Bohem, je le sens. Mais je ne peux encore dire quoi.

— Vous me faites peur, Hélène.

— Allons, je suis sûre que vous le sentez, vous aussi. Il y a un sens à tous ces événements qui se précipitent soudain. Quelque chose de grave.

Bohem acquiesça, car, en effet, il pensait la même chose, mais lui non plus n'aurait su l'expliquer.

— Et nous avons raison d'avoir peur, reprit la duchesse. C'est la peur qui nous réveillera.

— La peur nous réveille souvent quand il est déjà trop tard...

Hélène de Quienne serra encore une fois le bras du jeune homme entre ses mains, puis elle se remit en route.

— Faites ce que vous devez faire, Bohem. Ne vous occupez pas de la vocation de Vivienne. Pour le moment en tout cas. Dans l'immédiat, ce sont vos choix qui comptent, pas les siens. Elle le sait, elle l'a accepté. Ma nièce vous aidera jusqu'au bout.

— Je le sais.

— Alors, qu'attendez-vous ? Vous savez que je préférerais vous garder ici, avec nous, mais vous avez une mission à remplir, n'est-ce pas ? Quelque chose vous retient ? Puis-je vous aider ?

— Je dois trouver une chose dont m'a parlé la Licorne...

— Quelle chose ?

Bohem hésita. Il n'aimait pas raconter ce qu'il s'était passé dans la forêt de Roazhon. Tout était si flou. Et tant de questions restaient sans réponse.

— La Licorne m'a demandé de trouver les *portes du Sid*, et je ne sais pas ce que c'est. Personne ici n'en a jamais entendu parler, à part Mjolln. Il dit qu'il y avait de telles portes en Gaelia, mais qu'elles ont toutes disparu...

— Cela ne me dit rien. Mais avez-vous demandé au jeune Chrétien de Troyes ? Il est parvenu à vous aider, la dernière fois...

— J'y ai pensé, madame, mais je ne parviens pas à le trouver.

— Pourquoi ne m'en avez-vous pas parlé plus tôt ? J'aurais pu lui demander de revenir à ma cour. Je m'en charge, Bohem. Je crois savoir qu'il est encore au comté de Pierevain. Je devrais pouvoir le faire venir à Pierre-Levée rapidement.

— Je vous remercie, Hélène. Je suis sûr qu'il pourra nous aider...

— Quant à moi, reprit la duchesse sur un ton attristé, je dois essayer d'empêcher cette guerre que mon époux prépare.

— Est-il encore temps ?

— Les gens comme moi se battent jusqu'au dernier instant.

Bohem sourit. Il savait exactement ce qu'elle voulait dire.

Ils continuèrent leur promenade sans échanger une seule parole, chacun perdu dans ses pensées, mais portés tous deux par la même angoisse, la même inquiétude.

*
* *

Là où quelques mois plus tôt se dressaient encore des arbres magnifiques, il n'y avait plus maintenant que quelques souches noirâtres, parsemant un parterre de racines pourries, de feuilles mortes et de terre sèche. C'était une désolation à perte de vue, un désert noir. Plus une seule touche de vert, plus un seul animal, à peine un choucas sinistre, silencieux, niché dans un tronc mort. Ses rares battements d'ailes, nerveux, étaient les seuls sursauts de vie dans ce spectacle funeste. Le ciel lui-même, dôme menaçant d'un vert obscur, semblait n'être qu'un reflet de cette étendue sombre. Les nuages avaient la couleur de l'orage et l'air était chargé d'électricité. Et au milieu, comme un dernier soldat debout parmi les cadavres d'un champ de bataille, se dressait l'arbre immense que l'on nommait « Armensul ». Le frêne sauvage. Large comme une tour de pierre, noueux, tressé de lianes, le ventre ouvert sur un escalier qui montait à l'intérieur. Lui seul défiait l'horizon, survivant dans une forêt morte qui ne cessait de grandir.

Soudain, au nord, on vit se soulever des nuages de poussière autour d'un amas d'ombres lointaines. Puis on entendit les coups sourds des sabots sur le sol, battant la terre comme une batterie de tambours. Lentement, les silhouettes se dessinèrent sur la toile verte du septentrion. Un petit bataillon, une trentaine d'hommes tout ou plus, dispersés, comme mus par l'urgence, ou par la haine. Il y avait de la fureur dans leur façon de faire avancer leurs chevaux ; un galop droit, sans retenue. Ils fonçaient vers l'Armensul comme une volée de flèches, arrachant la terre, déchirant l'air.

Ils arrivèrent bientôt à proximité du frêne sauvage où ils s'arrêtèrent dans un grand amas de poussière grise. Les druides d'un côté, les Aïshans de l'autre. Les seuls qui avaient échappé à la mort. Moins de la moitié avait survécu. Henon et Kalan, avec leurs deux Magistels, et Addham, fils de la terre rouge, qui n'était plus à la tête que d'une vingtaine de guerriers aïshans.

Henon, le Grand-Druide qui par le passé avait trahi son ordre, était le plus déterminé de tous. Le visage sombre, les yeux noirs derrière ses blancs sourcils froncés, il semblait furieux et impatient. Tous le regardaient avec inquiétude. Il avait dû convaincre Kalan qu'il leur fallait retourner voir Lailoken bien qu'ils ne fussent pas parvenus à lui ramener Bohem, comme ils l'avaient promis. Il avait dû persuader le jeune druide que cela en valait encore la peine. Que tout n'était pas perdu. Le Sauvage était leur dernière chance. De toute façon, ils n'avaient plus rien à perdre.

Ils ne s'étaient pas attendus à tomber sur un ennemi d'une telle force. Bohem n'était pas le simple louvetier qu'ils avaient imaginé. Ils l'avaient découvert sur le champ de bataille : puissant, déterminé, maniant l'épée avec autant d'adresse qu'un jeune Magistel. Et ils n'avaient pas prévu non plus l'arrivée des soldats de Quienne. Ainsi, malgré la force des Aïshans à leurs côtés, ils avaient perdu leur première bataille. Mais ils pouvaient encore espérer. Ils le devaient. Et si Lailoken avait encore une chance, mieux valait être présents et lui porter secours de toutes les façons possibles.

Le Grand-Druide fut le premier à descendre de cheval. Ils s'étaient arrêtés en cercle au pied de l'arbre majestueux. Tous avaient les yeux levés vers les hautes branches à présent. Un merle blanc, perché sur le frêne, semblait les surveiller d'un œil.

Henon, la mine sévère, était passé au milieu d'eux, s'appuyant sur son grand bâton de chêne. Il avait jeté un coup d'œil à Addham, le chef des guerriers muets, qui lui avait fait un signe de tête approbateur.

Le Grand-Druide s'arrêta devant l'Armensul, lissa sa longue toge blanche et pénétra dans le cœur du grand frêne.

*
* *

Bohem était assis sur une vieille table en bois dans un coin sombre de l'atelier du maître forgeron. Il venait souvent ici pour voir La Rochelle, qui avait repris sa place auprès de l'artisan. Tous deux travaillaient tous les jours, toute la journée, car il y avait fort à faire, et Bohem était plein d'admiration. À eux deux, La Rochelle et le maître forgeron devaient fabriquer non seulement les armes des soldats du palais, mais aussi tout un tas d'outils et de fers : les couteaux, les cerclages pour le tonnelier, les clous, les outils agricoles et ceux destinés au maçon. Bohem les regardait choisir les métaux, les chauffer, les tremper, les mélanger, créer des alliages... Il ne cessait de s'émerveiller devant le savoir-faire des Compagnons, leur amour de la perfection et leur inventivité.

En les voyant ainsi travailler, il ne pouvait s'empêcher de penser à Trinité et Gautier, les deux premiers Compagnons du Devoir qu'il avait rencontrés. Il se souvenait de la façon dont ils parlaient de leur apprentissage, de leur travail, du chef-d'œuvre qu'ils rêvaient d'accomplir. Il se rappelait les leçons qu'ils lui avaient données et comment ils s'étaient étonnés eux-mêmes de le voir apprendre si vite. Et il ne pouvait oublier bien sûr le dernier soir où il les avait vus. Avant que les Aïshans n'attaquent la Cayenne où ils s'étaient arrêtés. Trinité Rivenois et Gautier Burgonnais. Il n'oublierait jamais leurs noms. Parce qu'ils avaient été les premiers à lui tendre la main. Il ne savait toujours pas aujourd'hui s'ils avaient survécu. Probablement pas. Et cela le rendait profondément triste.

— Eh bien, tu en fais une tête ! l'apostropha La Rochelle en enlevant ses gants pour venir s'installer à côté de lui et souffler un moment.

Bohem leva les yeux vers le jeune Compagnon. Fidélité La Rochelle portait son tablier de cuir sur son ventre rond, il avait les mains et les bras noirs et des gouttes de sueur inondaient son crâne chauve. Il souriait comme un enfant. Derrière son insouciante bonhomie se cachaient pourtant une force et une détermination sur lesquelles Bohem savait pouvoir compter.

— Ce n'est rien, des souvenirs qui me hantent...

— Encore ! s'exclama le Compagnon en soupirant. Eh bien, louvetier, cesse de vivre dans les souvenirs, il y a suffisamment de choses à faire pour toi dans le futur, tu ne crois pas ?

— Tu as sans doute raison.

— Alors, que faisons-nous encore ici ? Je croyais que nous devions nous dépêcher... Je suis toujours prêt à t'accompagner.

— Je ne sais pas par où commencer. Pourtant, tu as raison, il faudrait que nous nous mettions rapidement en route, le temps presse. Mais je ne sais toujours pas comment trouver ce que je cherche...

— Voilà qui est bien nébuleux...

— Plus que tu ne crois.

Fidélité renfila ses gants.

— Je ne peux pas t'aider, Bohem. Tout ce que je peux faire, c'est te soutenir.

— Je sais et je te remercie. Mais je t'en prie, ne t'arrête pas pour moi, continue de travailler. De toute façon, j'aime bien te regarder faire...

La Rochelle écarquilla les yeux, perplexe.

— Eh bien ! Tu n'es pas gêné, toi, au moins ! Tu aimes bien regarder les autres travailler pendant que tu es assis les bras croisés, c'est ça ?

— Tu sais très bien ce que je veux dire... Je suis fasciné par votre façon de travailler les métaux, votre technique, vos petits secrets...

— Si ça te fascine tant que ça, tu n'as qu'à nous donner un coup de main ! Depuis le temps que tu viens nous espionner, tu dois avoir compris les bases du métier ! Et puis, la légende court chez nous autres Compagnons que tu as un don... Il paraît que tu apprends vite, que tu es doué avec tes mains. Fais donc voir ! Une boucle d'oreille comme la tienne, ça se mérite !

Le louvetier se leva et posa une main sur l'épaule de son ami en souriant.

— Non, non, Fidélité. Je te laisse, je risque de vous retarder. Et, de toute façon, voilà Vivienne qui arrive...

— Ah ! Quelle bonne excuse !

Bohem s'éloigna en riant et partit rejoindre Vivienne qui traversait en effet les jardins du palais en sa direction. Elle était belle comme un sourire, avec ses cheveux blonds bouclés qui retombaient sur ses épaules graciles, ses yeux d'un marron clair et son petit nez retroussé. Elle s'habillait déjà comme une troubadour : toge de feutre vert aux larges manches et dans les cheveux un foulard de soie rouge. Elle portait ces vêtements avec une aisance naturelle, comme s'ils avaient toujours été les siens. Il la prit dans ses bras et l'embrassa longuement.

— Bohem, commença Vivienne en glissant sa main dans celle de son compagnon, Chrétien de Troyes est arrivé au palais. Hélène me fait dire qu'il t'attend à la bibliothèque.

— Parfait ! s'exclama le jeune homme qui attendait cette nouvelle depuis longtemps. Je vais enfin pouvoir avancer dans mes recherches !

— Ne t'enthousiasme pas trop vite, Bohem. Tu ne peux être certain qu'il a les réponses à tes questions...

— Non, bien sûr. Mais s'il ne peut pas m'aider, alors je saurai que cela ne sert plus à rien de rester ici et je devrai donc reprendre la route... Chercher ailleurs.

— J'espère que Chrétien trouvera quelque chose, mais il va falloir faire vite. Ma tante m'a laissé entendre que le roi, son époux, est de plus en plus inquiet de nous savoir ici.

— De *me* savoir ici, tu veux dire...

— Oh, je t'assure que ma présence ne le ravit guère non plus. En tout cas, une chose est sûre, il n'est pas aussi accueillant qu'Hélène ! Il pense que si notre venue ici a provoqué le conflit entre Hélène et Livain VII, nous ferions peut-être mieux de partir...

— Il n'a peut-être pas tort. Mais c'est aussi une façon pour Emmer de signifier à Livain que ce n'est pas pour me protéger qu'il va l'attaquer, mais bien pour sauver l'honneur bafoué d'Hélène...

Vivienne acquiesça.

— C'est d'autant plus stupide qu'Hélène, elle, ne se sent pas du tout déshonorée. Elle ferait n'importe quoi pour empêcher la guerre qui se prépare en son nom...

— Je connais ce sentiment, soupira Bohem.

— Si cet imbécile d'Emmer voulait bien l'écouter, nous nous épargnerions sans doute de nouvelles morts trop nombreuses...

— Allons, Vivienne ! coupa le jeune homme en fronçant les sourcils. Je ne pense pas que ce soit une bonne idée de parler comme cela d'Emmer ici ! Je te rappelle qu'il est roi de Brittia, et que nous sommes dans son palais...

— Non, c'est le palais d'Hélène !

Bohem sourit. Il serra Vivienne contre son flanc et l'accompagna dans le bâtiment où la jeune femme allait prendre ses cours de poésie. Ensuite, il irait à la bibliothèque, sans perdre de temps. Les Brumes se mouraient, et elles ne pourraient attendre éternellement. Il avait une promesse à tenir.

Quand ils furent arrivés, Bohem embrassa la jeune femme et celle-ci lui chuchota un court poème à l'oreille :

« *Chascuns pleure sa terre et son païs,*
Quant il se part de ses coreus amis ;
Mais il n'est nus congiés, quoi que nus die,
Si dolorex com d'ami et d'amie. »

*
* *

Livain VII fut le dernier à entrer dans la grande salle des écussons du palais de l'Île de la Cité. Le roi traversa lentement la longue pièce car, comme chaque fois qu'il tenait un conseil de guerre, il portait une armure – légère certes, mais qui ralentissait tout de même son pas. D'une démarche pleine de noblesse, il alla s'asseoir dans le grand fauteuil, devant la haute cheminée où étaient peintes les armoiries de tous les fiefs de Gallica.

Ses longs cheveux bruns, fins comme des fils de soie, épousaient la forme de ses épaulières. Le roi regarda lentement autour de la table. Toutes les personnes dont il avait souhaité la présence étaient bien là. Domitien Lager, le connétable, assis à sa droite, et à sa gauche la reine, son épouse, Camille de Chastel. Alice, la mère du roi, était également présente, tout comme les plus fidèles vassaux de la couronne : Théodore II, comte de Flandrie, Emmerich Ier le Libéral, jeune comte de Vasteplaine, et Théobald V, comte de Bleizis.

— Comme vous pouvez le voir, ni le duc de Burgon ni les comtes de Riven et de Tolsanne n'ont pu se joindre à nous, commença le roi d'une voix grave.

— N'ont pu, ou n'ont *voulu*... précisa Camille de Chastel à ses côtés.

Elle ne peut empêcher ses sarcasmes... Mon Dieu, Camille est une reine redoutable ! Je suis presque certain que mes sujets la craignent plus qu'ils ne me craignent moi. Mais, après tout, tant mieux ! Elle est la marque d'autorité qu'il me manquait. Il faut simplement que je ne laisse pas son autorité prendre le dessus sur ma souveraineté...

— Quant à Rodolf II, comte de Veromandois, il est encore trop jeune, reprit le roi de Gallica, et son infirmité ne lui permet pas de se déplacer. Le régent nous fait toutefois savoir que nous pouvons compter sur son soutien militaire.

Aussi modeste soit-il... Ce n'est pas l'armée du Veromandois qui fera la différence, mais l'adhésion du régent est symbolique. Mon royaume doit faire preuve d'un semblant d'unité...

— Et les trois autres, Majesté ? demanda Théodore II, vous ont-ils dit s'ils sont prêts à se battre à vos côtés ?

— Je pense que nous ne pouvons pas compter sur eux, répliqua le souverain, contrarié.

— Nous savons en tout cas que le comte de Tolsanne restera neutre dans ce conflit, précisa le connétable d'un air embarrassé.

— Oui, confirma le roi, je lui ai pourtant promis la main de ma sœur, mais il refusera d'attaquer le roi de Brittia...

— Et c'est tout ce que cela vous fait ? s'offusqua Théodore.

Aucun de mes vassaux ne comprend mes rapports avec le comté de Tolsanne... Ils ne peuvent qu'être jaloux de cette différence, bien sûr. Mais la Tolsanne est tellement à part ! Ses habitants sont tellement indépendants qu'ils n'ont pas le sentiment d'appartenir à Gallica. Toutefois, c'est sans doute le fief le plus important de mon royaume. Je dois préserver les rares liens qui nous unissent. Si fragiles et pourtant si importants !

— Il est mon futur beau-frère, il ne serait pas astucieux de l'affronter directement. Quand il aura épousé ma sœur, je suis certain que je parviendrai à me rapprocher de Redhan. En attendant, il va avoir de quoi s'occuper avec la chasse aux hérétiques que le pape a lancée sur ses terres.

Le connétable m'a informé que – par ordre du pape – la Milice du Christ persécute les communautés hérétiques de toute la Tolsanne... Je ne suis pas sûr que cette croisade interne soit vraiment utile, mais elle m'arrange bien pour le moment...

— Au moins, pendant ce temps-là, reprit Livain, je suis certain que le comte de Tolsanne ne soutiendra pas Emmer.

— J'espère bien ! Il ne manquerait plus qu'il prenne le parti de l'ennemi ! s'exclama Théodore.

— Emmer n'est pas à proprement parler un ennemi, corrigea Théobald...

Le roi lui adressa un regard réprobateur.

— Il l'est, monsieur le comte, il l'est ! Notre principal ennemi, même ! Je ne vois pas pourquoi vous dites cela : je n'ai pas l'habitude de partir en guerre contre des gens qui ne sont pas mes ennemis...

— Sauf votre respect, Majesté, il ne l'était pas la dernière fois que nous nous sommes vus, et je suis simplement étonné de la vitesse avec laquelle la couronne s'est mis à dos ce puissant voisin...

Théobald n'ose pas me reprocher directement le motif de ce conflit : Bohem. Mais il n'en pense pas moins. Cet imbécile ne mesure pas l'importance du louvetier dans l'avenir de notre pays !

— Emmer est en train de préparer une guerre contre nous, répliqua Camille de Chastel, voyant que son époux était sur le point de s'énerver, et vous n'êtes pas sans savoir qu'il s'est associé à un jeune homme accusé d'hérésie. Il semble que ce jeune homme – Bohem le Louvetier – soit en train de soulever de nombreux hérétiques autour de lui, contre la couronne. Nous sommes obligés de préparer notre défense.

— En attaquant les premiers ? se moqua le comte de Bleizis.

Son impertinence commence à sérieusement m'agacer. Pourtant, je ne veux pas le perdre. Théobald est un allié précieux. Le comté de Bleizis est comme un bouclier entre les fiefs d'Emmer et les miens. Je dois le convaincre que nous n'avons pas le choix.

— Oui, en attaquant les premiers, affirma le roi. Je ne veux pas attendre qu'Emmer Capigesne nous attaque et que le terrain du conflit soit sur nos terres, Théobald. Sur *vos* terres. Nous devons partir affronter le roi de Brittia sur ses propres fiefs.

— Si Emmer venait à nous battre – Dieu nous en garde – mieux vaudrait en effet que cela ne soit pas sur des terres qu'il pourrait alors annexer, expliqua Camille de Chastel.

La menace implicite devrait calmer ce cher comte. Il sait maintenant clairement que son propre territoire est en jeu, pas seulement l'honneur de la couronne...

— Si Emmer a une chance de nous battre, rétorqua Théobald, mieux vaudrait tout simplement ne pas partir en guerre contre lui...

Il y eut un silence gêné autour de la table. Chacun ici savait qu'Emmer Capigesne était un ennemi redoutable, et personne ne prenait ce conflit à la légère.

C'est maintenant que je dois gagner leur confiance à tous. Maintenant.

— C'est justement le motif de cette réunion, cher comte. Nous devons nous assurer que le roi de Brittia n'aura aucune chance de nous battre, reprit finalement Livain en essayant de tempérer le ton de la conversation.

— Et comment nous en assurer ?

— Il y a de nombreuses forces à réunir dans notre camp. Nous devons envoyer un nombre de troupes qui ne laissera aucune place au hasard, expliqua Livain...

Il tourna les yeux vers sa jeune épouse. Camille hocha la tête et déclara aux participants de la réunion :

— Je vais essayer de convaincre mon père, le roi de Chastel, de prendre notre parti et d'envoyer plusieurs bataillons en Gallica.

— En outre, nous devrions obtenir l'appui du pape et de la Milice du Christ, enchaîna le roi.

Théobald haussa les sourcils, dubitatif.

— Je me suis laissé dire que, dans l'affaire du jeune louvetier, l'intervention du pape n'avait pas vraiment joué en votre faveur...

Il a suivi l'affaire de plus près que je ne le pensais. Mais ce n'est pas plus mal. Cela prouve qu'il est un fin analyste politique et qu'il ne se laisse pas duper.

— Vous avez raison, Théobald, mais le pape a échoué tout autant que nous. Nous sommes à présent dans la même situation : le louvetier nous a échappé et a rejoint le camp d'Emmer Capigesne... Unis dans l'échec, nous devons à présent nous unir dans la riposte. Il faut convaincre le pape.

Théobald hocha la tête, il commençait peut-être à y croire, lui aussi.

— Pieter le Vénérable, abbé de Cerly, n'a pas été très loyal, dans cette affaire, commença-t-il.

— C'est le moins que l'on puisse dire, répliqua le roi.

— Mais il sait que vous n'êtes pas dupe, Majesté. Il doit être fort mal à l'aise, aujourd'hui. Et donc, se sentir redevable envers vous. Nous devrions pouvoir nous servir de lui pour convaincre le pape.

Je ne me trompais pas. Théobald a très bien compris la situation, et il est un politicien précieux. Il a commencé par se méfier de mes desseins, mais il nous rejoint à présent.

— C'est en effet ce que j'envisageais de faire. Pieter a tout intérêt à ce que le pape et le royaume de Gallica soient unis.

— Et une union avec le pape pourrait être décisive, reconnut Théobald.

— Oui, décisive. Avec son aide, nous pourrions bouter le roi de Brittia hors de Gallica, reprendre ses fiefs qui sont sur nos terres et, en contrepartie, assurer au pape la fidélité de ce pays tout entier. Notre pays serait ainsi enfin uni, et l'autorité du pape renforcée.

— Il ne faut pas rêver, tempéra Théobald. Battre le roi de Brittia ne sera pas une affaire facile.

— Mais l'enjeu est de taille et mérite que nous mettions toutes les chances de notre côté. Il va sans dire que ceux qui m'auront aidé à repousser Capigesne de l'autre côté de la mer seront récompensés lors du partage des terres que nous lui aurons reprises.

Le comte de Bleizis sourit. Il n'était pas du genre à se laisser amadouer par ce genre de promesses.

— Et Hélène ? Elle est l'héritière directe des ducs de Quienne ; son autorité sur ses terres est grande, sa légitimité incontestable et le peuple l'apprécie. Elle régnait sur ces terres bien avant d'épouser Emmer, quand elle était votre femme... Il sera difficile de la chasser, politiquement en tout cas.

— Si elle accepte que la Quienne repasse sous la tutelle du royaume de Gallica, nous pourrions lui accorder de garder son fief principal.

— Emmer n'acceptera jamais que son épouse redevienne votre vassale !

— Je connais mon ancienne épouse, Théobald. Entre Emmer et le duché de Quienne, elle choisira sans hésiter la terre de ses ancêtres.

— Dieu vous entende, Majesté !

Livain acquiesça. Il regarda ses interlocuteurs. Ils semblaient déjà prêts à se battre. Une confiance nouvelle illuminait leurs yeux. L'idée d'unifier le pays tout entier leur ouvrait de nouvelles perspectives...

— Avant tout – et nous terminerons là-dessus – nous devons trouver une alliance avec le pape. Connétable, faites venir à Lutès Pieter le Vénérable et le légat de Sa Sainteté Nicolas IV. Mes très chers amis, nous nous retrouverons bientôt ici même.

*
* *

— Bohem, je suis désolé, mais d'aussi loin que je me souvienne, je n'ai jamais entendu parler des portes du Sid...

Le louvetier avait raconté toute son histoire à Chrétien de Troyes en espérant qu'il en saurait plus que lui sur ces mystérieuses portes dont avait parlé la Licorne. Chrétien l'avait écouté avec attention, captivé par les moindres détails. Mais à la fin de la longue tirade de Bohem, il avait secoué la tête d'un air déconfit.

Le jeune clerc était revenu à la cour de la duchesse de Quienne dès qu'il avait appris que Bohem avait besoin de lui. Il gardait du louvetier un agréable souvenir. Derrière son sage visage d'ecclésiastique se cachait en vérité une âme pleine de ferveur, assoiffée de romanesque. Par l'intermédiaire de Bohem, il avait sans doute l'impression de vivre des aventures incroyables. Et cela l'enchantait, lui, petit rat de bibliothèque, jeune savant timoré.

— Cette histoire est prodigieuse, Bohem ! Je ne sais pas si tu te rends compte, mais tu es probablement la seule personne vivante à avoir parlé avec la Licorne ! Et tout ce qui s'est passé depuis ton départ, tes péripéties dans la forêt de Roazhon, tout cela est extraordinaire ! Bien plus que *le Bestiaire de Thaon* ! Que d'idées pour mon livre !

— Je te remercie, Chrétien, mais malheureusement, je ne fais pas cela par goût de l'aventure... Je me suis fixé un but bien précis, à présent. Je dois sauver les Brumes. Et pour cela, il faut que je trouve ces fameuses portes. Je sais qu'elles existent, puisque Mjolln m'en a parlé ! Mais selon lui, elles sont fermées, et il ne sait pas s'il en existe dans notre pays...

Le jeune clerc acquiesça en passant sa main sur son crâne chauve.

— Il ne faut pas désespérer. Les *portes du Sid*... Cela ne me dit rien, mais il y a sûrement quelque chose à ce sujet dans l'un des livres de la duchesse. Sa bibliothèque est l'une des plus riches de la région. Si tu veux, nous pouvons commencer par chercher ici.

— Si cela ne te dérange pas, répondit le louvetier d'un ton enthousiaste... C'est pour l'instant notre seul espoir !

— Alors, ne perdons pas de temps !

Chrétien se leva d'un bond, le visage éclairé par l'excitation. Il aurait fait n'importe quoi pour prêter main-forte au louvetier, prendre part – à sa manière – à ses aventures fabuleuses. Il fit volte-face et alla consulter un énorme volume posé sur un pupitre, devant les hautes étagères. Bohem le rejoignit.

— Qu'est-ce que c'est ?

— L'index de la bibliothèque. Normalement, il donne le détail et le sujet de tous les livres qui se trouvent ici. Presque tous.

Le louvetier acquiesça et laissa le jeune clerc consulter le gros ouvrage. Chrétien parcourait les pages rapidement, les sourcils froncés, suivant ici et là une ligne avec son doigt, sautant des parties entières en se mordillant les lèvres. Il murmurait quelques mots que Bohem ne parvenait pas à distinguer. Les pages tournaient, les unes après les autres, et plus Chrétien avançait dans le volume, plus son regard semblait inquiet. Quand il fut arrivé à la fin de l'index, il poussa un long soupir.

— Je ne vois rien qui semble directement lié à notre sujet, Bohem. Je vais devoir faire une recherche plus approfondie. En partant de sujets plus généraux... Mjolln t'a dit à quoi ressemblaient ces fameuses portes, dans son pays ? Et en quoi elles consistaient ?

— Il ne m'en a pas dit beaucoup plus que la Licorne. Il semble que ce soit des portes qui permettent de passer d'un monde à l'autre...

— D'un monde à l'autre ? s'étonna le clerc.

— Oui, du monde des vivants à celui des morts par exemple. Ou bien vers Djar, le monde des rêves...

— Djar ? Qu'est-ce que c'est ? Je ne connais pas cela non plus...

Bohem fit une grimace embarrassée. Il aurait eu bien du mal à lui expliquer ce qu'était le monde de Djar. Pourtant, il le visitait à présent presque toutes les nuits. Mais il avait peur que Chrétien le prenne pour un fou.

— C'est un monde que l'on rejoint dans nos rêves, parfois nos rêves éveillés...

— Tu veux dire... tu veux dire que tu connais ce monde ?

— Euh... Oui. Plus ou moins. C'est un peu compliqué...

— Je vois, répliqua Chrétien, devinant que la question embarrassait le louvetier. Bien, résumons : des portes qui donnent vers le monde des morts et celui des rêves, Djar. Voilà une bonne piste pour mes recherches. J'ai déjà une petite idée de point de départ, Bohem. Laisse-moi chercher un peu, si tu le veux bien.

— Je t'en prie.

Le clerc lui fit un sourire rassurant puis disparut entre les étagères de la bibliothèque. Bohem alla s'asseoir à une table. Il y avait plusieurs ouvrages posés les uns sur les autres dont il put admirer les enluminures. La tête dans les mains, il resta là tout l'après-midi, rêveur, à feuilleter des livres sans pouvoir les lire, reniflant le papier, scrutant les encrages, caressant les couvertures de cuir pendant que Chrétien de Troyes s'affairait dans son coin. Le jeune clerc prenait des notes à l'autre bout de la table, partait de temps en temps à la recherche d'un nouvel ouvrage, escaladant parfois les étagères pour atteindre des volumes cachés dans les hauteurs de la bibliothèque...

Quand vint le soir, malgré les colonnes de livres qui s'entassaient sur la grande table, et malgré les nombreuses lignes qu'il avait écrites sur son carnet, Chrétien semblait n'avoir toujours pas trouvé ce qu'ils cherchaient. Quand l'heure du dîner fut largement passée et que les bougies commencèrent à s'éteindre aux fenêtres du palais, de l'autre côté de la cour, Vivienne fit son apparition, un chandelier à la main.

— Vous ne mangez rien ? demanda-t-elle, l'air désolé.

Bohem leva les yeux vers Chrétien d'un air interrogateur.

— Vas-y, moi je continue mes recherches.

— Tu es sûr ?

— Oui, oui, je n'ai pas besoin de toi.

— D'accord. Je vais aller manger et discuter un peu avec Vivienne, et je reviens tout à l'heure. Merci beaucoup, Chrétien.

Le louvetier sortit de la bibliothèque au bras de sa compagne. Il était un peu gêné d'abandonner ainsi derrière lui son studieux ami, mais il savait que Vivienne avait besoin de le voir. Il était tellement préoccupé par ses recherches qu'il ne lui consacrait pas assez de temps, et même si elle n'osait pas s'en plaindre – car elle savait l'importance de la quête de Bohem – elle devait en souffrir grandement. Il dîna seul avec elle, puis il l'accompagna dans sa chambre.

— Allons, Bohem, retourne à la bibliothèque où Chrétien doit t'attendre.

— C'est probablement l'un de nos derniers soirs à Pierre-Levée, Vivienne, je voudrais rester un peu auprès de toi.

— C'est l'un de nos derniers soirs à Pierre-Levée, certes, mais ce n'est pas l'un de nos derniers soirs ensemble ! Je t'accompagne, où que tu ailles, Bohem.

— Tu en es sûre ? Et ton rêve ? Tu voulais tant devenir

troubadour ! Ce n'est pas en m'accompagnant que tu pourras y parvenir.

— J'ai tout mon temps... Ce qui compte, pour le moment, c'est que tu réussisses, et tu as besoin de nous. Je ne veux pas que tu échoues...

— Pourquoi ?

Vivienne écarquilla les yeux.

— Mais, enfin ! Parce que je t'aime, Bohem !

— Et si tu ne m'aimais pas ? demanda le louvetier d'une voix embarrassée. Que penserais-tu de mes desseins ? Jugerais-tu utile de m'aider ?

— Mjolln et La Rochelle semblent croire eux aussi que cela en vaut la peine...

— Par amitié peut-être.

— Non, Bohem. Ce que tu fais est juste. Tous les gens qui t'ont aidé jusqu'à présent l'ont fait parce qu'ils ont été touchés par la justesse de ton combat. Tu nous as ouvert les yeux sur bien des choses, Bohem. Mais ce n'est qu'un début, et tu auras besoin de nous pour la suite, n'est-ce pas ?

— Je ne sais pas. Si seulement je savais ce que l'avenir nous réserve ! Nous sommes sur une route tellement étrange, Vivienne ! Nous aurions pu nous contenter d'une vie plus simple. Tu pourrais te consacrer à la poésie, et moi retourner en Tolsanne, m'occuper d'une ferme par exemple...

— Tu crois que Mjolln a traversé tant de pays et t'a cherché pendant tellement d'années seulement pour te voir devenir fermier ?

— Comment pouvait-il savoir que je ferais un autre choix ? Fais-je ce que je fais uniquement parce que je suis le fils d'Aléa ? Ne suis-je donc pas maître de ma vie ?

— Nous avons tous à gérer nos héritages, Bohem. Celui de nos parents. Celui de notre pays. Ce qui compte, c'est ce que l'on fait de cet héritage. Tu es maître de cela...

— Mais Mjolln... S'il est là, c'est qu'il savait que j'aurais un destin peu ordinaire, n'est-ce pas ? Comment pouvait-il savoir ? Comment pouvait-il être sûr que j'aurais, comme ma mère, un combat à mener, si singulier ?

Comment peut-il être sûr encore aujourd'hui que je vais accepter ce destin ?

— Qui te dit qu'il en est sûr ? Peut-être ne fait-il qu'espérer... Peut-être a-t-il espéré toute sa vie, en sachant qu'il pouvait se tromper. Peut-être le doute persiste-t-il encore aujourd'hui. Mjolln a décidé de croire en toi, et il fera tout pour t'aider, quels que soient les choix que tu feras. Tu as de la chance d'avoir un ami comme lui. Ta mère avait de la chance, elle aussi.

Le louvetier acquiesça. Ces questions le hantaient chaque jour depuis que le nain lui avait révélé sa véritable identité. Il avait l'impression de vivre un paradoxe insoluble. Être le fruit d'une fatalité, et en être en même temps le plus grand ennemi.

— Bohem, la cause qui se dessine, la cause que tu sembles défendre, elle te dépasse. Elle dépasse nos simples vies. Que nous choisissions de la défendre ou pas, cette cause existera toujours. Nous devons simplement nous situer par rapport à elle. Le monde meilleur pour lequel se sont battus tes parents existait dans leurs rêves, il existe dans les tiens, et existera probablement dans ceux de tes enfants. À toi de voir si tu y crois et si tu es prêt à te battre pour lui.

— Prêt à me battre ? N'y a-t-il donc aucune autre solution ? Toujours se battre ?

— On n'est pas obligé de se battre avec une épée, Bohem. On peut se battre avec des idées.

Le jeune homme sourit et serra sa compagne dans ses bras. Ils s'allongèrent côte à côte dans le lit de Vivienne et restèrent ainsi sans bouger, partageant le silence et la nuit. Les bougies s'éteignirent bientôt, et quand Bohem entendit le souffle régulier de la jeune fille à côté de lui, il se leva sans faire de bruit et quitta la chambre pour retourner voir Chrétien.

Quand il arriva à la bibliothèque, il était fort tard, mais il trouva le jeune clerc exactement comme il l'avait laissé, à la même place, dans la même position et avec le même regard.

— Tu n'as rien trouvé ? demanda Bohem, inquiet.

Chrétien haussa les épaules.

— Si, j'ai trouvé quelque chose, mais je ne pense pas que cela puisse vraiment nous aider.

— De quoi s'agit-il ?

— J'ai trouvé une mention des portes du Sid dans un ouvrage sur les rites païens. Il en est fait mention dans une description de la fête de Samain...

— Qu'est-ce que c'est ? demanda Bohem, intrigué.

— C'est la forme païenne de notre Toussaint, Bohem. Depuis deux siècles, c'est ainsi que nous appelons cette fête ancienne, car c'est ainsi que l'a instituée Odilon, qui était à l'époque abbé de Cerly. Mais autrefois le premier jour de novembre était bien le jour de Samain.

— Et quel est le rapport avec les portes du Sid ? le pressa Bohem.

— C'était le moment où les êtres de l'autre monde – ce que les païens appelaient « le Sid », justement – venaient visiter le monde des vivants... et réciproquement !

— Cela signifie que, selon la légende païenne, les portes du Sid s'ouvriraient... à la Toussaint ?

— Oui, exactement... Or il y a des liens très forts entre les légendes païennes de certaines régions de Gallica et le pays d'où vient Mjolln. Notamment le duché de Breizh... où se trouve la Licorne !

— C'est intéressant. Mais cela ne nous dit pas où se trouveraient ces portes, ni si elles existent vraiment...

— Non, mais on sait que la nuit de Samain était célébrée dans le duché de Breizh... Cela signifie peut-être qu'il y avait des portes là-bas.

— Oui. Peut-être même dans la forêt de Roazhon ! Tu penses que je devrais retourner là-bas ?

Le jeune clerc hésita.

— Non, car tu ne sais toujours pas où aller précisément, et, si les portes avaient été si proches, la Licorne ne te les aurait-elle pas indiquées ?

— Tu as sans doute raison. Si la Licorne m'a envoyé chercher ces portes, c'est qu'elle ne sait pas où elles se trouvent, et donc elles ne sont probablement pas dans la forêt... Mais alors, où chercher ?

— Je pense que tu aurais plus de chances de trouver en allant à Carnute, dans le comté de Bleizis. Ce n'est pas très loin d'ici et, dans l'ouest du pays, c'est certainement la ville où tu découvriras le plus de documents et de savants qui pourront te renseigner.

— Tu penses ?

— Pour l'instant, je n'ai pas de meilleure idée... Il y a un homme là-bas, que l'on appelle « Courage de Carnute », qui est un maître philosophe fort érudit. J'ai déjà suivi ses enseignements. Si tu vas le voir de ma part, il pourra peut-être te guider dans tes recherches...

— Tu crois que nous ne trouverons plus rien ici ?

— Non. Et il est temps que tu partes, Bohem, car si j'ai bien compris le sens de cette légende, les portes du Sid ne s'ouvrent que pendant la nuit de Samain. Et c'est dans moins d'un mois.

*
* *

— Vous m'aviez promis que vous pourriez me ramener le jeune louvetier, cher druide... Or, vous n'y êtes pas parvenu. Pourquoi continuerais-je de vous faire confiance, et à quoi pourriez-vous me servir aujourd'hui ?

Le visage du Sauvage était plongé dans l'ombre, caché par la gueule de loup qu'il portait sur la tête. Ses yeux de rapace scintillaient dans la pénombre orangée. Derrière lui, la flamme d'une torche éclairait les signes étranges gravés dans le cœur du frêne. Celui qu'on appelait Lailoken, Suileone-gelt ou Merlin, se livrait ici à des rites que Henon préférait ignorer... C'était sans doute un rituel du même genre que le Sauvage devrait un jour accomplir pour voler à Bohem son héritage. Le Samildanach.

— Vous pensiez que vos Aïshans pourraient y parvenir, répondit Henon, debout devant l'athanor qui trônait au centre de la pièce, et ils ont échoué eux aussi. Nous avons, vous et moi, sous-estimé notre ennemi, parce qu'il a su réunir autour de lui beaucoup plus d'alliés que nous ne pouvions l'imaginer. Il ne faudrait pas le sous-estimer une seconde fois : vous aurez besoin de tous les soutiens possibles pour arriver à vos fins.

Lailoken éclata d'un rire presque dément. Il fit signe au druide de s'asseoir.

— Prenez place, Henon, prenez place. J'aime parler avec vous. Les druides ont cette formidable habitude de vouloir faire passer les mauvaises nouvelles pour des bonnes ! Et tout cela avec un aplomb admirable ! Je ne sais pas comment vous faites. Des années de pratique en manipulation politique, je suppose...

— Lailoken, n'étiez-vous pas vous-même comme un druide jadis ? Et de toute façon, il ne s'agit pas de politique, aujourd'hui.

— Mais alors de quoi s'agit-il ? demanda Lailoken, moqueur.

— De survie. Avez-vous regardé la terre qui entoure l'Armensul, Merlin ?

Le sourire s'effaça lentement du visage de Lailoken.

— Un Devin ne regarde pas la terre, il regarde les étoiles, druide.

— Votre contrée se meurt, Merlin. Il n'y a plus un seul arbre debout tout autour de vous. Comme les Brumes, votre monde disparaît lentement. Seul le Saîman pourra sauver l'Armensul.

— Certes, mais pourquoi devrais-je le partager avec vous ?

— Parce que vous aurez besoin de moi pour capturer Bohem.

— Vous ne vous en êtes pas montré capable. Les hommes ont toujours fini par me tromper. Me trahir. J'y arriverai seul.

— Peut-être. Mais en me gardant à vos côtés, vous aurez plus de chances. Je sais d'où il vient. Je sais ce dont il est le fruit. Je connais ses armes, son instinct, j'en connais sur lui bien plus qu'il n'en sait lui-même. J'ai combattu sa mère et son père avant lui.

— Vous les avez combattus, mais vous n'êtes pas parvenu à les empêcher d'accéder au trône dans votre pays. Et ils ont entraîné la chute de votre ordre tout en détruisant le Saîman...

— Oui, c'est vrai, ils sont montés sur le trône. Mais c'est moi qui ai mis fin à leurs jours. Je les ai battus. Je saurai le battre lui aussi.

Lailoken leva un sourcil et avança lentement la tête vers son interlocuteur. Il voulait voir si le druide disait vrai. Lire au fond de ses yeux. Il n'avait jamais vraiment su comment le roi et la reine de Gaelia, les parents de Bohem, étaient morts. Tout ce que l'on savait, c'était qu'Aléa avait été tuée quelques jours après la naissance de Bohem, tandis qu'elle fuyait, en Gallica, et qu'elle avait laissé son bébé dans une forêt... Lailoken n'aurait jamais imaginé que Henon en fût la cause. Or, si les druides sont les maîtres de la manipulation, en revanche ils ne mentent pas. Si Henon disait avoir tué Aléa et Erwan de Gaelia, cela devait être vrai.

Le Sauvage se leva et s'approcha du Grand-Druide. Il le regarda droit dans les yeux, resta silencieux un long moment, puis de sa voix caverneuse dit enfin :

— Vous serez à mes côtés, Henon, à mes côtés, pendant la nuit de Samain, et nous tuerons Bohem. Dites à vos hommes et aux Aïshans d'installer leur campement au pied de l'Armensul. Et, en attendant ce jour glorieux, j'ai moi-même à faire quelque chose qui devrait augmenter nos chances de réussite. Un petit atout bienvenu.

*
* *

Bernard de Laroche était assis à une table, seul, dans une petite auberge de Sarlac. Guillaume del Pech, l'homme qui l'avait sauvé, dormait déjà dans la chambre qu'ils occupaient tous deux à l'étage. Il devait être épuisé. C'était au péril de sa vie que Guillaume avait pénétré dans l'abbaye Saint-Martin d'Asles le jour même où Bernard devait être exécuté. Au moment où les Miliciens étaient occupés à préparer le supplice et alors que Dumont Desbardes lui-même s'était enfermé dans la bibliothèque de l'abbaye, il était parvenu à voler les clefs de la cellule de son ami et était venu le délivrer. Cela faisait plusieurs jours que le jeune homme surveillait, depuis une cachette dans la grange, les allées et venues des Miliciens, et il avait tenté sa chance avant qu'il ne soit trop tard. Sans lui, Bernard de Laroche aurait été pendu le jour même à Nabomar. Il s'en était fallu de peu. Bernard y voyait l'empreinte de Dieu.

Sans perdre de temps, les deux hommes s'étaient enfuis, aussi vite que le leur permettait l'état de santé de Laroche. Ils avaient rejoint Sarlac pour quitter le comté de Tolsanne et entrer au duché de Quienne où ils espéraient que les hommes de Dumont Desbardes ne viendraient point les chercher.

Dégustant un bouillon délicieux, le Bon Homme de Nabomar se remettait lentement de ses blessures nombreuses et essayait d'oublier la peine qui le hantait. Les clients de l'auberge l'avait longuement dévisagé pendant le début de la soirée tant son visage était marqué par les coups qu'il avait reçus, mais ils avaient fini par l'oublier et à présent plus personne ne faisait attention à lui. Bernard se délectait tout en écoutant discrètement la conversation d'un groupe de voyageurs attablés derrière lui.

Ils parlaient de ce jeune homme au sujet duquel couraient déjà mille légendes. Bohem le Louvetier. Ce qu'on disait de lui variait tellement d'un village à l'autre que tout ne pouvait être vrai. Mais partout on s'entendait au moins sur un point : il était l'ennemi de Livain VII et de la Milice du Christ, il leur avait échappé et continuait de les défier. Et c'était cela qui avait éveillé l'intérêt de Bernard de Laroche. Le jour du massacre de Nabomar, quand sa femme et son fils étaient morts, il s'était promis de faire connaître au monde le sort que l'on réservait aux Bons Hommes dans le sud de Gallica. Le jeune Bohem lui donnerait peut-être l'occasion de faire encore mieux : trouver un défenseur.

Qui mieux que ce jeune louvetier pourrait défendre la cause des Bons Hommes ? Lui qui avait les mêmes ennemis, lui qui était toute indépendance, toute liberté ? Lui qui – tout le monde semblait s'entendre aussi là-dessus – avait décidé de sauver les Brumes ! Qu'importaient les choses étranges qu'on racontait à son sujet ? On disait qu'il parlait avec les loups, qu'il était l'ami du Sauvage, selon les uns, ou son ennemi, selon les autres. Certains pensaient qu'il était peut-être le Sauvage lui-même. L'amant de la duchesse de Quienne, ou celui de sa nièce, le fils d'un roi ou le fils d'un louvetier, et tant d'autres choses encore, plus contradictoires les unes que les autres...

Mais ce n'était pas ce qui comptait. Ce qui importait, aux yeux de Bernard, c'était que ce jeune homme semblait assez puissant pour défier le roi de Gallica lui-même et les moines guerriers de la Milice du Christ. Si quelqu'un dans ce pays pouvait prendre la défense des Bons Hommes, c'était lui. Alors, Bernard s'était mis en tête d'aller le trouver, pour lui demander sa protection. Il était sûr que le jeune louvetier ne pourrait pas refuser.

On racontait que Bohem était en ce moment même à la cour de la duchesse de Quienne. Demain, Bernard se remettrait en route pour Pierre-Levée, avec son compagnon de route, Guillaume. C'était un pari fou, mais avaient-ils le choix ?

À la fin de la soirée, Bernard se rendit soudain compte qu'il était le dernier client dans la grande salle de l'auberge. Tous les autres étaient partis se coucher. Le regard perdu dans le vide, il était resté plongé dans ses pensées sans se rendre compte des bruits et des mouvements autour de lui.

La gorge nouée, il chassa le souvenir de son enfant et se leva lentement. Il croisa le regard bienveillant de l'aubergiste qui n'avait pas jugé utile de lui demander de partir et qui attendait patiemment, de l'autre côté du comptoir. Bernard s'excusa et partit se coucher à l'étage.

Et la nuit, les cauchemars revinrent. Nabomar. La Milice. Les siens. Toutes les nuits, cette même scène. Cette même douleur. Un jour, il faudrait que cela cesse.

Chapitre 2

SEPTENTRION

Le soleil ne s'était pas encore levé sur les terres occidentales de Gallica. Ils étaient tous les quatre réunis dans la cour du palais des Ducs. Bohem, Vivienne, Mjolln et Fidélité La Rochelle. Le louvetier était allé réveiller ses compagnons au milieu de la nuit. Il leur avait dit qu'il partait. Aucun des trois n'avait hésité. Ils voulaient l'accompagner. Où qu'il aille. Et cela ne l'étonnait pas vraiment.

Ils n'avaient pris le temps de prévenir personne. Pas même la duchesse. De toute façon, elle se doutait depuis longtemps qu'un jour où l'autre ils seraient partis. C'était dans l'ordre des choses, comme on dit. Sauf que Bohem, lui, était là pour le bousculer, cet ordre trop ancien de choses trop anciennes.

Dans le silence froid du petit matin, ils avaient sellé leurs chevaux et accroché leurs sacs.

— Ahum, ça, il est un peu tôt, tout de même, cher ami ! grogna le nain en enfonçant son chapeau à plume sur sa tête. Je te préviens, Bohem, ça, on dit d'un nain qui n'a pas eu sa nuit complète de sommeil qu'il risque d'être tout le jour de bien méchante humeur...

Bohem ne put s'empêcher de sourire. Il commençait à s'habituer au caractère si particulier de Mjolln, à la fois plein de sagesse et de générosité, mais aussi bougon et lunatique qu'un enfant.

— Toi ? De méchante humeur ? Je refuse d'y croire ! se moqua le jeune homme.

Bohem vérifia une dernière fois que ses affaires étaient bien attachées derrière sa selle, glissa la main sous sa chemise pour s'assurer que la petite pochette, celle qui contenait la bague et la Muscaria que lui avait données Mjolln, était toujours autour de son cou. Puis il se retourna vers ses amis.

— Attendez-moi ici, et tenez-vous prêts à partir. J'ai une dernière chose à faire.

Il se mit en route vers les logements annexes dans l'aile ouest du palais, sous le regard inquiet de Vivienne. Il traversa la cour en essayant de ne pas faire trop de bruit. Inutile d'attirer l'attention. Les gardes à l'entrée du palais les entendraient bien assez tôt. En marchant, il laissa son regard se poser sur les différents bâtiments. C'était peut-être la dernière fois qu'il les voyait, et, bizarrement, cela le rendait triste. Lui, qui ne s'était jamais senti vraiment à sa place ici, y avait pourtant vécu des heures inoubliables. C'était ici qu'il avait embrassé Vivienne pour la première fois. Ici qu'il avait rencontré Hélène de Quienne. Et après le massacre de Villiers-Passant, son petit village, le palais des Ducs était ce qui ressemblait le plus à son domicile. Un asile familier, en tout cas. Rassurant malgré tout.

Il ouvrit la porte des logements annexes et entra à l'intérieur du petit bâtiment. Il longea le couloir, tourna à droite puis s'arrêta devant une chambre. Il n'y avait pas un seul bruit à l'intérieur. Il hésita, puis il frappa contre la porte. Rien. Il frappa à nouveau, un peu plus fort. Il entendit alors du bruit à l'intérieur. La porte s'ouvrit.

— Bonjour, Bastian.

L'homme, encore à moitié endormi, fit une grimace perplexe.

— Bonjour, Bohem, balbutia-t-il en se frottant les yeux. Que se passe-t-il ?

— Mes compagnons et moi allons devoir partir...

Bastian eut un geste de recul. Même s'il avait eu le temps de mieux connaître ses hôtes depuis leur rencontre étrange dans la forêt de Roazhon, le louvetier était encore assez mal à l'aise et ne savait pas sur quel pied danser. Était-il prisonnier de Bohem ? Non, bien sûr. Mais pouvait-il se considérer comme l'un de ses compagnons pour autant ?

— Vous partez maintenant ? Mais... Moi ? Je vous accompagne, n'est-ce pas ?

— Non, non, Bastian...

— Mais enfin, Bohem ! Que voulez-vous que je fasse ici ? Je ne suis pas à ma place ici !

— Je comprends, Bastian. Je comprends mieux que vous ne pouvez l'imaginer. Mais, rassurez-vous, vous n'allez pas rester ici, mon cher louvetier. J'ai une mission pour vous.

— Une mission ?

— Oui. Souvenez-vous. Quand je vous ai demandé de rester avec nous, dans la forêt de Roazhon, je vous ai dit que vous pourriez un jour m'être utile.

— Oui...

— Je vous ai dit qu'ensemble, nous allions changer le sens du mot « louvetier », n'est-ce pas ?

Bastian acquiesça, intrigué.

— Eh bien, voilà, c'est ce que nous allons faire, et j'ai besoin de vous pour cela. Vous êtes parmi nous depuis plusieurs semaines, maintenant, vous savez que mes intentions sont bonnes...

— Je le crois, affirma le louvetier.

— Le roi Livain VII vous a trompé, il a trompé tous les louvetiers de Gallica, et vous le saviez avant même de me rencontrer, n'est-ce pas ?

— Je ne peux pas dire cela...

— Mais vous avez vu la Licorne. Vous a-t-elle attaqué quand vous lui avez tiré dessus ?

— Non.

— Une Brume vous a-t-elle jamais attaqué sans que vous l'ayez attaquée vous-même en premier ?

Le louvetier fit non de la tête.

— Vous le savez au fond de vous, Bastian. Le roi et l'Église vous ont trompé quand ils vous ont dit que ces animaux étaient des créatures du démon, tout comme ils vous ont trompé quand ils ont annoncé qu'ils augmentaient vos primes. Que croyez-vous que le roi et l'Église feront des louvetiers, quand toutes les Brumes seront mortes ?

— Je ne sais pas.

— Pourtant, elles le seront bientôt. Il serait temps que vous pensiez à l'avenir, Bastian. Moi, je vous propose une autre solution...

— Je vous écoute.

— Aidez-moi, Bastian. Participez à mon combat. J'ai décidé de sauver les dernières Brumes. Mais je ne pourrai pas le faire seul. Et vous pouvez m'aider.

— Vous aider à sauver des Brumes alors que j'ai passé ma vie à les tuer ?

— Je vous offre l'opportunité de vous racheter, Bastian. Il est encore temps. Et nul ne connaît les Brumes mieux que les louvetiers. Vous pouvez m'aider mieux que quiconque.

— Moi ?

— Vous, et tous les louvetiers qui voudront se joindre à nous. Voici votre mission Bastian. Je vous demande de parcourir le pays pour réunir tous les louvetiers de bonne volonté. Les rallier à mon camp.

— Mais... Mais comment les convaincre ?

— Vous avez vu la Licorne, Bastian. Vous savez sa beauté, sa pureté. Vous saurez les convaincre que cette splendeur doit être préservée. En outre, vous êtes le meilleur louvetier de Gallica. Si vous n'y parvenez pas, alors personne ne pourra le faire. Je compte sur vous, Bastian. Vous devez unir les louvetiers. J'aurais pu vous tuer, le soir où vous avez tiré sur la Licorne. Je ne l'ai pas fait, pour deux raisons. D'abord parce qu'il y avait eu assez de morts ce jour-là et que je ne crois pas que tuer son ennemi soit la meilleure solution. Ensuite parce que je sais qu'au fond de vous, il y a cet homme, ce louvetier qui pourrait changer les choses... donner un nouveau sens...

— ... au mot « louvetier », finit Bastian en hochant la tête.

Il poussa un soupir.

— Je ferai de mon mieux. Je vous le promets.

— Alors, ne perdez pas de temps. Et retrouvez-moi avec tous les louvetiers que vous aurez réunis trois jours avant la Toussaint, au cœur de la forêt de Roazhon, là où nous avons vu la Licorne.

— Nous y serons, promit Bastian.

— Bonne chance, mon frère !

Bohem lui serra une dernière fois la main vigoureusement et fit demi-tour pour retrouver ses compagnons dans la cour du palais.

Mais alors qu'il allait ouvrir la porte du bâtiment pour en sortir, il entendit une voix à l'autre bout du couloir.

— Bohem !

Le jeune homme sursauta. Il avait cru reconnaître cette voix. Il se retourna. Oui, c'était bien elle. Elle avançait vers lui en silence.

— Duchesse ! Que faites-vous ici ?

— Chrétien m'a prévenu que vous risquiez de partir aujourd'hui. Je voulais vous saluer avant votre départ.

— Il est très tôt !

Hélène de Quienne ne put s'empêcher de sourire. Elle portait un manteau de laine par-dessus une longue chemise de nuit blanche.

— Je ne vous ai pas rejoints dans la cour car je ne veux pas que Vivienne me voie. Je ne veux pas l'embarrasser.

— Je comprends. Elle aurait aimé vous dire au revoir, mais c'est mieux ainsi, n'est-ce pas ?

La duchesse hocha la tête

— Soyez prudent, jeune homme. Et prenez soin de ma nièce. Vous allez nous manquer, ici.

— Vous nous manquerez aussi, répliqua le jeune louvetier.

La duchesse s'approcha de lui et l'embrassa tendrement sur le front, comme on embrasse un enfant. Puis elle plongea son regard dans le sien, lui fit un dernier sourire et s'en retourna de l'autre côté du couloir, sans rien ajouter.

Bohem, la gorge nouée, sortit dans la cour du palais. Les autres le regardèrent avec insistance, se demandant ce qu'il était parti faire, mais il ne leur donna aucune explication. Le sourire aux lèvres, il monta sur son cheval, rapidement imité par les trois autres.

— Alors ? demanda Mjolln. Ça, ahum, où allons-nous ?

— À Carnute, mon cher nain, et le plus vite possible.

*
* *

— Bernard ! Lève-toi ! Les Miliciens sont encore à notre recherche, ils sont en train de fouiller toute la ville !

Bernard de Laroche sortit rapidement de son lit et s'habilla en vitesse. Il s'était couché tard et il n'avait même pas entendu son ami se lever.

— Jusqu'ici ? s'exclama-t-il, furieux. Ils nous pourchassent jusqu'ici ?

— Oui ! répliqua Guillaume del Pech, qui était aussi paniqué que lui. C'est l'aubergiste qui m'a prévenu ! Il m'a dit qu'il y avait une porte à l'arrière de l'auberge pour que nous puissions partir sans passer par la grande rue.

— Espérons qu'il est encore temps !

— Espérons surtout que ce n'est pas un piège de l'aubergiste...

— Je ne pense pas, il s'est montré très amical hier soir. Nous devons lui faire confiance.

Guillaume acquiesça, mais l'inquiétude se lisait dans son regard. Bernard rassembla toutes ses affaires et, sans traîner, ils descendirent le petit escalier. L'aubergiste les attendait en bas des marches, il leur fit signe de se dépêcher et les guida vers la porte dérobée. Ils sortirent dehors, dans une petite ruelle calme.

— Voici Éric, mon fils, expliqua l'homme en leur présentant un jeune garçon qui devait avoir douze ou treize ans. Il va vous guider jusqu'à la rivière. Vous pourrez vous échapper par là...

— Merci ! Mais pourquoi faites-vous tout cela pour nous ? s'étonna Bernard de Laroche en serrant la main de leur bienfaiteur.

— Vous êtes du côté de Bohem, n'est-ce pas ?

Guillaume fronça les sourcils.

— Oui, en effet, mentit Bernard de Laroche.

Après tout, ce n'est pas vraiment un mensonge, se dit-il. Ils étaient en effet en chemin pour rejoindre ce fameux Bohem. Mais Guillaume lui adressa un regard désapprobateur. Le mensonge n'était pas une habitude chez les Bons Hommes de Nabomar...

— Quand Bohem est venu à Sarlac, expliqua l'aubergiste, les Compagnons de la ville l'ont aidé à s'enfuir pour échapper aux soldats de Livain. Je veux vous aider, à mon tour. Les ennemis de mes ennemis sont mes amis, comme on dit...

— Merci, c'est très généreux de votre part. Mais laissez-moi vous payer notre chambre avant de partir.

— Allons, ce n'est pas nécessaire. Ne perdez pas de temps. Les Miliciens sont partout. Bonne chance. Je suis solidaire de votre combat...

Bernard hocha lentement la tête. Il n'était pas certain de savoir de quel combat l'aubergiste voulait parler. Mais ce n'était pas le moment d'hésiter. Ils le saluèrent une dernière fois et suivirent le jeune garçon dans la ruelle.

Le dos courbé, prudents, ils traversèrent le quartier nord de la ville en suivant des passages étroits entre les maisons, par des petits escaliers... Le fils de l'aubergiste semblait connaître la ville comme sa poche, et il était visiblement très fier de les aider à s'enfuir. Par deux fois ils virent au loin l'uniforme des Miliciens du Christ, au coin d'une rue, mais grâce à l'aide du jeune garçon, ils purent rejoindre la rivière sans se faire repérer.

Le jeune Éric les aida à monter dans une petite barque, les salua et poussa l'embarcation vers le milieu de la rivière en leur souhaitant bonne chance à son tour.

Bernard et Guillaume le saluèrent, et ils se mirent à ramer de toutes leurs forces, longtemps, sans se parler ni se retourner, craignant sans doute de découvrir la Milice dans leur dos. Mais au milieu de la matinée, la ville avait depuis longtemps disparu derrière eux et il n'y avait toujours aucun signe des Miliciens. Ils s'arrêtèrent de ramer pour souffler un peu.

— Nous rejoignons la berge ? demanda Guillaume quand ils eurent tout deux repris leur souffle.

— Pourquoi ? Tant que la rivière continue vers le nord, autant continuer. Nous ne laissons pas de trace, ici.

Guillaume acquiesça. Ils se remirent à ramer, mais plus lentement cette fois.

— Pourquoi as-tu menti à l'aubergiste en lui disant que nous étions avec Bohem ?

— Je ne lui ai pas vraiment menti... Nous... Nous allons rejoindre ce fameux Bohem.

— Mais nous ne sommes pas *de son côté*. Nous ne le connaissons même pas !

Bernard hésita un instant.

— Tu as vu le regard de l'aubergiste quand il a dit qu'il était solidaire du combat de Bohem ?

— Oui... Mais nous ne savons même pas de quel combat il voulait parler...

— Vraiment ? J'y ai bien réfléchi, et je crois que si. Je crois que nous parlons tous du même combat, Guillaume.

— Nous ? Je ne parle même pas de combat, moi ! Je refuse d'entrer dans n'importe quel combat. Ce n'est pas dans nos principes...

— Pourtant je suis certain que nous parlons de la même chose... On dit que ce Bohem veut sauver les Brumes, et qu'il résiste au roi de Gallica comme à la Milice du Christ.

— D'accord, nous partageons donc les mêmes ennemis, comme disait l'aubergiste. Mais c'est tout ! Ce n'est pas nous qu'il veut sauver, ce sont les Brumes ! Nous n'avons rien à voir avec les Brumes !

— Tu crois ? Je n'en suis pas si sûr, Guillaume. Cela m'a frappé le jour où les Miliciens ont attaqué Nabomar.

— Quoi ?

— Ne partageons-nous pas le même sort que les Brumes ? Comme elles, nous sommes une hérésie aux yeux de l'Église. Comme elle, nous mourons sur des bûchers parce que le pape et le royaume redoutent ce que nous représentons...

— Et que représentons-nous, vraiment ?

— La différence, Guillaume. La différence. Et je crois que c'est de cela dont parlait l'aubergiste. De ce combat-là.

Del Pech haussa les épaules. Pour lui, l'idée que les Bons Hommes fissent partie d'un combat quelconque n'était pas correcte. Pourtant, il commençait à comprendre ce dont parlait Bernard. Et il voulait faire confiance à son ami. Ce n'était pas pour rien qu'il était venu le sauver jusque dans l'abbaye de Saint-Martin d'Asles au péril de sa vie : Guillaume, comme beaucoup d'autres fidèles de Nabomar, avait une grande estime pour Bernard de Laroche. Ce dernier avait la réputation d'être un homme juste et droit, humble et honnête. Sans doute avait-il raison. De toute façon, ils ne pouvaient pas revenir en arrière. Guillaume devait se rendre à l'évidence : leur avenir dépendait de ce fameux Bohem.

*
* *

— Pourquoi Carnute ? demanda La Rochelle en amenant son cheval à côté de celui de Bohem.

Le jeune louvetier sourit. Depuis leur départ, il se demandait au bout de combien de temps le Compagnon viendrait lui poser la question. Fidélité le regardait d'un air innocent, ses grosses joues rougies par le vent matinal.

— Il y a là-bas un savant que Chrétien de Troyes m'a recommandé d'aller voir, et qui aura peut-être une réponse à ma question. Il y a aussi, paraît-il, des bibliothèques plus riches encore que celle d'Hélène. Mjolln et Vivienne savent lire. Ils trouveront peut-être quelque chose dans l'un de leurs nombreux volumes.

— C'est tout ?

— Que veux-tu dire ?

— C'est la seule raison pour laquelle nous allons à Carnute ? insista le Compagnon.

— Comment ça ?

— Allons, Bohem, tu sais bien que Carnute est l'une des principales villes du Devoir, non ?

Bohem sourit à nouveau.

— Bien sûr.

— Alors ? Pourquoi ne le dis-tu pas ?

— Je voulais te faire la surprise... Je me suis dit que cela te ferait plaisir !

— Évidemment, ça me fait plaisir !

— J'envisage d'aller voir tes frères, les Compagnons. Je veux les remercier pour le rôle décisif qu'ils ont joué en retardant la Milice du Christ quand nous nous dirigions vers Roazhon. Beaucoup d'entre eux sont morts pour me protéger. Je veux aller leur rendre hommage.

— C'est une bonne idée, répondit La Rochelle. Tu leur dois bien ça, en effet !

— Oui, et ce n'est pas tout. Je pense que leur rôle ne s'arrêtera pas là, Fidélité, je le sens. Votre confrérie touche à quelque chose de plus profond, quelque chose qui me concerne, je ne saurais dire quoi...

— N'en fais pas trop, Bohem ! Tu n'es pas mauvais tailleur de pierre, pour un débutant, c'est tout !

— Non, tu sais très bien que c'est plus profond que cela. Le sens de votre enseignement. Vos principes... Je sais que nous nous retrouvons sur bien plus de choses que la simple taille des pierres. Mais nous en reparlerons.

— Si tu veux. Alors, nous continuons donc notre Tour de Gallica, Bohem. C'est amusant. Tu es parti de Villiers-Passant, puis tu es remonté vers Sarlac, vers Pierre-Levée... Maintenant Carnute. Sans le savoir, tu suis le sens de rotation rituel du Tour de Gallica, Bohem.

Le louvetier acquiesça, un sourire aux lèvres. Il fit un clin d'œil au forgeron, puis il se retourna. Mjolln et Vivienne discutaient un peu plus loin derrière eux. Le poney du nain était obligé d'aller à un rythme plus rapide pour rester à côté du grand cheval que montait Vivienne. Bohem n'entendait pas leurs paroles, mais il devinait qu'il était question de musique ou de poésie. Quand ces deux-là étaient ensemble, ils ne parlaient que de ça !

— Allons, si nous voulons arriver à Carnute rapidement, nous ferions mieux de nous remettre au galop, suggéra Bohem.

— Je ne demande que ça !

Le louvetier fit signe aux deux autres qui comprirent aussitôt et ils galopèrent tous vers le nord.

Ils traversèrent ainsi les plaines du comté de Pierevain tout le jour, ne faisant que peu de pauses, s'engouffrant à travers les futaies, enjambant les rivières, grimpant les collines et dévalant les pentes, puis ils s'arrêtèrent, au soir, à l'entrée d'une petite ville fortifiée. La nuit commençait à tomber et l'on voyait déjà quelques colonnes de fumée s'échapper des cheminées.

— Ah ! s'exclama Mjolln, à bout de souffle. Mes chers amis, vous me voyez bien heureux : il doit y avoir une bonne petite auberge dans cette ville ! Ahum. Vous savez, je ne suis plus tout jeune, moi, ce voyage m'a épuisé. Je meurs de faim !

— Est-ce bien prudent de nous montrer ainsi en ville ? demanda Vivienne. Bohem, tu as encore beaucoup d'ennemis dans le pays. Livain VII et la Milice du Christ sont sans doute encore à ta recherche.

— Nous sommes encore sur les terres de ta tante, Vivienne. Pour l'instant, nous ne devrions pas être trop ennuyés. Mais tu as raison, restons tout de même sur nos gardes.

— Sur nos gardes, certes, sur nos gardes, mais dans une auberge ! insista le nain en fronçant les sourcils.

Ils passèrent donc sous les remparts et entrèrent dans la petite ville et, pour une fois, le poney de Mjolln était en tête. Le soir était tombé, et les activités de la journée se terminaient sous leurs yeux. On fermait les échoppes, on rangeait les étals, les commerçants et les crieurs rentraient chez eux. Quelques charrettes remontaient la grande rue, et au bord de la chaussée des cochons mangeaient les détritus résultant de la journée de labeur.

Bohem, en retrait, ne put s'empêcher de ressentir quelque émotion en s'engageant dans la rue principale. Cette ville lui rappelait Villiers-Passant. Elle n'était pas juchée sur une haute colline, certes, et la terre n'était pas rouge comme au comté de Tolsanne, mais elle était de taille équivalente et la disposition des maisons était assez similaire. Il ne pouvait s'empêcher de penser à Catriona, à son dernier regard. Il y avait là, devant les portes des maisons, des enfants qui jouaient en riant. Des petites filles comme l'avait été Catriona, joyeuses, insouciantes, attendant le dernier moment pour obéir à leurs mères qui les appelaient pour rentrer se coucher dans leur chambre...

Soudain, il se rendit compte que le groupe d'enfants qu'il regardait s'était arrêté de jouer et qu'ils le dévisageaient à leur tour. Ils s'étaient rassemblés, les uns contre les autres, et ils murmuraient en le regardant avec insistance. Puis, l'une des petites filles disparut dans la maison derrière elle et en ressortit l'instant d'après en tirant sa mère par la main. La jeune femme dévisagea Bohem en fronçant les sourcils. Le louvetier détourna les yeux. Mais il entendit cette fois les paroles de la jeune mère sortie sur le pas de sa porte.

— Oui, tu as raison, c'est lui ! C'est Bohem !

Vivienne approcha son cheval de celui du louvetier.

— Tu as entendu ? demanda-t-elle.

— Oui, murmura Bohem, embarrassé.

— Ils te reconnaissent ! Les gens te reconnaissent !

Le louvetier acquiesça lentement.

— Tu crois que nous ferions mieux de partir ? demanda-t-il, d'une voix pleine d'inquiétude.

— Non, c'est trop tard de toute façon...

Alors que leurs chevaux continuaient au pas à travers la grande rue, Bohem jeta à nouveau un coup d'œil vers l'arrière. Il vit alors que le groupe d'enfants le suivait. Ils marchaient derrière eux, un peu en retrait, et d'autres se joignaient à eux. À mesure qu'ils s'enfonçaient dans le cœur de la ville, les rangs de leur suite ne cessaient de grossir.

— Ça, ahum, je ne m'attendais pas à un tel comité d'accueil, glissa le nain tout sourire.

La plupart des gens dans ce cortège imprévu étaient des enfants et des adolescents – mais les adultes, eux non plus, ne cachaient pas leur intérêt depuis le bord de la rue. Certains montraient le louvetier du doigt sans hésiter. Bohem se demanda si c'était bon signe ou si cela signifiait que, comme à Sarlac, sa tête était mise à prix sur tous les murs de la ville. Mais, petit à petit, en jetant des coups d'œil de droite et de gauche, il vit des sourires se dessiner sur les visages. Des regards bienveillants, accueillants presque. Et il entendit à nouveau son nom, plus fort cette fois, comme une acclamation.

— C'est Bohem !

Le louvetier n'en revenait pas. Il était un peu rassuré, certes, certain à présent que ces regards curieux n'étaient pas des regards ennemis, mais il était surtout très mal à l'aise. Et surpris qu'on le reconnaisse si facilement. Ce devait être les cicatrices sur son visage, bien sûr, l'équerre à sa boucle d'oreille et le bleu de ses yeux. Difficile de passer inaperçu.

Bohem commençait à comprendre comment les choses en étaient arrivées là. Les gens de la région devaient parler de lui, son histoire était peut-être connue jusqu'ici, transformée, embellie ou exagérée, et le séjour d'un jeune louvetier à la cour de leur duchesse avait probablement intrigué les habitants du Pierevain.

Le jeune homme poussa un soupir puis regarda devant lui en faisant mine de ne pas prêter attention à ses nombreux observateurs. Mjolln, en tête du convoi, semblait trouver cela amusant et ne se départait pas de son large sourire. Mais les deux autres semblaient tout aussi embarrassés que Bohem.

Soudain, Mjolln aperçut une auberge dans une rue perpendiculaire à la leur et, sans hésiter, il dirigea son poney dans cette direction. Les autres le suivirent, et bientôt ils mirent pied à terre devant l'établissement. La foule – car c'était bien une foule à présent – s'était arrêtée derrière eux, gardant un peu de distance comme si elle n'osait pas approcher cette étrange compagnie.

Un jeune homme sortit de l'auberge, parut surpris en voyant tous les gens massés au bout de la rue, puis sans poser de question il salua les nouveaux venus, les invita à entrer et amena leurs chevaux vers les écuries.

Mjolln se frotta les mains et ouvrit la petite porte de l'auberge. Les clients étaient déjà à table pour la plupart, et le doux fumet qui se dégageait de la pièce ne fit qu'agrandir le sourire du nain... Les voyageurs attablés étaient trop occupés par leur repas pour prêter attention au petit groupe qui venait d'entrer, et Bohem, la tête enfoncée dans les épaules, essayait de rester dans l'ombre de La Rochelle pour éviter d'attirer à nouveau tous les regards. Il referma rapidement la porte derrière lui comme pour chasser le souvenir de la foule qui les épiait au dehors.

C'était une grande salle, au plafond bas, où s'alignaient de longues poutres irrégulières de bois noirci. Les murs de chaux blanche étaient couverts de décors multiples, outils de bois, trophées, bougeoirs, assiettes peintes ou vielles tapisseries délavées. Les nombreuses bougies allumées dans des vasques de verre orangé plongeaient l'auberge tout entière dans une ambiance douce et chaleureuse. Mais on parlait fort et on riait beaucoup, entre ces murs. Près du comptoir, un groupe de jeunes gens jouait aux dés en poussant des cris soudains. Et en bas de l'escalier qui menait aux chambres, on chantait sans vergogne.

Une petite femme replète arriva enfin vers les nouveaux venus, les mains plongées dans son tablier gris.

— Bonjour, chers messieurs, et bonjour, madame ! Bienvenue à l'*Auberge des Quatre Sous* ! C'est pour le souper ou le coucher ?

— Les deux, madame, répondit La Rochelle.

— Mais le souper avant tout, insista Mjolln, le souper avant tout ! Ahum. Nous mourons de faim !

— Très bien ! répliqua la petite femme en souriant. Je vais vous trouver une table un peu en retrait, dans l'alcôve là-bas, ainsi, monsieur ne sera pas dérangé par ses admirateurs aux fenêtres...

Elle tendit le doigt vers les vitres de l'auberge. Bohem écarquilla les yeux et tourna la tête. Les gens s'étaient en effet massés devant l'auberge et regardaient à l'intérieur à travers les carreaux. Il soupira. L'aubergiste lui fit un clin d'œil compréhensif et les amena vers une petite table ronde qui était en effet nichée dans un renfoncement, à l'abri des regards.

Ils s'assirent en la remerciant.

— Il ne faut pas leur en vouloir, murmura-t-elle, les gens ici n'ont pas l'habitude de voir des personnalités... Installez-vous tranquillement pendant que nous préparons votre repas.

Puis elle s'éloigna toute réjouie.

— Des personnalités ? s'étonna Bohem, incrédule. C'est donc cela que nous sommes devenus ?

— Parle pour toi, lâcha La Rochelle.

— Eh bien, au temps pour notre anonymat ! grimaça Vivienne en serrant la main de Bohem sur la table.

— Allons, c'est plutôt sympathique, ça, oui, ils ont l'air contents de te voir, Bohem, tous ces gens !

— Peut-être, mais si la Milice du Christ ou les soldats de Livain nous recherchent toujours, ils ne vont pas avoir beaucoup de peine à retrouver notre trace ! répliqua La Rochelle qui était inquiet lui aussi.

— Je ne pensais pas que tu étais déjà aussi connu ! reprit Vivienne.

— Mais, ça, oui, c'est sans doute que les actions de notre Bohem rencontrent un écho favorable par ici. Oui. Et cela me paraît normal. Ta mère, Bohem, elle aussi était admirée du peuple de son pays.

— Je n'ai rien fait pour mériter leur admiration, et j'avoue que je m'en passerais bien.

— Ce n'est pas tous les jours qu'un jeune villageois de Gallica marche dans les flammes pour sauver une Brume, fit remarquer La Rochelle, ce n'est pas tous les jours non plus qu'un tel jeune homme est fait prisonnier par la Milice du Christ puis s'échappe, avant de rencontrer la Licorne ! Je crois, moi, au contraire, qu'il n'y a rien d'étonnant à ce que tu éveilles tant de curiosité. Nous aurions dû le prévoir...

— Les légendes naissent vite, affirma le nain. Ce que tu fais répond peut-être aussi à une attente... un besoin. Ça, oui, je pense.

— Je crois néanmoins qu'il serait préférable que nous évitions les villes à l'avenir, proposa La Rochelle.

— J'allais le suggérer, répliqua Bohem en souriant.

Mjolln poussa un soupir. C'était donc probablement la dernière auberge qu'ils visiteraient avant la fin de leur voyage !

— Le seul intérêt que je vois à tout cela, reprit Bohem, c'est que cela aidera peut-être Bastian à rassembler le plus de louvetiers possible...

— Que veux-tu dire ? s'étonna Vivienne.

— Ce matin, avant que nous partions, je suis allé demander à Bastian de réunir tous les anciens louvetiers qui voudront bien s'allier à nous... pour nous aider à sauver les Brumes.

— C'est ça que tu es allé faire quand nous étions dans la cour ?

— Oui.

— Pourquoi ne nous l'as-tu pas dit ? Pourquoi fais-tu tant de mystère ? s'emporta La Rochelle. Tu ne peux pas nous dire tout simplement ce que tu fais, quand tu disparais comme ça ?

Bohem sourit.

— Eh bien, il faut bien que je garde quelques petites choses de côté pour que nous ayons de quoi parler le soir...

— C'est malin ! soupira La Rochelle en levant les yeux vers le plafond. Tu t'étonnes après que les gens te regardent bizarrement...

— Allons, ça, assez bavardé, voici qu'on nous apporte notre repas ! coupa Mjolln en souriant.

En effet, l'aubergiste était en train d'apporter les plats, accompagnée d'un homme tout aussi rondelet qu'elle – son mari sans doute. Ils posèrent sur la table les quatre assiettes fumantes et deux pichets de vin puis repartirent vers la cuisine.

Mjolln ne perdit pas un seul instant et commença à manger avant même que les autres aient eu le temps d'attraper leurs couverts. C'était de grosses pièces de canard, cuites et dorées dans une sauce aux dattes et aux pruneaux et servies avec une purée de féveroles. C'était fort bon et le Cornemuseur eut fini très rapidement. Entre deux verres de vin, il lorgnait d'ailleurs dans les assiettes de ses amis pour voir si l'un d'eux n'allait pas en laisser un peu... Mais ils terminèrent tous leur plat avec délectation, et le nain dut se contenter, pour combler son appétit, des fruits au vin qu'on leur servit en fin de repas.

— Quelle boisson délicieuse ! s'exclama le nain. Le vin, savez-vous, nourrit tout autant le corps que l'esprit ! On dit qu'il rend la santé, qu'il aide à la digestion et qu'il renforce la chaleur naturelle... On prétend aussi qu'il clarifie les idées – ce que je n'ai pas toujours pu vérifier – et qu'il ouvre les artères et repose le cerveau ! Enfin, j'ai entendu dire qu'il pouvait mettre fin à l'engorgement du foie et favoriser... la procréation ! Mais surtout, comme chacun sait, il enlève du cœur la tristesse et c'est tout ce qu'on lui demande !

En effet, à en juger par les rires qui commençaient à s'élever autour de la table, le vin avait fait disparaître leur inquiétude, et ils passèrent un moment agréable tous les quatre. Mjolln joua un peu de cornemuse, ce qui lui valut d'être applaudi par les autres clients de l'auberge. Puis Vivienne récita quelques poèmes de sa voix douce et malicieuse.

Les gens qui s'étaient rapprochés de leur table réclamèrent alors une poésie de William de Pierevain, duc de Quienne, le grand-père d'Hélène dont les poèmes, en son temps, avaient eu une renommée à travers tout le pays et avaient attiré sa célèbre cour de troubadours.

Vivienne, qui avait appris à Pierre-Levée de nombreux poèmes de l'aïeul de sa tante, s'exécuta avec plaisir.

« Al la dolçor del temps novèl
Fòlhon li bòsc, e li aucèl
Chanton chascús en lor latí
Segon lo vèrs del nòvel chan.
Adonc està ben qu'om s'aisí
D'aissò don òm a plus talan.
De lai don plus m'es bon e bèl
Non vei messagèr ni sagèl,
Per que mos còrs non dòrm ni ri,
Ni no m'aus traire adenan,
Tro que sacha bel de la fi
S'el'es aissí com eu deman.
La nóstr'amor vai enaissí
Com la branca de l'albespí
Qu'esta sobre l'arbre en treman,
La nuòit, a la plòja ez al gèl,
Tro l'endeman, que'l sols s'espan
Per las fuèlhas vertz e'l ramèl.
Enquèr me membra d'un matí
Que nos fezem de guerra fi,
E que'm donèt un don tan gran,
Sa drudari'e son anèl :
Enquèr me lais Dièus viuvre tan
Qu'aja mas mans sotz son mantèl !
Qu'eu non ai sonh d'estranh latí
Que'm parta de mon Bon Vezí,
Qu'eu sai de paraulas com van
Ab un brèu sermon que s'espèl,
Que tal se van d'amor gaban,
Nos n'avem la pèssa e'l coutèl. »

La jeune femme reçut plus d'applaudissements encore que le Cornemuseur. Le duc de Quienne était l'une des figures préférées des habitants de la région ; il en avait fait la grandeur et l'originalité. Les patrons de l'auberge, pour remercier Hélène et Mjolln, offrirent à leur tablée une bouteille d'un bon cru qu'ils dégustèrent avec plaisir. Quand ils se décidèrent enfin à monter se coucher, ils étaient tous épuisés et sans doute un peu ivres. Partageant tous les quatre une grande chambre, ils n'eurent aucune peine à trouver le sommeil.

*
* *

Je reconnais les ombres vacillantes de Djar.

Je reconnais son silence, son infini, la liberté de chacun de mes gestes. Cette impression de flotter dans une mer de souvenirs.

J'entends la voix des Brumes. Le chant de Djar. C'est mon guide. Je sais que vous êtes ici. Mes loups. Ici comme ailleurs, vous me suivez, toujours. Ou bien est-ce moi ? Moi qui vous suis. Qui suis la voix des Brumes.

Djar. Paisible, et si dangereux pourtant. Je ne peux m'empêcher de revenir sur ces rives tranquilles. Je ne sais pas ce que je viens chercher ici. Est-ce l'habitude qui me pousse ? Est-ce vous qui me manquez ?

Ou bien est-ce Lui qui m'attire ?

Peut-être pas. Il y a une autre raison. Les portes du Sid. Djar et le Sid sont liés. Ces portes mènent à l'un comme à l'autre. Elles sont un pont entre les mondes. Si je ne les trouve pas en Gallica, peut-être les trouverai-je ici. Mais je ne sais pas où chercher. Et si je les trouvais, comment y emmener les Brumes ?

Ma vie n'est qu'une forêt de questions sans réponse. Je me laisse bercer par le flot de ces interrogations qui m'échappent. Je dois me laisser faire. Je ne suis pas une victime, je suis un acteur. La vie n'est qu'une forêt de questions sans réponse, oui, parce que tout doit changer et rien n'est écrit. Parce que c'est à nous d'écrire les réponses. Parce que « ce sont les hommes qui font l'Histoire ».

Je me souviens de cette phrase, comme on se souvient d'un visage sans nom. Ce n'est pas moi qui l'ai dite, mais je m'en souviens. Je partage la mémoire de ces quelques mots. « Ce sont les hommes qui font l'Histoire ».

Alors, je dois trouver les réponses. Non. Je dois écrire les réponses. Et avancer.

Un mouvement. Une ombre. Je tourne la tête.

Il y a un arbre à côté de moi. Un grand arbre sans feuille, seul, au milieu d'une plaine dévastée. Sur une branche basse, un merle blanc. C'est lui qui a bougé.

Il est là qui me surveille. Le Sauvage.

Chaque fois je ressens Sa présence, comme un nuage qui me suit.

Je ne veux plus me cacher. Je sais qu'Il est là, je sais qu'Il me voit, et je ne veux plus me cacher. Mais je ne veux pas L'affronter, non plus. Il doit y avoir un autre moyen. Me laissera-t-il le choix ? Et si je trouve les portes du Sid, va-t-Il les découvrir Lui aussi, à cause de moi ? Je sais qu'Il les cherche. Qu'Il sera là. Que je n'aurai pas le choix. « Je suis celui par qui tu périras, Bohem. » *Il m'a prévenu. Il est le Devin. Dois-je Le croire ?*

Lailoken. Je sais que tu m'entends. Tu es ici. Oui. Je sais que tu me suis, et que tu me suivras toujours. Tu connais le passé et l'avenir, et pourtant tu me surveilles. Pourquoi ? Suis-je une menace dans ton futur ? Dans ton passé ?

Je t'entends aussi, Lailoken. Je sais aussi que tu te meurs, comme les Brumes. Tu es si proche d'elles. J'ai vu le loup sur ton crâne. J'ai vu les peaux de bête. Tu es le Sauvage. Et tu te meurs, comme les Brumes. Chaque jour qui passe, tu meurs un peu plus, et ta haine pour moi grandit tout autant.

J'ai besoin de comprendre. Le lien entre les Brumes et toi. Ma mère. Le sens de tes mots. Tu dis que tu veux me tuer. Prendre ma vie pour sauver la tienne parce que je suis le fils d'Aléa. Le fils du Samildanach. Crois-tu vraiment qu'en me tuant tu retrouveras la vie ? Est-ce cela que tu as vu dans le futur ? Ou bien ne vois-tu plus l'avenir ? As-tu perdu tes dons de devin, Merlin ? Mais alors, comment peux-tu être sûr que tu pourras me tuer ?

Il y a sûrement une autre solution. Un autre moyen. Toi et moi. Nous pouvons trouver un autre moyen.

Je ne veux pas refaire l'erreur de ma mère, Lailoken. Je ne te tuerai pas.

Je suis là pour sauver les Brumes. Mais je peux te sauver toi aussi, n'est-ce pas ?

*
* *

— La guerre que vous préparez pourrait s'avérer plus meurtrière encore que la croisade que vous avez menée jadis et qui se termina dans les conditions que l'on sait.

Le légat du pape n'avait rien perdu de son arrogance et il sermonnait Livain comme s'il fût le pape lui-même. L'austérité de son humeur s'alliait parfaitement à celle de son habit : vêtu comme un moine de Cistel, il ne portait qu'une coule blanche, un scapulaire noir et une ceinture de cuir. Mais le roi de Gallica ne se laissa pas impressionner. Il devait convaincre le pape à tout prix, et il n'était pas près de baisser les bras.

— La croisade s'est nouée loin d'ici, sur les terres d'Orient, là où nos soldats ne connaissaient ni le terrain ni les coutumes, là où la chaleur et le désert aride sont le pire ennemi du guerrier d'Occident. Mais, cette fois-ci, c'est en mon propre pays que je dois livrer bataille, Votre Excellence. Ce que je n'ai pas réussi à faire en Orient, je veux le réussir chez moi. C'est au nom du Christ que je veux reconquérir mon pays tout entier. Et c'est avec de plus grands atouts que je partirai au combat.

La voix de Livain, sûre et déterminée, résonnait dans la grande salle aux écussons du palais de l'Île de la Cité. Le roi n'avait autorisé la présence d'aucun de ses sujets, pas même du connétable ; seule son épouse était à ses côtés, vêtue d'une riche robe de laine pourpre qui ajoutait à son charisme de reine. Camille prenait chaque jour un peu plus d'assurance et la confiance que le roi lui accordait grandissait en conséquence. Son regard vert, débordant déjà de détermination, avait gagné en sagesse, et sa voix en aplomb. Sa beauté brune faisait la fierté du roi tout autant que son intelligence politique.

Le légat du pape, lui, était venu accompagné de Pieter le Vénérable, qui voyait là l'occasion de renouer des liens avec Livain. L'abbé de Cerly avait beaucoup perdu dans l'affaire du jeune louvetier, et notamment la place de conseiller de Livain dont il avait rêvé si longtemps, mais il était toujours à la tête de l'un des ordres monacaux les plus puissants du monde, et le roi de Gallica ne pouvait négliger son importance politique.

Leurs voix graves s'élevaient jusqu'au plafond de la haute pièce vide. L'écho ne faisait qu'accentuer la froideur et la tension de leur conversation.

— Certes, l'enjeu est grand pour vous, Livain, mais pourquoi le pape devrait-il se joindre à votre combat ? Une guerre entre chrétiens ne peut qu'affaiblir la chrétienté, ce qui ne sert en rien les desseins de Sa Sainteté !

— Au contraire. Si nous parvenons à repousser Emmer hors de Gallica, le pays tout entier sera alors uni, et le pape pourra profiter de cette nouvelle nation dont il s'assurera ainsi la fidélité.

— Mais il se fera du même coup un ennemi puissant en la personne d'Emmer Capigesne...

— Pas si puissant que cela, si nous le repoussons en Brittia.

Le légat fit une moue sceptique.

— N'oubliez pas, Votre Excellence, que mon épouse est l'héritière du royaume de Chastel.

— Comment pourrais-je l'oublier, Livain, j'étais présent quand Sa Sainteté a consacré vos épousailles !

— Alors, vous savez que le père de la reine et moi nous sommes rapprochés. L'union de Gallica et de Chastel donnera au pape un allié beaucoup plus puissant.

Camille acquiesça comme pour accréditer l'argument de son époux. Ils avaient longuement parlé la veille pour préparer cet entretien. Ils savaient combien cette alliance était importante. Décisive, même. Et Camille était prête à tout pour aider son mari à battre le roi de Brittia.

— En outre, Emmer ne sera jamais un allié du pape. Lui et son épouse Hélène sont de plus en plus proches des hérétiques et, dans l'affaire du jeune louvetier, ils se sont clairement montrés ennemis de la papauté.

— Vous n'étiez pas de notre côté non plus, fit remarquer le légat.

— Par votre faute, Pieter, répliqua le roi en se tournant vers l'abbé de Cerly.

— Pardon ? s'offusqua l'intéressé.

— Allons, Pieter, ne jouons plus. Vous avez tout fait pour m'écarter de Bohem et avez essayé de convaincre le pape que je faisais fausse route en voulant capturer Bohem. Au lieu de réaliser une union entre Sa Sainteté et la couronne de Gallica, vous nous avez opposés. Vous auriez pu être le médiateur idéal, et si nos intérêts s'étaient retrouvés, le jeune louvetier ne nous aurait sans doute pas échappé. Mais c'est du passé, cher abbé, et voici pour nous une chance de nous unir à nouveau.

— Majesté, si je ne vous ai pas paru fidèle, ce n'était que par zèle de fidélité, au contraire. Je pensais à l'époque, et je continue de le penser, que votre souhait de prendre le jeune Bohem à vos côtés était une grave erreur. Le jeune homme est un dangereux hérétique.

— Pourtant, encore aujourd'hui, je préférerais le savoir à ma cour qu'à celle de Capigesne ! Mais je vous répète, Pieter, que tout ceci est du passé et que nous avons une chance de nous retrouver à nouveau sur le même chemin.

— Je ne demande qu'à vous servir, Livain, comme j'ai longtemps servi votre père.

— Toutefois, intervint le légat du pape, cette histoire de louvetier me semble essentielle. Je sais que Sa Sainteté voit d'un mauvais œil la présence de Bohem aux côtés du roi de Brittia... Il est regrettable que nous n'ayons pu l'empêcher de rejoindre la cour de Pierre-Levée.

— Nous avons peut-être la solution à ce problème, annonça le roi avec une lueur de malice dans le regard.

Il y eut un silence éloquent autour de la table. Le roi se tourna lentement vers son épouse et lui fit signe de parler.

— La sœur de Bohem est en ce moment même dans mes appartements, expliqua-t-elle fièrement.

Le légat haussa les sourcils et pencha la tête d'un air intéressé.

— Vraiment ?

— Oui, confirma la reine. Elle a survécu à l'incendie du village de Bohem. Il est possible que Bohem ne sache même pas que sa sœur est encore en vie.

— Ce n'est pas sa vraie sœur, intervint le légat du pape.

— Qu'importe. Il l'aimait comme une sœur. Catriona est une chance pour nous : elle est disposée à nous aider.

— En échange de quoi ? s'enquit Pieter.

— D'une place à cette cour, expliqua le roi. La jeune fille a tout perdu dans l'incendie de Villiers-Passant. Son père, sa maison... Elle n'a plus rien. La moitié de son visage est brûlé, elle doit porter un masque de cuir pour cacher ses horribles cicatrices. Elle a une revanche à prendre sur la vie. Cette petite fille de rien rêve de grandeur. Et la grandeur, nous pouvons la lui offrir. En échange de son frère.

— Elle est prête à le trahir ? s'étonna Pieter.

— Pourquoi le trahir ? Elle a juste à le convaincre de quitter Emmer Capigesne et de ne pas s'opposer à nous.

— Vous sous-estimez l'importance de ce jeune homme, répliqua le légat en secouant la tête. Sa neutralité ne suffira pas. Vous savez qui il est...

— Allons, Votre Excellence, ne portons pas trop de crédit aux légendes païennes. Aujourd'hui, ce jeune homme a surtout une influence politique, mais ce n'est jamais qu'un jeune louvetier plus ambitieux que les autres.

— Je me moque de savoir ce qu'il est vraiment, Livain, ce qui compte, c'est ce qu'il représente, ce qu'il symbolise. Les symboles sont souvent des armes plus puissantes que des armées de fantassins. La mère de ce garçon, à elle seule, a bouleversé l'histoire de Gaelia tout entière, et ces bouleversements ont eu des répercussions jusqu'en Gallica. Non. Nous devons aller plus loin. La jeune fille doit convaincre son frère de s'allier à vous.

— Nous ne connaissons pas Bohem, nous ne savons pas s'il sera prêt à le faire... Il semble avoir un esprit très... indépendant !

— Nous devons tout de même essayer, Livain. Nous avons besoin de ce symbole. Sa sœur doit le convaincre que votre combat est le plus juste. Qu'Emmer n'est pas ici chez lui, qu'il a usurpé sa souveraineté sur la moitié du pays.

Livain acquiesça lentement.

— Vous avez raison. C'est un bon angle d'attaque. La jeune Catriona devrait pouvoir trouver les arguments, concéda-t-il. Elle semble déterminée.

— Je saurai l'y aider, affirma Camille.

— Soit. Dans ce cas, je parlerai au pape comme vous me le demandez. S'il juge que votre combat et son enjeu en valent le sacrifice, il vous apportera son soutien, et celui de la Milice du Christ.

— Son soutien sera décisif, Votre Excellence. Mais pour la Milice du Christ, ne précipitons pas les choses. Pour le moment, nous devons la garder le plus loin possible de cette affaire. Si nous voulons attirer Bohem dans notre camp, mieux vaut que la Milice du Christ reste discrète... Le louvetier ne doit pas garder un excellent souvenir de votre Dumont Desbardes.

Le légat acquiesça.

— Vous avez raison. Toutefois, le Grand-Maître de la Milice vous sera utile plus tard, si vous devez attaquer Emmer. Il est imprévisible, certes, mais c'est un chrétien dévoué.

— Je suis certain que vous saurez le convaincre en temps voulu, Votre Excellence. En attendant, il suffit de le confirmer dans sa mission actuelle : la croisade contre les hérétiques dans le sud de Gallica. Non seulement cela le tiendra éloigné de Bohem, mais en plus cela occupera le comte de Tolsanne.

— Je me suis laissé dire que votre futur beau-frère avait eu une entrevue avec Emmer Capigesne, intervint Pieter le vénérable.

— En effet, mon cher abbé. Mais je ne crois pas qu'il agira contre moi. Surtout si la Milice continue de mener sa croisade contre les hérétiques. Redhan aura d'autres chats à fouetter. Mais Dumont Desbardes finira bien par revenir à Lutès... Il a des affaires à gérer ici aussi, n'est-ce pas ?

— Je veux bien m'occuper de cela, répondit l'abbé de Cerly, trop content de trouver enfin un moyen de se rendre utile. Je dois pouvoir convaincre Dumont Desbardes de rester dans le sud de Gallica tant que l'hérésie ne sera pas écrasée.

— Faites. De notre côté, nous nous occupons de Catriona. Votre Excellence, nous attendrons des nouvelles du pape avec impatience.

— Vous en aurez rapidement, mon cher Livain. Chers amis, que Dieu vous garde ! L'Histoire nous attend.

*
* *

Bohem, malgré l'heure tardive à laquelle ils s'étaient couchés, réveilla ses compagnons avant le lever du soleil. Ils quittèrent la ville rapidement pour éviter la foule curieuse de la veille. À part Mjolln, qui faisait preuve d'une insouciance joyeuse, ils étaient tous encore fort mal à l'aise face à la notoriété surprenante du louvetier. Ils étaient convaincus qu'elle ne pouvait leur attirer que des ennuis et ne parvenaient pas à s'expliquer vraiment la vitesse avec laquelle son histoire s'était transformée en légende. Ayant décidé la veille qu'ils ne s'arrêteraient plus le soir dans les villes, ils avaient acheté des vivres à l'aubergiste pour remplir leurs sacs de voyage.

Ils galopèrent toute la matinée vers le comté de Turan qu'ils allaient devoir traverser pour rejoindre celui de Bleizis, où se trouvait la ville de Carnute. Leurs chevaux, qui avaient été bien soignés à l'auberge, gardèrent un rythme soutenu pendant tout le trajet. Quand le soleil fut au zénith, ils s'arrêtèrent pour déjeuner à quelques pas de la route.

Bohem s'assit un moment pendant que ses compagnons préparaient le repas, et il sourit. Il n'aurait su dire vraiment pourquoi ; il était simplement heureux d'être à nouveau sur les routes avec ses amis. Il pensa au chemin qu'ils avaient déjà parcouru ensemble. Aux tensions, aux courses folles, aux retrouvailles, aux combats... Mais aussi à tous ces moments simples, libres comme des feuilles portées par le vent, partageant le bonheur fondamental d'être ensemble, juste ensemble.

Vivienne dut remarquer son sourire car elle se redressa et l'interrogea du regard.

— Eh bien ? Tu ne nous aides pas ? glissa La Rochelle en se relevant lui aussi.

— Si, si, j'arrive, excusez-moi. J'étais un peu perdu dans mes pensées...

— Comme d'habitude ! répliqua le Compagnon d'un air désabusé.

— Et à quoi pensais-tu, pour sourire comme ça ? demanda Vivienne.

Bohem haussa les épaules.

— Je pensais simplement que j'étais heureux de reprendre la route, avec vous.

— Tu ne supportes vraiment pas la vie à Pierre-Levée, n'est-ce pas ?

— Ce n'est pas seulement ça... C'est le plaisir de partager avec vous ces choses simples. Le voyage, ces repas que nous préparons ensemble...

— Pour le moment, c'est surtout nous qui le préparons, le repas ! se moqua La Rochelle.

Bohem s'agenouilla aussitôt et l'aida à faire le feu.

— Ahum ! Ça, je te comprends, Bohem, oui. J'en ai passé, moi, des heures sur les routes, avec tes parents. Avec ton grand-père aussi.

— Mon grand-père ? s'étonna Bohem en relevant la tête. Tu connaissais mon grand-père ?

— Eh bien, ça oui ! Phelim, le druide. Le meilleur des druides !

— Mon grand-père était un druide ?

Le regard du jeune homme avait changé. La bonne humeur légère qui avait éclairé ses grands yeux bleus l'instant d'avant s'était soudain transformée en désarroi. Le louvetier n'avait pas fini de découvrir son passé et les révélations successives de Mjolln le plongeaient toujours dans un profond émoi. Le nain ne choisissait peut-être pas toujours le meilleur moment pour évoquer ces fantômes de jadis... Vivienne, qui ressentait toujours les malaises de Bohem, prit la main du jeune homme dans la sienne.

— Mais si mon grand-père était un druide, pourquoi les druides m'ont-ils attaqué dans la forêt de Roazhon ?

— Les druides qui nous ont attaqués, ça, Ahum, je les connais, oui. Henon, je l'ai reconnu. C'était un Grand-Druide, comme ton grand-père. Mais il était son ennemi, oui, de Phelim comme de tes parents. Un traître. À vrai dire, ce n'est même plus vraiment un druide, d'ailleurs, ahum. Non seulement parce qu'il avait quitté à l'époque l'ordre des druides de Saî-Mina, mais aussi parce que le pouvoir des druides a disparu, ahum, tu le sais, oui ? Le Saîman a disparu quand ta mère est devenue reine. Et sans ce pouvoir, cela ne veut plus dire grand-chose, être druide... Bah, les druides ! À part ton grand-père, ça, Bohem, je n'ai jamais tellement aimé les druides, moi. Je préfère les bardes, ahum. Au fond, la musique vaut tellement mieux que la politique !

Le nain lança un regard complice à Bohem. Mjolln n'était pas si maladroit qu'il en avait l'air. Il savait parfaitement ce que ressentait le jeune homme, et s'il était encore à ses côtés, c'était précisément parce qu'il avait décidé non seulement de l'aider dans sa quête d'un lendemain meilleur, mais aussi dans sa découverte de son passé mystérieux. Le nain avait passé quinze années à rechercher Bohem. Ce n'était évidemment pas pour le simple plaisir de voir le fils de son amie Aléa. Il était là pour l'aider. Sans doute en avait-il fait la promesse. Et derrière son apparente insouciance se cachait une détermination généreuse, solide comme une amitié ancienne. Mjolln distillait habilement des informations au louvetier pour que celui-ci n'ait pas à assumer d'un seul coup un héritage aussi lourd. Mais pour qu'il l'assume tout de même...

— Assez bavardé, intervint La Rochelle. Il est temps de manger maintenant. Carnute est encore très loin d'ici, nous avons beaucoup de route à faire et de longues journées nous attendent.

Ils s'assirent en rond autour du feu et commencèrent leur repas en silence, chacun perdu dans ses pensées. La viande que leur avait vendue l'aubergiste était excellente et ils se concentrèrent sur leur déjeuner. Mais soudain, il y eut un craquement derrière eux, sur la petite butte d'herbe qui surplombait le chemin où ils s'étaient installés.

Bohem tourna rapidement la tête, surpris. Il aperçut un homme, armé d'une épée et le visage couvert d'un foulard noir, qui les observait, debout en haut du tertre.

— Eh bien ! lança l'inconnu à travers son foulard. Ne serait-ce pas là ce Bohem dont tout le monde parle ? Le louvetier !

Un deuxième homme apparut derrière lui, le visage caché lui aussi, puis un troisième, un quatrième, et deux autres encore. Les six hommes masqués et armés étaient alignés au-dessus d'eux et semblaient prêts à leur tomber dessus.

Mjolln et La Rochelle furent les deux premiers à se lever. Bohem attrapa la main du Compagnon au moment où celui-ci allait se saisir de son épée à sa taille.

— Que voulez-vous ? demanda Bohem en se levant à son tour.

— C'est bien lui, se contenta de dire l'inconnu. Alors ce doit être Mademoiselle de Châtellerault... C'est donc vrai, ce que l'on raconte ! Monsieur est avec la nièce de notre chère duchesse...

— Que voulez-vous ? répéta Bohem, d'un ton plus sec.

— Allons, jeune homme, ne vous emportez pas. Des gens comme vous, qui s'en reviennent du palais des Ducs, vos sacs doivent être pleins d'or... Vous vous doutez bien que l'or attire les gens comme nous...

— Et quels gens êtes-vous ? demanda La Rochelle d'une voix menaçante.

— De ceux à qui l'on offre gentiment son argent quand on les croise sur les routes. Des aigrefins, comme vous dites !

— Eh bien, messieurs, vous tombez mal, répliqua le Compagnon, nous ne sommes pas, nous, de ces gens qui donnent gentiment leur argent aux aigrefins...

L'homme qui avait parlé en haut de la butte, et qui semblait être le chef de cette bande de brigands, éclata d'un rire forcé.

— Et ce Bohem, là ? Sa tête n'est-elle pas mise à prix ? demanda un autre à côté de lui.

— Allons-nous-en, proposa Bohem en attrapant La Rochelle par le bras.

— Vous en aller ? s'exclama le chef en descendant lentement de son promontoire. Pas avant de nous avoir donné quelque chose !

— Un coup d'épée peut-être ? provoqua Mjolln en tirant sa lame de sa ceinture.

— Mjolln, non ! s'exclama Bohem furieux. Range ton épée. Ces messieurs vont nous laisser tranquillement partir.

Le louvetier s'avança vers le chef des brigands. Les cinq autres bandits descendirent à leur tour et se regroupèrent derrière lui.

— Monsieur, dit Bohem d'une voix grave, nous ne vous donnerons pas notre argent, et je vous conseille de rebrousser chemin. Restons-en là.

— Il me *conseille* de rebrousser chemin ? coupa le brigand, en prenant l'air outré.

Bohem soupira. Il fit un pas en arrière, passa derrière La Rochelle et ferma lentement les yeux.

— Allons, ne faites pas d'histoire, reprit l'inconnu d'une voix suffisante, nous consentons à ne pas vous livrer aux autorités et à ne faire aucun mal à la demoiselle, mais vous devez nous...

Le brigand s'arrêta soudain de parler, les yeux écarquillés. Il eut un geste de recul et s'agrippa à l'un des hommes derrière lui. Les six brigands regardèrent alors dans la même direction, bouche bée.

La Rochelle, qui était le plus près d'eux, se demanda ce qu'il se passait. Il fronça les sourcils, puis voyant que les brigands se mettaient à reculer, il se retourna lentement. Et alors il comprit.

Derrière Bohem, comme surgies de nulle part, trois silhouettes étaient apparues. Le poil gris, les oreilles dressées, la tête basse, la gueule menaçante, les babines retroussées laissant apparaître leurs crocs aiguisés, trois loups s'avançaient lentement, ventre contre terre.

Les compagnons de Bohem, tout aussi inquiets que les brigands, s'écartèrent sur la droite et la gauche pour laisser passer les Brumes qui arrivèrent à la hauteur du jeune homme. Le louvetier avait toujours les yeux fermés. Mais il souriait à présent. Les loups passèrent tout contre lui, frôlèrent ses jambes, puis s'arrêtèrent quelques pas plus loin, alignés, prêts à bondir. Soudain, Bohem ouvrit grand les yeux. Il dévisagea les brigands devant lui, de son regard bleu perçant.

Les six hommes n'attendirent pas un instant de plus. Ils firent volte-face et grimpèrent en courant vers le sommet de la butte. Les trois loups partirent aussitôt à leurs trousses en hurlant.

Bohem se retourna lentement et sourit à ses compagnons.

— Ne vous inquiétez pas, dit-il, ils vont simplement leur faire peur.

— Que... Mais... balbutia La Rochelle, sidéré. Comment ça, simplement leur faire peur ? Mais... Qu'est-ce que tu racontes Bohem ?

— Ils ne vont pas les attaquer.

Les hurlements des loups disparurent bientôt au-delà des collines.

— Mais... Qu'est-ce qu'ils faisaient là, ces loups ? reprit La Rochelle, toujours aussi perplexe.

— Eh bien, je suis un louvetier, non ?

— Et alors ? s'exclama Vivienne. Cela fait combien de temps qu'ils sont là ?

Bohem haussa les épaules.

— Je ne sais pas. Ils sont toujours plus ou moins là. Écoutez, nous sommes en route pour sauver les Brumes, je vous rappelle. Il serait peut-être temps que vous preniez l'habitude de les côtoyer...

— Mais tu aurais tout de même pu nous prévenir que nous étions suivis par des loups !

— Le principal, c'est qu'ils nous aient tirés d'affaire, non ?

Mjolln se mit à rire à côté de Vivienne.

— Tu es aussi fou que ta mère, louvetier ! Aussi fou, ça oui !

La Rochelle secoua la tête.

— Eh bien, maintenant, on est prévenus ! Nous ne sommes pas les seuls invités au voyage de monsieur Bohem...

Vivienne s'approcha du louvetier et se glissa dans ses bras. L'arrivée des loups lui avait fait encore plus peur que celle des brigands, et elle avait besoin d'être réconfortée. Elle serra Bohem contre elle. Puis elle leva les yeux vers lui. Ce qui l'inquiétait le plus, en vérité, ce n'était pas les Brumes, mais Bohem lui-même. Elle avait de plus en plus de mal à le comprendre, et elle sentait qu'il se passait dans sa tête des milliers de choses qu'elle ne pourrait jamais partager. Bohem changeait, il devenait imprévisible, secret, et elle devait l'accepter, l'aider même. Mais elle avait l'impression que plus ils avançaient, plus cela devenait difficile.

— Remettons-nous en route, suggéra-t-elle.

— Allons, vous manquez de savoir-vivre, mes amis ! répliqua aussitôt Mjolln derrière eux. Ahum ! Ce n'est pas parce que des brigands ont interrompu notre repas, ça non, que nous ne devons pas le finir... Tada !

— Mjolln, emporte la fin de ton repas sur ton poney, répondit gentiment Bohem. Je crois que Vivienne et Fidélité n'ont pas très envie de rester ici. Et ces brigands nous ont fait perdre assez de temps...

Le nain acquiesça en grimaçant.

Ils rangèrent leurs affaires et se remirent rapidement en route vers le nord sans plus se parler. La Rochelle et Mjolln partageaient sans doute l'inquiétude de Vivienne. Ils se demandaient quelles autres surprises Bohem allait leur réserver. Ils n'avaient pas encore eu le temps de s'habituer à son étrange lien avec les Brumes. Mais ils devaient se rendre à l'évidence. La mission de Bohem avait déjà commencé.

En haut d'une colline, au-dessus de leur route, un merle blanc se posa sur la plus haute branche d'un pommier. Il les regarda passer, immobile et silencieux.

*
* *

— Ce traître de Livain est en train de s'allier au royaume de Chastel, par le biais de son épouse. Je ne pourrai affronter seul deux ennemis aussi puissants. Je dois trouver de l'aide, moi aussi. Demain j'enverrai l'un de mes conseillers en Gaelia, afin d'y trouver un allié à mon tour. Je ne vois pas d'autre solution.

Emmer Capigesne était assis au bout de la grande table de merisier où il mangeait avec Hélène de Quienne, son épouse, dans la longue salle du palais des Ducs de Pierre-Levée. Ils étaient seuls, en tête à tête, au milieu de cette pièce immense, et la tension entre eux ne cessait de grandir. Le roi de Brittia, tout entier à la guerre qui s'annonçait, était chaque jour un peu plus énervé, impatient. Hélène, quant à elle, était de plus en plus furieuse à l'idée de ne pouvoir empêcher ce conflit qu'elle trouvait ridicule. Et le départ de Bohem et Vivienne l'avait laissée bien seule. Ses promenades matinales avec le louvetier lui manquaient, tout comme lui manquait la jeune voix de Vivienne récitant ses beaux poèmes. Elle se sentait abandonnée. Car Bernart de Ventadorn, le jeune troubadour qu'elle chérissait tant, était parti lui aussi. Sans explications. Un matin, il avait quitté la cour de la duchesse sans prévenir personne. Mais Hélène devinait la raison de son départ, bien sûr. Il avait peur. Peur des sentiments qu'elle éprouvait pour lui. Et sans doute avait-il raison.

La duchesse soupira. Elle leva les yeux vers son époux. Comme il avait changé ! Si vite ! Il n'avait que vingt et un ans, dix de moins qu'elle, et pourtant il parlait déjà comme un vieux roi, débordant de haine. Les doux yeux bleus dont elle était tombée amoureuse étaient devenus deux billes de colère. Il avait perdu la fraîcheur de son teint rose, la légèreté de sa coiffure blonde. C'était un homme à présent, un chef de guerre. Tout ce qu'elle détestait. Tout ce qu'elle redoutait.

— Le peuple de Gaelia a trouvé la paix il y a près de vingt ans, Emmer, pourquoi l'inciter à plonger dans de nouvelles guerres ?

— Gaelia est notre plus proche voisin, Hélène. Nos deux histoires sont liées depuis la nuit des temps. Ce sont des hommes de Brittia qui, par le passé, ont apporté à ce pays culture et richesse...

Hélène leva les yeux au plafond. Elle ne partageait pas du tout l'avis de son époux sur la question. De longues conversations avec Mjolln le Cornemuseur, originaire de cette île lointaine, avaient d'ailleurs confirmé son impression : pour elle, Gaelia avait subi l'invasion des forces religieuses de Brittia et y avait perdu non seulement son identité, mais aussi la paix. Les guerres s'étaient succédé pendant des dizaines d'années, déchirant le pays, séparant les peuples, divisant la terre. Il avait fallu l'arrivée d'Aléa et de son époux, Erwan, pour que la nation retrouve son unité... Elle ne pouvait supporter l'idée que le roi allait à nouveau entraîner ce pays meurtri dans des conflits stériles.

— Emmer, la guerre que vous appelez de vos vœux est une aberration. Des centaines, des milliers d'hommes vont mourir, pour rien. Des hommes qui ont des familles, des femmes, des enfants.

— Je n'ai pas appelé cette guerre de mes vœux, Hélène, je ne fais que répondre à l'attaque de Livain VII le Jeune, roi de Gallica, qui a osé venir vous agresser ici même, dans ce palais ! Dois-je vous le rappeler ?

— Cette histoire est oubliée, Emmer ! Elle n'a aucune importance !

— Ce n'est pas à vous d'en juger ! J'estime, moi...

— Pourquoi ne serait-ce pas à moi d'en juger ? C'est moi que Livain est venu menacer, pas vous !

Le roi poussa un long soupir.

— Hélène, nous avons déjà eu cette conversation, il ne sert absolument à rien de recommencer. Ma décision est prise, et, de toute façon, si je n'attaque pas le premier, c'est Livain qui nous attaquera, vous le savez aussi bien que moi. Il a déjà commencé ses tractations auprès du pape et de la Milice du Christ !

— Uniquement parce qu'il se sait menacé ! Il n'est pas trop tard pour la diplomatie, Emmer. Il est encore temps de trouver un arrangement à l'amiable dans cette ridicule affaire d'honneur.

— Il ne s'agit pas seulement d'honneur, Hélène. Pourquoi Livain voulait-il absolument enlever ce jeune louvetier dont tout le monde ne cesse de parler ? Et pourquoi l'avez-vous protégé, vous, dans notre palais ? C'est un enjeu beaucoup plus grand qu'une simple question d'honneur.

— Mais vous ne savez pas, vous-même, ce que représente Bohem ! Vous ne comprenez pas l'importance qu'il a ! Et pourtant, vous l'utilisez vous aussi comme prétexte à cette guerre...

— Ce n'est pas de prétextes dont cette guerre a besoin, c'est d'une victoire !

— Épargnez-moi vos formules de politicien, Emmer !

— Si vous ne vouliez pas épouser un politicien, il ne fallait pas choisir un roi ! La guerre qui m'attend sera assez difficile sans que j'aie en plus à supporter tout ceci, Hélène ! Vous ne m'aidez vraiment pas !

— Je n'ai pas envie de vous aider, Emmer, pas le moins du monde ! Je ne veux qu'une seule chose : empêcher cette guerre.

— Eh bien, vous n'y arriverez pas, alors, parlons d'autre chose ! Ma décision est prise, demain, mon conseiller partira pour Gaelia, et mon armée se préparera pour cette guerre. Je ne changerai pas d'avis.

Hélène reposa ses couverts sur la table, se leva brusquement et quitta la grande salle à manger sans adresser un seul regard à son époux.

Le lendemain, elle avait quitté le palais.

*
* *

Il fallut six longues journées à Bohem et ses compagnons pour arriver aux portes de Carnute. Six journées de chevauchée à travers les forêts et les coteaux de Turan et de Bleizis, contournant les villes et les villages, parcourant les vignobles, franchissant les rivières, affrontant parfois les pluies battantes de l'automne. Ils dormaient à la belle étoile, se réveillaient avec le soleil, voyageaient tout le jour et s'endormaient tôt le soir tant ils étaient fatigués.

Quand ils arrivèrent enfin en vue de la ville du Devoir, au soir du sixième jour, aucun ne dissimula son enthousiasme à l'idée de retrouver un peu de confort.

— C'est magnifique ! lâcha Vivienne en admirant la silhouette crénelée de la ville.

— Ça, oui, c'est une belle vue. Allons-y ! les encouragea Mjolln.

— Cette fois-ci, glissa Bohem, je crois que je vais porter une capuche et me faire discret. Je préférerais qu'on ne me reconnaisse pas...

— De toute façon, je ne suis pas sûr que nous pourrons rester longtemps anonymes, se moqua La Rochelle. Une jeune femme aussi belle que Vivienne et un personnage aussi singulier que monsieur Abbac, avec sa cornemuse sur le dos et son chapeau à plume, je doute que nous passions inaperçus... Sans parler de nos deux boucles d'oreille, Bohem. Si nous cherchions à nous faire repérer, nous ne pourrions pas mieux nous y prendre !

— Tu as raison... C'est pour ça que je porterai ma capuche. Mjolln, tu peux peut-être essayer de cacher un peu ta cornemuse et ne pas mettre ton chapeau...

Le nain s'exécuta en grognant, puis ils se remirent en route vers la porte de Carnute.

C'était une grande cité fortifiée perchée sur un éperon calcaire, entre deux bras de rivière. Le centre de la ville, où s'érigeait une splendide basilique romane, était entouré de vieux remparts, et un deuxième mur enclavait les constructions plus récentes qui s'étaient développées plus bas sur les flancs de la colline. Des rues zigzaguaient entre les maisons pour relier la partie haute et la partie basse de la ville. Des faubourgs déjà denses s'étendaient vers la vallée depuis les grandes portes fortifiées.

Bohem et ses compagnons passèrent sous la grande porte sud. Le soleil était en train de disparaître à l'horizon. Un voile orangé recouvrait la ville tout entière. Les sabots des chevaux claquèrent sur les pavés de l'enceinte, puis s'étouffèrent sur la terre marron et la paille qui parsemait la chaussée. Il y avait tant de passage sous la grande porte que personne ne fit attention à eux. Ils entrèrent dans Carnute comme des dizaines d'autres et suivirent le flot de l'avenue vers les hauts quartiers. À cheval, ils ne pouvaient éviter de contourner les tertres, en empruntant les larges escaliers réservés aux piétons qui permettaient d'accéder plus rapidement au sommet de la butte.

L'air était saturé par les drogues des épiciers et des apothicaires, quand elles parvenaient à couvrir l'odeur nauséabonde des déchets qui s'écoulaient au milieu de la rue. Quelques bêtes ici et là traînaient sur la chaussée, des cochons reniflant les détritus, des biques devant un chevrier, des chiens jouant avec les enfants... Il y avait encore de nombreux commerçants malgré la venue du soir ; ils profitaient des tout derniers rayons du soleil pour essayer de vendre encore leurs marchandises. Drapiers, merciers, pelletiers, tanneurs, ils se succédaient le long des ruelles sinueuses, affublant les murs de mille teintes bigarrées. Certains rangeaient leurs tentes, repliaient les éventaires, d'autres continuaient de haranguer les passants : les femmes qui portaient leurs enfants à bout de bras, les seigneurs en étape, les clercs, les transporteurs poussant leurs mulets chargés de provisions ou les nombreux étudiants qui aimaient à traîner tout le soir dans les rues de Carnute. On les voyait par petits groupes, ces étudiants vêtus de noir, riant et parlant fort, bras dessus, bras dessous, discutant devant les tavernes un godet à la main, ou assis autour des petites places. Quelques-uns se livraient même à la dispute en pleine rue, non sans une certaine forfanterie, prolongeant sans doute le travail effectué le jour chez un maître...

Il régnait dans la ville un esprit singulier, sensiblement différent de celui que Bohem avait découvert à Pierre-Levée. Il suffisait de traverser quelques rues pour comprendre que Carnute appartenait aux étudiants et à leurs maîtres. C'était une ville de savoir et de jeunesse à la fois. De nombreux maîtres y tenaient école et université et les étudiants logeaient dans des collèges dispersés dans le centre de la cité. Chrétien de Troyes avait sans doute vu juste : le louvetier avait des chances de trouver dans ce haut-lieu de la connaissance les réponses à ses questions.

Quant à l'architecture des principaux bâtiments, elle révélait la forte présence des Compagnons dans cette ville du Devoir. Les églises et tous les édifices civils avaient bénéficié du savoir-faire des bâtisseurs et l'on apercevait ici et là des chefs-d'œuvre inégalés. Abbatiales, collégiales, chapelles, et bien sûr, au sommet, dominant la ville dans sa splendeur vertigineuse, allumée des mille feux qui scintillaient à travers ses vitraux, la basilique de Carnute, merveille romane, qui avait échappé de justesse quelques années plus tôt à un terrible incendie.

Bohem et ses amis arrivèrent bientôt au cœur de la cité, sur la grande place pavée qui entourait la basilique.

Bohem vit alors que les gens commençaient à les regarder et peut-être à les reconnaître. Il fit signe à ses compagnons de se dépêcher avant qu'une nouvelle foule ne se forme !

— Maître Abbac, dit le louvetier en se tournant vers Mjolln, nous te faisons confiance pour le choix d'une auberge. Ne restons pas trop longtemps dans la rue !

Le Cornemuseur fit un geste de la tête vers Bohem pour le remercier. Et il indiqua un établissement que, sans doute, il avait déjà repéré.

C'était une auberge à plusieurs étages, haute et étroite, coincée entre une taverne et la boutique d'un drapier. Sa façade en colombages était décorée de fleurs, d'enseignes multiples, pendues les unes en dessous des autres sur deux chaînettes noires, et d'un grand panneau peint où l'on pouvait lire le nom de l'endroit : *le Pique-Puce*.

Ils traversèrent la place et se rendirent devant l'établissement où ils confièrent leurs chevaux au palefrenier. Puis ils entrèrent à l'intérieur pour souper au moment même où le soleil disparut complètement derrière les remparts de Carnute.

*
* *

L'équipée de Bernard de Laroche et de Guillaume del Pech les mena de ville en ville, guidés par la rumeur de l'avancée de Bohem et poussés par la menace de la Milice du Christ qui remontait rapidement leur piste. Jamais de toute leur vie ils n'avaient voyagé aussi loin de chez eux. Mais plus rien ne les retenait à Nabomar. L'un comme l'autre avaient tout perdu dans l'incendie. Leur maison et leur famille. Alors, ils partaient sans remords, le cœur déchiré par la perte d'êtres chers, mais l'âme soulagée de quitter une région qui était devenue leur tombeau.

De relais en relais, les deux Bons Hommes de Nabomar avaient changé plusieurs fois de chevaux pour ne pas traverser le pays sur des bêtes fatiguées, mais il semblait que les Miliciens avaient des montures de guerre mieux entraînées et qu'ils ne cessaient de gagner du terrain. La veille, Bernard et Guillaume leur avaient échappé de peu : les Miliciens étaient arrivés au milieu de la nuit dans la ville même où tous deux s'étaient arrêtés. Ils avaient dû fuir au petit matin sans faire de bruit et avaient galopé tout le jour sans oser regarder derrière eux.

Au fur et à mesure qu'ils avançaient vers le nord du pays, l'humeur de Bernard était de plus en plus sombre. Il commençait à douter qu'ils puissent rejoindre Bohem à temps, et il était pourtant de plus en plus convaincu que ce jeune homme était le seul à pouvoir les défendre. Personne d'autre dans tout le pays ne prendrait le risque de s'opposer au pape et au roi de Gallica en acceptant de protéger ces prétendus hérétiques. Et il ne faisait aucun doute que si les Miliciens de Dumont Desbardes les rattrapaient, Bernard et Guillaume seraient exécutés sur place et sur-le-champ. Bernard ne pouvait supporter cette idée. Ils avaient traversé tant de pays, échappé de si peu à la mort, par deux fois ! Cela ne pouvait pas se terminer ainsi ! Le Bon Homme ne cessait de penser à sa femme et à leur fils. Aux flammes qui les avaient emportés. Il devait tenir sa promesse. Faire connaître au monde toute la vérité.

Au soir du dixième jour, ils étaient arrivés épuisés au comté de Pierevain. Leurs vêtements étaient de plus en plus sales, leurs visages de plus en plus marqués. L'argent commençait à manquer et ils ne pouvaient plus se payer de belles auberges. Ils devaient se contenter des dortoirs bondés qu'on trouvait dans les petites tavernes.

Or, ce fut justement dans la salle à manger de l'un de ces établissements que Guillaume et Bernard eurent enfin des nouvelles récentes de l'homme qu'ils recherchaient. En écoutant discrètement la conversation de leurs voisins de chambrée, ils apprirent que Bohem était parti la veille de Pierre-Levée pour rejoindre Carnute. Ils étaient si près du but ! Plutôt que de perdre une nuit sur place, les deux Bons Hommes décidèrent de reprendre aussitôt la route pour chevaucher toute la nuit et tenter de rattraper le louvetier.

Pour la seconde fois, mais sans le savoir, ils échappèrent de peu à la Milice du Christ qui arriva dans la ville quelques instants à peine après leur départ précipité.

Chapitre 3

RÉCEPTIONS

Tôt le matin, Bohem quitta l'auberge du *Pique-Puce* pour aller en solitaire dans les ruelles de Carnute. La veille, il avait prévenu ses amis qu'ils ne devaient pas s'attendre à le voir de la journée, car il avait à faire, et parce qu'il devait être seul. Les autres avaient accueilli la nouvelle avec peu d'enthousiasme, car ils n'aimaient pas le laisser, mais ils s'étaient résolus à visiter la ville de leur côté s'il promettait de donner de ses nouvelles avant le soir.

En arrivant à Carnute, Bohem avait remarqué la rue dans laquelle il semblait y avoir le plus grand nombre d'étudiants, un peu plus bas, au sud de la basilique. Sans hésiter, il retrouva son chemin et arriva devant l'une des tavernes où étaient en effet rassemblés de nombreux jeunes gens portant le chapeau noir des étudiants. En vérité, la plupart le portaient accroché à la ceinture, comme ce devait être la mode. Le soleil n'était pas levé depuis longtemps, mais ils étaient déjà nombreux à l'intérieur et devant la taverne, attendant sans doute le cours d'un maître qui enseignait dans le quartier. Bohem se demanda même si certains n'avaient pas passé la nuit ici et ne s'étaient pas encore couchés ! L'ambiance était à la plaisanterie, on s'amusait et l'on riait fort.

Le louvetier s'avança parmi eux et entra à l'intérieur de la taverne bruyante en essayant de ne pas se faire remarquer. Il alla s'accouder au haut comptoir de bois où on lui servit du lait chaud au miel, préparation que tous les étudiants semblaient boire à cette heure matinale...

Il resta un moment à écouter les conversations et à regarder les gens tout en buvant sa boisson chaude. Jamais il n'aurait imaginé, à l'époque où il habitait Villiers-Passant, que des jeunes gens de cet âge pussent consacrer leur vie à étudier ainsi. Ils semblaient tellement à l'aise, tellement détendus. De quoi pouvaient-ils donc vivre ? Combien de temps encore allaient-ils étudier ? Leur vie était tellement différente de celle des jeunes gens de Tolsanne ! Cela lui semblait presque grotesque, et pourtant, il les enviait. Il se demandait ce qu'ils pouvaient apprendre, auprès de leurs maîtres, et à quoi leur servirait ce savoir. Il se rappela alors ses longues conversations avec Hélène de Quienne, toutes les choses qu'elle lui avait apprises... Et toutes celles qu'il lui restait à apprendre. Il aurait aimé, lui aussi, passer des heures, des semaines, des années même à découvrir les sciences pour mieux comprendre le monde. En parlant avec Hélène il avait vite compris que le savoir était l'une des clés essentielles de la liberté et que l'ignorance dans laquelle on laissait s'enfermer les jeunes des petites villes et des campagnes était la pire des prisons.

— Vous êtes Bohem, n'est-ce pas ?

Le louvetier se retourna, surpris. Il découvrit alors le jeune homme installé derrière lui, accoudé au comptoir, et qui dégustait lui aussi une grande tasse de lait au miel. Il devait avoir à peu près le même âge que lui mais il était beaucoup plus grand, presque aussi grand que Trinité, songea Bohem. Il portait, plié sous son bras, son chapeau d'étudiant. Il avait le regard rieur et la mine sympathique.

Bohem hésita un moment, embarrassé. Il n'avait vu aucune affiche dans la ville annonçant que la Milice ou le roi le cherchaient ici aussi, mais il était tout de même sur ses gardes. Carnute était dans le comté de Bleizis, un fief de la couronne de Gallica... A priori, il n'était pas en terre amie.

— Oui, c'est moi, avoua-t-il finalement – car de toute façon il aurait été vain de le nier : l'étudiant l'avait bien sûr reconnu. Et vous ?

Le jeune homme sourit et lui tendit la main.

— Je m'appelle Pierre Derisier, je suis étudiant... comme tous les gens qui sont présents dans cette pièce... à part vous.

Bohem grimaça.

— Si vous espériez passer inaperçu, je pense que c'est raté ! murmura l'étudiant en lui adressant un clin d'œil.

— En effet... Je suis venu voir des étudiants, au moins, je ne me suis pas trompé d'endroit !

— C'est certain ! Mais que nous vaut l'honneur ?

Bohem fronça les sourcils. L'étudiant se moquait-il de lui ou était-il sérieux ? Entendait-il vraiment que c'était pour eux un *honneur* de voir Bohem ? Les habitants de Carnute faisaient-ils courir à son sujet les mêmes légendes que dans les terres de la duchesse ? De toute façon, il était trop tard pour se méfier. De plus en plus d'étudiants à l'intérieur de la taverne le dévisageaient.

— Je cherche à rencontrer Courage de Carnute...

— Ah ! Je vois ! Alors, en effet, vous êtes venu au bon endroit. Je dois pouvoir vous mener jusqu'à lui. Il dispute ce matin même près de la fontaine Saint-André. Je pense qu'il sera heureux de vous rencontrer...

— Vous croyez qu'il me connaît ? s'étonna Bohem.

— Si je le crois ? répliqua l'étudiant. Mais j'en suis sûr ! Bohem, tout le monde vous connaît, ici ! Et, si je peux me permettre, vous devriez faire plus attention, d'ailleurs, car certains vous tiennent pour responsable du conflit entre Livain et Emmer... Or ici, au comté de Bleizis, nous sommes géographiquement au cœur même de ce conflit.

— Comment pourrais-je être responsable d'un conflit auquel je ne participe pas ? s'offusqua Bohem. Les seuls responsables d'un conflit ne sont-ils pas ceux qui, justement, s'affrontent ?

— Rassurez-vous ! s'exclama le jeune homme en prenant Bohem par le bras. Nous autres, étudiants, nous savons bien que vous n'y êtes pour rien. Et vous êtes en sécurité dans cette taverne. Mais je n'en dirais pas autant pour toute la ville... Où êtes-vous installé ?

— Mes amis et moi avons dormi à l'auberge du *Pique-Puce*...

— C'est une très bonne auberge, et les patrons sont de braves gens, mais vous pouvez difficilement vous exposer davantage ! Vous êtes en plein centre de Carnute ! Si vous voulez mon avis, vous devriez chercher asile ailleurs... Un endroit plus discret. Et si vous ne trouvez pas, vous pouvez toujours venir dans notre collège, Bohem. Vous y serez plus tranquille, et nous pourrons échanger nos idées ! Votre histoire nous passionne !

Bohem leva les yeux au plafond.

— Je vois, reprit l'étudiant. Vous devez en avoir assez que les gens vous parlent de tout cela... Je suis désolé. Je ne voulais pas vous importuner. Allons, Courage va bientôt arriver à la fontaine Saint-André, et nous ferions bien de nous mettre en route si nous ne voulons pas le rater.

— Cela ne vous dérange pas de me conduire jusqu'à lui ?

— Pas le moins du monde, Bohem. Et je suis sûr que la plupart de mes collègues ici présents sont morts de jalousie ! Allons-y ! l'invita l'étudiant en payant leurs deux boissons.

Bohem le suivit en évitant de croiser le regard des autres clients de la taverne.

*
* *

— Je vous remercie de votre disponibilité, maître.

Dès qu'il avait compris à qui il avait affaire, Courage de Carnute avait annoncé aux étudiants rassemblés sur la petite place que la dispute était annulée et, sous le regard envieux de ses élèves, il avait emmené Bohem chez lui afin qu'ils puissent s'entretenir au calme.

Le vieux maître habitait une maison étroite près de l'ancienne enceinte, dans la partie haute de la ville. Partageant son temps entre les collèges de Carnute et les cours privés qu'il donnait aux enfants des nobles de la ville, il gagnait suffisamment bien sa vie pour s'offrir les services d'une femme qui habitait le rez-de-chaussée et qui s'occupait de sa maison comme de ses repas. Courage jouissait d'une exceptionnelle longévité et, du haut de ses soixante-quatorze ans, il était sans doute l'une des plus anciennes figures du quartier. Pourtant il était encore en parfaite santé et montait sans difficulté le petit escalier qui menait à ses appartements.

Installés dans une grande pièce du haut, au milieu des livres et des parchemins, Bohem et le vieux maître discutaient à l'abri des regards.

— C'est un plaisir, jeune homme, que de pouvoir confronter la réalité aux légendes qui courent sur votre si jeune personne...

— Je doute qu'il y ait beaucoup de vérités dans tout ce que vous pouvez avoir entendu à mon sujet, maître. Je suis très étonné de la vitesse à laquelle ces légendes se sont répandues...

— C'est le propre des légendes, mon ami.

— Cela me met très mal à l'aise...

— Allons, ne soyez pas trop modeste ! se moqua le vieil homme en allumant une pipe.

Enfoncé dans un large fauteuil, fumant avec désinvolture, on voyait qu'il avait l'habitude de passer de longues heures ici, assis au milieu de ses nombreux ouvrages. Son vieux corps épousait parfaitement la forme du fauteuil et il y avait sur des petites tables autour de lui toutes les choses dont il pouvait avoir besoin pendant ses longues après-midi de lecture. Les chaises ici et là indiquaient que quelques étudiants devaient venir parfois pour l'écouter sans doute, ou pour profiter de sa riche bibliothèque.

— Vous savez, reprit Courage en pointant sa pipe vers Bohem, les légendes se nourrissent toujours d'un fond de vérité. C'est pour cela que j'aime les étudier car elles sont souvent le reflet d'une vérité passée. Ce qu'on dit de vous ne peut donc pas être complètement faux... Je suis sûr qu'il y a du vrai dans tout cela...

Bohem haussa les épaules.

— Il semble notamment que vos liens avec les Compagnons du Devoir soient bien réels.

— Ils m'ont aidé plusieurs fois, et l'un de mes amis est Compagnon. Je suis assez sensible à leur façon de voir les choses...

Le vieil homme hocha lentement la tête, comme s'il approuvait lui aussi.

— Je travaille souvent avec la cayenne de Carnute, vous savez. Nous échangeons quelques points de vue. Nous ne sommes pas toujours d'accord, mais nous partageons des valeurs essentielles.

— Vous allez dans la cayenne ?

— Oui. Les Compagnons m'invitent de temps en temps dans leur atelier... Vous savez, le Devoir est une école. Les Compagnons sont étudiants et professeurs, tout comme moi. L'atelier de Carnute ne se contente pas de parler d'artisanat. On y discute souvent de philosophie... Et ces derniers temps, on y parle aussi de vous !

— Vraiment ? s'étonna le louvetier.

— Bien sûr ! Et ce qu'on dit de vous là-bas est certes moins farfelu que ce que l'on entend dans les tavernes. Ce sont ces anecdotes-là qui me donnaient envie de vous rencontrer, et c'est pour cela que je suis bien heureux de vous recevoir ici, même si, vous vous en doutez, cela risque d'être assez mal perçu par plusieurs autorités de la ville, à commencer par l'évêque.

— Je ne voudrais pas vous causer le moindre ennui...

Courage fit un geste de la main pour rassurer Bohem.

— Ne vous inquiétez pas, l'évêque est un ami ! Nous avons bien des divergences d'opinion, mais au fond, nous nous entendons bien, et il se contentera de me sermonner, pour la forme ! Mais vous ne m'avez pas dit la raison de votre visite. Vous allez m'expliquer tout cela, mais avant tout, voulez-vous boire quelque chose ?

— Non, je vous remercie... Je viens de le faire avec l'étudiant qui m'a conduit jusqu'à vous.

— Entendu. Peut-être voulez-vous fumer, vous aussi ? J'ai de nombreuses pipes qui viennent des quatre coins de Gallica...

— Non, non, sans façon. Je n'ai fumé qu'une seule fois dans ma vie, c'était avec des Compagnons, justement, et cela m'a fait un effet que je ne suis pas près d'oublier !

Le vieil homme se fendit d'un rire profond.

— Je vois. Alors, dites-moi, Bohem le Louvetier, quel bon vent vous amène ?

— C'est Chrétien de Troyes qui m'a conseillé de venir vous voir, maître.

— Chrétien ? Ah, oui, un brillant jeune homme. Sans doute l'un des clercs les plus brillants qui aient assisté à mes cours. Mais il est plus épris de poésie que de philosophie... C'est dommage. Il aurait fait un brillant philosophe ! Et pourquoi vous a-t-il conseillé de venir me voir, ce brave garçon ?

— Maître, vous allez me prendre pour un fou et croire peut-être que les légendes qui courent à mon sujet sont plus réelles que vous ne le pensiez, mais je cherche une chose au sujet de laquelle nous n'avons trouvé aucun écrit, et qui n'est mentionnée que dans des textes sur la mythologie païenne...

— Mais le paganisme me passionne, Bohem, n'ayez crainte ! Je ne me contente pas, loin de là, d'étudier les arts du *trivium*...

Bohem fit une moue embarrassée. Il ne savait absolument pas de quoi Courage voulait parler.

— Pardon ! Bien sûr ! Vous n'avez pas étudié, Bohem. Veuillez me pardonner, j'ai tellement l'habitude de parler avec mes étudiants que j'oublie que nous sommes dans notre petit monde et notre petit jargon... Le *trivium*, c'est la grammaire, la rhétorique et la logique. Ce sont les sciences essentielles pour la plupart de mes collègues, voyez-vous, mais à l'étude des mots je préfère, moi, l'étude des choses : l'astronomie, et puis la géométrie, l'arithmétique. J'essaie d'inculquer à mes étudiants l'esprit de curiosité, d'observation, d'investigation. Et c'est dans cet esprit que nous étudions aussi les mythologies du passé.

— Y compris les mythologies païennes ?

— Bien sûr, toutes les mythologies ! Nous nous appuyons souvent sur les grandes figures du passé. Salomon, le sage de l'Ancien Testament, un ancêtre que nous partageons d'ailleurs avec vos amis Compagnons, mais aussi Platon ou Aristote... Ce dernier disait déjà que la curiosité était mère de toutes les sciences. Je dis souvent à mes élèves que nous sommes des nains juchés sur des épaules de géants. Nous voyons davantage et plus loin qu'eux, non parce que notre vue est plus aiguë ou notre taille plus haute, mais parce qu'ils nous portent et nous élèvent de toute leur hauteur gigantesque...

— C'est-à-dire ?

— Le savoir des anciens est un promontoire du savoir de demain, Bohem. Alors n'ayez aucune crainte... Je n'ai rien contre le paganisme ! Quelle est cette chose que vous cherchez ?

— Avez-vous déjà entendu parler des portes du Sid ?

Courage de Carnute hocha lentement la tête.

— Oui, cela me dit quelque chose... Ce sont des portes qui, selon la légende du pays de Gaelia, donneraient accès au monde des morts, n'est-ce pas ?

Bohem acquiesça, impressionné.

— Savez-vous où elles se trouvent ?

— Où elles se trouvent ? s'étonna le vieil homme. Allons, je ne sais pas si elles existent, Bohem ! Je connais la légende païenne de la nuit de Samain, où il est question de ces portes et dont Odilon s'est inspiré quand il a formalisé la Toussaint, mais je ne pense pas que ces portes existent vraiment ! Je ne connais personne qui les ait observées, en tout cas...

Bohem poussa un soupir. Il avait espéré un instant que le maître connaissait la réponse à cette question. Et il se demandait à présent comment il pourrait faire, car ce Courage était sans doute l'un des hommes les plus instruits de Gallica, et si lui ne connaissait pas la réponse, qui donc pourrait l'aider ?

— Comme je vous le disais, Bohem, c'est une légende venue de Gaelia. N'est-ce pas le pays de vos ancêtres ? On dit que vous êtes le fils d'Aléa... Est-ce vrai ?

— Je le crois.

Le vieil homme resta silencieux un moment. Il observait Bohem tout en tirant sur sa pipe.

— Je suis désolé, Bohem, dit-il finalement, je vous vois bien déçu... Mais vous ne devez pas vous décourager si vite. Vous n'êtes semble-t-il qu'au tout début de vos recherches.

— Je vous remercie, maître. Je ne sais simplement plus trop où chercher...

— Puis-je vous demander pourquoi vous cherchez ces portes, Bohem, ou bien suis-je trop indiscret ? Cela a un rapport avec votre mère ?

Le louvetier hésita. Courage avait beau faire preuve d'une grande curiosité et d'une belle ouverture d'esprit, il n'en restait pas moins un membre de l'autorité et un proche de l'Église. Pouvait-il comprendre la mission de Bohem ? Ne risquait-il pas de s'y opposer ? De le dénoncer au roi ?

— Je ne suis pas là pour vous juger, ajouta le vieil homme en voyant que le louvetier hésitait, mais seulement pour vous comprendre. Vous savez, j'ai moi-même plusieurs fois cherché des choses qu'on ne voulait pas que je trouve... Je sais qu'on vous a déclaré hors-la-loi, Bohem, et que le roi de Gallica vous recherche, mais je suis un homme de sciences, moi, pas un homme de loi. Je me suis plus d'une fois trouvé dans la même situation que vous. Vous pouvez parler sans crainte.

Bohem se redressa dans son fauteuil. Courage de Carnute lui inspirait confiance.

— Je cherche les portes du Sid, parce que c'est là que je veux guider les Brumes avant qu'elles ne disparaissent complètement...

Le savant hocha la tête.

— Je vois. Mmm. C'est tellement dommage que ces créatures disparaissent, n'est-ce pas ? Nous n'aurons pas eu le temps de les étudier, de les comprendre...

— C'est ce qu'avait commencé à faire Philippe de Thaon, répliqua Bohem, mais son ouvrage est interdit aujourd'hui...

— Oui. Et c'est bien regrettable.

— J'en ai une copie !

— Vraiment ? Il faudra que vous me la montriez un jour ! C'est un ouvrage précieux. C'est une erreur que de ne pas vouloir comprendre le mystère des Brumes. Ce que vous faites est bien, Bohem. J'admire votre courage. Sachez que nous ne sommes pas si éloignés que vous pourriez le croire. Je dois moi aussi mener un combat contre l'ignorance...

— Je ne me pose pas la question en ces termes, maître. Pour moi, il s'agit simplement de sauver les Brumes.

Le vieil homme s'avança sur son fauteuil, s'approcha de Bohem et lui prit la main en un geste paternel.

— Vous êtes beaucoup plus que cela, Bohem. Vous représentez déjà quelque chose pour des milliers de gens. Et, si je peux me permettre de vous donner un conseil, vous devriez y réfléchir.

— Que voulez-vous dire ?

— Pour le moment, vous n'agissez que par instinct. Mais vous devriez essayer de formuler cette certitude qui vous habite. De comprendre votre motivation, votre instinct justement. Quelles sont les valeurs qui vous poussent à agir ? Pourquoi voulez-vous tant sauver les Brumes ? Et pourquoi vous êtes-vous senti si proche des Compagnons, Bohem ? Les réponses sont au fond de vous. Il faut simplement que vous les formuliez. Vous qui avez déjà le goût de ne pas croire aveuglément, il faut que vous compreniez par vous-même ce en quoi vous croyez.

— Comment cela ?

— Vous devez construire votre pensée, Bohem. Formuler vos propres valeurs. Vous devez pouvoir dire au monde ce en quoi vous croyez.

— Ce n'est pas si simple que cela. Je n'ai que des émotions, des envies... Et vous, Courage, en quoi croyez-vous ?

Courage se renfonça dans son fauteuil en souriant.

— Vous seriez surpris, Bohem, si j'avais le temps de vous dire tout ce en quoi je crois ! Car, je vous l'ai dit, je crois que nous sommes plus proches que vous ne pouvez l'imaginer.

— Mais, alors, dites-moi ce en quoi vous croyez, maître ! Peut-être cela pourrait-il m'aider...

— Je crois en la toute-puissance de la nature, Bohem. Je crois que le cosmos est un ensemble organisé et rationnel. Si l'Église et moi-même nous opposons si souvent, c'est parce que je veux expliquer la Genèse selon les lois naturelles. J'essaie d'analyser la bible *secundum physicam et ad litteram*, selon les lois de la physique et à la lettre. Je crois, Bohem, que l'homme est le maître de la nature et qu'il doit continuer sur cette terre l'œuvre de Dieu. Nous sommes des bâtisseurs, et c'est ce qui me rapproche, moi aussi, des Compagnons. Je ne crois pas, contrairement à ce que l'Église nous a toujours appris, que l'homme doive travailler en conséquence du péché, mon jeune ami, mais parce qu'il doit participer à la Création. C'est en tout cas le sens de mon enseignement.

— C'est... Oui. C'est proche de ce en quoi je crois également, balbutia Bohem.

— Vous voyez ! Vous savez donc déjà un peu ce en quoi vous croyez ! Nous avons le même défi, Bohem. Faire passer la connaissance dans les mains du plus grand nombre, nous débarrasser des mensonges de jadis. J'essaie, moi, de confronter mon savoir aux réalités du quotidien, aux techniques scientifiques et artisanales d'aujourd'hui. Je dis souvent à mes élèves que, à l'instar des Compagnons qui font le Tour de Gallica, ils doivent eux passer par les sept villes-étapes de la connaissance : grammaire, rhétorique, dialectique, géométrie, arithmétique, astronomie et musique, mais qu'ensuite ils doivent les confronter aux arts manuels, la physique et la mécanique et enfin au maître de tous les arts : la politique.

— Une vie entière ne suffirait pas pour connaître toutes ces sciences !

— La vie d'un seul homme, peut-être pas, mais nous sommes des milliers, Bohem. Un jour, peut-être, des dizaines de milliers. Ce qui compte, c'est que chacun d'entre nous accepte de devenir un acteur de la Création... Ensemble.

— Je comprends, affirma le jeune homme en fronçant les sourcils. Je vais réfléchir à tout cela...

— Bohem, continuez vos recherches. Si vraiment elles existent, vous finirez par trouver les portes du Sid. Si elles n'existent pas, vous finirez par l'apprendre également. Mais ne vous arrêtez pas là. Vous devez aller plus loin, mon jeune ami. Ne vous abritez pas derrière cette simple quête. Ne devenez pas l'esclave de votre mission, aussi noble soit-elle. Devenez acteur de la Création, Bohem, ou bâtisseur, si vous préférez. Car, même quand vous aurez trouvé vos fameuses portes, vous devrez continuer votre œuvre...

— J'aimerais prendre le temps de réfléchir à tout cela, maître, et je vous remercie de vos conseils, mais, malheureusement, il ne me reste que peu de temps pour sauver les Brumes. Vous le savez, elles meurent chaque jour...

— Je comprends. Je ne vous retiens pas, Bohem, continuez vos recherches, mais n'oubliez pas ce que je vous ai dit. Vous devez vous comprendre vous-même, trouver vos propres valeurs, et ensuite les défendre au dehors, les faire vivre et les confronter aux valeurs des autres.

— Je... Je n'oublierai pas, conclut Bohem.

Le jeune homme était ému. Il n'aurait su dire quoi, mais il s'était passé quelque chose pendant cette courte entrevue. Une complicité pleine de respect s'était installée entre le vieil homme et lui. Il avait l'impression de ne pas avoir encore les moyens de comprendre tout ce qu'avait dit Courage, mais il sentait au fond de lui que c'était important. Que ce dont avait parlé le philosophe était au cœur de sa vie. Que cela touchait même peut-être sa raison de vivre.

Il allait lui falloir du temps. Et le temps lui manquait.

Bohem se leva et serra vigoureusement la main du vieil homme.

— J'ai été très heureux de faire votre connaissance, Bohem. Vous êtes en puissance tout ce que les Compagnons m'avaient dit de vous, et bien plus encore. Il ne tient qu'à vous de ne pas contenir la force qui vous habite. Allons, au revoir, et bonne route ! Je ne vous raccompagne pas, Bohem. Vous saurez trouver tout seul votre chemin, n'est-ce pas ?

*
* *

Bastian le louvetier avait décidé d'un parcours dont il savait qu'il lui prendrait moins d'un mois, afin de pouvoir arriver dans la forêt de Roazhon le jour où Bohem lui avait donné rendez-vous, tout en passant par le plus grand nombre de villes possible. Il entreprit donc de faire à cheval une grande boucle qui, partant de Pierre-Levée, passerait par Riven pour remonter jusqu'à Aurilian avant de revenir vers le duché de Breizh.

La duchesse de Quienne avait ordonné à ses sujets que l'on aidât le jeune homme à préparer au mieux son long voyage. Le maître des écuries du palais lui avait donné l'un de ses meilleurs chevaux et une selle en cuir faite pour les longs trajets. L'intendant avait rempli les sacs de Bastian de tous les vivres qu'ils pouvaient contenir, et le forgeron lui avait offert une fort belle épée qui faisait grande impression. Vêtu de l'habit vert des louvetiers, il avait une fière allure et ne passait pas inaperçu. Mais c'était justement ce qu'il cherchait.

Les deux premiers jours de son voyage il ne croisa personne, progressant rapidement vers l'est à la recherche de la première louveterie. Il profita de sa solitude et de la monotonie du trajet pour méditer. Il en avait grand besoin. Le choix qu'il avait fait d'aider Bohem était un changement radical dans sa vie et il ressentait le besoin de se convaincre qu'il avait bien fait. Mais avait-il vraiment le choix ? Car, s'il avait choisi de ne pas aider Bohem, aurait-il pour autant échappé au bouleversement que s'apprêtaient à vivre tous les louvetiers ? Car même si ceux-ci refusaient d'y penser, il allait bien falloir qu'ils trouvent une autre occupation le jour où les Brumes auraient toutes disparues. Et ce jour, on ne pouvait plus en douter, était de plus en plus proche.

Bastian avait besoin de nouveaux repères. Tout ce à quoi il avait cru jusqu'à ce jour était en train de s'écrouler. Tout ce que son père lui avait appris ne servirait bientôt plus à rien. Et son père, justement, ne l'avait certainement pas préparé à cela. Jamais les louvetiers ne s'étaient réellement posé la question de la fin des Brumes, eux qui pourtant passaient leur vie à les tuer...

Bohem prétendait que les Brumes ne sont pas des créatures du démon, contrairement à ce que l'Église prêchait depuis la nuit des temps. Et s'il avait raison, cela signifiait par conséquent que les louvetiers, en tuant ces animaux merveilleux, avaient sans doute pêché leur vie durant. Car si ces créatures extraordinaires n'étaient pas l'œuvre du diable... elles ne pouvaient être que celle de Dieu ! Pourtant, ce n'était pas en ces termes que Bohem avait expliqué les choses. Pour lui, qu'elles fussent créatures de Dieu ou pas n'avait aucune importance. Elles étaient belles et méritaient de vivre tout autant que les hommes, c'était le seul argument du jeune homme.

En tout cas, Bastian était convaincu d'une chose aujourd'hui. Oui, elles étaient belles, ces créatures. Et la Licorne était la plus belle d'entre toutes. Il n'oublierait jamais l'instant où il avait vu sa crinière pour la première fois. À quelques pas de lui. Si belle, si blanche, si pure et si lumineuse ! Comment avait-il pu l'approcher, elle qu'aucun louvetier n'avait jamais vue ? Ce devait être un signe. Peut-être s'était-elle laissé approcher parce qu'elle savait que Bastian, un jour, prendrait à son tour la défense des Brumes. Parce qu'elle l'espérait.

Quoi qu'il en fût, il avait fait son choix aujourd'hui. Ému par la générosité de Bohem et de ses compagnons, troublé par la beauté de la Licorne, et terrifié par l'avenir incertain des louvetiers, Bastian était décidé à sauver les Brumes. Sauver toutes celles qu'il pourrait. Le plus possible, mais au moins une ! Une Brume pour laver sa faute, pour effacer le souvenir de toutes celles qu'il avait dû tuer.

Le soir du deuxième jour, Bastian arriva en vue d'une louveterie à la frontière entre le comté de Pierevain et le duché de Quienne.

C'était une belle demeure de pierre, isolée à l'orée d'un grand bois. Une lumière dorée brillait à l'intérieur. Bastian arrêta son cheval devant le chemin de terre et observa pendant quelques instants le bâtiment et ses alentours. Tout était calme. On entendait seulement le grincement de la poulie en bois d'un puits de pierre et les quatre chevaux attachés dans les écuries.

Bastian se remit en route et descendit de cheval devant la louveterie. Un homme apparut à la porte, tenant dans la main une aile de poulet cuite qu'il avait déjà bien entamée.

— Ah ! dit-il en voyant le costume vert de Bastian. Nous nous demandions qui pouvait bien arriver à cette heure ! Tu as de la chance, confrère, nous sommes en plein repas ! Sois le bienvenu.

Bastian partit attacher son cheval et entra dans la louveterie. Il vit trois autres hommes à l'intérieur, attablés près d'une haute cheminée où brûlait le feu sur lequel ils avaient cuit leur dîner.

La maison était grande et témoignait du riche passé de leur profession. À l'époque où les Brumes étaient encore nombreuses, il devait y avoir une quinzaine de louvetiers qui logeaient entre ces murs les jours de chasse. Mais à présent, la louveterie semblait bien vide.

La poussière s'accumulait sur les derniers meubles et l'on avait entassé dans un coin plusieurs chaises qui ne servaient plus.

— Bonjour, dit-il en prenant place à leur table, je suis Bastian, de Roazhon.

— Bastian ! s'exclama l'un des convives ! Pardieu, j'ai déjà entendu parler de toi ! N'es-tu pas celui qui a le plus grand nombre de Brumes à son actif dans tout le duché de Breizh ?

— C'est ce que l'on dit, oui, répondit Bastian qui aurait préféré sans doute que ce détail ne fût pas connu de ses hôtes. Mais j'ai arrêté de chasser maintenant...

— Vraiment ? Il faut dire, les Brumes sont tellement rares maintenant, je comprends que l'on puisse se décourager ! Nous étions justement en train d'en parler ! Mais ne parlons plus de tout cela, nous sommes là pour nous changer les idées. Vas-y, sers-toi, il y a à boire et à manger ; et du poulet plus qu'il n'en faut !

— Merci.

Mais Bastian attendit avant de se servir. Il était mal à l'aise parmi les louvetiers, car ceux-ci ne savaient pas encore la raison de sa présence et il ne voulait pas avoir l'impression de leur jouer un tour. Les louveteries devaient accueillir tout louvetier passant, mais Bastian n'était plus vraiment membre de la confrérie. En tout cas, il n'était plus un louvetier comme les autres et, en conscience, il ne pouvait le cacher plus longtemps.

— Merci de votre accueil, mais je dois vous prévenir que je ne suis pas là en tant que louvetier, et je ne mérite pas votre hospitalité...

Les quatre hommes levèrent les yeux vers lui et l'interrogèrent du regard.

— Comme je vous l'ai dit, j'ai arrêté de chasser...

— Mais alors, que fais-tu dans une louveterie ? Tu devrais profiter de ton congé, mon ami !

Bastian poussa un soupir. À présent qu'il devait vraiment relever son défi, il se rendait vraiment compte de la difficulté de sa tâche, et du peu de chance qu'il avait de convaincre ses auditeurs. Il était tellement angoissé à l'idée non seulement d'échouer, mais en plus de passer pour un fou dangereux, qu'il n'osait se lancer. Mais il faudrait bien qu'il commence un jour. Et il n'avait que peu de temps. Bohem comptait sur lui. Il se lança enfin :

— Eh bien, je vais de louveterie en louveterie pour essayer de convaincre les louvetiers que nous devons tous arrêter de chasser...

— Qu'est-ce que c'est que cette histoire ? répliqua celui qui était venu l'accueillir à la porte. Le roi vient de doubler nos primes !

— Et pourquoi à votre avis ?

— Parce qu'il veut redoubler d'efforts dans la chasse aux Brumes...

— Et cela ne vous fait pas peur ? insista Bastian.

— Pourquoi devrions-nous avoir peur ?

— Vous n'avez pas remarqué qu'il n'y a presque plus une seule Brume dans tout le pays ?

— Elles sont de plus en plus difficiles à trouver, mais c'est parce qu'elles s'habituent à notre façon de chasser. Elles se cachent mieux qu'avant...

— Allons ! Réfléchissez ! Les Brumes sont en train de disparaître, il n'en restera bientôt plus une seule.

— Et alors ? Cela prouve que nous faisons bien notre travail !

— Et que ferez-vous quand il n'y aura plus de Brumes ?

— Le roi nous trouvera une autre occupation...

— Vous en êtes bien sûrs ?

L'interlocuteur de Bastian haussa les épaules. Son voisin de droite prit la parole à son tour :

— Je ne comprends rien à ce que vous dites. Si c'est la peur de perdre notre source de revenu qui vous inquiète, pourquoi voudriez-vous que nous arrêtions de chasser ? Ce n'est pas très logique ! Notre seule source de revenu, justement, c'est la chasse !

— Ce n'est pas une question de revenu, balbutia Bastian, comprenant qu'il s'y prenait mal. J'ai... J'ai rencontré la Licorne.

Les louvetiers redressèrent la tête et dévisagèrent Bastian, perplexes.

— Pardon ?

— J'ai rencontré la Licorne, et je connais à présent la vérité sur les Brumes.

Il y eut un court silence et les louvetiers se lancèrent des regards gênés. Ils commençaient à se demander s'ils n'avaient pas accueilli un fou à leur table.

— Quelle vérité ?

— Avez-vous entendu parler de Bohem ?

L'un d'eux acquiesça.

— Oui, j'en ai entendu parler... N'est-ce pas ce jeune hérétique qui s'est associé à Emmer Capigesne contre le roi de Gallica ?

— Il ne s'est pas associé à Emmer. Et ce n'est pas un hérétique, c'est le fils d'un louvetier !

— Et alors ?

— Alors il a découvert, tout comme moi, la vérité sur les Brumes.

— Mais quelle vérité ? insista le louvetier, d'une voix exaspérée.

— Ce ne sont pas des créatures du démon. Ce sont des créatures magnifiques, et il en reste si peu que, si nous ne faisons rien pour les sauver, dans quelques semaines il n'en restera plus une seule.

Deux des louvetiers éclatèrent de rire. Puis tous les quatre se jetèrent des regards sidérés. Ils devaient se demander si leur invité ne se moquait pas d'eux.

— Les sauver ? Mais enfin, confrère, nous avons passé notre vie à les tuer, pourquoi voudrions-nous les sauver maintenant ?

— Justement pour réparer la faute gigantesque dont nous nous sommes rendus coupables ! Le roi et l'Église nous ont... menti, au sujet des Brumes.

— Mais comment peux-tu dire ça, toi qui es louvetier, si vraiment tu l'es ? Tu sais bien à quel point les Brumes sont dangereuses.

— Elles ne le sont que quand nous les attaquons, répliqua Bastian, parce qu'elles se défendent. Je pensais comme vous, avant, mais Bohem m'a ouvert les yeux : avez-vous jamais été attaqués par une Brume que vous n'ayez pas attaquée vous-mêmes ?

— Non, mais c'est parce qu'elles vivent cachées !

— Mais alors, pourquoi allons-nous les chercher pour les tuer ? En quoi nous dérangent-elles, puisqu'elles vivent cachées ?

— Parce que sinon elles attaqueraient les villes, bien sûr ! s'exclama l'homme en face de Bastian.

— Et comment pouvez-vous en être sûrs ?

— Parce que nos pères nous l'ont appris, et leurs pères avant eux. Parce que le roi et l'Église nous l'ont dit. Et parce que, comme tu dois le savoir puisque tu étais louvetier, elles sont extrêmement agressives.

— Non. Elles se défendent, voilà tout. Et, pour tout vous dire, la Licorne, elle, ne se défend même pas.

— Comment peux-tu le savoir ? demanda l'un des louvetiers.

— J'ai... J'ai tiré une flèche sur elle.

— Je croyais que tu voulais sauver les Brumes ? se moqua l'autre.

— Quand je lui ai tiré dessus, je n'avais pas encore compris tout cela. Je n'avais pas encore compris qu'on nous avait toujours menti à leur sujet, même si cette histoire de primes doublées commençait à semer le doute dans mon esprit...

— Écoute, confrère, ce que tu racontes est complètement fou... Tu dois avoir perdu la raison pour venir demander à des louvetiers de sauver les Brumes !

— Ce que je vous propose, c'est de vous allier à moi et à ce fameux Bohem. Vous ne connaissez peut-être pas tous son nom, mais je suis sûr que vous avez entendu parler de son histoire. C'est le jeune homme qui, il y a quelques années, avait marché dans les flammes pour sauver un loup du bûcher...

— C'est donc bien un hérétique, ou un charlatan !

— Non. Je crois, moi, qu'il a été désigné par Dieu pour sauver ses dernières créatures. Les Brumes ne sont pas des bêtes du démon, je vous le répète, elles sont filles de Dieu ! Nous devons les sauver ! Il est encore temps... Plutôt que de chercher à tuer les deux ou trois misérables Brumes qui doivent rester dans votre région et qui ne vous permettront même pas de gagner votre vie, je vous propose, moi, de rejoindre une cause noble.

— Mon pauvre ami, tu es complètement insensé ! s'exclama celui qui était venu à la porte, et maintenant, il était debout et il adressait à Bastian un regard menaçant. Moi, j'en ai assez entendu comme ça pour ce soir, et si tu n'étais pas louvetier, je t'aurais déjà jeté dehors et t'aurais dénoncé demain au prêtre de la ville voisine. Mais tu es un confrère, alors je ne dirai rien. Toutefois, je te prie de nous laisser tranquilles à présent. Tu peux aller dormir à l'étage si tu le souhaites, dans le vieux dortoir, mais demain matin, disparais ! Nous n'avons pas besoin de personnages dangereux comme toi dans notre louveterie ! Nous avons des familles à nourrir, nous, et nous respectons l'autorité de l'Église et du roi.

Bastian comprit au regard du louvetier qu'il était inutile – voire dangereux – d'insister. Il avait échoué, ce soir. Mais au moins avait-il essayé. Et il se dit qu'il serait mieux préparé la prochaine fois. Il salua les quatre louvetiers et monta se coucher à l'étage sans avoir mangé.

*
* *

— Nous ne pouvons pas rester ce soir dans cette auberge, expliqua Bohem en s'asseyant près de ses amis dans la grande salle du *Pique-Puce*. Nous ne sommes pas en sécurité ici. Comme nous le pensions, j'ai beaucoup d'ennemis dans cette ville. Un étudiant m'a proposé de nous héberger dans l'un des collèges de Carnute, mais je ne suis pas certain que cela soit beaucoup plus prudent...

Mjolln, Vivienne et Fidélité avaient profité de la journée pour visiter le centre de la ville, mais ils étaient revenus assez tôt à l'auberge, impatients d'avoir des nouvelles de leur ami. Ils étaient attablés depuis un long moment à l'intérieur et discutaient en buvant, qui du médon, qui de la cervoise parfumée au houblon.

— Nous pourrions aller demander conseil à la cayenne de Carnute, suggéra La Rochelle.

Bohem hocha lentement la tête. Il y avait bien sûr pensé lui aussi.

— Oui, je pense que c'est une bonne idée. J'avais de toute façon l'intention d'y aller pour rendre hommage aux Compagnons qui nous ont aidés, comme je te l'avais dit. Peut-être pourront-ils nous conseiller. Je n'ai pas trouvé ce que je cherchais, le maître que j'ai rencontré ne connaît pas l'emplacement de ce que nous cherchons, et je pense que nous allons donc devoir rester ici un ou deux jours de plus. Je veux me laisser une chance de trouver quelque chose auprès d'un autre maître. Sais-tu où se trouve la cayenne ?

— Je suis passé devant aujourd'hui, confirma La Rochelle. Je peux vous y emmener.

— Vivienne, qu'en penses-tu ?

— Je n'y vois pas d'inconvénient.

— Et toi, Mjolln ?

— Ahum, visiter la société de notre Fidélité La Rochelle ? Ahum, ça, oui, avec grand plaisir. Il n'y a pas, dans mon pays, de Compagnons. Les artisans ne sont pas encore si bien organisés, ça non. Je suis curieux de voir cela. Ahum.

— Alors, allons-y tout de suite, ne perdons pas de temps. Nous ne sommes pas en sécurité ici.

Bohem jeta un coup d'œil vers les autres tables. Il avait remarqué une ou deux fois que des clients semblaient les observer. Il était grand temps en effet de trouver un asile plus discret. Ils se levèrent tous les quatre, Vivienne paya l'aubergiste et ils partirent chercher leurs montures. Puis, suivant La Rochelle, ils s'engagèrent à pied dans la rue qui longeait la basilique, traînant leurs chevaux derrière eux.

Fidélité les guida à travers le labyrinthe des ruelles encombrées, dans le brouhaha de la ville ; ils arrivèrent bientôt devant un grand bâtiment de pierre, presque aussi grand qu'une abbaye et tout aussi richement décoré. Haute de deux étages, la cayenne était une large bâtisse aux proportions harmonieuses qui devait pouvoir loger la plupart des ouvriers de la ville. Sculptés sur les murs, Bohem reconnut quelques-uns des symboles dont se servaient les Compagnons pour leur apprentissage : l'équerre, le compas, la truelle ou la bisaiguë... Mais il y avait mille autres figures dont il ignorait le sens et des inscriptions qu'il ne pouvait lire. Il n'avait jamais vu cayenne aussi grande, et il espéra seulement que la Mère ici serait aussi accueillante que celles qu'il avait rencontrées à l'époque où il voyageait avec Trinité Rivenois et Gautier Burgonnais.

Ils s'arrêtèrent tous les quatre à quelques pas de la grande porte d'entrée, et La Rochelle leur fit signe de l'attendre. Bohem se rappela la cérémonie du topage, à laquelle il avait assisté plusieurs fois. Mais jamais il n'avait vu Fidélité s'y livrer et, en passant son bras sous celui de Vivienne, il observa attentivement son ami.

Par trois fois, La Rochelle frappa à la grande porte de bois. Après quelques instants, on entendit le claquement sec de la grande serrure, un grincement, le bruit du pêne contre la gâche, puis la porte s'ouvrit et un homme apparut devant le Compagnon. En retrait, Bohem reconnut le costume du Rouleur : son chapeau, sa grande canne, sa blouse bleue et son écharpe colorée.

— Mon ancien, j'arrive, commença La Rochelle d'une voix cérémonieuse.

Bohem tendit l'oreille pour bien entendre.

— Que nous apportez-vous ? répliqua le Rouleur.

— Le mot mystérieux de l'antiquité.

— Comment se prononce-t-il ?

— Il ne se prononce pas, il s'épelle.

Alors La Rochelle se pencha à l'oreille du Rouleur et tour à tour ils chuchotèrent quelque chose que personne ne put entendre.

— Qui êtes-vous ? reprit le Rouleur en se redressant.

— Un honnête Compagnon, enfant de maître Jacques.

— Que venez-vous faire ici ?

— Me faire reconnaître vrai Compagnon du Devoir.

— Comment vous appelez-vous ?

— Fidélité La Rochelle.

— Que demandez-vous ?

— L'entrée de la cayenne.

— Permis, répondit le Rouleur en prenant la main droite de Fidélité dans la sienne.

Ils se posèrent la main gauche sur l'épaule l'un de l'autre et s'embrassèrent par trois fois. La Rochelle tendit son carré – le petit papier dont Bohem savait à présent qu'il servait de passeport aux Compagnons – et le Rouleur le rangea aussitôt dans le petit meuble qui était juste à côté de la porte.

— Maître, je suis accompagné de trois amis qui demandent eux aussi l'entrée de la cayenne. Bohem le louvetier, qui a déjà été visiteur dans d'autres cayennes et à qui la Mère du *Pommier*, à Cornou, a offert une boucle de tailleur de pierre en signe d'amitié ; Mjolln Abbac, qui a été reçu barde au pays de Gaelia ; et mademoiselle Vivienne de Châtellerault, qui apprend la musique et la poésie à la cour de la duchesse de Quienne.

— Très bien, Compagnon. Restez là, je vais aller voir notre Mère pour demander si elle permet leur entrée.

— Merci, maître.

Le Rouleur disparut à l'intérieur et La Rochelle se retourna vers ses amis.

— Désolé, c'est un peu long, mais nous devons respecter le rituel...

— Ça, cela me rappelle, oui, les rites auxquels se livraient les druides dans mon pays... Beaucoup de facéties, ahum !

— Oui, quand on ne connaît pas, cela paraît un peu fastidieux... Mais nos rituels ne sont que des cadres solides sur lesquels nous pouvons nous appuyer pour faciliter notre travail, expliqua Fidélité. Et puis c'est une façon de montrer notre respect des anciens...

Bohem sourit en se rappelant la phrase de Courage de Carnute. *« Nous sommes des nains juchés sur des épaules de géants. Nous voyons davantage et plus loin qu'eux, non parce que notre vue est plus aiguë ou notre taille plus haute, mais parce qu'ils nous portent en l'air et nous élèvent de toute leur hauteur gigantesque... »* Il ne pouvait s'empêcher de penser que c'était un peu ce que La Rochelle voulait dire au sujet du rituel des Compagnons et du respect de la tradition. Et il commençait à penser que ce qu'il devait trouver était un juste équilibre entre ce respect et la recherche d'un véritable renouveau... D'un véritable progrès. Mais il n'eut pas le temps de pousser plus loin sa réflexion car le Rouleur revint bientôt accompagné d'une grande femme au visage ridé mais resplendissant. Elle avait de courts cheveux blancs, un regard brillant et sa grande bouche s'ouvrait sur un sourire accueillant.

— Soyez les bienvenus, madame, messieurs, mon frère La Rochelle, vous êtes ici chez vous. Je suis la Mère de cette cayenne, et je suis heureuse de recevoir votre visite. Entrez, entrez donc !

Fidélité laissa passer ses amis devant lui. Ils entrèrent dans la grande demeure et le Rouleur referma la porte derrière eux.

— Suivez-moi, nous allons rejoindre le Premier en Ville qui est dans son bureau, au premier étage. Il veut vous accueillir lui-même, dit la Mère en souriant au louvetier.

Bohem comprit que Courage ne lui avait pas menti. Les Compagnons de Carnute savaient qui il était, et ses amis et lui étaient bienvenus ici, et en sécurité.

Ils suivirent la Mère vers un grand escalier en bois au bout du couloir – l'œuvre sans aucun doute d'un maître Compagnon –, ils montèrent à l'étage et entrèrent dans un grand bureau où était installé un homme d'une quarantaine d'années. C'était une pièce richement décorée, tout en bois, où de nombreux chefs-d'œuvre étaient exposés çà et là, mais où étaient conservées également des colonnes entières d'archives et de papiers, vieux ou récents, dont certains dépassaient dangereusement des piles vertigineuses.

— Bonjour à vous, chers visiteurs ! Honneur à maître Jacques et respect à tous les jolis Compagnons ! s'exclama le Premier en Ville en se levant de son fauteuil et en tendant les bras vers les arrivants.

Il traversa le bureau à leur rencontre, embrassa Fidélité et serra chaleureusement la main des trois autres.

— Asseyez-vous, asseyez-vous ! dit-il en leur montrant les chaises installées devant son bureau et en retournant à son large fauteuil.

Ils prirent place tous les quatre, et la Mère resta debout auprès d'eux, adossée contre une large commode.

— Je suis désolé, j'étais en pleine écriture, dit-il en rangeant des feuilles dans les tiroirs de son bureau, mais je m'attendais à votre visite ! Courage de Carnute m'a expliqué que vous étiez passé le voir ce matin, Bohem, et je suis sincèrement heureux que vous ayez décidé de venir ici aussi !

— Je m'étais promis de passer vous voir, monsieur. Nous sommes venus pour remercier les vôtres de l'aide qu'ils nous ont apportée en nous défendant contre la Milice du Christ. Nous voulions exprimer notre profond regret pour tous les Compagnons qui ont perdu la vie en voulant protéger la nôtre.

— C'est le principe même de la fraternité, jeune homme, mais je ne manquerai pas de faire part de tout ceci à qui de droit. Les Compagnons qui vous ont aidés venaient d'une petite cayenne du duché de Breizh. Il n'y a eu que très peu de survivants. Mais ceux-là seront heureux de savoir que leur sacrifice n'aura pas été vain.

Bohem serra les dents. Il n'avait jamais su, vraiment, combien de Compagnons étaient morts ce jour-là. *Des hommes si jeunes ne devraient pas avoir à mourir pour moi ! Je ne dois plus jamais laisser cela arriver...*

— Ce n'est pas l'unique raison de notre présence, maître, reprit La Rochelle en voyant que l'émotion empêchait Bohem de parler. Nous devons rester quelques jours à Carnute, et nous ne pouvons loger dans une auberge sans nous mettre en danger... Nous avons malheureusement beaucoup d'ennemis...

— Vous resterez ici, répliqua sans hésiter le Premier en Ville.

Bohem releva la tête.

— Non, dit-il. Je ne veux pas attirer le moindre ennui à votre cayenne.

— Il n'y a aucun risque, Bohem. Nous sommes en sécurité ici, nous n'avons rien à craindre. Et vous non plus. C'est même le seul endroit de la ville où vous serez vraiment en sécurité. De toute façon, je ne permettrais pas à La Rochelle de loger ailleurs !

— Merci beaucoup...

— Nous parlons beaucoup de vous, de cayenne en cayenne. Le combat que vous menez pour défendre les Brumes a su éveiller notre curiosité. Nous sommes sensibles à votre démarche et nous sommes heureux de pouvoir vous aider...

— Vous avez déjà fait beaucoup.

— Merci, répéta Vivienne.

— Ça, oui, ajouta le nain à côté d'elle, nous sommes très touchés par votre hospitalité, ahum.

— Allons, allons. Je vous en prie...

La Mère, derrière eux, se frotta les mains et les invita à la suivre.

— Je vais vous montrer vos chambres...

— Monsieur, j'aimerais discuter encore un peu avec vous, intervint Bohem, si ça ne vous dérange pas...

Puis il se tourna vers ses amis d'un air désolé.

— Allez-y sans moi, je vous rejoindrai plus tard...

— Ne vous inquiétez pas ! répliqua le Premier en Ville. Vos amis sont entre de bonnes mains. Notre Mère va leur faire visiter les lieux et leur donner un verre de bienvenue, n'est-ce pas ?

La femme acquiesça en souriant et entraîna les trois amis de Bohem dans le couloir, puis elle referma la porte du bureau derrière elle.

— J'ai une question à vous poser, monsieur.

— Je vous écoute, Bohem.

Le louvetier se racla la gorge et se redressa sur sa chaise, quelque peu mal à l'aise.

— J'ai plusieurs fois entendu dire que les Compagnons, entre eux, se nommaient « enfants de la veuve ». Cette expression m'intrigue... Vous le savez peut-être, quand je suis né, mon père était mort. Je suis donc moi aussi, en quelque sorte, l'enfant d'une veuve. J'aimerais que vous m'expliquiez le sens de cette phrase chez les Compagnons du Devoir, si vous le voulez bien...

L'homme acquiesça lentement en rapprochant son fauteuil de son bureau. Puis il raconta à Bohem l'origine mystérieuse de cette phrase. Il lui confia la légende d'Hiram et du temple de Salomon, que les Compagnons racontent depuis la nuit des temps...

*
* *

— Ce n'est pas possible ! s'exclama Andreas Dumont Desbardes en jetant violemment au sol le gobelet qu'il tenait à la main. Cela fait deux fois que nous les ratons de très peu !

Avant de partir, le Grand-Maître de la Milice du Christ avait demandé à son premier sergent de mener une petite enquête dans la ville, comme ils le faisaient chaque fois qu'ils s'arrêtaient quelque part. Il avait vécu l'évasion de Bernard de Laroche comme la pire des humiliations, et il était bien décidé maintenant à lui donner lui-même la mort, fût-il obligé de le poursuivre jusqu'au bout du monde. Il était chaque jour un peu plus proche de sa proie, mais le Grand-Maître commençait à s'impatienter. Cette affaire lui avait fait perdre beaucoup plus de temps qu'il ne pouvait le supporter, et les messages que lui envoyait le légat du pape pour savoir où en était la croisade contre les hérétiques se faisaient de plus en plus pressants.

— Maître, ils n'ont même pas dormi ici, ils sont partis hier soir, juste avant que nous arrivions dans la ville !

— Alors, nous devons nous mettre en route tout de suite. Ces hérétiques ne peuvent pas être bien loin !

Dumont Desbardes se saisit de l'épée à sa taille, la dégaina lentement et passa la main sur le plat.

— Je leur couperai la tête moi-même, de cette épée qui a occis jusqu'en Orient des ennemis bien plus dangereux que ces misérables Bons Hommes !

Il laissa la lame rebondir dans sa main par trois fois, puis il repoussa le pan de sa longue cape blanche et laissa glisser l'épée dans son fourreau.

— Maître, ce n'est pas tout, intervint le sergent Judicaël. Les personnes que nous avons interrogées en ville nous ont confirmé ce que nous pensions : Bernard de Laroche et Guillaume del Pech sont en route pour rejoindre le fameux Bohem.

Le Grand-Maître serra les poings derrière son dos. Cela faisait plusieurs jours à présent qu'il redoutait cela. Il avait fini par se douter que les hérétiques tentaient de trouver le jeune louvetier, pour s'associer à lui, sans aucun doute. Leur fuite en direction de Pierre-Levée avait rapidement éveillé ses soupçons...

— Et celui-ci se trouverait à Carnute, ajouta le sergent.

— À Carnute ? Mais c'est dans le comté de Bleizis, sur un fief du roi de Gallica ! Ce Bohem n'a peur de rien !

Dumont Desbardes alla se rasseoir dans le fauteuil de

la pièce qu'ils avaient réquisitionnée dans la petite abbaye. Il réfléchit quelques instants en frottant sa barbe noire de son poing fermé.

— Eh bien, tant mieux ! s'exclama-t-il soudain en se redressant. Nous attraperons les deux hérétiques dans la ville de Carnute ! Cela nous rapprochera de Bohem.

— Mais, maître, si je peux me permettre, Livain et le légat du pape nous ont clairement fait savoir que nous ne devions plus nous occuper du louvetier mais nous concentrer sur les hérétiques du comté de Tolsanne... Nous sommes déjà bien loin de là-bas et...

— Je sais, Judicaël, je sais. Ils veulent me tenir éloigné de Bohem. Mais, voyez-vous, cela ne fait qu'aiguiser ma curiosité. Pas la vôtre ? J'ai toujours su qu'il y avait au sujet de ce Bohem bien plus de choses qu'on ne voulait m'en dire. Je veux en avoir le cœur net. Je veux le découvrir par moi-même.

— Ne risquons-nous pas de nous attirer la colère du pape ? osa le sergent d'une voix inquiète.

— Faites attention, Judicaël, ne commettez pas la même erreur que votre prédécesseur... Vous savez ce que cela coûte de douter de mes choix. Je suis le Grand-Maître de cet ordre, sergent, je sais ce que je fais. En allant à Carnute, nous ne désobéissons pas aux ordres du pape puisque nous poursuivons deux hérétiques de Nabomar, dont l'un a d'ailleurs signé une déposition confondante. Pour le moment, c'est tout ce que le légat a besoin de savoir. Dites aux hommes de se préparer. Nous allons nous remettre en route. Mais pas trop vite. Nous ne devons pas rattraper nos deux Bons Hommes avant Carnute, vous m'entendez ? Je veux les capturer dans la ville où se trouve Bohem.

Le sergent Judicaël acquiesça et, la mine grave, partit donner les ordres aux Miliciens réunis dans la cour de l'abbaye.

*
* *

Vivienne et Bohem étaient assis l'un à côté de l'autre au pied d'un grand chêne, dans la cour intérieure de la cayenne de Carnute. Adossés au tronc de l'arbre immense, la tête levée vers le ciel, ils observaient en silence les étoiles qui éclairaient cette jeune nuit d'automne.

Les bruits de la ville s'étaient éteints les uns après les autres. Il ne restait que le chant triste du vent et l'écho des sons qui venaient de la cayenne. Mais celle-ci aussi se taisait peu à peu. On voyait les bougies s'éteindre aux fenêtres et les derniers Compagnons qui étaient restés jusque-là dans la cour commençaient à rentrer, en continuant de faire semblant, par discrétion sans doute, de n'avoir pas remarqué la présence de Bohem et de sa noble amie.

Le louvetier prit la main de Vivienne dans la sienne et la serra contre sa joue. Il savait que ces instants de répit allaient se faire de plus en plus rares et il voulait vivre intensément ce moment. Apprécier sa chance, savourer ce bien-être simple, écouter comme son cœur s'accélérait encore chaque fois qu'il croisait le regard de Vivienne.

Il mesurait l'ampleur du sacrifice que la jeune femme était en train de faire. Elle avait quitté ses parents et traversé seule une région tout entière pour rejoindre Pierre-Levée à une seule fin : devenir troubadour. Et aujourd'hui, elle devait mettre ce rêve de côté pour accompagner Bohem dans son périple insensé ! Et jamais elle ne se plaignait. Elle continuait d'aider le louvetier autant qu'elle le pouvait, elle continuait de lui accorder une confiance infinie. Comme elle devait l'aimer ! Savait-il lui rendre, lui, un amour aussi fort ? Méritait-il un dévouement si grand ? Il avait l'impression de ne pas savoir montrer suffisamment sa reconnaissance. Mais il ne savait comment faire. Il aurait voulu la couvrir de cadeaux, lui offrir tout ce qu'elle désirait vraiment... Il aurait voulu l'aider à accomplir ses rêves, lire dans son cœur pour comprendre tous ses désirs ! Mais il était tellement occupé par le sort des Brumes. Tellement hanté par la révélation de Mjolln. Son héritage. Son histoire. Son secret...

— Vivienne, chuchota-t-il à l'oreille de la jeune femme, tu es le plus beau cadeau que la vie m'ait offert.

Elle tourna la tête, sourit et l'embrassa tendrement.

— Je pourrais en dire autant, dit-elle en posant sa tête sur son épaule.

— Non ! C'est tout le contraire ! Je suis, moi, ton pire fardeau !

— Ne dis pas de bêtises ! Je suis ici pour les mêmes raisons que toi. J'ai vu la Licorne, moi aussi. Je crois même me souvenir que c'est ma présence qui l'a fait apparaître...

— C'est vrai ! répondit Bohem en souriant. Elle est belle, n'est-ce pas ?

Vivienne frissonna. La cour de la cayenne était traversée par un petit vent frais.

— Oui. Elle est magnifique. Nous devons les sauver, Bohem. Nous devons faire tout ce qui est en notre pouvoir...

— Oui... Mais je ne sais plus où chercher. Je ne sais plus comment faire pour trouver les portes du Sid, Vivienne. Je ne sais même pas où aller demain !

— Il nous reste encore du temps pour chercher.

— Mais par où commencer ? Que crois-tu que je doive faire à présent ?

— Je ne sais pas. Tu le découvriras.

Bohem soupira.

— Les paroles de Courage de Carnute hantent encore mon esprit.

— Que t'a-t-il dit ?

— Beaucoup de choses, Vivienne. Mais il y a une phrase en particulier qui m'a marqué. « Vous devez vous comprendre vous-même, trouver vos propres valeurs, et ensuite les défendre au-dehors, les faire vivre et les confronter aux valeurs des autres. »

— Pourquoi cela t'a-t-il marqué ?

— Parce que je pense de plus en plus que je ne dois pas m'enfermer dans mon combat pour les Brumes. Je dois réfléchir davantage.

— Tu ne veux plus les sauver ? s'étonna Vivienne, stupéfaite.

— Bien sûr que si ! Mais ma vie ne doit pas tourner autour de ce combat solitaire.

— Tu n'es pas tout seul... Nous sommes avec toi...

— Oui, bien sûr. Mais nous ne sommes que quelques-uns. Nous devrions être beaucoup plus pour mener ce combat, et d'autres qui suivront sans doute.

— Tu veux monter une armée ? se moqua Vivienne.

— Non ! Je ne sais pas ce que je veux...

La jeune femme le regarda droit dans les yeux.

— Pourquoi ne rejoins-tu pas les Compagnons du Devoir ?

— Pardon ?

— Ils t'ont aidé de nombreuses fois, et tu pourrais à l'avenir leur soumettre tes idées...

— Tu n'es pas sérieuse ? rétorqua Bohem.

— Leur alliance pourrait t'être utile pour tout ce qu'il te reste à faire, et c'est certainement le groupe d'hommes le plus honnête que tu puisses rejoindre, si tu ne veux pas être seul...

— Tu raisonnes comme une politicienne ! se moqua le louvetier.

— Bohem, soyons réalistes. Tu as raison : tu ne pourras pas réussir tout seul... Et de toute façon, tu ne *dois* pas réussir seul. Ce combat ne doit pas être juste le tien, il doit être le combat de tous ceux qui veulent que les choses changent. Que les mensonges cessent. C'est pour cela que La Rochelle, Mjolln et moi sommes à tes côtés...

— Et les Compagnons, qu'ont-ils à voir avec tout cela ?

— Tu le sais très bien, Bohem ! Les Compagnons ont accepté de mourir pour toi. Aujourd'hui encore, ils nous offrent leur hospitalité sans rien demander en retour. Tu as besoin d'eux...

— Sans doute. J'aime le principe de leur union. L'idée que les hommes doivent s'entraider pour apprendre à construire quelque chose. Partager leur savoir... Partager leurs rêves et les réaliser ensemble...

— Tu vois, tu es déjà presque l'un des leurs ! Tu partages toutes ces valeurs. Tu parles toujours de l'importance de *vivre ensemble*... Bohem, tu auras besoin de leur aide. Qu'ils t'épaulent. Ils sont les seuls à pouvoir le faire. Tu ne vas pas demander de l'aide à la Milice du Christ ou à Livain...

— Non, bien sûr... Pourtant, cette idée de rejoindre un groupe me dérange, tout comme cela me dérangeait de résider au palais de ta tante.

Vivienne secoua la tête.

— C'est ridicule, Bohem ! Tu ne peux pas vivre en dehors du monde ! Tu ne cesses de dire que tu aimerais que le monde change, et pourtant tu refuses d'y participer !

— Participer... C'est amusant. Courage, ce matin, disait que je devais devenir un acteur de la Création !

— Tu vois !

— Mais ce ne sont que de belles phrases, tout cela...

— De belles phrases ? Les Compagnons qui sont morts pour nous défendre, tu appelles cela de belles phrases ? La Mère qui a refusé de te livrer aux Miliciens et qui est morte elle aussi ? La Rochelle qui, sans nous avoir rencontrés auparavant, nous a aidés à nous enfuir de Sarlac et nous accompagne depuis ce jour pour nous prêter main-forte sans rien demander en retour ?

— Oh, mais c'est uniquement parce qu'il est amoureux de toi ! répliqua Bohem en pouffant.

Vivienne lui donna une tape sur le bras.

— Ne dis pas n'importe quoi ! Tu sais bien qu'il fait tout ça pour toi, pas pour moi ! Savais-tu que Fidélité n'avait pas fini son Tour de Gallica et qu'il a tout interrompu simplement pour te suivre ?

— Comment cela ?

— N'as-tu jamais regardé son écharpe ? Il n'a reçu que cinq marques sur ses couleurs. Il en faut six pour devenir maître. En acceptant de te suivre, il a renoncé à devenir maître et restera un éternel apprenti chez les Compagnons du Devoir...

— Je... Je ne le savais pas.

— Et tu ne te sens pas proche de tous ces gens qui font preuve envers toi d'une telle fraternité ?

— Bien sûr que si, Vivienne !

— Alors, pourquoi ne pas les rejoindre ? Leur donner, toi aussi, un signe fraternel ? C'est leur aspect si réglementé qui te fait peur, n'est-ce pas ? Mais La Rochelle nous le disait tout à l'heure : le cadre strict de leur rituel n'est qu'une base solide sur laquelle on peut s'appuyer pour mieux s'élever.

— Je veux bien le croire, concéda Bohem.

— Tu dis toujours que le monde doit changer... Mais il faudra bien pour changer qu'il s'inspire de principes fondamentaux ! Connais-tu à cette heure des principes plus beaux que ceux dont se réclament les Compagnons ?

Bohem haussa les épaules.

— Je vais y réfléchir, Vivienne. Je vais y réfléchir. Mais je ne vois pas comment ils pourraient accepter. Je ne suis pas tailleur de pierres, je ne suis pas artisan...

— Et alors ? Les choses peuvent changer. Les choses *doivent* changer. Tu le dis toi-même.

— Je vais y réfléchir, répéta Bohem.

— Eh bien, dépêche-toi, louvetier, un jour ou l'autre, il va bien falloir que tu choisisses un chemin !

— En les rejoignant, j'ai un peu l'impression de tricher... J'aurai besoin d'eux bien plus qu'ils n'auront besoin de moi.

— C'est à eux d'en juger... S'ils acceptent, c'est qu'ils y trouvent aussi leur compte.

— Peut-être... Et si je ne me plais pas dans cette confrérie ?

— Alors, tu te battras pour la faire changer. Si tu as raison et que tu sais convaincre les autres, elle changera. C'est exactement ce que nous devons faire dans le monde. Ici même, partout. Participer au progrès. Quelle autre raison de vivre ?

Le louvetier acquiesça lentement. Les paroles de Vivienne étaient si proches de celles de Courage de Carnute ! Comment cela était-il possible ? Peut-être était-ce lui qui leur inspirait ces propos. Peut-être leur demandait-il inconsciemment de lui dire ce qu'il avait envie d'entendre. C'était comme si Vivienne et le vieux philosophe avaient décidé de l'aider à accoucher des convictions qui l'habitaient déjà mais qu'il ne parvenait pas encore à comprendre lui-même, ou à assumer. Une chose était sûre, il avait encore besoin de réfléchir.

— Demain matin, j'irai voir le Premier en Ville, affirma Bohem en prenant la tête de Vivienne dans ses mains.

Il l'embrassa longuement.

— Maintenant, allons dormir. Ensemble.

*
* *

— Monsieur, j'aimerais être reçu dans la confrérie des Compagnons du Devoir.

— Pardon ?

Le Premier en Ville ne s'était visiblement pas attendu à la demande de Bohem. Les yeux écarquillés, il semblait se demander s'il avait bien entendu.

— J'aimerais devenir Compagnon.

— Mais... Je ne comprends pas... Vous voulez apprendre un métier parmi nous ?

— Non, répondit Bohem en souriant. Courage de Carnute m'a dit que dans vos ateliers on ne parlait pas que d'artisanat... Je ne suis pas un artisan, mais je me sens proche de vous, et je veux... apporter ma pierre à votre institution.

— Je vois... Entrer chez nous à titre honorifique, en quelque sorte ?

— Pas honorifique, non. Je désire vraiment vous rejoindre.

Le Premier en Ville se recula sur son fauteuil, et réfléchit un moment. Bohem le regarda, silencieux. Puis le Compagnon se décida à parler.

— Nous n'avons jamais reçu quelqu'un qui ne fût artisan, Bohem... Que pourriez-vous tirer de notre institution ?

— Rien de plus que ce que vous m'offrez déjà : les Compagnons m'ont maintes fois aidé, et je pense que vous aurez encore, si vous le voulez bien, l'occasion de le faire dans l'avenir.

— Mais alors pourquoi nous rejoindre ?

— Disons que c'est pour moi une façon de m'engager à vos côtés comme vous l'avez fait aux miens. Et j'ai sûrement des choses à apprendre de votre enseignement philosophique.

— L'idée est surprenante, je ne vous le cache pas. Il est vrai, toutefois, que l'artisan ne travaille pas qu'avec ses mains. Nous disons chez nous que le chef-d'œuvre est la rencontre de la main et de l'esprit. Notre devise, qui nous vient d'Anaximandre, un philosophe grec, va même encore plus loin.

— Que dit-elle ?

— « La main est esprit. »

Bohem opina du chef.

— Je me souviens d'avoir pensé cela quand les deux premiers Compagnons que j'ai rencontrés ont essayé de me faire tailler une pierre...

Le Premier en Ville hocha la tête d'un air admiratif.

— Si vous aviez déjà compris que la main est esprit, jeune homme, cela explique sans doute que vous vous soyez montré si doué... Mais de là à vous recevoir chez nous...

— Monsieur, mon parcours est au fond très similaire à celui de vos apprentis. J'ai dû tout quitter et je parcours Gallica pour achever un but que je me suis fixé. Je me sens très proche de La Rochelle et de tous les Compagnons que j'ai pu rencontrer.

— Certes, mais cela ne suffit pas. Nous avons bien sûr des Compagnons parmi nous qui sont indépendants, y compris pendant leur Tour de Gallica. Nous les appelons les « renards ». Mais cela reste des artisans... Vous n'avez pas de raison réelle de nous rejoindre...

— Il n'y a aucune famille, aucune institution dont je me sente aussi proche que celle des Compagnons. Si je dois un jour rejoindre une famille, je voudrais que ce soit la vôtre.

Le Premier en Ville soupira.

— Écoutez, Bohem, ce que vous dîtes est très touchant. Au fond, votre idée ne me semble pas dénuée de sens. Vous auriez peut-être votre place parmi nous... Toutefois, c'est une décision que je ne peux prendre seul. Je vais en parler ce matin aux maîtres de la cayenne et à la Mère. Vous aurez notre réponse ce soir.

— Je vous remercie.

Bohem se leva poliment et quitta le bureau du Premier en Ville.

*
* *

Quand Bernard de Laroche et Guillaume del Pech arrivèrent en vue de la ville de Carnute, le jour même, ils étaient, l'un comme l'autre, à bout de forces et ne prirent même pas le temps d'admirer le panorama. Ils n'aspiraient plus qu'à une seule chose, pouvoir trouver un peu de repos. Ils étaient tellement obsédés par l'idée de dormir enfin sur un vrai lit qu'ils en oubliaient presque la raison première de leur long périple : Bohem le Louvetier.

Ils n'avaient pratiquement pas dormi depuis plusieurs jours, terrifiés à l'idée d'être rattrapés, si près du but, par la Milice du Christ. Leurs chevaux – qu'ils avaient changés une dernière fois trois jours plus tôt – étaient eux aussi épuisés et avaient perdu beaucoup de vitesse sur les dernières heures.

Bernard avait du mal à se tenir droit sur sa selle tant les forces lui manquaient. En voyant apparaître l'horizon surélevé de Carnute, des larmes étaient montées à ses yeux, inexpliquées, ou peut-être simplement parce que son voyage se terminait enfin. Il allait enfin trouver Bohem.

Mais, à présent, l'idée que le jeune homme ne puisse rien faire pour les aider, ou qu'il n'en ait pas envie, lui glaçait le sang. Auraient-ils fait tout ce trajet pour rien ? Et si tout ce que l'on racontait sur Bohem n'était que des mensonges ? S'il n'était pas ce chevalier généreux dont tout le monde parlait, ce jeune rebelle prêt à défier la couronne pour protéger les plus faibles ? Pire encore. Bohem pouvait tout simplement ne pas être là. Avoir quitté Carnute depuis longtemps. Bernard aurait-il alors la force de reprendre la route ? De continuer sa quête et d'aller chercher Bohem encore plus loin ? Il n'en était pas sûr. Jamais de sa vie il n'avait été aussi fatigué. Il avait l'impression d'avoir usé ses dernières forces.

Bernard essaya de ne plus penser à cela et se redressa sur son cheval. Il devait encore faire un effort. Ils y étaient presque. Et, pour l'instant, une seule chose comptait : trouver une auberge au cœur de Carnute. Il fit signe à Guillaume de tenir bon, et il mit son cheval au galop pour la dernière fois.

Ils arrivèrent bientôt dans les faubourgs et passèrent au pas pour rejoindre la grande porte sud. Il n'y avait presque personne, de ce côté-ci de la ville. C'était peut-être un jour chômé, pensa Bernard. Côte à côte, leurs chevaux passèrent sous l'immense passage fortifié. Et ils entrèrent dans Carnute. Enfin. Guillaume adressa un sourire à son compagnon. Ils espéraient depuis si longtemps arriver dans cette ville qu'ils parvenaient à peine à y croire.

Mais soudain, alors qu'ils s'apprêtaient à s'engager dans la plus haute ruelle qui partait de la porte, ils furent assaillis de toutes parts. Des hommes, cachés derrière la porte de la ville, leur tombèrent dessus sans leur laisser aucune chance. Les deux chevaux, tirés par leurs rênes, se retrouvèrent par terre et les deux Bons Hommes roulèrent sur la chaussée dans un amas de poussière. Avant de comprendre ce qui leur était arrivé, ils avaient déjà les mains ligotées dans le dos et ils étaient maintenus face contre terre par des guerriers dont ils ne pouvaient que deviner l'uniforme.

— Votre évasion se termine ici, Laroche ! cingla une voix grave et sinistre que Bernard reconnut sans peine.

Andreas Dumont Desbardes, Grand-Maître de la Milice du Christ. L'homme qui avait tué sa femme et son fils. L'homme qui l'avait torturé. Il ferma les yeux pour contenir ses larmes et pria pour que son épouse, de là où elle était, veuille bien lui pardonner d'avoir ainsi failli.

Puis il perdit connaissance.

*
* *

Pendant toute la journée, le bureau du Premier en Ville fut le théâtre de débats passionnés. Certains maîtres étaient fort enthousiastes à l'idée de recevoir Bohem parmi eux, mais d'autres l'étaient beaucoup moins, et quelques-uns, même, y étaient fermement opposés. Le Premier en Ville, à qui l'idée plaisait de plus en plus, parvint toutefois avec l'aide de la Mère à convaincre les plus réticents. Quoi qu'il ne fût pas artisan, Bohem pouvait leur apporter beaucoup. Il avait une importance politique évidente qui pourrait un jour leur servir. Livain voyait d'un œil de plus en plus mauvais les confréries de métier, car elles prenaient à ses yeux beaucoup trop d'importance et risquaient un jour d'avoir une influence qu'il redoutait. En outre, Bohem symbolisait un esprit de tolérance et de persévérance qui plaisait aux Compagnons. Il pourrait devenir un exemple pour beaucoup de jeunes apprentis. Enfin, le Premier en Ville estima que la confrérie, elle aussi, pouvait apporter beaucoup au jeune homme, et qu'il était bon de l'aider.

Il fut donc décidé en fin d'après-midi – étant donné le caractère exceptionnel de cette réception et l'urgence de la mission que Bohem était en train d'accomplir – que la cérémonie aurait lieu le jour même dans l'atelier de la cayenne de Carnute. Jamais une réception n'avait été décidée et organisée si rapidement, mais jamais on n'avait reçu non plus un homme qui ne fût artisan. Il y avait un début à tout, et les temps, semblait-il, étaient aux changements.

La nouvelle fit rapidement le tour de la cayenne et l'ensemble des Compagnons réunis à Carnute ne cachèrent pas leur enthousiasme.

À peine le Premier en Ville eut-il annoncé leur décision à Bohem, que le jeune homme fut aussitôt emmené seul dans le sous-sol du bâtiment ; on lui expliqua qu'il allait devoir passer toute la soirée dans un petit cabinet obscur où il pourrait réfléchir encore à son choix. Ainsi commençait déjà l'étrange protocole.

On le guida le long d'un grand couloir, on passa de nombreuses portes puis on l'installa dans une pièce exiguë, qui n'avait pour tout éclairage qu'une seule bougie, et on l'y laissa seul, sans plus rien ajouter.

Le louvetier resta un instant immobile, perplexe. Il ne s'était pas attendu à ce que tout se passât aussi vite. Et surtout, il ne savait absolument pas ce qui l'attendait. Fidélité lui avait dit, un jour, que la réception dans la société des Compagnons du Devoir était l'occasion d'une cérémonie rituelle singulière, proche – aux dires de Mjolln – de la cérémonie d'initiation des bardes et des druides au pays de Gaelia, cependant il n'en savait pas plus et ne pouvait s'empêcher d'être inquiet. Mais, au fond, c'était sans doute mieux ainsi. Il s'apprêta à vivre pleinement ce moment unique.

Assis au fond de son siège, il attendit que ses yeux s'habituent à la faible lumière, puis il prit le bougeoir dans sa main et inspecta la petite pièce dans laquelle on l'avait isolé. Les murs étaient peints d'une couleur sombre, en noir sans doute ; quatre murs rapprochés qui se perdaient dans les hauteurs ténébreuses de ce réduit sinistre, comme ceux d'une oubliette. Devant lui, il y avait une petite table sur laquelle étaient posés quelques objets insolites. Et c'était tout. Il n'y avait rien d'autre dans cette pièce que ce meuble et le siège sur lequel il était assis. Les objets qui étaient placés là, on dit que nul ne les connaît sauf ceux qui ont été reçus à la société des Compagnons du Devoir. Ils restent un mystère pour l'homme du monde, et c'est sans doute mieux ainsi. Tout juste sait-on qu'ils plongèrent Bohem dans une profonde réflexion sur le sens du temps, de la vie et, surtout, de la mort.

Bohem perdit rapidement tout repère temporel, perdu dans ses pensées, confondu par une angoisse grandissante, et quand on vint le chercher il n'aurait pu dire depuis combien de temps il était enfermé là, à méditer en silence sur ces choses et sur le choix qu'il avait fait. Il comprit toutefois que cette longue réflexion n'était que les prémices de celle qu'il devait entreprendre au quotidien, lui à qui tout semblait indiquer qu'il devait choisir sa vie. Naître une seconde fois, devenir un homme nouveau, un homme qui raisonne, qui décide, qui agit, qui « participe à la Création », comme l'avait si justement dit Courage de Carnute, dont les paroles, décidément, ne cessaient de revenir à sa mémoire.

Les deux Compagnons qui étaient venus le chercher lui demandèrent de se mettre torse nu, d'enlever sa boucle d'oreille... Bohem leur obéit, interdit toutefois. Quand ils virent la pochette autour de son cou, ils lui demandèrent de la retirer également. Bohem hésita. Il posa la main sur sa poitrine, contre la petite sacoche que Mjolln lui avait offerte. Il pouvait sentir à travers le tissu ce qui était caché à l'intérieur : la bague du Samildanach et le petit sachet qui enrobait la feuille de Muscaria. Ses deux biens les plus précieux. Ses deux *seuls* biens.

— Bohem, vous devez enlever ceci et le laisser ici, s'il vous plaît.

Le louvetier poussa un soupir. Pouvait-il se séparer des seules choses au monde qu'il possédait vraiment ? De la bague qui venait de la mère qu'il n'avait jamais connue et qui était son seul lien avec elle ? Mais il ne pouvait pas non plus reculer maintenant. Il avait fait le choix de rejoindre les Compagnons, il devait leur faire confiance à présent. Il se décida à retirer la petite sacoche et la posa sur la table, à côté de sa chemise. Les deux Compagnons lui passèrent ensuite un bandeau noir sur les yeux. Bohem se laissa faire, mais il était de plus en plus mal à l'aise.

On prit alors sa main droite et on la posa sur l'épaule d'un Compagnon devant lui. Un autre lui prit le bras gauche, et le louvetier se laissa guider dans l'obscurité totale, le pas mal assuré.

Ils marchèrent ainsi longtemps tous les trois, et quand ils s'arrêtèrent enfin, Bohem n'aurait pu dire où ils se trouvaient tant ils avaient tourné, tourné encore, monté et descendu des marches, attendu, fait demi-tour... Les mains qui l'avaient guidé jusque-là le lâchèrent soudain au milieu de nulle part, et il resta un long moment immobile, confronté à l'inconnu et au silence des ténèbres. Il n'avait aucune idée de l'endroit où il se tenait. Était-ce une grande pièce ? Un autre réduit ? Était-il toujours dans les sous-sols de la cayenne ? Il ne pouvait en être sûr. Mais quelque chose dans les derniers échos de ses pas l'amenait à penser qu'il était dans une salle immense. Très haute sans doute. Par moments, il devinait quelques voix, un murmure, une respiration, et il fut donc certain de n'être pas seul. Bientôt, une douce odeur d'encens flotta jusqu'à lui qui apaisa quelque peu son esprit angoissé.

Ce qui suivit alors restera aussi un mystère, un secret entre Bohem et les Compagnons. On lui fit subir des épreuves tantôt terrifiantes, tantôt émouvantes, où il fut notamment question des quatre éléments et qui symbolisaient son entrée dans une vie nouvelle. Bohem comprit rapidement que ces épreuves illustraient métaphoriquement le sens des liens qui allaient l'unir aux autres Compagnons. Elles étaient une ode au travail et à la fraternité que le louvetier n'oublierait jamais. Nul ne saura vraiment ce que Bohem vécut pendant ces quelques instants, mais il pleura en silence, de peur, de joie, de mille émotions partagées.

Quand on lui ôta le bandeau, le jeune homme découvrit avec surprise une centaine de visages autour de lui, dans la pénombre, qui lui souriaient avec une bienveillance rassurante. En clignant des yeux pour chasser ses quelques larmes et s'habituer à la lumière, il découvrit qu'il était dans une pièce moins vaste qu'il ne l'avait imaginé, mais grande tout de même et emplie de décors et de symboles dont certains ressemblaient à ceux sculptés sur les murs de la cayenne. La grande pièce tenait à la fois de l'atelier d'un artisan, avec tous ses outils, sa planche à tracer, ses œuvres inachevées, et d'un temple de l'antiquité. Bohem devina qu'il s'agissait du fameux atelier des Compagnons du Devoir, celui dont avait parlé Courage de Carnute et où ceux-ci se retrouvaient pour la partie théorique de leur enseignement ou pour se livrer à la dispute avec des invités tels que ce philosophe.

Il tourna la tête pour regarder encore les hommes assemblés autour de lui et croisa enfin le regard de Fidélité La Rochelle. Le jeune forgeron le dévisageait de ses grands yeux brillants. Il souriait plus que quiconque dans cette pièce, et Bohem ressentit un profond soulagement.

Une voix s'éleva alors au bout de la grande salle, droit devant Bohem, et le jeune homme crut reconnaître les intonations du Premier en Ville.

— Mon pays, ne craignez rien, vous avez passé avec succès les épreuves que doit affronter tout aspirant au Devoir. Vous êtes dévêtu et dépourvu de vos bijoux en marque de votre innocence, pour signifier qu'un Compagnon ne doit jamais se rendre coupable d'opprobre et de déshonneur. Mon pays, ceci est le symbole d'une vie nouvelle, car vous allez recevoir un nouveau nom. Vous êtes pour nous un nouveau-né, qui fait son entrée parmi nous dépouillé de toute chose inventée par l'orgueil humain que vous laissez à la porte de cet atelier, car nous naissons égaux et parce que l'or, les bijoux et les vêtements ne servent souvent qu'à cacher nos vices, et parce que le bon cœur de l'homme ne doit jamais se juger par les parures ou son enveloppe, mais bien par ses seules actions.

Bohem commençait à s'habituer à la faible lumière que diffusaient quelques bougies vacillantes. Le Premier en Ville se leva du haut fauteuil de bois où il était assis et s'approcha de lui en tenant un grand plat sur lequel étaient posés trois bulletins. Il arriva devant Bohem et lui adressa un sourire complice. Un simple sourire, mais qui signifiait tant pour le jeune homme ! Il pouvait y lire la fraternité de celui qui lui avait proposé de devenir Compagnon, et il devinait ce que celui-ci voulait dire par ce simple sourire : « Ce que tu as vécu ici, nous l'avons tous vécu avant toi. Nous partageons ton émotion. »

Le Premier en Ville demanda alors à Bohem de choisir l'un des trois bulletins disposés devant lui. Bohem hésita, puis il indiqua celui qui était au milieu. Le Premier en Ville le prit dans ses mains.

— Mon pays, le nom que tu viens de prendre au hasard sera celui que tu porteras dans notre société.

Bohem remarqua que le Premier en Ville s'était mis à le tutoyer. Celui-ci ouvrit le bulletin et lut à haute voix le nom qui était écrit.

— Liberté Outremer. Au nom de la société des Compagnons du Devoir, je te baptise « Liberté Outremer ». Tes frères t'ont nommé ainsi en référence au pays d'où tu viens et en hommage au caractère qui t'est propre.

Puis le Premier en Ville reposa le bulletin sur le plat et brûla les deux autres. Ensuite, il se saisit d'une coupe que lui tendait un Compagnon à côté de lui et plongea dedans le premier bulletin, roulé en boule. Il présenta la coupe à Bohem.

— Que ce nom soit gravé dans ton cœur et que ce vin te donne la force et le courage de le soutenir jusqu'à ta mort.

Bohem but tout le vin qui était dans la coupe et avala péniblement le bulletin où était écrit son nom de Compagnon. Le Premier en Ville approuva de la tête.

— Compagnons ! Daignez jeter les yeux et un regard bienveillant sur cet aspirant. Nous le jugeons capable d'être élevé au grade d'honnête Compagnon pour devenir notre frère !

Des acclamations emplirent la salle.

— Mon pays, vous êtes accepté comme Compagnon. C'est au nom de maître Jacques et des jolis Compagnons du Tour de Gallica que vous allez prêter le serment de fidélité à nos principes : la fraternité, l'égalité, la vertu, la sagesse, l'amitié, la concorde, la philanthropie, et la science du travail.

— J'en fais le serment, répondit Bohem, la gorge nouée.

Le Premier en Ville passa alors l'écharpe des couleurs au cou du louvetier, puis un Compagnon lui rendit sa chemise, sa boucle d'oreille et sa petite sacoche.

— Mes frères, conclut le Premier en Ville pendant que Bohem ajustait maladroitement sa chemise, buvons !

Une clameur joyeuse s'éleva aussitôt sous le haut plafond de l'atelier. Les Compagnons se rapprochèrent tous de Bohem pour l'embrasser et le féliciter. Le louvetier, ému, était dans un état second. Il n'était pas sûr de comprendre tout ce que lui disaient les frères qui venaient le complimenter, mais il se sentait bien, tout simplement.

On ouvrit des bouteilles de vin et l'on trinqua jusqu'au soir, on chanta beaucoup, on s'amusa, et l'on fêta la réception de Bohem, le premier louvetier qui fut jamais nommé Compagnon au pays de Gallica. Au milieu de la soirée, les amis de Bohem furent invités à le rejoindre et ils purent participer à la fête. Mjolln joua de la cornemuse, Vivienne chanta le trobar, et les Compagnons dansèrent sans retenue.

Quand il partit se coucher, fort tard, Bohem était ivre, épuisé, ému, et prêt à vivre une nouvelle vie, car il était, vraiment, un homme nouveau.

*
* *

Je suis dans la quiétude du monde de Djar. Assis au milieu d'un grand champ. Je suis entouré de collines arborées, de grands dômes verts qui se croisent, disparaissent les uns derrière les autres sous le ciel blafard. Devant moi, un petit étang d'un vert de jade. Le blanc des nuages ciselé par les branches des arbres dessine des mosaïques à la surface de l'eau. Les branches effeuillées, presque nues, se penchent au-dessus de l'étang telles des cascades pétrifiées. Des feuilles mortes flottent par milliers, comme autant de petites barques abandonnées, prêtes à sombrer. Quelques ondes traversent par moments la grande étendue opaque. Puis plus rien ne bouge et tout se tait.

Je ne suis pas venu ici par moi-même. Pas cette fois. C'est une Brume qui m'appelle. J'entends encore sa voix. Un guide dans mon sommeil. Une longue corde que l'on suit dans le noir. Pourquoi m'appelle-t-elle ici ? Et quelle Brume ? Est-ce la Licorne ? Non, je ne crois pas. C'est une autre voix. Une voix plus ancienne. Que je connais depuis longtemps déjà.

Alors je cherche. Je tourne la tête. À droite, à gauche. Mon regard se pose sur les collines d'herbe, au pied des arbres, aux abords de l'étang. Mais je ne vois rien, aucune Brume. Pas un seul être vivant.

Soudain, une ombre se dessine, là, en haut de la dernière colline, sur ma droite. Je regarde, et je vois apparaître une silhouette familière. Je le reconnais, tel qu'il fut au premier jour. Je reconnais son poil, sa gueule, son regard fier et triste à la fois. Je me souviens quand je l'ai vu pour la première fois : ensanglanté, blessé, les pattes attachées, roulant devant les pieds de celui que je croyais être mon père. Derrière lui brûlaient déjà les flammes du bûcher. Le loup gris. Il doit être si vieux maintenant. Peut-être même est-il mort. Mais pas ici. Pas dans le monde de Djar. Son âme flotte toujours au pays des rêves prémonitoires.

Soudain, son nom s'impose à moi comme un vieux souvenir. Comme une vérité éblouissante. Zao. Mon loup. Ainsi es-tu nommé, toi que je sauvai des feux de la Saint-Jean. Zao, le loup gris qui survécut aux flammes du bûcher.

Je le vois qui descend lentement la colline, puis qui accélère le pas, galope, fonce vers moi. Et c'est comme si sa course n'en finissait pas. Comme si la distance qui nous sépare ne cessait de grandir. Il n'arrive pas à me rejoindre. Peut-être est-ce ma faute. Je n'arrive pas, moi, à entendre sa voix.

Puis je comprends. Tout dans son corps indique la panique. Il ne court pas pour me rejoindre, il court pour signifier le danger. Son regard, ses oreilles baissées, son poil hérissé, sa queue basse, sa course frénétique... Il a peur. Zao a peur. Et c'est moi qu'il regarde. Soudain il s'arrête et me fixe du regard à nouveau. Puis il se remet à courir. Il essaie de me faire comprendre quelque chose. Une urgence. Un danger. Mais je ne comprends pas. Vers quoi court-il ? Vers moi ? Est-ce moi qui suis un danger, Zao ? Non, au contraire. C'est moi que tu veux sauver. Moi que tu veux prévenir, n'est-ce pas ?

Le regard du loup. Je dois suivre le regard de Zao. Voir à travers lui le danger qui me guette. Ce n'est pas moi qu'il fixe. Non. C'est au-delà. Derrière moi. Quelque chose derrière moi.

Je me retourne, lentement, et je le vois. Là. Sur une branche d'arbre, immobile et silencieux. Il est là qui m'observe. Je l'ai vu, Zao. Merci. Je l'ai vu. Déjà. Plusieurs fois.

Le merle blanc.

*
* *

— Bohem ! Tu es réveillé ?

Le louvetier sursauta. On frappait à sa porte. C'était la voix de La Rochelle. Était-il réveillé ? Oui, bien sûr. Depuis longtemps ? Ça, il n'en était pas tout à fait sûr ! Il ouvrit lentement les yeux. Était-il allé tout éveillé dans le monde de Djar ? Avait-il rêvé ? Il n'aurait su le dire. Il avait mal à la tête et la lumière le gênait terriblement...

— Bohem ! appela à nouveau La Rochelle derrière la porte. La Mère veut te parler ! Elle a quelque chose d'important à te dire ! Habille-toi vite !

Bohem baissa la tête. Il avait encore ses vêtements. Il ne s'était pas déshabillé pour dormir. Il se rappelait à peine être remonté jusque sa chambre. Les Compagnons l'avaient fait beaucoup boire, après sa réception...

— J'arrive ! balbutia-t-il en se levant péniblement. J'arrive !

Il se frotta les yeux, ajusta sa chemise et alla ouvrir la porte. Fidélité lui fit un large sourire.

— Allez, fainéant ! Dépêche-toi ! La Mère n'a pas voulu me dire de quoi il s'agissait, mais cela semble urgent !

— Du calme ! Du calme ! répliqua Bohem en fronçant les sourcils. Eh ! Tu pourrais me parler avec un peu plus de respect : j'ai été reçu Compagnon je te signale ! Je suis ton frère à présent !

— Tu as toujours été mon frère, Bohem. La seule différence, c'est qu'avant tu ne le savais pas ! Allez, dépêche-toi ! On ne fait pas attendre une Mère.

— D'accord, d'accord ! Je te suis...

La Rochelle passa devant et le guida d'un pas rapide à travers les longs couloirs du premier étage. Devant les escaliers, ils croisèrent un groupe de jeunes gens qui les saluèrent à la façon des Compagnons : en faisant un bruit sec obtenu par le rapide roulement de la langue dans la bouche entrouverte. Bohem avait entendu dire qu'on appelait cela le « tric », et il essaya d'en faire autant, ce qui eut pour effet de faire sourire La Rochelle...

Ils descendirent en vitesse les escaliers et se dirigèrent vers la bibliothèque de la cayenne, au centre du bâtiment.

C'était une haute pièce emplie de livres du sol jusqu'au plafond, avec un parquet de bois qui grinçait et de longues rangées de tables où travaillaient déjà quelques Compagnons. Certaines étagères étaient fermées par des portes grillagées, celles où étaient rangés sans doute les ouvrages les plus rares ou les plus précieux.

— Tous les Compagnons savent-ils lire ? chuchota Bohem, impressionné.

— Mais non ! répliqua La Rochelle. Tous savent dessiner, ou plutôt tracer, comme on dit, mais pas forcément lire et écrire... Toutefois, si un Compagnon manifeste le désir d'apprendre à lire, il est le bienvenu ici...

— Si seulement j'avais le temps ! soupira Bohem.

— Pour l'instant, la Mère t'attend là-bas, dans le petit bureau au bout de la bibliothèque. Vas-y, moi, je reste ici.

Bohem acquiesça et traversa la grande pièce en essayant de ne pas faire de bruit. Il frappa délicatement à la porte que lui avait indiquée Fidélité.

— Entrez !

Il ouvrit la porte et pénétra dans la petite pièce. La mère était assise derrière un large bureau, elle écrivait quelque chose sur un parchemin et ne leva même pas la tête pour voir qui venait d'entrer.

— Ferme la porte derrière toi et assieds-toi là, Bohem Liberté, se contenta-t-elle de dire tout en continuant d'écrire.

Bohem s'exécuta sans rien dire. Il jeta un rapide coup d'œil autour de lui. Il y avait des livres et des papiers partout, assez mal rangés, beaucoup moins bien rangés en tout cas que dans le bureau du Premier en Ville. Il se demanda comment la Mère pouvait s'y retrouver au milieu de ces piles de papier, mais elle semblait être parfaitement à l'aise dans son petit univers...

— Bien dormi ?

Le jeune homme haussa les épaules.

— Un peu trop bu hier soir ?

— Sans doute, répondit-il en grimaçant.

— Rien de plus normal. En tout cas, je te souhaite la bienvenue chez nous, Outremer. Mmmh... Outremer... Les frères ont bien choisi ton nom, ou bien c'est toi qui as pioché le bon bulletin. On t'a nommé ainsi parce que tu es originaire de Gaelia, par-delà les mers, n'est-ce pas ?

— Je crois, oui.

— Mais sais-tu qu'outremer, c'est aussi la couleur que l'on donne au lapis-lazuli, et que c'est justement le bleu de tes yeux ?

— Non, murmura Bohem gêné. Non, je ne le savais pas...

La Mère continuait d'écrire et n'avait toujours pas levé la tête.

— Ils ont dû en rendre plus d'une folle amoureuse, tes yeux !

— Je... Je ne sais pas, non, je ne crois pas.

— Vraiment ? Et cette Vivienne ?

— J'espère que ce n'est pas pour mes yeux... répliqua Bohem en souriant.

— Ce sont d'abord les yeux, Bohem. Toujours. Le reste vient plus tard.

Elle leva enfin la tête et le fixa du regard avec un air malicieux.

— Laisse-moi te dire que quand j'étais plus jeune, mes yeux faisaient beaucoup d'effet aux garçons de Carnute !

Bohem sourit à son tour.

— Ils sont toujours très beaux, Mère !

— Tu trouves ? Merci. Mais je ne t'ai pas fait venir pour te parler de tout cela, je te rassure !

Elle reposa enfin sa plume et rangea les papiers devant elle.

— Ce matin, reprit-elle en s'appuyant des deux mains sur son bureau, j'ai parlé avec Courage de Carnute, qui venait prendre de tes nouvelles.

— Vraiment ?

— Oui. Tu sais, c'est un homme exceptionnel. Savais-tu qu'il a soixante-quatorze ans ?

— Il m'a beaucoup impressionné, se contenta de répondre Bohem.

— Il était enchanté de savoir que tu avais été reçu, quoique, comme moi, un peu étonné de la vitesse à laquelle cela s'est fait. Le Premier en Ville doit avoir ses raisons... Et puis, les temps changent... Mais il m'a ensuite parlé de votre petite conversation d'avant-hier, dans sa maison, et il m'a parlé de ce que tu cherches, Outremer.

— C'est-à-dire ?

— Il m'a dit que tu cherches les portes du Sid.

Bohem acquiesça.

— En effet. Vous en avez déjà entendu parler ? demanda-t-il, intrigué.

— Oui. Je ne sais pas vraiment ce qu'elles sont, Outremer, mais quand Courage m'a dit ce mot ce matin, j'étais sûre de l'avoir déjà entendu quelque part. J'ai une mémoire redoutable, tu sais. D'ailleurs, le Premier en Ville dit souvent que je suis la mémoire de cette cayenne !

— Et alors ? la pressa Bohem, impatient.

— Alors j'ai fait mes petites recherches et j'ai retrouvé les circonstances dans lesquelles j'avais déjà entendu ce nom : les portes du Sid. Elles sont représentées sur un chef-d'œuvre qui a été réalisé par un Compagnon il y a fort longtemps. C'est même l'un des plus vieux chefs-d'œuvre connus de notre société, Outremer. C'est une petite construction de pierre, à taille réduite, qui représente un temple de l'antiquité. On l'appelle le « temple d'Ariel », du nom du Compagnon qui l'a construit. Et, sur son fronton, justement, un bas-relief est censé représenter les portes du Sid.

Bohem écarquilla les yeux.

— Et peut-on le voir ce chef-d'œuvre ? demanda-t-il.

— La dernière fois que j'en ai entendu parler, il était à la cayenne de Lutès.

— Lutès ?

— Oui.

— Mais alors... Il faut que j'aille là-bas !

— Si c'est vraiment ce que tu cherches, je ne vois en effet pas d'autre solution. J'ai cherché dans notre bibliothèque, je n'en ai trouvé aucune représentation.

Bohem n'en revenait pas. La coïncidence était incroyable ! Et pourtant... Pourtant ce n'était qu'une preuve de plus que tout cela était lié ! Les Compagnons, les Brumes, et sa propre histoire... Il y avait un lien entre toutes ces choses, bien sûr ! Il ne pouvait comprendre ce lien pour le moment, mais il était déjà bien heureux d'avoir une nouvelle piste pour ses recherches. Il se rendit compte qu'il avait beaucoup de chance que la Mère se soit souvenue de ce chef-d'œuvre... Mais ce n'était peut-être pas un hasard.

— Je... Je peux y aller dès aujourd'hui ?

— Pourquoi me demandes-tu ça ? s'étonna la Mère. Tu peux y aller quand tu le souhaites, Outremer ! Tu es libre ! Personne ne te retient ici, personne ne te retiendra jamais, enfin ! Si tu dois trouver ces portes rapidement, au contraire, dépêche-toi !

— Oui, bien sûr... Alors... Alors, je vais aller prévenir les autres !

Il se leva précipitamment, impatient d'annoncer la nouvelle à ses amis. Il remercia la Mère plusieurs fois et partit rejoindre La Rochelle dans la bibliothèque. Il commençait à reprendre espoir.

Chapitre 4

LE MERLE BLANC

— Avant de partir, je veux aller remercier Courage de Carnute. Au fond, je lui dois beaucoup. Chrétien a bien fait de m'envoyer le voir... Je ne regrette vraiment pas de l'avoir rencontré, et j'espère que nous aurons l'occasion un jour de revenir le voir.

Ils étaient tous les quatre réunis dans la chambre de Bohem où il leur avait demandé de venir afin qu'il puisse leur expliquer ce que lui avait dit la Mère. Le chef-d'œuvre représentant les portes du Sid était sans doute leur meilleure piste pour le moment, leur seule piste même, et ils ne pouvaient la laisser de côté. Ils étaient tous heureux d'avoir enfin trouvé un indice sur les portes du Sid – aussi faible fût-il – et ils étaient pressés de se remettre en route. En outre, aucun d'eux n'avait déjà vu Lutès, et ils étaient très excités à l'idée de découvrir la capitale de Gallica.

— Tu veux que je t'accompagne chez lui ? proposa Vivienne.

— Non, restez ici tous les trois pour préparer le voyage. D'après la Mère, Lutès est à trois jours d'ici, avec de bons chevaux. Mais nous ne pourrons pas nous arrêter dans des auberges, car nous serons en plein dans le domaine de la couronne, où nous risquons d'avoir beaucoup d'ennemis. Il nous faudra donc emmener des vivres avec nous. Et de l'argent pour Lutès, beaucoup d'argent.

— Hélène nous a donné largement assez, intervint Vivienne.

— Bien. Nous devons beaucoup à ta tante. Mes amis, il ne vous reste plus qu'à vous dépêcher, nous partirons dès mon retour de chez Courage de Carnute.

— C'est bien compris, Bohem, oui, ça, bien compris. Tu peux y aller.

Bohem donna une petite tape sur l'épaule du nain et quitta la chambre. Il se dépêcha de sortir de la grande cayenne et remonta vers la basilique pour rejoindre la maison de Courage de Carnute, de l'autre côté de la ville.

Dès qu'il fut dans la rue, il comprit qu'il se passait quelque chose. Il y avait peu de monde dans le quartier, et les rares personnes qu'ils croisaient semblaient se diriger d'un pas rapide vers le haut de la ville, dans la même direction que lui. Cela ne lui inspirait rien de bon. Par précaution, il mit sa capuche et enfonça la tête dans ses épaules pour ne pas être reconnu. La maison du philosophe était à l'exact opposé de la basilique, et il n'y avait pas d'autre choix, à sa connaissance, que de passer par le centre de la ville. Or il se doutait que c'était précisément sur la grande esplanade devant la basilique que quelque chose de singulier était en train de se passer. Plus il avançait, mieux il distinguait, au loin, la foule qui se massait progressivement là-bas.

Bohem accéléra le pas, longeant les murs, et bientôt il vit au-dessus de la foule ce qui se préparait. On avait dressé deux potences au centre de la grande place, sur un large échafaud, et des soldats étaient regroupés au milieu de la foule grandissante. Il n'eut aucune peine à reconnaître leur uniforme : la croix rouge pattée sur leur cape blanche, c'était la Milice du Christ. Il serra les poings et secoua la tête. Les mauvais souvenirs revenaient en cascade. S'approchant encore un peu, il se dressa sur la pointe des pieds, et ses craintes furent confirmées : au loin, immobile sur une marche de l'échafaud, les bras croisés sur la poitrine, il aperçut le visage sévère d'Andreas Dumont Desbardes.

Le Grand-Maître était donc à Carnute lui aussi, et il s'apprêtait à exécuter deux personnes sur la place de la basilique. Cela pouvait-il être une coïncidence ? Certainement pas ! Dumont Desbardes ne pouvait pas ignorer que Bohem était dans la même ville que lui... Tout le monde était plus ou moins au courant !

— Que se passe-t-il ? glissa Bohem en tapant sur l'épaule d'une grosse femme devant lui.

— Eh bien, une pendaison ! répliqua-t-elle en haussant les épaules.

— Mais qui est-ce ? insista Bohem.

— Deux hérétiques, il paraît. Des fous du diable...

Bohem acquiesça lentement et fit quelques pas en arrière, mal à l'aise. Des hérétiques ! Combien de fois avait-il été appelé « hérétique », lui aussi ? Combien de fois Dumont Desbardes l'avait-il accusé d'hérésie ? C'était un mot dont le Grand-Maître usait si facilement...

Les deux hommes qui allaient être pendus sous les cris excités de la foule n'étaient peut-être pas plus coupables d'hérésie qu'il ne l'était lui-même. Et si Dumont Desbardes avait décidé de les exécuter ici, dans la ville où se trouvait Bohem, c'était certainement pour lui une façon d'envoyer au louvetier un message bien clair. « Je suis ici et je n'ai pas renoncé. » Bohem en était sûr.

C'était à cause de lui qu'on allait pendre ces deux hommes.

Il poussa un grognement de colère. Il ne pouvait s'empêcher de penser au bûcher de Villiers-Passant. Au loup que son père avait hissé au-dessus des flammes. Combien de fois Bohem allait-il devoir assister à ce spectacle morbide ? Ces foules idiotes qui viennent voir mourir des innocents ? Non ! Ce n'était pas possible ! Ce n'était plus possible ! Il ne pouvait pas laisser faire cela !

Bohem fit volte-face et se mit à courir vers la cayenne. Il courut aussi vite qu'il put, de toutes ses forces. Il savait qu'il n'avait pas beaucoup de temps : les potences étaient déjà en place, la foule déjà très excitée... Il essaya de courir plus vite encore. S'il voulait avoir la moindre chance de faire quelque chose pour sauver ces deux hommes, chaque pas comptait. Sa capuche était retombée en arrière et rebondissait sur ses épaules. La sueur coulait sur son front. Il refit tout le chemin inverse jusqu'au grand bâtiment des Compagnons et faillit s'écrouler devant la cayenne en s'arrêtant un peu tard. Il se redressa et, à bout de souffle, frappa bruyamment à la porte. Rien. Il frappa encore, de plus en plus fort, puis il entendit enfin la voix du Rouleur.

— Oh la ! Qu'est-ce que c'est ?

— Ouvrez ! Ouvrez ! cria Bohem. C'est moi ! Liberté ! Il faut que je voie le Premier en Ville ! Vite ! Je dois le voir tout de suite !

La porte s'ouvrit lentement.

— Le rituel, Outremer, ce n'est pas le rituel...

— Pas le temps ! glissa le louvetier en se faufilant derrière le Rouleur. Désolé !

Il courut dans le couloir, monta les marches de l'escalier quatre à quatre et entra dans le bureau du Premier en Ville sans même frapper à la porte. Celui-ci sursauta et dévisagea Bohem, perplexe.

— Que... que...

— Vite ! Vous devez m'aider ! Dumont Desbardes, la Milice du Christ... ils vont exécuter quelqu'un sur la place centrale ! Nous devons empêcher ça !

— Comment ?

— Ils vont pendre deux hommes ! Nous devons les en empêcher !

— Mais, tu es fou ? Pourquoi veux-tu que nous fassions cela ? Cela ne nous regarde pas... Il y a des exécutions toutes les semaines... C'est...

— C'est à cause de moi ! À cause de moi qu'ils vont être exécutés ! Nous devons les sauver !

— Mais ce n'est pas notre rôle, Liberté ! Tu as perdu la raison ! Nous sommes des artisans, pas des... pas des justiciers !

— Mais si, c'est notre rôle ! C'est le rôle de n'importe quel être humain que de porter secours à des innocents ! Je vous en supplie ! Nous sommes plus d'une centaine ici, nous pouvons vraiment faire quelque chose !

— Non, Bohem !

Bohem. Il lui avait donné son nom profane. Cela ne pouvait être que mauvais signe. Le Premier en Ville était agacé. Mais Bohem ne pouvait pas renoncer. Deux vies étaient en jeu. Et rien ne vaut plus cher qu'une vie.

— Premier en Ville, je vous en supplie. Vous disiez que je suis un exemple pour vos apprentis... Mais c'est à cause de cela ! À cause de ces choses que nous devons faire... Donner l'exemple en sauvant des innocents ! Vous le disiez vous-même. C'est la base de la fraternité ! Nous devons les sauver !

Nous devons les sauver.

*
* *

Bernard de Laroche se demandait comment il pouvait encore tenir debout. Il était épuisé et on l'avait roué de coups. Il avait plusieurs fois perdu connaissance. Chaque fois, on l'avait ranimé en lui jetant de l'eau au visage et en lui donnant quelques claques. Il était conscient, à présent, mais tellement abattu ! Toutefois, ce n'était pas le moment de tomber. De perdre à nouveau connaissance. La corde était passée autour de son cou. Il devait rester debout. Tenir bon.

Le Bon Homme avala sa salive. Elle avait un goût de terre et de sang. Il s'était coupé les lèvres plusieurs fois en tombant par terre la tête la première. On avait essuyé son visage juste avant de le faire monter sur l'échafaud. Mais le sang avait encore coulé depuis. Les traces rouges zébraient sa face tuméfiée. Il avait du mal à respirer car le sang coagulait dans ses narines et se bloquait au fond de sa gorge.

Il toussa, manqua perdre l'équilibre, les mains attachées dans le dos, mais un Milicien derrière lui le rattrapa par l'épaule. Debout, tenir debout. Il tourna lentement la tête et vit Guillaume à côté de lui, qui pleurait, les yeux perdus dans le vide. Lui aussi avait le visage couvert de sang. Lui aussi était à bout de forces. Lui aussi allait mourir.

Comment avaient-ils pu être aussi bêtes ? Comment avaient-ils pu croire qu'ils échapperaient à la Milice du Christ ? Il en était sûr, maintenant, Dumont Desbardes aurait pu les capturer plus tôt, depuis le temps qu'il était sur leur piste, mais il avait attendu la ville : Carnute. Il avait attendu qu'ils se jettent eux-mêmes dans la souricière. *Comment avaient-ils pu être aussi bêtes ?* Se méfier si peu en entrant dans une ville aussi grande ?

Il s'en voulait tellement ! Toutes ces journées à parcourir le pays ! À fuir, à lutter contre la fatigue, le sommeil et la douleur... Tout ça, pour finir au bout d'une potence sans avoir pu tenir sa promesse. Sans avoir pu venger la mort des siens. Ni même crier leur innocence. Quel gâchis !

Et son ami, son dernier ami, allait mourir à cause de lui. Par sa faute. C'était lui qui avait emmené Guillaume jusqu'ici, lui qui avait insisté pour qu'ils trouvent ce fameux Bohem ! Si seulement il avait écouté son ami, ils seraient sans doute en sécurité aujourd'hui, cachés dans le maquis, là où les Miliciens ne seraient jamais venus les chercher. Mais voilà ! Ils allaient mourir à présent, il n'y avait pas d'autre issue possible : mourir ensemble sur la grande place d'une ville qu'ils ne connaissaient pas, sous des regards étrangers, indifférents. Personne ne les pleurerait, ici, si loin de chez eux. Personne ne pouvait comprendre. Ce qu'ils avaient vécu. Ce qu'ils avaient perdu. Ce qu'ils avaient souffert.

Bernard releva la tête et regarda la foule. Les badauds étaient de plus en plus nombreux. La plupart ne savaient probablement pas ce qu'on leur reprochait. Y en avait-il un seul qui sût leurs noms ? Non. Ils étaient juste venus voir la pendaison, un peu de sang, un peu de mort, mais pas pour plaindre les pendus. Ils se moquaient de savoir qui étaient ces deux hérétiques. Ils se moquaient de leur cause, de leur combat. Ce qu'ils voulaient voir, c'était ces deux corps débiles se balancer au bout d'une corde, se débattre comme des pantins idiots puis succomber, la nuque brisée. Chercher un peu de frisson. Jouer un peu avec la mort, se rire d'elle pour oublier qu'un jour ce serait leur tour...

Bernard ferma les yeux. Il devait se tourner vers Lui, maintenant. Vers Dieu. Mais ne les avait-Il pas abandonnés ? Lui qui avait laissé mourir les leurs ? Lui qui avait laissé brûler leurs maisons ? Combien de temps encore faudrait-il pour qu'Il protège ses enfants, abandonnés de tous ? Eux dont la foi était si pure ! Eux qui se vouaient tant aux Évangiles ! Pourquoi les avait-Il oubliés ? N'étaient-ils pas meilleurs chrétiens ? Eux qui ne juraient pas, ne tuaient pas, eux qui aimaient leur prochain, qui répétaient au sein de leur communauté ce que le Christ avait enseigné sur la Terre ? Eux qui enseignaient au plus grand nombre la parole de Dieu en la rendant accessible, simple, pure ? Eux qui n'aspiraient qu'à être des hommes bons ? De Bons Hommes ? Que fallait-il de plus pour qu'enfin Il leur offre sa bienveillance ? Qu'enfin ils aient droit à une vie paisible ?

Non. Non, il ne devait pas douter. Ne pas faiblir. S'il en était ainsi, c'était sans doute à dessein. Et il ne devait pas désespérer. Son âme aurait bientôt droit à une nouvelle naissance. Elle allait bientôt rejoindre une nouvelle vie. Il n'y avait pas de douleur dans la mort. Seulement un espoir. Une chance. Il suffisait de croire.

Alors, il attendit son tour et il pria, jurant de ne plus jamais ouvrir les yeux. Ne pas offrir à la Milice du Christ le visage de sa détresse. Et le monde devant lui, de toute façon, ne méritait plus d'être vu. Il n'y avait plus rien à regarder. Plus rien dans ces visages, ces yeux. Mieux valait regarder au fond de soi-même, chercher la dernière petite flamme. La petite lueur.

Les cris de la foule se faisaient de plus en plus forts, de plus en plus proches. Les gardes de Carnute, que le bourgmestre avait envoyés en catastrophe, ne suffisaient sans doute plus à contenir les habitants assoiffés de sang. Prévenus au dernier instant par Dumont Desbardes, ils n'avaient pas eu le temps de se préparer et étaient complètement dépassés par le nombre des spectateurs. Mais il fallait bien qu'ils fassent ce qui était en leur pouvoir. Ils ne pouvaient s'opposer au Grand-Maître de la Milice du Christ. S'il avait décidé de procéder à une exécution, alors il devait en être ainsi. On ne s'opposait pas à Andreas Dumont Desbardes.

Bernard sentait son corps vaciller de droite et de gauche. Une main le retenait. Les cris qui montaient, se mélangeaient dans sa tête. Sa propre voix, ou peut-être une autre, le grincement des planches sous ses pieds. La voix du Grand-Maître, derrière lui. Tout s'embrouillait.

Les bruits, les odeurs, les sensations, la peur, l'angoisse, la douleur. Et puis la corde, autour de son cou, qui semblait peser si lourd ! Ses jambes qui tenaient par miracle. Le sang qui séchait sur ses joues. Soudain, une agitation nouvelle autour de lui, des bruits de pas dans son dos. Puis un silence, pesant, immédiat, et enfin, le sifflement de la corde. Un claquement sec. Là, sur sa droite. Guillaume. Des cris dans le public, rares d'abord, puis de plus en plus nombreux, de plus en plus hystériques. Et ce grincement, enfin. Le balancement du corps de Guillaume, mort déjà, sans doute. Il n'avait pas ouvert les yeux, crispé, tendu, mais il voyait la scène dans sa tête. Del Pech pendu à côté de lui, le regard vide, la peau si blanche. Et les gens qui attendaient son tour.

Pardonne-moi, Guillaume, pardonne-moi.

Une main se posa sur son épaule. Ajusta la corde une dernière fois. Puis la laissa retomber contre sa nuque. Les pas s'éloignèrent un peu. Bernard pensa à son fils. Son jeune garçon, tué par les mêmes bourreaux. Sa petite tête innocente. Ne pas crier. Rester fier. Pour lui. Pour son fils. Et il allait le retrouver, dans la prochaine vie. Et ce serait une vie meilleure. *Il n'y aura plus de secret, mon fils, plus de peur, plus de mensonge. Je te le promets. Nous serons seuls et nous mènerons une vie simple, sans ennemis. Nous l'avons méritée, mon fils. Notre prochaine vie sera paisible comme l'eau d'un grand lac. Et nous aurons le temps, tout le temps. Nous grandirons ensemble. Pardonne-moi, mon fils. Tout est ma faute.*

Le silence se fit soudain dans la foule. L'instant d'après il entendit la trappe s'ouvrir, sentit le sol se dérober sous ses pieds. Un claquement sec. Puis tout sembla s'écrouler. Et il reçut un choc terrible. Violent. Mais ce n'était pas son cou. Ce n'était pas la corde. Non.

Il ouvrit les yeux, incrédule. Il était allongé par terre. Sous les planches de l'échafaud. La trappe était ouverte au-dessus de lui, et il voyait se balancer un bout de corde tranchée, là où aurait dû être son cou.

Comment était-ce possible ? Il ne parvenait à comprendre ce qu'il se passait. Tous ces cris ! Était-il mort ? Non. Son dos lui faisait si mal ! Des bruits de pas rapides traversaient les planches au-dessus de lui. Puis des bruits de flèches qui se plantaient dans le bois. Des corps qui tombaient. Des hurlements dans la foule. Là, derrière lui. Il tourna la tête. Il vit les gens qui s'enfuyaient, puis au milieu d'eux, des chevaux. Beaucoup de chevaux qui s'approchaient de l'échafaud, qui trépignaient dans la terre. D'autres cris encore, la voix de Dumont Desbardes, furieux, hors de lui. Et soudain une main. Là. Tendue vers lui.

— Prenez ma main ! Vite ! Prenez ma main !

Il hésita. Son corps tout entier n'était plus que douleur. Le bruit sec de la corde résonnait encore dans sa tête comme un écho morbide. Un son qu'il n'oublierait jamais. Mais il était vivant. Vivant. Il avait échappé à la mort une nouvelle fois. Ce ne pouvait être qu'un signe. Il devait vivre !

— Prenez ma main !

— Je... Je ne peux pas.

Il se retourna pour montrer ses mains dans son dos, encore attachées. Il sentit une lame passer près de ses poignets, puis on coupa les liens.

Bernard tendit le bras et saisit en grimaçant la main qu'on lui tendait. Il fut tiré sur le dos jusque sur la place, où on l'attrapa à pleins bras pour le hisser sur un cheval, derrière un homme au visage caché sous une capuche.

— Accrochez-vous ! cria l'inconnu.

Bernard avait du mal à bouger, mais il passa son bras autour de la taille du cavalier et s'agrippa tant bien que mal. Le cheval partit aussitôt au galop, au milieu de la foule paniquée.

Tout allait si vite que Bernard, au bord de l'évanouissement, n'était pas sûr de bien comprendre. On l'avait sauvé... Et on s'enfuyait. Mais où ? Qui ? Tout dansait autour de lui. Il vit des flammes devant la basilique. On avait mis le feu à l'échafaud. Les Miliciens se battaient avec des ennemis masqués, vêtus de noir, le visage caché sous de grandes capuches – comme l'homme devant lui – et qui parvenaient à leur échapper puis disparaissaient dans la foule, abandonnant derrière eux leur déguisement. Des pierres tombaient des toits. Des flèches enflammées s'envolaient, surgies de nulle part.

C'était comme si tout était fait pour semer la panique sur la grande place de la ville.

Le cheval se cabra pour se frayer un chemin à travers la foule. Bernard faillit tomber et s'agrippa plus fermement à l'homme devant lui. Il vit d'autres chevaux autour d'eux. Puis le leur se remit au galop, vers l'est de la ville, fonçant au milieu des ruelles. Il jeta un coup d'œil derrière lui et vit que trois autres chevaux les suivaient. Amis ou ennemis ? Il n'aurait su le dire, tant sa vue était trouble. Mais cela ne semblait pas être des Miliciens...

La traversée de la ville lui sembla durer une éternité. Il crut qu'il allait perdre encore connaissance, abasourdi par le vacarme et la douleur. Mais bientôt il aperçut les remparts et la grande porte qui ouvrait la ville vers l'est. Le cheval se précipita droit devant, frôlant les murs de la ruelle étroite où ils s'étaient engagés. Ils passèrent sous la porte immense et Bernard entendit soudain la herse se baisser derrière eux et heurter violemment le sol. Il se retourna et vit que les trois autres chevaux étaient avec eux. L'homme devant lui marqua une pause et fit tourner son cheval.

— Tout le monde est là ? demanda-t-il.

Le cavalier le plus près d'eux acquiesça. Bernard vit alors que c'était une femme. Mais, avant qu'il puisse vraiment voir son visage, les quatre chevaux se remirent au galop et foncèrent vers l'est, laissant derrière eux la ville de Carnute, plongée dans le chaos.

*
* *

Pieter le Vénérable entra dans le bureau du roi de Gallica vêtu de sa dalmatique en soie, de sa mitre et de ses gants. L'affaire du louvetier avait terni son image auprès de Livain et de ses conseillers, et il avait besoin de se refaire une réputation. À trop vouloir bien faire, il avait tout gâché, et elle était bien loin l'époque où il pouvait espérer prendre aux côtés du roi la place laissée vacante par Courage de Blanval.

Mais tout n'était pas perdu. Pieter avait peut-être connu un échec cuisant dans l'affaire du fameux Bohem, mais il était toujours abbé de Cerly, et l'ordre, lui, ne cessait de prendre de l'importance au royaume de Gallica. Livain ne pouvait se passer de l'appui de Pieter le Vénérable ; d'abord parce que celui-ci était toujours en excellents termes avec le nouveau pape, mais aussi parce qu'il représentait – depuis la mort de Courage de Blanval – la première force régulière du clergé gallicien. Pieter le Vénérable, depuis qu'il s'était rapproché du pape, était de plus en plus respecté par le clergé, et Livain ne pouvait se permettre de rester en froid avec lui.

En me demandant de rester à Lutès après le départ du légat, Livain a clairement montré qu'il avait besoin de moi. Mais je dois rester prudent. J'ai déjà vu par le passé que cela ne suffisait pas à me laisser les coudées franches... Et surtout, surtout, je dois me méfier de Camille.

Malgré son mal au dos qui empirait de jour en jour, l'abbé expliqua qu'il préférait rester debout pendant l'entrevue. En réalité, il ne voulait pas s'asseoir devant le roi de Gallica, comme il le faisait jadis, car cela le mettait dans une position inférieure, et il voulait faire physiquement preuve de l'indépendance de son autorité.

Le roi ne se formalisa pas et resta, lui, assis derrière son grand bureau.

Ils attendirent ainsi un long moment, le roi classant quelques documents dans ses tiroirs et Pieter, debout devant la petite fenêtre, les mains derrière le dos.

— Je suis heureux que vous puissiez passer un peu de temps à Lutès, déclara finalement le roi en croisant les mains sur son bureau. Les derniers événements nous ont séparés bien plus que je ne l'aurais souhaité.

Est-ce sa façon de s'excuser d'avoir été si dur avec moi ces derniers temps ? Il commence peut-être enfin à comprendre – mais trop tard – que j'agissais réellement dans son intérêt en essayant de le tenir éloigné de ce Bohem...

L'abbé se retourna lentement, le sourire aux lèvres.

— Nous avons l'un et l'autre des obligations politiques qui nous poussent parfois à faire des choses que nous préférerions ne pas avoir à faire, Majesté.

— C'est le propre de la politique ! répliqua le roi en souriant à son tour.

Vraiment ? Ou bien n'en faisons-nous qu'à notre tête en prenant la politique pour prétexte ? Livain, je vous ai vu grandir, je connais vos vices aussi bien que je connais les miens.

— Où en êtes-vous avec ce Dumont Desbardes ? demanda le roi, en prenant soudain un air grave.

— Majesté, ce fourbe, malheureusement, est de plus en plus insaisissable ! Aux dernières nouvelles, il aurait quitté le comté de Tolsanne pour partir à la poursuite d'un hérétique nommé Laroche, qui était l'un des principaux agitateurs de la communauté des Bons Hommes de Nabomar... Mais j'ai peur que cela l'éloigne beaucoup du sud de Gallica.

— Vous n'avez pas pu mettre la main dessus ?

Chacun ses défaillances, mon cher ! Vous avez bien échoué, vous, dans votre traque du louvetier !

— Le Grand-Maître refuse de nous donner de ses nouvelles, Majesté. Le temps que nos messagers reviennent pour nous confirmer qu'ils ont pu transmettre nos ordres à la Milice, on ne sait déjà plus où il est... En vieillissant, Dumont Desbardes prend de plus en plus de libertés, et, pour tout vous dire, je crains qu'il ne soit en train de donner une mauvaise influence à la confrérie des moines guerriers, jadis si fidèle !

— Dumont Desbardes est un fou dangereux, il a perdu la raison sur les routes d'Orient ! s'exclama le roi. Le pape devrait rapidement le faire remplacer...

Il laisse parler son cœur sans retenue. C'est bien. Il recommence petit à petit à se fier à moi. À me parler comme à un conseiller.

— Je dois avouer que je partage votre point de vue. Mais ce n'est pas si simple, Majesté... Ce n'est malheureusement pas si simple ! La Milice du Christ a beaucoup de pouvoir aujourd'hui, et son Grand-Maître une grande influence. Le précédent pape a donné beaucoup trop de libertés et d'avantages à la Milice.

— C'est qu'à l'époque, elle était irréprochable !

C'est surtout que votre cher Courage de Blanval en fit l'éloge sans retenue et que le pape lui fit bien trop confiance... La Milice a obtenu plus d'avantages encore que mon bel ordre de Cerly. C'était sans doute d'ailleurs l'objectif de Courage. Renforcer la Milice pour affaiblir Cerly.

— Aucune institution ne l'est jamais vraiment, Majesté. Même Cerly, je le sais, a des faiblesses...

— Vous avez raison. Mais je vais être franc avec vous, Pieter...

C'est trop d'honneur ! pensa l'abbé, amusé.

— Ce qui perd nos institutions, ce qui a perdu la Milice et ce qui perdra peut-être un jour Cerly, si vous me le pardonnez, c'est l'argent. Ces richesses qui n'en finissent plus de grandir et qui aveuglent leurs dirigeants...

— L'argent perdra-t-il aussi la couronne ? se moqua gentiment l'abbé de Cerly.

— Peut-être, admit le roi. Encore que la couronne ait beaucoup à dépenser pour ses sujets ! Et peu de rois sont la première fortune en leur propre pays, vous le savez aussi bien que moi...

Peut-être parce que les rois passent leur temps à dilapider leur fortune pour mener des guerres ridicules...

On frappa à la porte. Pieter, que son mal aux reins faisait tant souffrir, s'adossa au rebord de la fenêtre pour se préparer à l'entrevue qu'il attendait avec impatience.

— Entrez ! dit le roi en se renfonçant dans son fauteuil.

La porte s'ouvrit et Camille de Chastel apparut dans une belle robe de soie bleue. Elle portait sur ses cheveux bruns une couronne dorée et à ses oreilles de magnifiques diamants. À côté d'elle se tenait une jeune fille aux cheveux blonds bouclés et dont la moitié du visage était couvert d'un fin masque de cuir.

Pieter le Vénérable se redressa tant bien que mal. Il allait enfin rencontrer celle dont le roi et lui avaient tant parlé ces derniers jours : Catriona, la jeune sœur de Bohem.

— Bonjour, Camille, et bonjour, mademoiselle, dit le roi d'un ton courtois.

— Madame la reine, enchaîna l'abbé de Cerly en s'inclinant légèrement. Mademoiselle...

Il salua la jeune fille d'un petit signe de tête.

— Prenez place, invita le roi en indiquant deux sièges disposés face à son bureau.

Il les invite toutes les deux à s'asseoir ! Camille va donc assister à notre entretien ! J'aurais préféré que nous soyons seuls avec la jeune fille. Le pouvoir grandissant de Camille m'inquiète, car je reste persuadé que cette jeune opportuniste cache quelque chose. J'aurais dû m'en ouvrir au roi, mais j'ai peur qu'il ne m'en tienne rigueur. Le sot semble sincèrement amoureux de cette garce. Comme je regrette d'avoir suggéré cette union !

— Mademoiselle, reprit Livain, je tiens à vous remercier d'avoir accepté notre invitation. Nous sommes heureux de vous recevoir au palais.

— L'honneur est mien, Majesté, répondit la jeune fille.

Sa voix est beaucoup moins sauvage que je ne l'aurais imaginé. Elle est toute frêle et encore bien jeune, et pourtant sa voix est d'une froideur étonnante, presque désabusée. Ce qu'elle a vécu a dû la marquer terriblement.

— Nous savons que vous avez traversé des épreuves terribles, intervint Pieter, et que l'attaque de votre village par ces sauvages vous a fait perdre beaucoup... Votre courage est exemplaire, jeune fille !

— Je n'ai pas tout perdu. Il me reste un frère.

— Oui, le fameux Bohem, acquiesça le roi. Et vous savez que c'est à son sujet que nous voulons vous parler ?

La jeune fille hocha lentement la tête. Le masque de cuir sur son visage lui donnait un air étrange, presque malsain. Il jurait avec la jeunesse de son allure, et les plaies qu'il cachait étaient encore plus effrayantes du fait qu'on ne pouvait que les imaginer.

Le roi inspira profondément puis reprit la parole.

— Votre frère, Catriona, s'est laissé abuser par le roi de Brittia et son épouse, la duchesse de Quienne. Il a décidé de rejoindre leur camp, en pensant bien faire, sans doute, mais ceux-là préparent en ce moment même une guerre terrible contre notre pays. Si nous les laissons faire, Gallica disparaîtra pour ne plus être qu'une province de Brittia. Nous sommes certains que si votre frère savait cela, il rallierait notre camp... Nous avons besoin de l'en convaincre. Je n'irai pas par quatre chemins : nous pensons que vous êtes la mieux placée pour le persuader de quitter la cour d'Emmer et de rejoindre la couronne de Gallica... Bohem vous fait confiance, n'est-ce pas ?

— Bohem adore sa petite sœur, répondit simplement Catriona.

Elle ne répond pas directement à la question. Pourquoi ?

— Alors, il vous écoutera. Accepteriez-vous de partir à sa rencontre pour l'en persuader ?

La jeune fille fit sous son masque une grimace qui ressemblait vaguement à un sourire.

— Que me proposez-vous en échange ?

Elle n'est pas dupe. Ou bien Camille lui a déjà fait des promesses... La reine a sûrement dû tout faire pour s'attirer la confiance de cette jeune fille. Elle lui a peut-être même soufflé ce qu'elle devait dire aujourd'hui pendant cet entretien.

— Votre frère est très important pour moi, Catriona. Je suis prêt à vous offrir beaucoup. Votre prix sera le mien.

La jeune fille tourna la tête vers Camille.

— Catriona désire une résidence au sud de Lutès, une rente mensuelle jusqu'au jour de sa mort, une immunité au sein du royaume, et la promesse signée de votre main que vous ne vous retournerez pas contre elle et que vous la protégerez comme votre propre fille, énuméra Camille d'une voix monocorde.

J'en étais sûr ! Elles ont donc bien préparé cet entretien ensemble !

Le roi fit mine de réfléchir. Mais ce que la jeune fille demandait n'était rien par rapport à ce qu'elle pouvait lui apporter.

— C'est beaucoup, dit-il. Mais vous avez beaucoup souffert, mademoiselle, et le royaume pourra vous offrir tout cela si vous nous rendez ce service...

— Et si j'échoue ? intervint Catriona.

Le roi fronça les sourcils.

— Je veux les mêmes garanties, si j'échoue, insista-t-elle.

— Vous plaisantez ? s'offusqua Livain qui ne s'était pas attendu à cela.

— Alors, demandez à quelqu'un d'autre de convaincre Bohem. Si vous voulez obtenir ma confiance, je dois d'abord obtenir la vôtre. Je ferai tout ce qui est en mon pouvoir pour ne pas vous faillir, mais si je faillis – nous ne pouvons pas ne pas l'envisager – je ne veux pas avoir tout perdu.

La sournoise ! Elle sait que Livain a besoin d'elle. Je ne vois pas comment il peut se sortir de cette négociation...

Le roi poussa un soupir. Il hésita, jeta un coup d'œil vers Pieter.

— Qu'en pensez-vous, cher abbé ?

Le lâche ! C'est donc à moi de trouver une solution ! Ce que la jeune fille demande ne représente rien par rapport à la fortune royale, mais ses conditions ne nous permettent pas d'être certains qu'elle fera tout pour y parvenir... Je dois tourner cela autrement. Le roi compte sur moi.

— Je pense que nous pouvons garantir à mademoiselle, comme elle le demande, une rente mensuelle, l'immunité et votre protection, quoi qu'il arrive, Majesté. Pour ce qui est de sa résidence, elle pourrait être la faveur supplémentaire que vous ferez à Catriona si elle réussit sa mission...

— Excellente idée, Pieter ! Qu'en pensez-vous, jeune fille ?

Catriona dévisagea longuement l'abbé de Cerly. Une grimace étrange se dessina à nouveau sur ses lèvres. Pieter aurait juré qu'elle se moquait de lui.

— Marché conclu, j'attends vos garanties signées, dit-elle simplement, puis elle fit demi-tour sans avoir attendu que le roi l'invite à partir et se dirigea tout droit vers la sortie.

Camille de Chastel adressa un regard embarrassé à son époux et suivit rapidement la jeune fille pour l'accompagner dehors.

Cette jeune fille est particulièrement étrange ! Le principal, c'est que nous ayons trouvé un arrangement. Mais je crois que nous ne sommes pas au bout de nos surprises... Je ne lui fais pas plus confiance qu'à Camille de Chastel ! J'espère qu'elles n'ont rien manigancé... Cependant, si c'était le cas, ce serait un bon moyen de me débarrasser de la reine : Livain ne lui pardonnerait jamais. Je vais devoir suivre tout cela de très près.

*
* *

Il devait être très tard dans la nuit. Ils s'étaient arrêtés longtemps après la tombée du soir pour mettre le plus de distance possible entre eux et Carnute. Le ciel était d'un noir opaque et un vent frais faisait vaciller les flammes de leur petit feu de bois.

Bernard de Laroche leva lentement la tête et but avec difficulté l'infusion que lui avait présentée la jeune femme. Le liquide lui brûlait la gorge, mais le goût était agréable. Doux. Il sentit la boisson descendre dans sa poitrine, et l'apaiser, déjà. Il n'aurait su dire ce qu'il y avait dans cette infusion, mais la jeune femme et le nain semblaient, à eux deux, connaître un peu la médecine et il décida de leur faire confiance. Ils avaient lavé ses plaies, les avaient frottées avec des herbes et les avaient ensuite recouvertes de bandages. Sur son front ils avaient appliqué un baume que le nain avait sorti de son sac et qui était censé calmer ses douleurs.

— Merci, murmura-t-il après avoir bu la dernière gorgée.

La jeune femme lui adressa un sourire bienveillant et se releva pour reprendre sa place près du feu. Bernard tourna la tête. Le jeune homme qui l'avait pris sur son cheval était assis près des flammes lui aussi. Il regarda son visage encore une fois, éclairé de lumière orange et traversé d'ombres vacillantes. Ses yeux bleus, brillants, profonds, sa chevelure noire, ses cicatrices. Ce ne pouvait être que lui...

— Vous... Vous êtes Bohem, n'est-ce pas ?

Le jeune homme se retourna vers lui.

— Oui. Je m'appelle Bohem. Et vous ?

— Je... Je m'appelle Bernard de Laroche, balbutia-t-il, perplexe.

C'était incroyable ! Providentiel ! L'homme qui l'avait sauvé était justement celui qu'il était venu chercher ! Celui qu'il poursuivait depuis si longtemps ! Celui dont il était venu demander la protection... Comment était-ce possible ? Cela ne pouvait pas être un hasard ! Il ne s'était donc pas trompé. Bohem était vraiment leur sauveur. Plus encore qu'il ne l'avait espéré !

— Reposez-vous, Bernard. Vous nous raconterez demain toute votre histoire. Vous avez besoin d'une nuit de sommeil. Demain, nous reprendrons la route !

— Je... Je vous remercie mais je ne pense pas que je vais réussir à m'endormir... Je suis tellement... Tellement étonné.

— Pourquoi étonné ? demanda Mjolln.

Bernard s'appuya sur ses coudes pour se redresser. Il essaya de masquer sa douleur.

— Comment vous expliquer ? dit-il en reposant sa tête sur un sac derrière lui. C'est... C'est à cause de... À cause de Bohem que je suis venu à Carnute...

— À cause de lui ?

— Enfin, oui, ou grâce à lui, plutôt ! Bohem... Je voulais vous rencontrer !

— Reposez-vous, Bernard. Vous nous raconterez cela demain...

Mais le Bon Homme ne pouvait pas se taire. Il avait besoin de leur dire. De leur faire partager ce qu'il ressentait.

— J'étais persuadé que vous pourriez nous aider, moi et les miens. Et je ne m'étais pas trompé, n'est-ce pas ? Vous m'avez sauvé la vie, Bohem !

— C'est un hasard, Bernard. Je vous ai sauvé la vie parce que vous étiez sur le point d'être exécuté à Carnute, or, je me trouvais à Carnute au même moment, ce qui n'est pas si étonnant puisque c'est moi que vous veniez voir... Voilà tout.

— Oui, mais pourquoi avez-vous décidé de me sauver ?

Bohem haussa les épaules.

— C'est une habitude chez lui, intervint La Rochelle, d'une voix un peu moqueuse.

Bohem sourit. Oui. C'était une habitude. Une habitude qu'ils allaient devoir prendre. Et donner.

— N'importe qui devrait en faire autant, affirma-t-il.

Vous savez, j'ai moi aussi été accusé d'hérésie par ce Dumont Desbardes...

La voix de Bohem s'éteignit lentement. Il avait le regard perdu dans les flammes. Il était visiblement mal à l'aise. Dans son regard brillait la même gêne que le jour où la foule les avait suivis dans cette ville du comté de Pierevain.

Ils restèrent silencieux un long moment. Chacun dans ses pensées. Puis Bohem se tourna à nouveau vers l'homme qu'ils avaient sauvé :

— De quoi étiez-vous accusé, Bernard ?

— J'appartiens à une petite communauté de Bons Hommes, à Nabomar. Il semble que le pape et Livain ont décidé de... de nous exterminer. Ils ont envoyé la Milice. Ils sont venus un matin dans notre ville, et ils ont tout brûlé. Dumont Desbardes a tout brûlé. J'ai tout perdu ce jour-là, ma femme, mon fils, ma maison, ma ville. Tout.

— Je suis désolé.

— J'ai entendu votre histoire, Bohem. Vous avez vécu quelque chose de semblable, n'est-ce pas ? Votre village a été brûlé ? C'est pour cela que je me suis dit que vous devriez pouvoir me comprendre. Nous comprendre. Nous ne sommes pas des hérétiques. Nous ne méritons pas cela...

— Le pape voit des hérétiques partout, et les villages brûlent par centaines... Et même si vous étiez hérétiques, Bernard, rien ne justifie qu'on brûle une ville. Mon village, toutefois, n'a pas été brûlé par les mêmes personnes... Dumont Desbardes n'avait rien à voir avec ça...

— Oui, enfin... Il s'est rattrapé depuis ! intervint La Rochelle. Tu as eu rapidement la joie de faire sa connaissance...

— Allons, coupa Vivienne, il est tard maintenant. Bernard est épuisé. Nous devons le laisser dormir. Et nous aussi, nous avons besoin de sommeil...

— Ça, oui. Ahum, avec notre joli spectacle de Carnute, les Miliciens sont sûrement déjà à notre recherche, Bohem, il faudra partir très tôt demain matin.

— Je sais, répondit le louvetier. Reposez-vous Bernard, nous reprendrons cette discussion demain.

— Bien sûr ! Mais je veux encore vous remercier,

Bohem... Sincèrement. Je ne sais comment le faire. Vous m'avez sauvé la vie.

— Ce n'est pas seulement moi, mais aussi mes trois amis ici présents, ainsi que tous les Compagnons de Carnute... Et c'est à eux que je pense maintenant. Ils risquent de payer pour nous, si Dumont Desbardes comprend qu'ils nous ont aidés. Allons, nous verrons. Dormez, maintenant !

Le Bon Homme acquiesça. De toute façon, il était à bout de forces. Il trouva rapidement le sommeil, et, pour la première fois depuis longtemps, il s'endormit avec un sourire sur les lèvres.

*
* *

Je suis Bohem, je suis dans le monde de Djar.

Chaque fois, je ne sais pas à quel moment précis j'entre dans le monde des rêves. Je ne saurais dire exactement ce qui se passe dans mon esprit, cet instant, ce basculement incontrôlé, progressif. C'est comme si mon attention se perdait tout à coup et se réveillait ici. Comme lorsque nos yeux se perdent dans le vague, quand notre vision devient floue et qu'on voit le monde avec un voile étrange, irréel. Je passe d'un monde à l'autre.

Mon esprit est une porte de Djar.

Je suis sur une montagne. Au sommet d'une montagne. Il y a du vent, qui siffle contre les rochers, et des neiges éternelles partout autour de moi. Le ciel est d'un bleu éclatant. Brillant. Je suis tellement haut que c'est comme si je flottais dedans.

Je ne suis jamais venu ici. Et ce ne sont pas les Brumes qui m'y ont amené. Mais alors qui ? Lui ? Non. Je ne crois pas. J'ai l'impression qu'Il n'est pas là. Qu'Il me fuit. Que je Lui fais peur. Ou peut-être est-Il occupé à autre chose ? À quoi ? Que fait-Il ? Que prépare-t-Il ? Il a dit qu'il voulait ma fin, mais pourquoi, et quand ? Quand m'attaquera-t-Il ?

Je ne dois pas penser à ça. Je dois me concentrer sur les Brumes. Elles comptent sur moi. Elles m'attendent. Et je sais qu'elles continuent de mourir. Je ne peux pas faillir. J'espère que Bastian réussira à rassembler les louvetiers et qu'ensemble nous pourrons les guider vers les portes du Sid... Si je parviens à les trouver.

Le temple d'Ariel. Je dois voir le temple d'Ariel. Et espérer que j'y trouverai la réponse. Une vraie réponse, enfin.

— Bohem !

J'entends une voix. Ici. Dans le monde de Djar.

— Bohem !

C'est une voix de femme.

— Bohem, il faut que tu regardes ! J'ai peu de temps.

Je n'arrive pas à reconnaître cette voix. Pourtant elle me dit quelque chose. Je l'ai déjà entendue, j'en suis sûr !

— Bohem ! Regarde le danger. Je t'ai amené ici pour que tu le voies. Il est ici ! Regarde. Adieu.

La voix disparaît. Sans écho. Elle s'est éteinte soudain. Et même son souvenir semble disparaître.

Une ombre passe au-dessus de moi. Rapide. Je lève les yeux. Et je le vois. Le merle blanc. Est-ce lui qui m'a parlé ? Non ! Il ne m'a pas vu. Est-ce lui le danger ? Je ne comprends pas. Est-ce lui que je dois regarder ? Comment savoir ? Je dois le suivre.

Il fonce vers la vallée. Je ne dois pas le perdre de vue. Je veux comprendre. Je le suis. Je cours droit devant moi. Dans le vide. Je ne peux pas voler. Il va trop vite pour moi. La pente défile sous mes pieds. Par moments je crois me soulever, prendre mon envol moi aussi, mais je ne peux pas. Je dois aller plus vite. Le merle s'éloigne. Il file tout droit vers le pied de la montagne. Je ne pourrai jamais le rattraper.

Il se rapproche du sol. Il vise quelque chose. Je dois aller plus vite. Mais je ne peux pas. Je ne contrôle pas Djar suffisamment bien. Si seulement je pouvais voler, comme lui !

Il plane de plus en plus bas. Il... Oui ! Il fonce sur une proie. Il plonge, comme un rapace.

Je la vois. Je vois sa proie. C'est un rouge-gorge. Là. Posé sur un petit pommier, au milieu de la vallée. C'est comme si j'étais à côté, et pourtant, je suis si loin ! Beaucoup trop loin ! Non !

Le merle blanc pique sur Elle. Je dois La sauver. Il va L'enlever !

Il va L'enlever, et je ne peux rien faire !

*
* *

Bastian se leva dès les premiers rayons du soleil, en espérant qu'ainsi il ne croiserait aucun des quatre louvetiers qui devaient encore dormir. Sans faire de bruit, il s'habilla, prit ses affaires et descendit l'escalier de la grande louveterie. Il n'y avait personne en bas. La grande pièce était vide. Les restes du dîner traînaient sur la longue table. Il sortit sans prendre le temps de manger et partit chercher son cheval.

Il n'y avait pas un bruit alentour. Quelques oiseaux seulement sifflaient en haut des arbres. La forêt semblait se réveiller lentement, elle aussi. Le soleil chassait péniblement le froid de la nuit.

Bastian accrocha ses affaires à son harnais, sella son cheval, monta dessus et se mit en route vers l'est. Il avait faim, mais il n'avait aucune envie de s'attarder ici. La conversation avec les louvetiers avait extrêmement mal fini la veille, et il était inutile d'insister. Il avait eu toute la nuit pour réfléchir à ses erreurs, penser à ce qu'il pourrait dire la prochaine fois, dans la prochaine louveterie. Il serait meilleur. Il avait promis à Bohem.

Mais, soudain, alors qu'il arrivait sur la grande route qui partait vers Riven, il entendit derrière lui une voix qui l'appelait.

Il se retourna, étonné, et reconnut l'un des quatre louvetiers de la veille. Celui qui avait déjà entendu parler de Bohem. Bastian arrêta son cheval et l'attendit. Le louvetier, qui arrivait au trot, fut bientôt à ses côtés.

— Bastian ! Tu es parti bien vite, confrère !

— Je pense que c'était plus raisonnable, n'est-ce pas ?

Le louvetier grimaça d'un air gêné.

— Stephan a été un peu dur avec toi hier soir...

— Je comprends très bien qu'il ait été choqué par mes propos...

— Disons que tu ne prends pas beaucoup de précautions, répondit le louvetier en souriant.

— Je sais. J'ai du mal. Je n'ai jamais fait cela avant... Convaincre les gens...

— Je comprends. Mais je dois avouer que ton histoire m'intrigue, Bastian. Et, à vrai dire, j'aimerais en parler encore un peu avec toi...

— Je me dirige vers Riven, j'espère y être d'ici quelques jours.

— Eh bien, je vais faire un bout de route avec toi, si tu veux bien. J'aimerais vraiment parler encore de ton histoire...

Bastian opina du chef.

— Avec plaisir... Tu ne m'as pas dit ton nom...

— Césaire.

— Enchanté, Césaire. En vérité, je suis ravi que tu veuilles m'accompagner. D'ordinaire, je préfère voyager seul, mais à présent que je ne chasse plus, je crois que je n'aime plus trop cela...

— Alors, allons-y !

Ils se mirent en route vers le soleil levant et leurs chevaux marchèrent au pas côte à côte.

— Dis-moi, Bastian, tu as vraiment l'intention d'aider ce fameux Bohem ?

— Oui.

— Mais pourquoi ?

— Je ne sais pas... Pour plusieurs raisons, je suppose. Quand j'ai tiré sur la Licorne, et qu'il l'a protégée, j'ai été très étonné. Troublé. Et ensuite, alors que je venais d'essayer de tuer une créature qu'il veut protéger, il ne m'a pas attaqué. Pourtant, crois-moi, il était en position de le faire. Il avait plusieurs amis avec lui. Mais, au contraire, il m'a demandé de le suivre. Je t'avoue que j'avais vraiment peur. Mais je l'ai suivi, et j'ai commencé à les connaître, lui et ses trois compagnons. J'ai passé plusieurs jours à leurs côtés à Pierre-Levée, à la cour de la duchesse de Quienne.

— Dans le palais ? s'exclama Césaire, incrédule.

— Oui, dans le palais. Je n'aurais jamais imaginé être un jour invité dans un lieu pareil, moi, un simple louvetier ! Et pourtant... En tout cas, c'est là que j'ai découvert vraiment Bohem. C'est un personnage vraiment singulier ! Chaque jour j'avais des raisons de m'étonner...

— Comment ça ?

— Par exemple, il a beau être devenu ami avec la duchesse, il refuse de prendre le parti d'Emmer... et il refuse même de dormir à l'intérieur du palais. Il dort à la belle étoile... Et son discours sur les Brumes ! Visiblement, je ne suis pas capable d'en parler aussi bien qu'il sait le faire, mais il m'a convaincu !

— Tu es donc vraiment persuadé que les Brumes ne sont pas des créatures du démon ?

— J'en suis certain, Césaire. Bohem et ses amis ont même été sauvés par des Brumes, à deux occasions. Tu vas me prendre pour un fou, mais Bohem semble pouvoir communiquer avec elles !

Césaire fronça les sourcils.

— Te rends-tu compte, répondit le louvetier, que l'image que tu donnes de ce Bohem est plutôt celle que véhiculent ses détracteurs ? À t'écouter, il agit vraiment comme un sorcier ou un hérétique ! Un homme qui parle avec les Brumes...

— Je sais. Cela peut paraître étrange, comme cela, mais tout ce que Bohem veut faire, c'est sauver les dernières Brumes. Tu sais qu'il n'en reste plus beaucoup...

— Oui, je commence à le croire, en effet. Et je suis de ton avis au moins sur un point : le fait que le roi ait doublé nos primes est plutôt mauvais signe. Mais de là à vouloir sauver les Brumes...

— Si tu les avais vues comme je les ai vues, tu comprendrais peut-être...

Césaire fit une moue sceptique.

— Pourquoi n'es-tu pas aux côtés de Bohem en ce moment même ? demanda-t-il.

— Il m'a demandé de rassembler un maximum de louvetiers pour l'aider à sauver les Brumes.

— C'est bien ce qu'il me semblait. *Un maximum de louvetiers !* Il est fou !

— Pourquoi ? Qui mieux que les louvetiers ? Personne ne connaît les Brumes aussi bien que nous !

— Personne *ne les tue* aussi bien que nous ! Notre métier consiste à les éliminer ! Pourquoi changerions-nous soudain, comme ça, si radicalement ?

— Si Bohem était là, sa réponse, je crois, serait « parce que les hommes peuvent changer ».

Césaire sourit.

— Ton ami est un doux rêveur, alors ?

— Je suis la preuve que ses rêves peuvent devenir réalité. Je suis louvetier, et j'ai changé. Je veux sauver les Brumes. Dans quelque temps, tu le sais, nous n'aurons plus de travail, Césaire. Notre métier risque de disparaître. Bohem m'a demandé de donner un nouveau sens au mot louvetier. Je crois que c'est ce qu'il me reste de mieux à faire.

— Et après ? Quand vous les aurez sauvées ? Vous n'aurez pas plus de travail pour autant !

— Je ne sais pas. Mais au moins j'aurais l'impression d'avoir fait quelque chose de bien. Et je préfère être dans le camp de Bohem que me retrouver abandonné par le roi...

— C'est un pari dangereux...

— Je n'ai plus rien à perdre. Et depuis que j'ai vu la Licorne...

Bastian s'arrêta de parler au milieu de sa phrase. Il avait les yeux perdus dans le vague. Comme s'il voyait la Licorne devant lui.

— ... depuis que j'ai vu la Licorne, reprit-il d'une voix soudain légère, je ne rêve plus que d'une chose, Césaire. La sauver.

Le louvetier regarda Bastian d'un air intrigué.

— Elle... Elle est si belle que ça ? demanda-t-il, les yeux grands ouverts.

— Plus belle que tu ne peux l'imaginer, répondit Bastian en ouvrant un large sourire. Plus belle que la plus belle des femmes !

Césaire sourit à son tour.

— J'aimerais bien la voir, avoua-t-il d'une voix embarrassée.

Bastian tourna la tête vers lui avec un regard brillant.

— Je te comprends.

Puis ils se turent tous deux, bercés par le pas indolent de leurs chevaux. Le soleil s'était levé au-dessus des arbres. Il les réchauffait lentement, et les couleurs de l'automne s'allumaient tout autour d'eux. Camouflés dans leurs costumes verts de louvetiers, ils étaient comme les deux enfants de cette nature bienveillante, perdus dans ses immenses jardins.

Ils continuèrent ainsi longtemps, portés par leur silence, jusqu'à ce que Césaire arrête son cheval.

Bastian arrêta le sien à son tour et se retourna vers le louvetier en levant les sourcils.

— Tu retournes à la louveterie ?

Césaire ne répondit pas. Il avait le regard fixe, droit devant lui, comme s'il observait une chose immobile, dans le lointain. Puis, sans tourner la tête, il demanda :

— De quelle couleur est-elle ?

— La Licorne ?

— Oui.

— Elle est blanche. Toute blanche. Sa corne est une longue pointe effilée, blanche elle aussi. Elle a dans les yeux des reflets bleus, lumineux.

Césaire soupira. Puis il tourna enfin la tête vers Bastian, et son visage sembla se détendre. Comme s'il revenait à la réalité.

— Bastian, tu vas avoir besoin d'aide. Je t'accompagne.

*
* *

Je ne peux plus attendre, à errer dans ce monde vide. Je ne peux plus attendre qu'il vienne à moi. Je dois aller à lui. Je dois tuer Bohem.

Trouver Bohem, et le tuer. Soulager le monde de cette vie inutile. Le soulager de sa présence.

Ce sera ma délivrance. Ma liberté. Oui. Voilà. Ma liberté. Tuer Bohem.

Où qu'il soit, où qu'il aille, je le trouverai. Je sentirai sa présence. Dans la foule, entre mille, je le reconnaîtrai. Et je le tuerai. D'une main sûre et tranquille. Il ne pourra pas se défendre. Pas contre moi. Il n'a aucune chance, et je ne faillirai pas.

C'est le sens de ma vie.

Je dois tuer Bohem.

*
* *

Bohem réveilla ses compagnons avant le lever du soleil. Ils n'avaient eu que très peu de temps pour dormir, mais le louvetier avait le regard grave et nul n'osa se plaindre. Les hommes de Dumont Desbardes étaient peut-être déjà proches. Ils se mirent rapidement en route vers Lutès. Bernard de Laroche prit le cheval de Vivienne, et celle-ci monta derrière Bohem.

Les chevaux se jetèrent tête baissée dans la pénombre de ce matin d'octobre. Les voyageurs traversèrent pendant toute la matinée cette verte région que l'on appelait jadis les jardins de Gallica, où se succédaient forêts et escarpements, rivières et prairies et où l'on croisait encore de nombreux animaux sauvages. Ils s'arrêtèrent pour déjeuner près d'un petit étang, et Mjolln demanda à Bernard de leur raconter son aventure en détail.

L'homme, qui se remettait lentement de ses blessures, reprit toute son histoire depuis le début. Il expliqua qui étaient les Bons Hommes, ce en quoi ils croyaient, pourquoi ils s'opposaient au pouvoir royal et à celui de l'Église, leur situation au comté de Tolsanne... Il évoqua avec émotion le massacre de sa communauté, la mort de son épouse et de son fils, puis il raconta comment Guillaume del Pech l'avait délivré des griffes de Dumont Desbardes... pour finalement mourir sur une potence, à côté de lui, sur la grande place de Carnute.

— J'aurais aimé pouvoir le sauver aussi, déclara Bohem, ému.

Bernard fit un geste reconnaissant de la tête.

— Ça, ahum, vous ne méritez pas, Bernard, tout ce qui vous est arrivé.

— Je ne sais pas, répondit le Bon Homme. Dieu doit avoir ses raisons. Et je suis seulement heureux d'avoir trouvé Bohem.

— Je suis touché, Bernard, toutefois, je ne sais pas vraiment ce que je peux faire pour toi ou pour les tiens, avoua le louvetier. Tu es venu chercher un protecteur, mais je ne suis jamais qu'un louvetier...

— Un louvetier qui m'a tout de même sauvé de la pendaison !

Bohem acquiesça. Oui, il avait sauvé Bernard, mais uniquement grâce aux Compagnons. Et c'était un hasard.

Il s'était trouvé là au bon moment, dans une ville où il avait pu compter sur leur soutien.

— Malheureusement, je ne vois pas ce que je peux faire d'autre pour ta communauté, Bernard ! Je n'ai aucune autorité... Je ne peux pas empêcher le roi ou l'Église de vous attaquer...

— Nous pourrons en parler à Hélène, intervint Vivienne. Elle pourrait offrir refuge aux Bons Hommes dans le duché de Quienne, qui n'est pas très éloigné de votre région...

— Ce serait formidable ! répondit Bernard. C'est très généreux de votre part ! Toutefois, cela va obliger beaucoup de familles à quitter leurs terres...

— Tu as raison, Bernard. Vous ne devriez pas avoir à fuir ainsi ! s'emporta Bohem. J'ai beau ne pas partager vos croyances, je pense qu'il y a de la place pour tout le monde...

— Quelles sont tes croyances, Bohem ?

Le louvetier parut étonné. Il ne s'était pas attendu à cette question. Et il n'était pas certain d'en connaître la réponse.

— Je... Je ne sais pas. Je sais seulement que l'Église m'a menti, ou qu'elle s'est trompée. Pour les Brumes. Et pour vous, les Bons Hommes, elle se trompe aussi. Pour tous ces gens qu'elle accuse d'hérésie...

— Cela n'a rien à voir avec une croyance, Bohem, et tu ne peux pas généraliser ! intervint Vivienne.

— Que veux-tu dire ?

— Dans le quartier que nous habitons, à Tolsanne, les prêtres ne passent pas leur temps à crier à l'hérésie... Ils s'occupent de leurs fidèles avec dévouement. Ils sont attentifs et compréhensifs. Et je n'ai jamais, moi, assisté à la mort d'une Brume...

— Le problème, répliqua Bohem, c'est que le pouvoir religieux est si grand que, quand il tombe entre de mauvaises mains, il fait des dégâts épouvantables... Combien d'hommes sont morts en suivant Livain sur les routes d'Orient ? Et combien d'hommes ont-ils tués là-bas ?

— Mais combien en sauvent-ils ici ? répondit Vivienne. Tu oublies les hôtels-Dieu, où les moines soignent les plus pauvres, les hospices, toutes les œuvres de charité, l'instruction...

— Oui, peut-être, concéda Bohem. Mais l'Église est-elle obligée de tuer autant d'un côté pour sauver de l'autre ?

Vivienne haussa les épaules.

— De toute façon, si je peux me permettre, cela ne répond pas vraiment à ma question, Bohem. Tu crois en Dieu ?

Le louvetier fronça les sourcils. Il n'avait pas vraiment envie de répondre à cette question, parce qu'il n'était pas certain de la réponse. Mais cela semblait important pour Bernard.

— Je suis désolé, Bernard, je ne sais pas... Tout ce que je sais, c'est que je ne suis pas... religieux. Je ne veux pas être le *fidèle* d'une Église. D'aucune Église. Après tout ce qui m'est arrivé, je ne peux plus être un *bon chrétien*, comme on l'entend, et je ne pourrais pas non plus être un Bon Homme, comme toi. Mes croyances... Je garde cela pour moi.

Bernard hocha la tête. Cela semblait le satisfaire.

— Ça, oui, intervint Mjolln avec un regard malicieux, tu ne veux pas être fidèle d'une Église, Bohem, mais tu es bien devenu un fidèle des Compagnons du Devoir, non ?

Bohem grimaça. Il avait l'impression de passer un examen. Les quatre autres le dévisageaient comme s'il devait se justifier...

— C'est peut-être un peu paradoxal... Mais le Devoir n'est pas une Église, à ce que je sache... Et puis les Compagnons ne brûlent pas sur le bûcher les gens qui ne pensent pas comme eux... Enfin, j'espère ! La Rochelle ?

— Bien sûr que non. Le seul but du Devoir est le partage du savoir, de l'intelligence, pour que les hommes deviennent de meilleurs bâtisseurs. Nos travaux sont voués à la construction... pas à la destruction ! Et surtout, on ne s'occupe pas des croyances de chacun...

— La preuve, reprit Bohem, tout le monde me prend pour un hérétique, et pourtant, les Compagnons m'ont accepté parmi eux !

Mjolln hocha la tête en riant.

— Quitte à choisir un camp, ajouta le louvetier, en ce qui me concerne, autant qu'il ne soit ni politique ni religieux, voilà tout... Mais, revenons-en à toi, Bernard. Je ne sais pas ce que je peux faire pour t'aider. Et, pour le moment, je dois me concentrer sur les Brumes, tu comprends, car le temps presse...

— Bien sûr. De toute façon, tu ne me dois rien, Bohem. C'est moi qui te suis redevable. Et si je peux vous aider d'une façon ou d'une autre, je veux le faire. Je serais heureux de pouvoir vous accompagner...

— Tu es le bienvenu. Et je te promets que nous trouverons un moyen de vous aider, conclut Bohem en se relevant. Dès que nous aurons fini ce que nous avons à faire. Allons, il est temps de partir.

Les cinq voyageurs rangèrent leurs affaires, montèrent à cheval et se remirent en route. Lutès était encore loin, ils devaient y arriver sans se faire rattraper par la Milice du Christ.

Ils galopèrent pendant la première moitié de l'après-midi, puis, comme les chevaux étaient fatigués, ils se mirent au pas. Après un long moment de silence, Vivienne, serrée contre le dos de Bohem, lui demanda à l'oreille.

— Qu'est-ce qui ne va pas ?

— Pourquoi tu dis ça ?

— Je sens que quelque chose ne va pas, Bohem. Je commence à te connaître. C'est cette conversation de tout à l'heure qui te tracasse ?

— Pas du tout.

— Alors quoi ?

— Je ne sais pas. J'ai eu... J'ai eu une vision étrange dans le monde de Djar. Une sorte de rêve prémonitoire ou de mise en garde, je ne sais pas. Mais c'était... C'était inquiétant. Ce qui m'angoisse le plus, Vivienne, c'est que je ne comprends pas ce qu'il signifiait, ce rêve...

— Tu comprendras sûrement plus tard, Bohem. Ne te fais pas de souci. Pour l'instant, nous n'avons qu'une chose à faire, et c'est tout ce qui compte : trouver les portes du Sid. Tu as fait une promesse. Ne te laisse pas divertir par tout le reste.

— Tout devient si compliqué, murmura le louvetier.

— Pas si tu prends les choses les unes après les

autres, Bohem. Pour l'instant : les portes du Sid. Ne pense à rien d'autre. À ça, et aussi au fait que je t'aime !

Bohem posa sa main sur celle de Vivienne, sur sa hanche, et la serra affectueusement. La jeune femme se colla contre lui.

*
* *

— Cet imbécile de bourgmestre est responsable de tout ce qui s'est passé hier ! s'exclama Andreas Dumont Desbardes, furieux. C'était à lui d'assurer la sécurité sur la grande place ! Il est incompétent ! Ou pire, il est complice ! Je le ferai remplacer, dès que je verrai le roi ! Imbécile de bourgmestre ! Imbécile !

Ils étaient réunis au sous-sol du petit monastère, dans une crypte obscure où le Grand-Maître pouvait hurler toute sa colère. La communauté des moines de Cerly de Carnute les avaient accueillis parmi eux avec égards et soignaient encore en ce moment dans l'hôpital les Miliciens qui avaient été blessés.

Dumont Desbardes avait son visage des jours terribles. Ce regard dément qu'il avait eu quelques semaines plus tôt quand le sergent Fredric avait eu l'audace de s'opposer à lui. Personne n'avait oublié. Sa colère. Sa folie. Les Miliciens autour de lui n'osaient dire un seul mot. Et Judicaël, son bras droit, était tout aussi silencieux.

— Ce ne pouvait être que Bohem ! Ce satané Bohem ! J'en suis convaincu ! Mais qui étaient tous ces gens qui l'ont aidé à organiser ça ?

Personne ne répondit. En vérité, personne ne savait vraiment. Les Miliciens, complètement désemparés, n'avaient pu interpeller aucun des hommes masqués qui avaient interrompu l'exécution des Bons Hommes sur la grande place de Carnute. La panique avait été si totale que les hommes de Dumont Desbardes n'avaient rien pu faire, pas plus que la garde du bourgmestre. Et personne, dans la ville, ne semblait savoir qui avait monté ce complot. Ou peut-être les habitants de Carnute refusaient-ils de parler...

— Je suis persuadé que ce sont les Compagnons ! s'exclama soudain le Grand-Maître. Comme à Sarlac ! Ce sont toujours les Compagnons qui aident ce maudit louvetier ! Ils sont nombreux, ici. Carnute est une ville du Devoir. Oui ! Ce doit être les Compagnons !

Il tournait en rond dans la grande crypte, les yeux rivés sur le sol. Il parlait tout haut, mais il se parlait à lui-même. Et une rage immense accompagnait chacun de ses mots. Sa voix résonnait entre les murs dénudés du sous-sol du monastère.

Les Miliciens avaient passé la journée de la veille à fouiller toute la ville, à questionner les gens. Mais cela n'avait servi à rien. Et ils étaient toujours sans nouvelles de deux des leurs qui étaient partis à la poursuite des fuyards.

— J'écraserai ce satané louvetier ! Je le réduirai en miettes ! J'aurais dû le tuer quand je l'avais à portée de main ! Et les Compagnons ! Ces maudits Compagnons ! Ils vont payer, eux aussi !

Au même instant, on frappa à la porte de la crypte. Judicaël se précipita pour aller l'entrouvrir. Il regarda l'homme de l'autre côté, puis il se retourna vers Dumont Desbardes.

— Maître, c'est frère Galien.

— Que veut-il ? s'impatienta Dumont Desbardes sans cesser sa déambulation au cœur de la crypte.

— C'est lui qui était parti à la poursuite des cavaliers, hier... Ceux qui ont emporté Bernard de Laroche. Il a sans doute des nouvelles.

Le Grand-Maître s'immobilisa et releva la tête.

— Entrez, Galien !

Le Milicien passa la porte et se tint immobile devant le Grand-Maître.

— Alors, Galien, parlez !

— Nous... nous avons retrouvé leur trace, maître. Nous pensons qu'ils se dirigent tout droit vers Lutès. Hugues est resté là-bas, il continue de les suivre, et je suis revenu, moi, pour vous prévenir.

Dumont Desbardes se précipita vers la porte sans plus attendre.

— Vers Lutès ? Parfait ! En route ! Je me moque de ce que veulent Livain et Pieter ! Cette fois-ci, je vais m'occuper moi-même de ce Bohem ! Judicaël, prévenez tout le monde ! Nous partons pour Lutès. Tout de suite ! Vous m'entendez ?

Le sergent acquiesça.

— Et laissez un message au Premier en Ville de la cayenne. Dites-lui qu'il ne perd rien pour attendre, que je repasserai le voir. Les Compagnons de Carnute auront bientôt de mes nouvelles.

*
* *

Ils voyagèrent ainsi pendant deux jours encore. Comme ils voulaient éviter les villes et même les petits villages, ils ne purent trouver un cinquième cheval pour Vivienne, si bien qu'elle dut rester derrière Bohem pendant tout le trajet. Cela ralentissait quelque peu leur rythme, mais ils partaient tôt et s'arrêtaient tard pour rattraper le temps perdu.

Le deuxième jour, ils furent réveillés par la pluie. Une pluie grasse et dense, lourde, qui transforma rapidement la terre en boue visqueuse. Ils prirent un repas léger, sans pouvoir allumer un feu, et montèrent, trempés, sur les pauvres chevaux. Ils s'enfoncèrent, maussades, dans le rideau de pluie. Les gouttes claquaient contre leurs vêtements, sur leurs capuches, se glissaient à l'intérieur de leurs bottes, le long de leurs cuisses. Les sabots des chevaux s'enfonçaient dans le sol gluant, ce qui les ralentissait encore davantage.

Mjolln essayait de plaisanter pour maintenir le moral de ses amis, mais Bohem était de moins en moins loquace. La vision qu'il avait eue dans le monde de Djar le hantait de plus en plus. Il se demandait qui était venu lui parler ainsi, à qui appartenait cette voix féminine qu'il avait entendue ? Et surtout, de quel danger elle voulait parler ? Quel était le rapport avec ce merle blanc ?

Il l'avait vu plusieurs fois, cet oiseau étrange. Et pas seulement dans le monde de Djar. Il était certain de l'avoir vu en plein jour, pendant leur voyage, mais il ne se souvenait plus quand. Chaque fois qu'il croyait voir un oiseau, il sursautait, regardait mieux pour voir si c'était un merle. Mais sous cette pluie battante les oiseaux ne se montraient guère, et il devenait nerveux.

Le pire, au fond, c'était qu'il avait peur de comprendre. Une partie de sa vision, tout au moins : le rouge-gorge. Cette pauvre proie que le merle blanc venait enlever, il avait l'impression de savoir qui c'était. Il refusait de se l'avouer. Pourtant, quelque chose lui disait qu'il ne pouvait pas se tromper.

Bien sûr. C'était elle. Vivienne. C'était Vivienne qui était en danger.

Non ! Il se trompait sûrement. Il s'imaginait n'importe quoi ! C'était la peur, l'angoisse qui lui faisaient craindre toutes ces choses. Il aimait tellement Vivienne que tout lui était prétexte pour se faire du souci pour elle. Il ne devait plus penser à cela. Oublier le sens caché de cette vision. Vivienne était en sécurité, avec eux. Il ne laisserait rien lui arriver.

Lutès. Il devait se concentrer sur Lutès. C'était ce que Vivienne elle-même ne cessait de lui dire. Les portes du Sid. Le temple d'Ariel. Voilà ce qui comptait. Les jours passaient, la Toussaint approchait, il leur restait très peu de temps. Les Brumes, sans doute, continuaient de mourir et il ne pouvait rien faire. Pour le moment.

Les Brumes. Cela faisait plusieurs jours, maintenant, qu'il n'avait pas vu une seule Brume. Depuis qu'ils étaient entrés dans Carnute. La nuit, épuisé, il était resté à dormir auprès de Vivienne et il n'avait pas pris le temps d'aller voir les loups, comme il aimait le faire d'habitude. Et ils commençaient à lui manquer. C'était sans doute cela qui assombrissait son humeur. Les Brumes lui manquaient. Mais peut-être étaient-elles là. À veiller sur eux, en retrait...

Au soir du deuxième jour, la pluie s'arrêta enfin, et alors que le soleil descendait lentement dans leur dos, séchant péniblement leurs vêtements trempés, ils arrivèrent en vue de la capitale, dont les contours se dessinaient en contrebas, sous un immense arc-en-ciel. Bohem et Vivienne furent les premiers à mettre pied à terre. Ils montèrent ensemble sur un petit monticule de terre pour admirer l'incroyable tableau, adouci par le spectre des couleurs qui traversaient le ciel et la lumière vespérale, teintée d'orange et de gris.

La ville immense – certainement la plus grande de tout le pays – s'étendait autour du fleuve Isicauna, sur un large bassin où ne se dressaient que quelques monts isolés. Le centre de Lutès était concentré sur une petite île allongée, où l'on apercevait le sommet d'une basilique, baigné par les derniers rayons du soleil. La rive droite, plus peuplée, était entourée de remparts – anciens sans doute car les faubourgs tout autour étaient déjà nombreux, comme une nébuleuse de petites villes qui se regroupaient contre les vieux quartiers. Dispersées au-delà, au milieu des vignes et des marais, là où semblait naître l'arc-en-ciel, on voyait par endroits des fermes ou des tours fortifiées.

— C'est... c'est, oui, prodigieux ! murmura Mjolln derrière eux. Ça, je n'ai jamais vu ville si grande ! Si grande ville, non !

Bohem posa affectueusement sa main sur l'épaule du Cornemuseur.

Ils étaient alignés à présent tous les cinq sur la butte détrempée. Et tous souriaient, comme envoûtés par ce spectacle unique, cet instant magique où le soleil et la pluie semblaient s'être entendus pour leur offrir la plus belle vue sur Lutès.

— J'espère que nous trouverons ce que nous sommes venus chercher, murmura Bohem.

— Une ville si grande, répliqua La Rochelle, a forcément une réponse à toutes les questions !

Ils restèrent encore un instant tous les cinq, comme hypnotisés, puis Bohem rompit enfin le silence.

— Je pense qu'il serait plus sage de dormir ici ce soir, nous avons pris assez d'avance je crois, et nous avons besoin de nous reposer. Nous partirons demain, avant le lever du soleil.

Les autres acquiescèrent, et, un à un, partirent chercher leurs affaires sur les chevaux mouillés.

Vivienne regarda son compagnon. L'inquiétude semblait avoir quitté son visage. Il avait l'air apaisé, serein, enfin. Elle déposa un baiser sur ses lèvres.

— Je suis sûre que tu vas trouver ce que tu cherches, Bohem, dit-elle avant d'aller aider les autres à installer le campement.

Mais ce n'était pas pour cela que Bohem souriait. En vérité, il était heureux de n'être pas encore arrivé à Lutès. Bohem voulait passer une dernière nuit hors de la ville.

Il voulait rendre une dernière visite aux Brumes.

*
* *

Le roi Livain VII était assis à côté de son épouse, devant l'autel de la basilique Notre-Dame de Lutès. Le prêtre était en train de dire son sermon, et sa voix résonnait dans l'immense édifice.

Livain, que le sermon ennuyait, se pencha discrètement vers Camille de Chastel.

— Cette basilique est beaucoup trop vieille, chuchota-t-il. Il faudrait songer à la reconstruire entièrement. Si l'on ne fait rien, un jour ou l'autre, elle va finir par s'écrouler en plein milieu d'une messe. Et Lutès a besoin d'une cathédrale.

Camille hocha lentement la tête. Il y avait de nombreux sujets de Livain autour d'eux, qui avaient les yeux rivés sur le couple royal. La bienséance lui interdisait de répondre. Mais le roi, lui, continua.

— Mon père a fait de grands travaux dans cette ville, vous savez. Le Grand Pont, le Châtelet... C'était lui. Lutès restera pour toujours la plus belle ville de Gallica. Je veux y laisser une trace, moi aussi. Qu'on se souvienne de moi. Il y a tant de choses à faire, dans cette ville ! Le château du Louvre par exemple, il faudrait entièrement le reconstruire ! Il y a à l'ouest de la ville la place pour un palais magnifique, où nous serions bien mieux logés que sur cette île trop petite...

La voix du prêtre continuait, monotone, comme un bourdonnement sinistre au milieu des pierres.

— Mais je n'aurai jamais le temps, Camille. Je n'aurai jamais le temps.

Camille de Chastel tourna la tête vers son époux. Elle le dévisagea un moment, puis elle se décida finalement à lui parler, bien que le prêtre n'eut pas fini son sermon.

— Si vous voulez vraiment laisser quelque chose, Livain, ce qu'il vous faut, c'est un fils.

Le roi écarquilla les yeux. Il regarda son épouse, mais elle avait à nouveau tourné la tête et semblait écouter le prêtre attentivement. Il se demanda ce qu'elle avait voulu dire. Un fils ? Bien sûr qu'il voulait un fils ! Hélène de Quienne n'avait pas su lui en donner un, mais il comptait bien sur Camille pour remédier à cet état de fait ! Pourquoi disait-elle cela ?

Il resta interdit jusqu'à la fin de la messe et, quand il sortit au bras de Camille, sous le regard admiratif de l'assemblée, il avait un air grave et le front soucieux.

Ils montèrent dans le carrosse qui les attendait sur le parvis et qui devait les ramener au palais. Quand les chevaux se mirent en route, le roi se pencha vers son épouse.

— Que vouliez-vous dire tout à l'heure, Camille ?

La jeune femme posa sa main sur le bras de Livain.

— Je voulais dire, Majesté, que je n'attends toujours aucun enfant de vous et que nous devrions peut-être passer un peu plus de temps ensemble, au calme, dans l'une de vos demeures, loin de Lutès.

— Mais, Camille ! Vous savez bien que nous ne pouvons pas quitter Lutès pour le moment !

— Dieu ne semble pas vouloir, Majesté, que nous ayons un enfant ici... Si vous voulez un fils...

— Ce n'est pas la question ! Bien sûr que je veux un fils, Camille, sans doute plus que vous encore, mais pour le moment une guerre se prépare...

— Les guerres ne s'arrêteront jamais, Livain. Vous êtes roi... Il y aura toujours des guerres.

— Non, répliqua Livain, qui perdait patience. Pas des guerres comme celle-ci. Jamais je n'ai eu à gérer conflit si important. Il en va de l'intégrité de Gallica ! Si nous l'emportons, le pays sera plus uni et plus grand qu'il ne l'a jamais été. C'était ce dont rêvait mon père, Camille ! Mais si nous perdons, nous ne serons plus qu'une province de Brittia... Non, vraiment, cette guerre est des plus importantes, et je dois m'y consacrer tout entier.

Camille ne répondit pas. Le carrosse roulait lentement le long des ruelles étroites de l'Île de la Cité, et la foule tout autour acclamait le roi.

— Qu'en est-il de votre père ? demanda Livain sur un ton agacé.

— Mon père ?

— Nous avons besoin du royaume de Chastel parmi nos alliés, Camille ! Vous devez convaincre votre père !

— Le convaincre à distance n'est pas chose aisée, je vous l'ai déjà dit.

— Alors, partez le voir ! répliqua Livain.

— Que je parte au royaume de Chastel ? Que je quitte votre cour ? Que je passe toutes ces longues journées sur les routes de Gallica ? C'est un énorme sacrifice que vous me demandez, Livain !

— Ce n'est pas un sacrifice, c'est pour le bien de notre royaume, Camille. Le royaume dont vous êtes devenue reine quand je vous ai épousée.

— Me demandez-vous d'assumer cette responsabilité, Livain ? Me demandez-vous de m'impliquer dans cette guerre autant que vous ?

— Je crois que vous pouvez le faire...

— Alors, je veux être impliquée dans toutes les décisions que vous devrez prendre, Livain. Je veux avoir mon mot à dire. Je ne veux pas être un pion, mais partie prenante !

Livain fronça les sourcils. Il se demandait où Camille voulait en venir. Il l'invitait déjà à toutes les réunions importantes et la laissait toujours donner son avis. Que voulait-elle de plus ? Elle avait quelque chose derrière la tête, il en était certain.

— Que voulez-vous exactement ?

Camille regarda Livain droit dans les yeux.

— Je veux que vous me confiiez la gestion de l'une de vos affaires, Majesté.

— Mais laquelle ?

— Bohem. Je veux m'occuper de Bohem. Quand Catriona l'aura retrouvé, je veux que vous me laissiez m'occuper de son accueil au palais, et de la négociation que nous devrons sûrement mener avec lui.

Le roi parut étonné. Il avait déjà remarqué que Camille semblait particulièrement intéressée par le sort du louvetier. Mais pourquoi ? Que savait-elle sur lui que lui-même ne savait pas ? Le connaissait-elle ? Non. Ce n'était pas possible. Elle avait vécu toute sa vie au royaume de Chastel. Mais alors quoi ?

— Camille, j'aimerais comprendre... Pourquoi Bohem ?

— Livain, confiez-moi ce jeune homme, et je ferai de vous l'homme le plus heureux du monde.

— Mais enfin ! s'emporta le roi. Dites-moi pourquoi !

— Je ne peux rien vous dire pour le moment, Majesté, mais si vous me faites confiance, vous ne le regretterez pas. Promettez-moi de me confier le sort du louvetier, et je vous promets, moi, de partir demain pour le royaume de Chastel pour y sceller votre alliance avec mon père.

Livain resta bouche bée. Sa jeune femme était encore plus impertinente qu'il n'aurait pu l'imaginer. Comment pouvait-elle espérer avoir des secrets pour son époux ? Pour le roi de Gallica ? Comment osait-elle lui cacher ses desseins ? La colère montait en lui. Et Camille le dévisageait toujours, elle soutenait son regard avec un sourire aux lèvres. Elle semblait si sûre d'elle ! Elle semblait déjà savoir que Livain ne pourrait pas refuser.

Le roi essaya de garder son calme. Il ne voulait pas céder si facilement à la colère devant la foule. Et surtout, il avait grand besoin de l'alliance que seule Camille pouvait lui offrir. Le soutien du royaume de Chastel serait décisif. Plus décisif, sans doute, que celui de Bohem. Alors, si pour l'obtenir, il devait faire à son épouse cette étrange concession, cela en valait peut-être la peine. Mais il aurait voulu comprendre pourquoi. Bien sûr, ce Bohem était un jeune homme étrange. Bien sûr, les légendes à son sujet ne cessaient de grandir et de se répandre dans tout le royaume. Mais qu'avait-il qui pouvait intéresser autant Camille, et pourquoi refusait-elle de l'expliquer ?

— Livain, reprit la jeune femme, je ne vous demande rien de plus que de me laisser négocier avec ce jeune homme quand il sera à votre cour. Je crois connaître l'un de ses secrets, mais je ne peux vous le révéler pour le moment. Je comprends que cela puisse vous agacer, Majesté, mais, croyez-moi, si je ne me suis pas trompée, cela en vaudra largement la peine. Accordez-moi simplement cette faveur, et je ferai tout ce que vous me demandez. Je vous donnerai même ce fils que vous espérez tant.

Livain, incrédule, prit le visage de son épouse entre ses mains. Il serra les joues de la jeune femme et la fixa d'un regard paternel, comme s'il essayait de lire son secret au fond de ses yeux. Le carrosse venait de s'arrêter dans la cour du palais de l'Île de la Cité. Ils restèrent un long moment immobile, face à face. Puis Livain poussa un long soupir.

— Apportez-moi le soutien de votre père et je vous le donnerai, ce satané Bohem !

Camille approcha sa bouche de celle du roi, fit un sourire, puis elle l'embrassa.

*
* *

Tu viens par ici, Bohem ? Tu viens à moi ? Je n'aurai donc même pas à aller te chercher ! Tu seras toi-même l'acteur de ta propre mort. C'est comme si c'était écrit, n'est-ce pas ?

Oui, tout était écrit. Depuis le début, il devait en être ainsi. Tu viens à moi, car il était écrit que personne d'autre que moi ne pouvait te tuer. Cela va de soi. Il ne pouvait en être autrement.

Bohem, viens à ta mort.

Viens vers moi.

Je t'attends. Je t'ai attendu longtemps. Mais pour te voir mourir, j'attendrai des siècles s'il le fallait. Juste te voir mourir. Voir la flamme s'éteindre dans tes yeux. Ce moment-là. Ce moment précis. Quand la vie quitte le corps. Quand les deux se séparent.

Et voir ton corps idiot, allongé dans la terre, la peur dans ton regard partie depuis longtemps. La mort, la mort, que rien ne peut changer.

*
* *

Quand il fut certain que tout le monde dormait, Bohem se leva et s'éloigna de leur campement sommaire. Le clair de lune chassait doucement l'obscurité profonde de la nuit, comme si le jour avait voulu prolonger encore un peu ses droits avant le grand hiver.

Le louvetier se faufila en silence entre les futaies, dans le sens opposé à la ville. Quelque chose lui disait qu'il ne pourrait pas voir les Brumes s'il restait en vue de Lutès. Il voulait s'éloigner le plus possible. Les bras tendus sur les côtés pour prévenir toute chute, il essaya de ne pas faire de bruit et marcha droit devant lui.

Quand il estima qu'il était assez loin, il chercha un endroit pour attendre, comme il le faisait les autres soirs. Les Brumes, chaque fois, venaient le trouver d'elles-mêmes. Sur sa gauche il aperçut un rocher large et haut. Il grimpa dessus, faillit glisser car le rocher était encore humide, puis il s'assit sur le sommet, en tailleur. Il croisa les bras sur sa poitrine et se frotta les épaules pour se réchauffer un peu. Le vent ne soufflait pas encore trop fort, mais il était froid, déjà, et se glissait sous ses vêtements trempés.

Il posa un regard sur les environs. Il y avait quelques arbres, des rochers, des escarpements. De nombreux endroits où les Brumes pouvaient se cacher. Elles étaient peut-être déjà ici.

Il se rappela le soir où il avait quitté Villiers-Passant. Le soir où il s'était enfui dans les broussailles de la garrigue, quand il avait vu le loup gris, à quelques pas de lui. Il se rappela son émotion. Sa peur, puis son excitation. C'était ce jour-là qu'il avait eu la confirmation de ne pas s'être trompé. Il avait acquis la certitude que les Brumes étaient des créatures inoffensives, douces. Merveilleuses. Alors, il essaya de se souvenir des bayards, de la chimère, et de la Licorne, bien sûr. Et s'il arrivait trop tard ? S'il ne trouvait pas les portes du Sid à temps ? Allaient-elles toutes mourir ? Allaient-elles disparaître avant qu'il ne puisse les revoir ?

Bohem frissonna, puis il replia ses jambes contre lui, amena ses genoux sous son menton et agrippa ses chevilles des deux mains. Il se balança doucement, d'arrière en avant, les yeux levés vers le ciel, et il attendit. Longtemps. Bientôt, comme il n'entendait rien, il se demanda s'il y avait des Brumes dans cette région de Gallica. Si les loups les avaient suivis. La nuit était tellement silencieuse ! D'ordinaire, elles venaient le voir beaucoup plus rapidement. Il aurait tellement aimé en apercevoir une avant d'entrer dans Lutès. Juste un moment, à la lumière de la lune. Puiser dans leur beauté un petit peu de courage, un petit peu d'espoir.

Mais le temps passa, et aucune ne vint.

Bohem grimaça. Il avait vraiment froid maintenant. Il s'apprêtait à se relever quand, soudain, il entendit un bruissement derrière lui, dans les feuilles. *Toujours derrière*. Il sourit aussitôt. Ce ne pouvait être qu'une Brume. Il en était certain.

Délicatement, il posa sa main sur la paroi froide du rocher et pivota sans faire de bruit. Alors, là, au milieu des arbres, derrière le grand rocher, il vit ses yeux. Ses beaux yeux jaunes qui brillaient dans la nuit, si pleins de sagesse. Ce regard insaisissable. Et cette fourrure accueillante autour de son cou, comme une invite aux caresses discrètes. Ses oreilles dressées, immobiles, son pelage tacheté, ses longues pattes. Le loup. Il le regardait, face à face, la gueule légèrement inclinée. Bohem ne se lassait pas de cette expression noble et sauvage, cette éternelle question, cette éternelle distance.

Je suis content que tu sois là, loup.

Le jeune homme, sans faire de bruit, s'installa plus à son aise sur le rocher, mais il ne se leva pas. Ce soir, il ne voulait pas jouer, il ne voulait pas aller courir avec le loup comme il le faisait parfois. Non, il voulait simplement rester ici, à côté de lui. Le regarder, partager un petit moment de cette dernière nuit.

Demain, je retourne à la ville. Je ne vous verrai plus pendant quelques jours. Vous allez me manquer.

Le loup se balança d'une patte à l'autre en poussant un petit couinement, comme s'il avait compris. Il semblait s'impatienter.

Bohem hocha la tête.

Pars, si tu veux.

Mais le loup ne partait pas. Il s'agitait de plus en plus, trépignait sur place. Puis soudain, il aboya, sans quitter Bohem du regard. Le louvetier fronça les sourcils. Il se leva lentement. Le loup eut un geste de recul, puis il aboya à nouveau et fit quelques pas de côté.

Qu'y a-t-il ?

Le loup aboya encore, tourna sur lui-même, fléchit ses pattes avant, puis il galopa tout autour du rocher, vers l'endroit d'où Bohem était arrivé. Le jeune homme comprit aussitôt. Il reconnaissait ce langage. Le langage de la peur. Il se passait quelque chose. Là-bas, au campement.

Bohem sauta du haut du rocher sans attendre et courut sur ses propres pas. À toute vitesse, il se glissa entre les arbres et les buissons, sans se soucier de ce que le loup était devenu, derrière lui. Il s'était probablement enfui quand il avait sauté du rocher. Mais cela n'avait aucune importance. Ce qui comptait, c'était d'arriver au campement à temps. Il se passait quelque chose, il en était certain.

Bohem allait aussi vite qu'il pouvait. Mais le sol était glissant et il perdit l'équilibre. Il tomba de tout son long dans la terre boueuse, s'écorcha la main sur des branchages, mais il se releva aussitôt pour reprendre sa course. Il n'était plus très loin. Quelques foulées à peine. Mais il ne voyait toujours rien. Il n'entendait pas un bruit, à part celui de son souffle et de ses pas. Aucun combat. Aucun cri de panique. Peut-être ne s'était-il rien passé ! Son cœur, néanmoins, battait à tout rompre, et il franchit les derniers pas plus vite encore.

Il sauta à travers un buisson et déboula comme une flèche à l'endroit où dormaient ses compagnons. La Rochelle fut réveillé aussitôt et se leva d'un bond en saisissant son bâton.

— Que se passe-t-il ? s'écria le Compagnon, perplexe.

Mjolln se leva à son tour, le regard ahuri.

Bohem se laissa tomber sur les genoux, sous la lumière livide de la lune. Il crut que son cœur allait exploser. C'était un cauchemar. Ce qu'il avait redouté si fort était donc arrivé. Vivienne avait disparu.

1 – St Jacques de la Boucherie

2 - Place de Grève

3 - Grand Châtelet et Grand Pont

4 - Palais de l'Ile de la Cité

5 - Hôtel-Dieu

6 - Notre-Dame

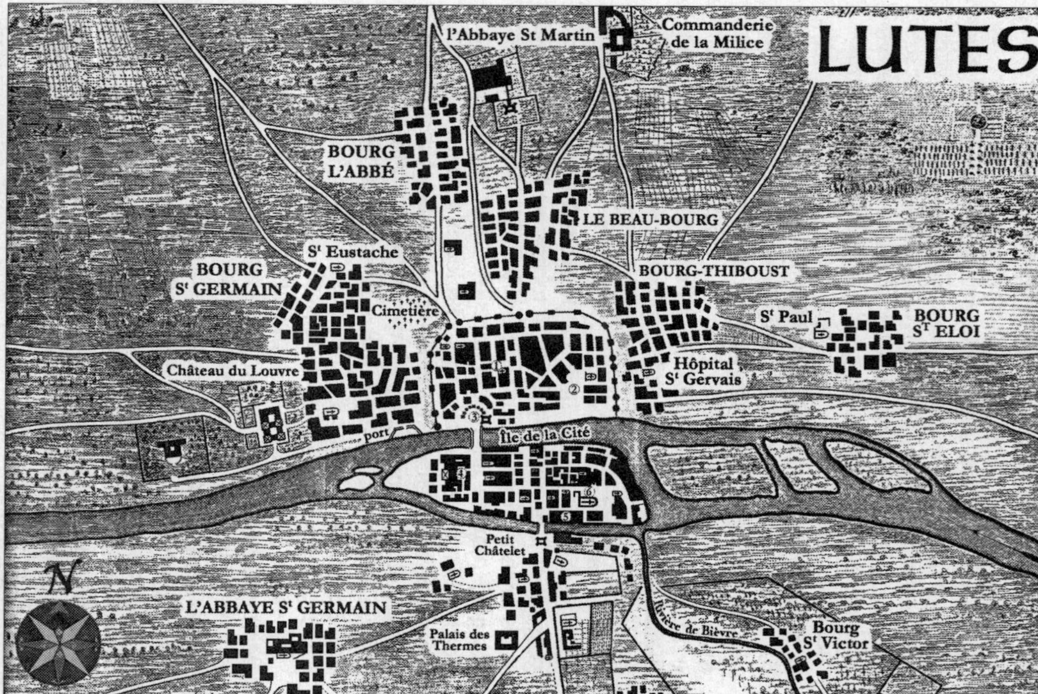

Carte : Henri Lœvenbruck, d'après *"Paris sous Louis VII dit Le Jeune, d'après les descriptions de Fortunat, de Grégoire de Tours etc. tec."*, Bibliothèque Historique de la Ville de Paris

Chapitre 5

SUR LES RIVES DE LUTÈS

— Je dois partir la chercher ! s'exclama Bohem en se dégageant des mains de Mjolln qui essayait de le retenir.

Ils avaient couru autour du campement, fouillé les environs, appelé, mais en vain. Vivienne avait été enlevée. On l'avait assommée, probablement, car il n'y avait aucune trace de lutte et les autres n'avaient même pas été réveillés. Malgré la pénombre, toutefois, Bohem avait trouvé des traces de pas suspectes dans la terre humide, qui semblaient partir vers le sud. Il s'apprêtait donc à suivre cette piste.

— Non ! intervint La Rochelle. C'est moi qui irai. Toi, tu dois aller à Lutès.

— C'est hors de question ! Lutès attendra ! Je veux d'abord retrouver Vivienne. Tout est ma faute ! J'ai été stupide de m'absenter cette nuit !

Le louvetier alla ramasser ses affaires et les hissa sur son cheval.

— Bohem, c'est ridicule ! Tu ne sais pas combien de temps cela prendra de retrouver Vivienne, et les Brumes ont besoin de toi.

— Vivienne aussi a besoin de moi, et elle compte beaucoup plus à mes yeux !

— Bernard et moi pouvons nous occuper d'elle, répéta La Rochelle, alors que les Brumes, tu es le seul à pouvoir t'en charger ! Tu as promis, Bohem ! Tu as promis à la Licorne !

— J'ai aussi promis à Hélène de veiller sur sa nièce ! Comment ai-je pu être assez stupide pour la laisser seule avec vous cette nuit !

— Nous allons la retrouver ! s'exclama La Rochelle en attrapant le louvetier par le bras. Tu dois me faire confiance, Bohem ! Bernard et moi allons nous mettre à sa recherche, et si nous ne la trouvons pas rapidement, j'irai demander de l'aide dans les cayennes. Mais toi, tu dois aller à Lutès ! Le temps presse !

Bohem poussa un soupir et laissa retomber son front sur la selle de son cheval, l'air désespéré.

— Ça, La Rochelle a raison, intervint Mjolln derrière eux. Bohem, oui, tu sais, Vivienne dirait la même chose, ahum. Tu dois te concentrer sur les Brumes. Oui. Fidélité a raison, je vais aller avec toi à Lutès, et lui ira chercher Vivienne avec l'aide de monsieur de Laroche. Ahum. Tu peux faire confiance à La Rochelle, oui.

Bohem secoua la tête. Il s'en voulait tellement ! Cela faisait trois jours qu'il savait. On l'avait prévenu dans le monde de Djar : un danger les guettait. Et il avait même deviné le sens de cette vision étrange : Vivienne était en danger. Le rouge-gorge. C'était elle que le merle blanc venait enlever ! Il le savait ! Et pourtant, il s'était absenté en pleine nuit ! Pour aller voir les Brumes ! Ces maudites Brumes !

Le louvetier ferma les yeux pour retenir ses larmes. Non ! Il avait assez pleuré comme ça. Il ne pouvait plus s'apitoyer sur son propre sort. Il devait se ressaisir. Et les Brumes n'y étaient pour rien, évidemment. Au contraire, elles avaient même essayé de le prévenir ! Le loup l'avait redirigé vers le campement. Il se demandait même, à présent, si, l'autre nuit, ce n'était pas la Licorne qui l'avait attiré dans le monde de Djar pour le mettre en garde...

Il devait se rendre à l'évidence. Mjolln et La Rochelle avaient raison. Il valait mieux que ce soit le Compagnon qui parte à la recherche de la jeune femme. Il devait lui faire confiance. C'était son ami, son frère. Mais il avait tellement peur. Qu'allait-il arriver à Vivienne ? Qu'allait-il arriver à la femme qu'il aimait ?

— Bohem ! reprit La Rochelle. Je n'abandonnerai pas tant que je n'aurai pas retrouvé Vivienne. Tu peux me faire confiance. Va chercher les portes du Sid. Tu dois tenir ta promesse ! La personne qui a enlevé Vivienne veut sûrement t'en empêcher ! C'est certainement quelqu'un qui veut te détourner de ta route. Tu ne dois pas céder !

Le louvetier, qui n'avait toujours pas rouvert les yeux, hocha lentement la tête. Il savait que le Compagnon avait raison, mais il détestait ça. La Rochelle posa une main sur son épaule. Bohem releva doucement la tête et regarda son ami.

— Essaie d'écouter la voix des Brumes, murmura-t-il. Essaie. Elles te guideront peut-être.

Le Compagnon acquiesça. Et Bohem vit dans ses yeux qu'il ferait tout ce qui était en son pouvoir. Le cœur de Vivienne avait depuis longtemps choisi Bohem. Mais le louvetier savait que La Rochelle avait toujours eu pour elle une affection particulière. Il l'aimait, lui aussi. Jalousement. Mais puisqu'il n'avait pas été élu, puisqu'elle ne serait jamais sa femme, il l'aimait à présent comme une sœur. Bohem pouvait lui faire confiance. Il ferait tout pour retrouver Vivienne. Il la rechercherait avec autant d'acharnement que lui, il pouvait en être certain.

Il aurait simplement aimé être là. La retrouver lui-même. Mais il devait s'y résoudre : il ne restait plus beaucoup de jours avant la Toussaint, et il n'avait toujours pas trouvé les portes du Sid.

— Partez tout de suite, ajouta Bohem d'un air grave. Partez vite, avant qu'elle ne soit trop loin. Et avant que je ne change d'avis.

La Rochelle acquiesça.

— Bonne chance, Bohem ! Nous nous retrouverons au point de rendez-vous que tu as fixé avec Bastian : dans la forêt de Roazhon, trois jours avant la Toussaint.

Bohem embrassa le Compagnon, le serra fortement entre ses bras, et lui lança un regard plein de reconnaissance et de détresse mélangées.

La Rochelle et Bernard ne perdirent pas un seul instant, ils prirent leurs affaires et montèrent à cheval, saluèrent Mjolln et Bohem, puis partirent au galop vers le sud.

— Ne t'en fais pas, Bohem. Ahum. Ne t'en fais pas. Allons-y.

Le louvetier avala sa salive, la gorge nouée, puis monta sur son cheval. Il faisait encore nuit, mais ils se mirent en route vers Lutès. À présent ils avaient deux bonnes raisons de faire vite. Bohem partit en tête, le cœur empli d'angoisse.

Ils descendirent rapidement vers le bassin de la capitale et rejoignirent une grande route qui pointait vers le nord-est au cœur de Lutès. Ils restèrent au galop sur ce large chemin de terre et chevauchèrent ainsi jusqu'à ce que le soleil se lève. Ils se remirent alors au pas, car ils approchaient de la ville et ils voulaient éviter d'attirer l'attention.

Pendant tout le trajet Bohem ne put penser à autre chose qu'à Vivienne. Il se demandait où elle était à présent, et si son ravisseur l'avait maltraitée. Le visage de la jeune femme ne cessait de hanter son esprit, et il devait lutter pour ne pas hurler sa colère et sa peur.

Le jour se levait lentement de l'autre côté des marais et des vignes. On entendait ici et là le chant des coqs dans les grandes fermes qui bordaient la route, de plus en plus nombreuses. Des chiens commençaient à aboyer à leur passage, et ils virent bientôt les premiers fermiers partir aux champs.

Ils arrivèrent rapidement en vue de l'abbaye Saint-Germain, vers laquelle se dirigeait leur chemin. Surélevée au milieu d'un groupe de maisons, l'immense abbaye était entourée de douves et de petites murailles. Au-delà des murs on voyait dépasser les trois clochers d'une grande basilique romane et les longs toits du palais abbatial.

Bohem et Mjolln entrèrent dans Saint-Germain-des-Prés, éblouis. Ils prirent aussitôt conscience de la démesure de Lutès. Le quartier de l'abbaye n'était qu'une infime partie de la capitale, et pourtant il était aussi grand qu'une ville entière. Ils arrivèrent sur la grande place de Saint-Germain au moment où les rues commençaient à s'animer. Les commerçants étaient les premiers dehors pour ouvrir leurs boutiques, puis l'on vit apparaître des transporteurs, des enfants, et même quelques étudiants puisque c'était dans ce quartier que s'étaient installés les premiers collèges indépendants de la capitale, loin de l'autorité ecclésiastique de l'Île de la Cité. Bohem observa justement un groupe d'étudiants qui attendaient sans doute le début des répétitions, et il remarqua qu'ils semblaient aussi détendus et facétieux qu'à Carnute. Il devait y avoir à Lutès des maîtres aussi érudits que Courage, et Bohem songea que ces jeunes gens avaient bien de la chance. Le temps semblait n'avoir pour eux aucune importance, alors qu'à lui, il manquait tant !

Les maisons alentour étaient quasiment toutes construites de la même façon, comme dans Lutès tout entière. À part quelques maisons qui étaient entièrement en bois, le rez-de-chaussée était d'ordinaire en pierre de taille tandis que les étages étaient en colombages emplis de moellons et recouverts de chaux, si bien que la ville était presque entièrement blanche. Dans ce quartier, les rues étaient encore larges car les champs n'étaient pas loin et il passait chaque jour de nombreuses charrettes. Ce n'était qu'un avant-goût de Lutès, mais c'était déjà impressionnant.

Mjolln approcha son poney du cheval de Bohem.

— Ahum ! Tu sais où nous allons, exactement ?

Bohem secoua la tête.

— Non, pas vraiment. Il faut que nous trouvions la cayenne de Lutès... Nous pourrions demander à quelqu'un. Arrêtons-nous un instant, je vais aller poser la question aux étudiants.

— Attends ! répliqua le nain. Ça, les gens pourraient très bien te reconnaître ici... Alors, tada, Bohem, il vaudrait peut-être mieux que j'y aille, moi...

Le louvetier ne put s'empêcher de sourire.

— Tu crois vraiment que tu passes plus inaperçu que moi ?

Le Cornemuseur haussa les épaules, l'air un peu vexé.

— Très bien, grogna-t-il. Tu n'as qu'à y aller !

Bohem descendit de cheval, confia les brides à son ami et rejoignit les étudiants qu'il avait repérés. Il avait envie de parler. Comme si cela pouvait lui faire oublier Vivienne. Lui changer un peu les idées.

— Excusez-moi, messieurs...

Les étudiants interrompirent leur discussion et se retournèrent vers Bohem. Ils le regardèrent d'un air surpris, car il avait drôle allure. Ses vêtements étaient usés, ses cheveux noirs étaient sales et gras, il portait toujours à l'oreille sa petite équerre, et les cicatrices sur son visage lui donnaient sans doute une figure de brigand.

— Bonjour, répondit finalement l'un des étudiants.

— Bonjour... Je cherche la cayenne de Lutès...

— Ah, la cayenne de Lutès ? répéta l'étudiant en comprenant qu'il avait sans doute affaire à un jeune homme qui faisait le Tour de Gallica. Vous voulez parler des maisons de Compagnons, c'est ça ?

— Oui.

— Il me semble qu'il y en a plusieurs, mon ami ! Un peu partout dans la ville...

Bohem grimaça. La Mère de Carnute lui avait pourtant parlé d'une seule cayenne ! Il devait y en avoir une principale...

— Je vois... Pourriez-vous m'indiquer la plus grande que vous connaissez ? demanda Bohem.

Un deuxième étudiant, en retrait, intervint :

— Je crois que la plus importante est celle de la place de Grève, derrière la maison aux Piliers où siègent les porteurs d'eau.

Les autres acquiescèrent.

— Je... Je suis désolé, reprit le louvetier, je ne connais pas Lutès. Comment va-t-on sur cette place ?

— C'est sur la rive droite, répondit le premier étudiant en posant une main amicale sur l'épaule de Bohem, et en indiquant de l'autre main la rive opposée du fleuve. Il faut que vous traversiez l'île, que vous passiez le Grand Pont, puis que vous tourniez à droite au Grand Châtelet. Ensuite, continuez tout droit en longeant l'Isicauna et vous arriverez sur la place de Grève...

— Je vous remercie, dit Bohem en lui serrant la main.

— Et faites attention aux mauvais larrons, de l'autre côté, il y en a plein les ruelles ! Surveillez vos poches !

Bohem les remercia encore d'un signe de tête et retourna vers Mjolln en lui faisant un clin d'œil.

Bohem était soulagé : visiblement, les étudiants ne l'avaient pas reconnu. Son visage n'avait sans doute pas été placardé sur les murs de la ville. Il allait enfin pouvoir rester un peu dans l'anonymat. Et la taille de la ville s'y prêtait certainement.

Ils se remirent en route. Le nain était impatient de découvrir le cœur de Lutès. Mais Bohem, lui, ne pensait qu'à une chose. Revoir Vivienne.

*
* *

Sous le ciel obscur et les éclairs bleutés, la mer déchaînée se soulevait et se creusait avec violence. Le bateau tanguait sur les hautes vagues, le bois de la coque semblait crier de douleur à chaque envolée sur les flots, et le visage du prévôt était fouetté par des rafales d'embruns. Agrippé au bastingage, il avait si mal au cœur qu'il se demandait s'il n'allait pas perdre connaissance.

Le prévôt Leuthaire détestait la mer, et elle avait vraisemblablement décidé de le lui rendre. Il ne rêvait plus que d'une chose, retrouver la terre ferme. Mais il n'avait pas le choix : Emmer Capigesne l'avait investi d'une mission de tout premier ordre, et il ne pouvait faillir au roi de Brittia. C'était un honneur que d'aller en son nom au pays de Gaelia et le prévôt avait fièrement accepté de traverser les deux mers qui séparaient Pierre-Levée de Providence. Un long voyage, certes, mais un voyage qui lui vaudrait sans doute la reconnaissance du roi, et qui lui garantirait certainement une belle situation pour le reste de sa carrière.

Il entendait par moments le rire des marins derrière lui, eux pour qui les plus grosses tempêtes n'étaient probablement qu'un divertissement. Ils se moquaient gentiment de lui, venaient le voir de temps en temps pour demander s'il avait besoin d'aide, mais il se contentait de grimacer et refusait de quitter le pont. La mâchoire serrée, il priait en silence pour que ce cauchemar cesse enfin.

Mais la tempête dura toute la nuit, et le prévôt ne trouva le sommeil qu'au petit matin, épuisé, quand les vagues cessèrent et que le bateau se mit à glisser doucement sur une mer enfin paisible.

Ils arrivèrent sur les côtes de Brittia à la mi-journée. Le bateau se rapprocha autant que possible de la longue plage qui s'étendait au pied des falaises. Leuthaire fut le premier à sauter dans la barque pour aller rejoindre la terre ferme. On débarqua les sacs et les chevaux, puis le prévôt se mit en route avec son escorte de huit soldats et ils grimpèrent rapidement jusqu'au plateau d'herbe verte qui se déployait à perte de vue vers le cœur de Brittia.

Il leur faudrait une semaine pour traverser le pays, puis une autre encore pour franchir la mer et arriver à Providence, la capitale de Gaelia – s'ils tenaient un bon rythme et si aucun incident ne venait contrarier leur voyage ! Il n'y avait pas un seul instant à perdre.

Les chances qu'avait Leuthaire de retourner en Gallica avant le début de la guerre étaient quasiment nulles. Ses chances de revenir avec le soutien de Gaelia étaient plus minces encore. Mais il avait pour réputation d'être le meilleur négociateur à la cour d'Emmer. C'était l'occasion ou jamais d'en faire la preuve.

*
* *

Plus ils pénétraient dans le cœur de la capitale, plus les ruelles étaient étroites, bruyantes et bondées. L'horizon n'était plus qu'un enchevêtrement d'escaliers, de petits passages et de toits biscornus, on ne voyait presque plus le ciel dans ce labyrinthe. Les gens criaient, dans la rue, aux fenêtres ou devant les boutiques. Les charrettes avaient du mal à se croiser dans la plupart des rues, parfois elles devaient faire demi-tour, et c'était alors un chaos gigantesque où les chevaux trépignaient dans la boue nauséabonde. Dans certains quartiers, l'odeur était épouvantable ; les détritus jonchaient la rue et le milieu de la chaussée n'était plus qu'un amas d'ordures et de fange. Le quartier le plus sale qu'ils traversèrent était sans aucun doute celui des bouchers, au bout du Grand Pont, à l'endroit même où les eaux de l'Isicauna évacuaient les déchets et où s'abreuvaient les bêtes fatiguées qui venaient des fermes à l'abattoir.

Mais Lutès était aussi une concentration d'édifices plus magnifiques les uns que les autres. Se laissant porter par le pas nonchalant de leurs chevaux, Bohem et Mjolln purent admirer successivement le vaste palais des Thermes, le Petit Châtelet, puis, en traversant l'Île de la Cité, ils découvrirent la vieille basilique Notre-Dame, qui pointait au-dessus des toits, et le palais royal, gigantesque demeure où se trouvait peut-être en ce moment l'un de leurs pires ennemis, le roi Livain VII lui-même ! Après avoir traversé le Grand Pont, ils étaient passés sous les tourelles arrondies du Grand Châtelet – qui était en ce temps une prison – et avaient longé le fleuve jusqu'à la place de Grève.

Depuis les quais, on pouvait voir l'île dans son ensemble, et c'était une vue étonnante, magique. On aurait dit une ville-bateau, retenue seulement par cet énorme pont de pierre, prête à remonter le fleuve en emportant ses milliers d'habitants.

Sur la place de Grève, on leur avait indiqué la cayenne, qui était en effet derrière une grande maison où siégeaient les porteurs d'eau de la ville de Lutès. On ne pouvait deviner la grandeur réelle de la cayenne, car sa façade étroite était coincée au milieu d'autres maisons, mais en réalité elle s'étendait loin derrière et s'élargissait au-delà de la rue. Composée de plusieurs bâtiments, elle était comme un petit village à elle toute seule, et il y avait des portes qui donnaient dans trois des quatre rues qui formaient cet îlot.

Bohem, qui avait juste eu le temps à Carnute d'apprendre le fameux rituel, confia son cheval à Mjolln et partit frapper à la porte de la cayenne. Il se présenta comme il le devait et demanda qu'on lui accorde l'entrée, ainsi qu'à son ami Mjolln. Le Rouleur sembla quelque peu étonné, et Bohem se demanda s'il ne s'était pas montré maladroit dans son respect du protocole...

— Liberté Outremer ? Est-ce que c'est toi que l'on appelle aussi Bohem ? demanda le Rouleur en fronçant les sourcils.

Le louvetier grimaça. Son histoire, finalement, était donc connue aussi dans la capitale.

— Oui, c'est bien moi, maître.

— Je ne savais pas que tu étais Compagnon ! s'étonna le Rouleur.

— Je viens tout juste d'être reçu, expliqua Bohem. À Carnute.

— Je vois. Et que pouvons-nous faire pour toi, Outremer ?

— Je suis à la recherche d'un chef-d'œuvre dont on m'a dit qu'il était dans une cayenne de Lutès. Il s'agit du temple d'Ariel...

— Le temple d'Ariel ? Il faudrait pour cela que tu voies le Premier en Ville. Malheureusement, il est aujourd'hui sur un chantier. Tu pourras le voir demain, si tu le souhaites.

Bohem se retourna vers Mjolln en grimaçant. Le nain haussa les épaules.

— Pouvons-nous loger ici en attendant son retour ? demanda le louvetier.

— Vous avez des chevaux... C'est inhabituel.

Bohem fit une moue gênée. Il devait, en effet, y avoir très peu d'apprentis qui pouvaient se permettre de voyager à cheval, et la cayenne n'avait peut-être pas d'écurie, contrairement à celles de province qui s'étendaient la plupart du temps sur de grands terrains.

— Je suis désolé...

— Attendez un instant, je vais voir si la Mère peut vous trouver une chambre et s'il reste de la place aux écuries d'à côté.

Ils patientèrent à la porte, puis le Rouleur revint les chercher.

— Nous avons une chambre pour vous. Mais, pour les écuries, il faudra payer la taverne voisine... Laissez vos chevaux dans la cour, je vous attends.

Bohem et Mjolln s'exécutèrent, et le Rouleur les fit entrer dans le bâtiment. Ils traversèrent le grand hall, puis une petite cour intérieure bordée d'ateliers où des apprentis travaillaient la pierre et le bois sous le regard de maîtres Compagnons, et ils montèrent enfin un petit escalier qui menait à un long couloir.

Le Rouleur confia une clef à Bohem.

— Vous pouvez vous installer dans la troisième chambre sur la droite. Pour l'instant, vous êtes seuls, mais il y aura peut-être d'autres visiteurs d'ici à ce soir. N'oubliez pas de passer voir la Mère pour dire combien de temps vous pensez rester et si vous mangez avec nous.

Bohem acquiesça et Mjolln fit un geste de la tête pour le remercier. Ils entrèrent dans la chambre et posèrent leurs affaires sur les lits.

— Eh bien ! Il n'a pas l'air commode ! souffla Bohem en se laissant tomber sur la paillasse.

— Ça, il est moins jovial que les Compagnons de Carnute, oui, mais il n'a pas l'air méchant, ahum. Et nous sommes bien logés !

— Oui... Mais il va nous falloir attendre jusqu'à demain, à présent. Et nous ne pouvons rien faire ! Si seulement j'avais des nouvelles de Vivienne ! Je me demande où elle est en ce moment...

— Ne pense plus à ça, Bohem ! La Rochelle va la retrouver, j'en suis sûr !

— J'ai été tellement stupide !

— Allons, tu ne vas pas passer ton temps, ça, non, à répéter cela ! Cela n'aurait peut-être rien changé si tu étais resté avec nous, cette nuit, ahum. Nous n'avons rien entendu, nous... D'ailleurs, c'est davantage notre faute que la tienne, oui.

Ils restèrent un moment face à face, silencieux, séparés par un rayon de soleil. Bohem essayait de trouver un peu de réconfort dans le regard du nain. Quelque chose lui disait que le Cornemuseur avait déjà vécu une situation similaire avec sa mère, Aléa. Ils avaient dû en vivre, des choses, avant qu'elle ne devînt reine !

— Est-ce que je ressemble beaucoup à ma mère ? demanda soudain Bohem.

Mjolln fit une moue de surprise.

— Hmm... À ta mère ? Ahum. Oui. Oui, tu lui ressembles sur bien des points... Mais quand je l'ai connue, ça, elle était plus jeune que toi, tu sais. Tu es un peu plus mûr... Je crois. Quoiqu'elle était très mûre, pour son âge, oui.

— Tu ne m'as jamais dit comment tu l'avais rencontrée...

Le nain sourit. Le souvenir semblait lui faire plaisir.

— Eh bien, c'est amusant, ça, vois-tu, car je l'ai rencontrée dans les mêmes circonstances que tu as rencontré Vivienne.

— Tu l'as aidée alors qu'elle se faisait attaquer ?

Le nain grimaça.

— Non. Ahum. C'était le contraire ! C'est elle qui m'a aidé...

Bohem sourit.

— Elle t'a aidé ?

— Oui. Ça, elle avait treize ans, mais beaucoup de caractère, oui. Ahum ! Des brigands en voulaient à mon argent, oui, et elle est arrivée dessus en hurlant et en leur jetant des cailloux. Ha ! Elle a réussi à les faire fuir ! Tada ! Quelle jeune fille elle était ! De ce jour-là, je ne l'ai pas quittée, et je l'appelais ma « lanceuse de cailloux » ! Oui. Elle avait un sacré caractère...

— Et donc tu trouves qu'elle me ressemblait ? ironisa le louvetier.

— Ça, oui. J'espère... Ahum.

— Quoi ?

— J'espère, Bohem, que tu pourras continuer, oui, à faire ce qu'elle faisait.

— C'est-à-dire ?

— Du bien aux gens, Bohem. Ta mère faisait du bien aux gens de son pays. Voilà. Comme toi avec les Brumes. Ahum. Elle voulait les aider à sortir de leur misère.

Bohem haussa les épaules.

— Je ne m'en sens pas vraiment capable, Mjolln. Je n'ai certainement pas la force qu'elle semble avoir eue. Elle est devenue reine, Mjolln ! Ce n'est pas vraiment ce dont je rêve... Mais faire du bien aux gens... Oui. J'aimerais y arriver...

— Ahum. Tu as cela dans le sang, Bohem. C'est plus fort que toi, n'est-ce pas ? Tu vois comme les gens te regardent ? Tu vois comme ils parlent de toi ?

— Je ne fais rien pour ça...

— Mais c'est ainsi, Bohem. C'est ainsi. Ahum. Il y a des gens, comme Vivienne, qui naissent avec une belle voix. Ils peuvent ou non s'en servir pour chanter. C'est leur liberté, Bohem... Mais quand ils chantent... Quand ils chantent !

— Oui. Je sais. Je ferai de mon mieux, Mjolln.

Le nain hocha la tête d'un air confiant.

— Bien, dit-il finalement en se levant. Ahum. Nous n'allons pas rester ici toute la journée, non ! Allons visiter la ville, Bohem, cette belle grande ville pleine de belles choses, belle, belle !

Le louvetier se leva à son tour. Cette conversation lui avait fait du bien, parce que l'amitié de Mjolln l'émouvait, tout simplement ; elle était comme un lien entre sa mère et lui, et même s'il ne l'avait jamais connue, grâce à Mjolln, il avait l'impression qu'elle était un peu là, près de lui. Et il se sentait mieux. Il suivit le Cornemuseur dans l'escalier, ils passèrent annoncer à la Mère qu'ils n'étaient ici probablement que pour une nuit et qu'ils y mangeraient le soir, puis ils sortirent de la cayenne. Ils passèrent le reste de la journée à se promener ensemble dans les rues de la capitale, en essayant de ne pas trop penser à Vivienne.

Ils visitèrent l'intérieur de la Cité, son labyrinthe de rues et de venelles surchargées, ses arrière-cours, ses églises aux clochers engoncés, ses rangées de tavernes et de boutiques chamarrées, les marchandises pendues le long des étals, les débits de viande qui débordaient sur la chaussée, les enseignes colorées au-dessus des portes, les animaux éparpillés, les soldats de la Garde qui croisaient les porteurs, les marchands qui discutaient sur les petites places, les enfants qui couraient derrière des chiens... Partout du bruit, des couleurs et du mouvement, partout des odeurs qui se mélangeaient.

Bohem et Mjolln ne savaient plus où donner de la tête. Carnute ou Pierre-Levée n'étaient rien à côté de cette cité immense où il ne devait pas y avoir une seule rue déserte, une seule maison inhabitée, une seule place vide. Il y avait des gens partout, et toutes sortes de gens, certaines vêtues avec extravagance...

Ils déjeunèrent dans une taverne du quartier Saint-Jacques où ils trouvèrent péniblement deux places assises. Il y avait beaucoup de monde et beaucoup de bruit, mais une ambiance chaleureuse qui les enchanta. On leur servit deux très bons repas, quoique fort chers, mais ce devait être la norme dans la capitale...

Soudain, alors qu'ils finissaient leur déjeuner, Bohem sentit un picotement sur son flanc droit. Il sursauta, fit volte-face, et attrapa de justesse la main d'un jeune enfant qui était en train d'essayer de détacher sa bourse.

— Eh la ! dit il en retenant le petit voleur qui tentait de s'enfuir.

Il se leva et, tout en le tenant par le bras, l'entraîna dehors, suivi de près par Mjolln. Les clients de la taverne semblaient trouver la chose amusante, ils devaient avoir l'habitude et ils les regardèrent sortir en riant.

Une fois dans la rue, Bohem se baissa pour regarder son voleur en face, et découvrit alors que c'était une jeune fille ! Elle ne devait pas avoir plus de douze ou treize ans, mais elle avait déjà beaucoup de force et, visiblement, un sacré caractère ! Coiffée comme un garçon, les cheveux courts, bruns, le visage sale, habillée de guenilles tâchées, elle essayait de détourner les yeux et se débattait pour lui échapper.

— Du calme, bon sang ! Si tu ne veux pas prendre une bonne gifle, calme-toi, petite !

Mais elle se débattait encore. Bohem l'attrapa par les épaules et la bloqua contre le mur de la taverne. En poussant un soupir, la jeune fille abaissa sa garde, résignée.

— Quoi ?

— Comment ça, quoi ? Tu étais en train de me prendre ma bourse !

— Et alors ? Je ne vous l'ai pas prise, finalement ! Alors, laissez-moi maintenant !

— C'est un peu facile ! Tu mériterais que...

— Que quoi ?

Bohem grimaça. Il allait dire qu'elle méritait qu'on la livre à la Garde, mais au moment de le dire, cela lui parut tellement idiot ! Lui qui avait passé les derniers mois à fuir les soldats du roi, il n'était pas vraiment bien placé pour dire ce genre de choses...

— Tu mériterais d'apprendre à être plus discrète ! dit-il finalement en souriant. Tu es la voleuse la plus maladroite que j'aie jamais rencontrée !

— Pfff ! Vous avez eu de la chance, c'est tout. D'habitude...

— Parce que c'est une habitude ?

La jeune fille haussa les épaules.

— Qu'est-ce que ça peut vous faire ? Bon, laissez-moi partir maintenant !

Bohem écarquilla les yeux. Il n'en revenait pas. Il se retourna vers Mjolln, désemparé.

— Qu'est-ce que tu penses que je devrais faire de cette petite voleuse ? demanda-t-il au nain amusé.

— Je ne sais pas. Ahum. Si ta mère était ici, elle pourrait lui donner des cours. Mais toi... Je ne suis pas sûr que tu y connaisses quoi que ce soit. Ce n'est pas vraiment ton domaine, ça, le petit larcin...

La jeune fille fit une grimace perplexe. Elle commençait à se demander sur quels drôles d'étrangers elle était tombée.

— Comment tu t'appelles ? demanda finalement Bohem.

— Qu'est-ce que ça peut vous faire ?

— Ton nom ou une gifle. Tu choisis.

— Je pourrais vous répondre n'importe quoi !

— Essaie pour voir.

La jeune fille grimaça.

— Allons ! Comment tu t'appelles ? insista Bohem.

— Et vous ?

— Outremer.

— C'est pas un nom, ça !

— C'est mon nom. Et tu ferais bien de me donner le tien...

— Loeva. Voilà ! Vous êtes content ?

— Non. Je ne suis pas content, Loeva. On ne vole pas les gens, comme ça, dans une taverne, au hasard ! C'est extrêmement injuste de faire ça ! Tu ne sais pas sur qui tu peux tomber ! Tu peux très bien tomber sur quelqu'un dont ce sont les dernières pièces. Quelqu'un d'encore plus pauvre que toi et qui n'a vraiment pas besoin de ça...

— Non ! Moi je ne prends que dans les poches bien remplies ! Ne me dites pas que vous êtes pauvre ! Je les reconnais, ceux qui ont les poches pleines !

Bohem relâcha un peu son emprise. Non. Pauvres, pour le moment, ils ne l'étaient plus, grâce à Hélène. Et il commençait à se demander s'il n'en faisait pas un peu trop. Il glissa une main au fond de sa poche.

— Eh bien, regarde, je te donne une pièce, voilà. C'est mieux comme ça, non ?

Et, en effet, il tendit une pièce à la jeune fille. Loeva la prit avec méfiance.

— Je préfère te la donner de bon cœur plutôt que tu me voles !

— Très bien ! répliqua la jeune fille d'un ton ironique. Vous êtes un saint homme ! Je suis sauvée ! Merci, mon sauveur !

Elle fit une révérence et, voyant que Bohem l'avait complètement lâchée, elle en profita pour s'enfuir en courant.

Bohem secoua la tête. Mjolln, quant à lui, était hilare.

— Bohem, ça, mon ami, je crois que tu es prêt pour faire des enfants !

— Très drôle ! Quel culot, quand même ! Enfin ! La ville ne doit pas manquer de gamines dans son genre... Mais qu'est-ce que tu as raconté sur ma mère ?

— Bah. Aléa était exactement comme cette petite fille, tu sais. Oui, dans son village, j'ai cru comprendre qu'elle était bien obligée de piocher à droite et à gauche pour manger à sa faim... Alors, tada, tu dois comprendre...

Bohem hocha la tête, résigné, puis ils retournèrent à l'intérieur de la taverne, payèrent leur repas sous le regard amusé des derniers clients, et reprirent leur promenade dans la ville. Ils s'aventurèrent vers l'ouest de Lutès, au-delà des remparts. Ils passèrent le long du cimetière, là où se tenait un gigantesque marché au blé, puis ils traversèrent le bourg Saint-Germain et partirent enfin admirer le château du Louvre, qui était à l'époque sur les terres du prieuré de Saint-Denis-de-la-Châtre, à l'extrémité de la ville. Quelques décennies plus tard, le fils de Livain VII allait transformer ce château en une immense forteresse, mais il était déjà en ce temps un bien bel édifice, construit autour de deux cours intérieures et surmonté de quatre tours rectangulaires qui semblaient veiller sur la ville. Quelques promeneurs traînaient dans le grand parc qui entourait le château, alors

Bohem et Mjolln en firent de même et déambulèrent entre les arbres alignés ; ils purent échanger leurs impressions sur l'édifice, heureux l'un comme l'autre de penser à autre chose qu'au sort de Vivienne et de La Rochelle.

Puis, le soir, ils revinrent fatigués à la cayenne, mangèrent avec plaisir parmi les Compagnons et partirent se coucher dans leur petite chambre après avoir bien mangé, bien bu et – grâce aux autres convives – bien ri. L'ambiance, le soir venu, semblait se détendre soudainement dans la cayenne, et il faisait, ici, aussi bon vivre que dans les maisons de province. C'était comme si la nuit Lutès devenait une tout autre ville.

*
* *

Je suis derrière toi, Bohem. Je t'ai suivi toute la journée, je te vois, là, marcher. Tu as même croisé mon regard, dans cette taverne. Mais tu ne peux pas me reconnaître.

Moi, oui.

Je connais tes yeux, je connais ton regard, je te connais si bien. Je savais que tu serais là. Que tu viendrais à moi. J'aurais pu te tuer mille fois, déjà. Dans les rues de Lutès, dans cette taverne, sur l'Île de la Cité ou même chez tes Compagnons. Mais je veux te voir encore un peu. Et te tuer en face. Quand tu ne t'y attendras pas.

Je sais ce que tu cherches. Et je te laisserai le trouver. Je veux te tuer après. Seulement quand tu croiras que tu as réussi. Quand tu croiras que tout est fini. Que tu as gagné.

Je te tuerai, Bohem, les yeux droit dans les yeux.

Et voir ton corps idiot, allongé dans la terre, la peur dans ton regard partie depuis longtemps. La mort, la mort, que rien ne peut changer.

*
* *

Il fallut deux jours à Dumont Desbardes et ses hommes pour rattraper Hugues, le Milicien qui avait poursuivi les fuyards après l'affaire de Carnute. Deux jours de chevauchées intenses, à braver la pluie au galop, à foncer vers la capitale à travers champs et forêts.

À la fin du deuxième jour, ils trouvèrent le Milicien assis près d'un feu, qui semblait les attendre et qui se précipita à leur rencontre en les apercevant.

— Maître, dit le jeune moine soldat en arrivant devant le cheval de Dumont Desbardes, il s'agissait bien de ce fameux Bohem ! J'ai pu les épier hier soir, et je vous confirme qu'il s'agit bien du louvetier et de ses amis.

— J'en étais certain ! s'exclama le Grand-Maître en mettant pied à terre.

— Mais ils se sont séparés cette nuit, expliqua le Milicien.

— Comment ça, ils se sont séparés ?

— La jeune fille qui les accompagnait...

— Vivienne de Châtellerault ?

Hugues acquiesça.

— Elle a disparu pendant la nuit.

— Disparu ?

— Oui. Je ne sais pas comment. Peut-être a-t-elle fui. Je n'en ai aucune idée. Mais Bernard de Laroche et le Compagnon qui les accompagnait semblent être partis vers le sud, à sa recherche. Quant à Bohem, il est parti avec le vieux nain en direction de Lutès. J'ai préféré vous attendre ici, ne sachant s'il fallait suivre les uns ou les autres. J'espère avoir bien fait.

— Oui, vous avez bien fait, Hugues, très bien fait.

Le Grand-Maître se retourna vers ses hommes, le poing fermé sur le pommeau de son épée, et s'adressa à eux d'une voix forte et autoritaire.

— Vous avez entendu ? Nous allons nous séparer, nous aussi ! expliqua-t-il. La moitié d'entre nous ira avec le sergent Judicaël à la poursuite de Bernard de Laroche. Quand vous trouverez cet hérétique, vous l'exécuterez sur place, sans cérémonie. Si mademoiselle de Châtellerault est avec lui, en revanche, ne lui faites aucun mal. Faites-la prisonnière et emmenez-la à la commanderie de Lutès où nous nous retrouverons plus tard. Les autres, vous venez avec moi. Nous partons dès maintenant pour la capitale. À Lutès, ce satané Bohem ne pourra pas nous échapper. Cette ville nous appartient !

En effet, la commanderie de la Milice du Christ avait été fondée quelques années plus tôt au nord de la ville, sur des terres offertes par le roi lui-même. Construite par les Compagnons bâtisseurs de Lutès, c'était un édifice vaste et somptueux dans lequel Dumont Desbardes aimait se rendre régulièrement. Mais les acquisitions de la Milice dans la ville ne s'arrêtaient pas là : l'ordre possédait également un moulin près du Grand Pont et une maison sur l'Île de la Cité. En outre, la Milice venait d'hériter, en périphérie de la ville, de la seigneurie de Reuilly, dont les terres étaient plus grandes encore que celles de la commanderie mère.

Depuis plusieurs décennies, les Miliciens avaient donc eu le temps de bien s'implanter dans la capitale, et les nombreux privilèges que leur avait accordés le pape leur donnaient une puissance financière suffisante pour avoir, à Lutès comme ailleurs, un solide réseau de zélateurs – leurs débiteurs pour la plupart, en vérité.

Sans plus attendre, Andreas Dumont Desbardes se mit en route avec la moitié de ses hommes, certain qu'il allait enfin mettre la main sur ce sombre louvetier. Les Bons Hommes de Tolsanne et la mission du pape pouvaient bien attendre. Maintenant qu'il pouvait prouver que Bohem avait effectivement libéré le Bon Homme à Carnute, le Grand-Maître n'avait plus aucun scrupule. Bohem était sa nouvelle priorité, et il n'avait plus à s'en cacher.

Les soldats foncèrent vers la capitale comme une armée au pas de charge. Au galop, leurs capes volant au-dessus de leurs armures brillantes, ils faisaient forte impression et, quand ils arrivèrent au soir aux abords de la grande ville, les gens s'écartèrent pour laisser passer ce bataillon menaçant.

*
* *

Le monde de Djar est un jeu de l'esprit.

Tout est vide autour de moi. Aucune âme n'erre dans ce grand monde blanc. Je suis seul, noyé dans le néant, comme une fleur au milieu du désert. C'est à cause de Vivienne. Son absence. Djar est si vide sans elle !

Je dois trouver la Licorne. Je veux savoir si c'est elle qui m'a prévenu du danger, qui m'a montré le merle blanc lors de mon dernier passage. Car si c'est elle, peut-être pourra-t-elle m'en dire plus. Peut-être sait-elle qui a enlevé Vivienne. Où elle est maintenant. Si elle est encore en vie.

Le monde de Djar est un jeu de l'esprit.

Roazhon. Je dois trouver la forêt de Roazhon, ici, dans le monde des rêves. Mais je ne sais pas comment faire. Je ne sais pas me diriger à travers cet univers éthéré. Peut-être suffit-il de me l'imaginer. De visualiser la forêt dans ma tête. Ou devant moi. Juste là ; la peindre par l'esprit sur la grande toile vide du monde de Djar. Il faut que je trouve l'énergie pour contrôler ce rêve. Il faut que j'apprenne. Je sais que c'est possible. J'ai appris à parler, ici. J'ai même réussi plusieurs fois à appeler les Brumes. Je dois pouvoir faire d'autres choses encore. Appeler à moi les rives lointaines de Djar. Annuler les distances.

Le monde de Djar est un jeu de l'esprit.

Penser la forêt de Roazhon. Ses arbres immenses. Les lianes qui pendent entre les branches. Le dôme vert au-dessus de moi. La voix des Brumes, qui chuchote derrière le voile émeraude des feuilles. Roazhon. La Licorne. Devant moi. Je dois y arriver.

Je vais fermer les yeux. Quelques instants seulement. Et imaginer Roazhon partout autour de moi. Créer la forêt, petit à petit, feuille après feuille, branche après branche. Je veux sentir la terre sous mes pieds. M'asseoir. Plonger mes mains encore dans le cœur de la forêt. Ne faire qu'un avec elle.

Je suis le fils de la Terre.

J'ouvre les yeux, lentement. Mon cœur y croit. Mon esprit y croit. Les arbres se dessinent autour de moi, un à un, immenses, majestueux et brillants sous un soleil invisible. J'y suis. Roazhon. La forêt éternelle m'englobe.

Je suis recroquevillé là, dans son ventre, comme l'enfant dans celui de sa mère. J'ai réussi.

Le monde de Djar est un jeu de l'esprit.

J'ai gommé les distances. Mon corps a changé de lieu par la force de ma pensée. Je suis un voyageur du monde des rêves.

— Bohem.

Je reconnais sa voix. Cette fois, je sais. C'est la Licorne. Et je sais déjà, sans le lui demander, que ce n'était pas elle la dernière fois. Ce n'était pas cette voix, ce timbre unique, comme mille chœurs harmonieux qui s'accordent et résonnent à la surface de Djar.

— Je suis venu vous voir, Licorne.

— Oui. Je te vois, moi, et je t'entends, Bohem Liberté. C'est ton nouveau nom, n'est-ce pas ? Bohem Liberté, fils d'Aléa Kailiana, petit-fils de Cathfad le Druide. Oui. L'histoire de ta famille est une histoire de liberté. Tu es bien nommé, Bohem. Je suis heureuse de voir ton visage. Mais ton cœur semble triste.

— Vivienne a disparu.

— Oui. Je le sais, cher enfant. Je l'entends dans la plainte des Brumes.

— Elle a été enlevée, Licorne. Enlevée. Je n'ai rien pu faire.

— Tu n'y es pour rien.

— J'aimerais partir à sa recherche, mais je ne peux pas.

— C'est à cause de nous, alors... Je suis désolée...

— Non. C'est un choix que j'ai fait. Je veux d'abord trouver les portes du Sid. Vos jours sont comptés. Et je dois garder espoir. Mes amis sont partis à sa recherche. La Rochelle. Vous souvenez-vous de lui ?

— Bien sûr. Ce garçon au grand cœur qui t'accompagnait... Fidélité, n'est-ce pas ? Lui aussi est bien nommé.

— Il va essayer de la retrouver. Vous devez l'aider, Licorne, vous et toutes les Brumes. Si vous le pouvez, vous devez l'aider.

— Je comprends. Nous ferons ce que nous pourrons, s'il sait écouter.

— Elle me manque tellement !

— Cela s'entend dans le vide de ton cœur, Bohem. Mais ne perds pas espoir.

Les feuilles s'écartent doucement et elle apparaît devant moi, blanche, fière et douce à la fois, comme portée par un halo de lumière bleue. Sa longue corne effilée, digne, scintille par moments, quand elle tourne la tête. Et ses yeux étincellent.

— Licorne, je crois que je vais bientôt trouver les portes. Bientôt. Je le crois. J'ai trouvé un moyen. Il faut que vous commenciez à réunir les Brumes autour de vous. Que vous commenciez à vous rassembler dans la forêt de Roazhon. Je viendrai bientôt vous chercher. Avec d'autres louvetiers. Et avec mes compagnons, je l'espère.

— Nous t'attendons, Bohem. La plupart des Brumes sont déjà ici, et les autres sont en route. Toutes les Brumes de Gallica, toutes celles qui sont encore en vie, nous serons ici. Nous serons dans la forêt de Roazhon, Bohem. Tu nous trouveras, si tu écoutes nos voix.

Elle se retire lentement, disparaît peu à peu parmi les branchages.

— N'oubliez pas La Rochelle, Licorne. Vous devez l'aider. À très bientôt !

— À bientôt, Bohem, fils de la veuve.

Elle se retourne et la forêt tout entière s'éteint autour de moi.

*
* *

Le lendemain matin, Mjolln et Bohem attendirent le Premier en Ville dans la bibliothèque de la cayenne de Lutès. Il y avait là quelques apprentis, plongés dans leurs travaux théoriques, et une femme, la bibliothécaire, qui accueillait les visiteurs et les guidait dans leurs recherches. Discrète, elle était venue voir si le louvetier et son ami avaient besoin d'aide. Il y avait dans son regard une sagesse et une bienveillance rares. Sa bouche ne souriait pas, mais ses yeux suffisaient. Comme avec la première Mère qui avait accueilli Bohem dans le village de Cornou, on devinait dans sa voix une bonté généreuse et dévouée. Elle était de ces femmes qui faisaient la force et la beauté du Devoir en consacrant leur vie aux jeunes apprentis, en guidant avec chaleur tous ces jeunes gens qui avaient quitté leurs parents pour parcourir Gallica et apprendre leur métier loin de chez eux.

Bohem lui demanda s'il existait des ouvrages sur les chefs-d'œuvre des Compagnons et, après avoir fouillé aux quatre coins de la bibliothèque, elle lui rapporta trois beaux volumes qui traitaient du sujet plus ou moins directement. Ils s'installèrent sur l'une des grandes tables, et Mjolln lut quelques passages au louvetier, tout bas, pour ne pas gêner les autres lecteurs. Ils admirèrent ensemble quelques peintures et quelques croquis, mais ils ne trouvèrent aucune représentation du temple d'Ariel, bien qu'il fût effectivement plusieurs fois mentionné comme l'un des plus vieux chefs-d'œuvre du Devoir.

À la fin de la matinée, alors qu'ils étaient encore plongés dans ces ouvrages, le Premier en Ville vint les chercher dans la bibliothèque.

C'était un homme assez âgé, beaucoup plus âgé en tout cas que le Premier en Ville de Carnute. De petite taille, large d'épaules, les cheveux gris, des sourcils épais, il invita Bohem à le suivre dans son bureau. Il avait une voix grave et l'air sérieux. Ils abandonnèrent Mjolln dans la bibliothèque, remontèrent un petit couloir et entrèrent dans le cabinet du Premier en Ville. Le louvetier s'assit sur une petite chaise en bois.

— On parle beaucoup de toi, dans les cayennes, Outremer, commença le vieil homme en prenant place en face de Bohem. On racontait déjà beaucoup de choses sur un fameux Bohem, mais nous ignorions ici que tu avais été reçu... Cela s'est fait très vite !

— Oui, reconnut Bohem l'air embarrassé. Après avoir longuement réfléchi, j'ai demandé au Premier en Ville de Carnute si je pouvais rejoindre votre institution...

— Longuement réfléchi ?

Bohem grimaça.

— Oui, enfin... Toute la nuit.

— Ah ! C'est ce que tu appelles réfléchir longuement ?

— Cela fait quelques mois que je voyage avec des Compagnons. Un en particulier. J'y avais déjà pensé avant. Le Premier en Ville de Carnute a dû estimer que cela me correspondait...

— Je vois. Je suppose qu'il a bien fait. Tu n'es pourtant pas artisan, mais il doit y avoir de bonnes raisons... Alors, que puis-je pour toi ?

Bohem se racla la gorge. Son interlocuteur n'avait pas l'air commode...

— Je cherche un chef-d'œuvre, l'un des plus vieux qui soit, semble-t-il : le temple d'Ariel. La Mère de la cayenne de Carnute m'a dit qu'il était probablement à Lutès, et, comme je voudrais le voir de près, j'aimerais savoir s'il est bien en votre possession...

— Il était ici il y a encore quelques années, oui, mais nous ne l'avons plus.

Bohem baissa les épaules. Il avait espéré qu'enfin ses recherches pourraient prendre fin. Que le Premier en Ville allait lui ouvrir une porte, et que la solution serait là, devant ses yeux. Mais cela ne serait pas aussi simple. Combien de temps encore devrait-il courir après la trace des portes du Sid ? C'était comme si le sort avait décidé de l'empêcher de trouver les réponses à ses questions. Et il n'en pouvait plus !

— Savez-vous où il est à présent ? demanda-t-il en essayant de masquer sa déception tant bien que mal.

— Oui. Nous l'avons offert à la Milice du Christ, Outremer.

— À la Milice ? s'exclama Bohem. Mais... Pourquoi ?

Le Premier en Ville parut choqué.

— Comment ça, pourquoi ?

— Je... Je ne sais pas, je suis étonné, simplement... Les rapports entre la Milice et les Compagnons du Devoir m'ont paru très tendus. Je ne savais pas que...

— Il y a beaucoup de choses qu'on ne sait pas quand on a ton âge.

Bohem écarquilla les yeux. Il ne s'était pas attendu à une réponse aussi sèche. Il avait de plus en plus l'impression que le Premier en Ville ne l'appréciait guère...

— Écoutez, maître, reprit-il en se rapprochant du bureau, j'ai bien compris que ma réception à Carnute vous semble un peu rapide, je comprends qu'elle vous dérange, mais...

— Ta réception ne me dérange pas le moins du monde, Bohem. Mais j'ai bien peur que tu te fasses beaucoup d'idées fausses.

— Que voulez-vous dire ?

— Eh bien, commençons par le Devoir. L'image qu'on t'a donnée du Devoir, visiblement, n'est pas forcément la plus juste. Entrer chez les Compagnons, ce n'est pas seulement un honneur, une... mondanité. Le seul et unique but de notre institution, c'est l'apprentissage. Or, on n'apprend pas sans maître. Tu as déjà pris beaucoup de mauvaises habitudes, Outremer. Tu as déjà la tête pleine d'idées fausses.

— Je ne demande qu'à apprendre !

— Alors, écoute plus et parle moins ! Tu es étonné que nous ayons offert ce chef-d'œuvre à la Milice, parce que tu as porté sur elle un jugement bien trop rapide, mon jeune Outremer. À ton âge tu crois pouvoir comprendre par toi-même et juger les rapports qui unissent nos deux institutions, alors qu'ils existaient déjà longtemps avant ta naissance ?

— Disons que les rapports que j'ai vus ne m'ont pas semblé très bons, se défendit Bohem.

— En effet. Car nos rapports se sont beaucoup dégradés, ces derniers temps. Mais cela n'a pas toujours été le cas. Savais-tu, par exemple, que ce sont les Compagnons qui ont construit la plupart des commanderies de la Milice à travers Gallica, et même jusqu'en Orient ? Nos origines sont très proches de celles de la Milice. Les premiers Grands-Maîtres de l'ordre ont contribué à la création de nos Devoirs. Nous leur devons beaucoup. Alors, nous finirons sûrement par régler nos petits différends...

— Des petits différends ? s'offusqua Bohem. Dumont Desbardes a exécuté la Mère de la cayenne de Sarlac !

Le Premier en Ville poussa un long soupir.

— Dumont Desbardes n'est rien. Il n'est rien par rapport à ce que sont nos deux institutions. Cet homme, je te l'accorde, est un fou dangereux, un criminel. Mais sa folie n'implique pas la Milice tout entière ! Tu ne dois pas juger une institution en te fondant seulement sur l'un de ses représentants...

— Pour le moment, c'est lui qui donne les ordres, visiblement ! Et ses ordres ont des répercussions difficiles à ignorer.

— Outremer, je comprends ta réaction. Mais c'est la réaction d'un jeune apprenti. Ton jugement est trop hâtif, beaucoup trop hâtif. Tu as encore bien des choses à apprendre, tu parles trop vite, sans connaître toutes les données du problème. La Milice du Christ est une armée de plusieurs milliers d'hommes, de chevaliers et de sergents, et, contrairement à ce que tu sembles croire, le Grand-Maître n'a pas sur eux un pouvoir absolu. Les véritables décisions sont prises par le chapitre, lequel est composé de personnalités fort différentes : il y a le Maréchal de l'ordre, le Sénéchal, le Commandeur de Jérusalem et bien d'autres officiers encore. En ce moment même – je ne devrais pas te le dire mais cela te fera peut-être changer d'avis – la destitution d'Andreas Dumont Desbardes est envisagée par le chapitre, non seulement parce qu'il a désobéi au roi et au pape, mais aussi parce que nombre de ses décisions sont contraires à la règle de saint Courage et entachent l'honneur des moines guerriers. Il se pourrait que dans quelques jours Dumont Desbardes soit relevé de ses fonctions et emprisonné au Châtelet.

Bohem resta bouche bée sous le regard sévère du Premier en Ville.

— Tu vois ? Tu ignorais ces choses, certainement, comme tu ignores sûrement beaucoup de choses au sujet du Devoir. Tu n'as pas à en avoir honte, Liberté. Tu ne peux pas tout savoir. Et c'est en cela que ta réception au Devoir – bien que trop rapide – me semble une bonne chose. Mais à une seule condition : que tu comprennes que tu as tout à apprendre et, que toute sa vie, on reste un apprenti.

Bohem acquiesça. Il ne savait plus que répondre.

— Que cela te serve de leçon : tu ne dois pas juger les choses trop rapidement, ni céder aux généralités. On dit souvent, et c'est aujourd'hui de circonstance, que « l'habit ne fait pas le moine » !

Le Premier en Ville s'arrêta un moment de parler, et Bohem vit dans son visage une petite lueur généreuse.

C'était sans doute la façon qu'avait le maître de réconforter Bohem...

— Alors, oui, pour répondre à ta question, reprit le Premier en Ville, il y a quelques années, nos rapports avec la Milice étaient excellents, et nous avons offert notre plus vieux chef-d'œuvre à la commanderie de Lutès. Pendant quelques temps, quand notre cayenne ici n'avait pas encore été agrandie, de nombreux Compagnons ont même vécu là-bas ! Aujourd'hui, depuis la Grande-Maîtrise de Dumont Desbardes, nos rapports sont beaucoup plus difficiles, c'est vrai, mais nous gardons pour la Milice un immense respect.

— Je comprends... Il faut me pardonner. Les rares rapports que j'ai eus avec la Milice ont failli me coûter la vie et, autour de moi, plusieurs Compagnons sont morts en se battant contre les hommes de Dumont Desbardes...

— Je veux bien admettre que cela ne peut pas faciliter un jugement objectif de la Milice, avoua le Premier en Ville en hochant la tête.

— Mes relations avec la Milice étant ce qu'elles sont, je crains de ne pas pouvoir leur demander aujourd'hui de me laisser voir ce chef-d'œuvre...

Le Premier en Ville acquiesça en souriant.

— Il y a peu de chances qu'ils acceptent, en effet, et je pense qu'il serait même très dangereux pour toi de le leur demander.

— Pourtant, il faut absolument que je voie le temple d'Ariel !

— Je suis désolé, Outremer, je ne peux rien faire pour t'aider. Il existe peut-être une représentation quelque part de ce chef-d'œuvre, mais il faudra sans doute à notre bibliothécaire plusieurs semaines, voire plusieurs mois pour mettre la main dessus. Si tu es patient...

— Malheureusement, je ne peux pas attendre...

— Alors, nous ne pouvons rien pour toi, Outremer. Je suis désolé. Mais tu trouveras sûrement une autre solution. Il y a toujours une autre solution. Le secret de l'apprentissage, Liberté, c'est la persévérance. La persévérance. À présent, je dois te laisser. J'ai beaucoup à faire.

— Je vous remercie, maître.

— J'espère que je ne t'ai pas paru trop dur. Mais tu ne dois pas prendre le Devoir à la légère, et j'ai bien peur que la cayenne de Carnute t'ait un peu laissé seul pour te débrouiller. On ne progresse jamais seul, Outremer. C'est le fondement même de notre confrérie. Alors, bon courage, Liberté, et travaille bien.

Bohem sortit du bureau, ébranlé, et partit rejoindre Mjolln à la bibliothèque.

*
* *

— Si votre pays ne soutient pas le royaume de Brittia, vous risquez à moyen terme d'avoir pour voisin un royaume beaucoup plus belliqueux et prosélyte, et qui aura tôt fait de venir vous envahir, comme il est sur le point de le faire chez nous.

Le prévôt Leuthaire, après deux semaines de voyage par terre et par mer, était arrivé sur l'île de Gaelia et avait obtenu rapidement un entretien avec le roi O'Connor de Galatie. Rien n'avait pu ralentir le messager d'Emmer, ni son horreur des traversées maritimes, ni les pluies incessantes de Gaelia, ni sa méconnaissance de l'île. Avant de partir, il avait passé deux jours entiers à étudier l'histoire du pays, ses rapports avec Brittia et leur complexe évolution, et surtout son système politique hors du commun. Au cours des vingt dernières années, Gaelia avait connu des bouleversements profonds, principalement provoqués par l'accession au trône d'Aléa – une figure mythique du pays – et par la chute de Saî-Mina, où se tenait jadis le Conseil des druides, l'une des principales forces politiques de l'île. L'équilibre politique de Gaelia était encore précaire, c'était une nation qui se cherchait, et où subsistaient de nombreuses rancœurs.

Ainsi, Leuthaire avait eu peu de temps pour préparer cet entretien, mais il savait l'essentiel et devait pouvoir éviter au moins quelques maladresses diplomatiques.

Installés dans l'un des nombreux bureaux du palais de Providence, les deux hommes se faisaient face et se parlaient avec autant de respect que de circonspection. Les relations entre Gaelia et Brittia n'avaient jamais été simples : c'étaient les rapports d'amour et de haine mélangés d'une fratrie séparée par une mer et des siècles de guerres.

Le roi O'Connor n'avait pas la réputation d'être un souverain autoritaire ou engagé. Au contraire, c'était sans doute à sa neutralité et à son immobilisme qu'il devait son accession au trône. Au moment des élections, après la mort d'Erwan et d'Aléa, il était tout simplement l'un des candidats qui s'étaient fait le moins d'ennemis et il s'était fait élire par défaut. Cela risquait de rendre les choses encore plus difficiles pour Leuthaire. Le convaincre de partir en guerre ne serait certainement pas chose aisée.

— Gaelia est une île paisible, monsieur le prévôt. Nous avons payé cher cette paix, et nous avons plusieurs fois failli la perdre. Encore aujourd'hui, cette paix est sans cesse menacée. Mes prédécesseurs, Aléa et Erwan de Galatie, ont été assassinés. Ils sont morts sans laisser de descendance, et je ne suis pas moi-même à l'abri d'un nouveau complot. Non, Leuthaire, je suis désolé, mais j'ai assez de mal à maintenir la paix en mon pays pour ne pas aller en plus m'impliquer dans des guerres à l'autre bout du monde.

À l'autre bout du monde... Gallica n'est pas si éloignée que ça ! Je dois le persuader que cette guerre le concerne. Lui montrer que nos deux destins sont liés. Je dois me servir d'arguments qui touchent directement son pays. La menace d'un retour à une dictature religieuse, par exemple...

— Gallica n'est pas à l'autre bout du monde, Majesté. J'en reviens à peine. Et si Livain VII remporte la guerre contre Emmer, je vous le répète, ce fanatique religieux pourrait devenir votre plus proche voisin.

— Fanatique religieux ? Vous exagérez un peu... Livain VII ne m'a jamais paru fanatique !

— Vraiment ? Il a mené seul une croisade en Orient, des milliers d'hommes sont morts pour rien. Il a répudié Hélène de Quienne parce qu'elle n'était pas assez religieuse pour lui ! Il a ordonné qu'on brûle des communautés de Bons Hommes au comté de Tolsanne... Alors, croyez-moi, le zèle religieux de Livain n'est pas une légende ! Vous, mieux que quiconque, savez ce que c'est que de vivre près d'une dictature religieuse : vous n'avez sûrement pas oublié les méfaits du comté d'Harcourt sur votre île, ni ceux du Conseil des druides...

— Il y a toutes sortes de fanatisme, Leuthaire. Le fanatisme religieux, certes, mais le fanatisme politique, aussi. Notre île a souffert de l'un comme de l'autre. Tout cela nous a conduits à beaucoup trop de guerres. Notre pays a connu trop de conflits. Retomber dans les affaires belliqueuses serait pour nous un retour aux années de cauchemar.

Ce ne sont pas les raisons du conflit qui le bloquent. C'est le conflit lui-même. La peur d'entrer en guerre. De devoir envoyer des hommes sur le champ de bataille. Je vais devoir le rassurer sur ce point, lui dire que les risques de défaite, s'il participe, seront minimes. Mais je dois d'abord le persuader que cette bataille est justifiée. Enfoncer le clou.

— Vous savez ce que l'on dit de celui qui veut la paix... Si vous ne voulez plus de guerres sur Gaelia, votre intérêt est de vous assurer de la victoire de Brittia...

— Est-ce une menace, prévôt ?

— Allons, O'Connor, je n'ai pas traversé deux mers pour venir vous faire des menaces futiles. C'est un allié que je suis venu voir. Nos deux peuples sont frères. Nous avons les mêmes ancêtres. Les hommes qui ont fondé votre royaume ne venaient-ils pas de Brittia ?

— Si. Et ils ont massacré tout le monde à leur arrivée... Je suis assez au fait des méthodes de votre pays. Nous avons mis des siècles à nous relever du chaos dans lequel vos ancêtres nous ont laissé cette île.

— Mais c'est leur sang qui coule dans vos veines.

Je dois le convaincre que cette guerre sera l'occasion de nous rapprocher davantage. De réparer les fractures du passé et de former un front commun.

— Majesté, reprit Leuthaire, le passé est rempli de mauvais souvenirs. Nos ancêtres ont commis bien des fautes que l'Histoire, heureusement, a corrigées. Brittia et Gaelia vivent en paix, à présent, depuis des décennies. Nos deux pays ont trouvé un équilibre certain. Mais cet équilibre sera rompu si Emmer ne peut contenir les assauts du roi de Gallica. En revanche, si nous y parvenons ensemble, nos deux pays se seront rapprochés. Pensez à la force politique que nous assurerait une plus grande union. Brittia et Gaelia, à elles deux, formeraient un bloc stratégique que nul n'oserait plus jamais attaquer.

— Nous n'en sommes pas là. Gaelia n'est pas attaquée, pour le moment. Certes, nous la défendrons si elle devait l'être un jour, mais, en attendant, nous voulons rester un peuple pacifique, Leuthaire. Un peuple pacifique.

Il revient à ses premiers arguments. Cette discussion tourne en rond ! Je n'emploie pas la bonne méthode. Je dois être plus dur avec lui. Lui faire peur et me servir de ce que je sais sur Gaelia. Dans ce pays, le trône n'est pas héréditaire. Les rois sont élus par les représentants du peuple. Le système qu'Aléa a mis en place a un énorme défaut : il affaiblit l'autorité du roi. Or, O'Connor n'a pas en Gaelia l'autorité que pouvaient avoir ses prédécesseurs, et c'est son point faible : il a peur de mal faire et sait que de nombreuses personnes à Providence attendent la première occasion, la première erreur de sa part pour remettre en question la légitimité de sa nomination sur le trône. Je dois lui faire comprendre que son choix pourrait lui faire perdre sa place.

— O'Connor, vous ne pouvez pas refuser sans avoir réfléchi. Vous pourriez avoir à le regretter.

— Encore des menaces !

— Ce n'est pas une menace, mais une mise en garde ! Si Livain venait à l'emporter, il sera sans doute trop tard pour vous défendre, car vous serez seul contre lui et vous ne ferez jamais le poids. En réagissant dès maintenant, nous opposerons à Livain une force bien plus grande. Avoir le courage politique de réagir aujourd'hui pourrait vous éviter bien des déconvenues... C'est une responsabilité que vous devrez assumer face aux habitants de cette île, Majesté. Une lourde responsabilité.

O'Connor poussa un long soupir. Il savait que les arguments du prévôt n'étaient que ruse politicienne. Comme il l'avait dit lui-même, le messager d'Emmer avait traversé deux pays et deux mers pour venir le convaincre ! Il était sans doute prêt à dire n'importe quoi pour réussir sa mission. Mais il y avait tout de même une part de vérité dans ses propos. Le roi ne pouvait prendre de décision à la légère.

— De nombreuses guerres ont été perdues parce que leurs victimes ont attendu trop longtemps avant de se défendre, ajouta Leuthaire en voyant que son interlocuteur commençait à douter. Nous devons arrêter Livain pendant qu'il est encore temps.

— Mon armée n'est pas suffisamment nombreuse pour que je puisse me permettre si facilement d'envoyer des troupes de l'autre côté des mers ! Le système politique dont nous avons hérité d'Aléa est plus fragile que vous ne pouvez l'imaginer. Avec ses idéaux pacifistes, elle a considérablement réduit notre pouvoir militaire, à tel point que nous avons du mal à assurer la sécurité sur notre propre sol !

— Raison de plus pour ne pas risquer d'avoir un jour Livain pour voisin, Majesté ! Car une chose est sûre, ce jour-là, votre armée seule ne suffira pas. En outre, il n'est jamais trop tard pour recruter de nouveaux soldats ! Il reste, m'a-t-on dit, des légions de mercenaires au sud de votre pays qui sont toujours parmi les meilleurs guerriers d'Occident !

— Le royaume de Gaelia n'a pas les moyens de se payer les services des mercenaires bisagnais, mon cher prévôt ! Ah, si seulement je pouvais me permettre ce genre de luxe !

— L'argent ne sera plus un problème si nous remportons la victoire contre Livain. Gallica est un pays riche. Si nous gagnons la guerre, il va de soi que nous nous partagerons ses terres, Majesté !

— L'appât du gain maintenant ! se moqua le roi de Gaelia. Vous aurez vraiment tout essayé pour me convaincre, n'est-ce pas ?

— C'est que l'enjeu est grand, reconnut Leuthaire.

Le roi de Gaelia se leva pour signifier au prévôt que leur entretien était fini.

— Écoutez, prévôt, dit-il en écartant les mains d'un air désolé, j'ai compris les enjeux de cette guerre. Les vôtres et les miens. Je suis loin d'être convaincu que notre intérêt est d'entrer dans ce conflit, mais je ne peux pas prendre cette décision seul. Mon pouvoir en ce pays n'est qu'exécutif ; il est limité par celui – grandissant – de la Chambre des communes. Je vous promets donc de lancer le débat à la Chambre et nous verrons comment réagissent les représentants du peuple de Gaelia. C'est tout ce que je peux vous proposer.

— Nous n'avons pas beaucoup de temps, Majesté, insista Leuthaire en se levant à son tour.

— C'est pourquoi j'en parlerai dès demain à la Chambre des communes. Je ne peux rien vous promettre de plus, Leuthaire, et c'est déjà beaucoup. Par respect pour Emmer, par fraternité pour Brittia, et pour que votre long voyage n'ait pas été vain. Je vous tiendrai informé.

*
* *

— Je ne peux pas me résoudre à abandonner, dit Bohem en entrant dans les écuries. Je pourrais être à la recherche de Vivienne plutôt qu'ici ! Nous ne pouvons pas être venus à Lutès pour rien ! Je dois voir le temple d'Ariel.

— Mais, ça, tu le sais bien, la Milice du Christ ne te laissera jamais le voir !

— Alors, il ne nous reste qu'une seule solution, Mjolln.

— J'ai peur, ça, oui, de deviner laquelle...

Bohem sourit et partit payer le palefrenier qui avait déjà préparé les chevaux, puis il revint vers Mjolln et murmura :

— Nous devons entrer dans la commanderie d'une façon ou d'une autre...

— Ahum ! C'est bien ce que je craignais...

Le nain monta sur son poney en secouant la tête.

— Nous n'avons pas le choix ! insista Bohem.

— Je te confirme une chose, mon garçon, ça, comme je te le disais : tu ressembles beaucoup à ta mère. De plus en plus. C'est bien le genre, oui, de folie, que celle-là aurait manigancée. Fous sur la tête, de mère en fils...

— Mjolln, il ne nous reste que quelques jours avant la Toussaint... Nous n'avons plus le temps de chercher une autre piste. Et, de toute façon, je te le répète, je refuse que nous soyons venus ici pour rien, alors que nous aurions pu aller à la recherche de Vivienne...

— Mais, taha, pourquoi essaies-tu de me convaincre ? Je t'ai dit que c'était une idée folle, oui, mais je n'ai pas dit que je ne voulais pas y aller... Ferme un peu ta bouche, monte à cheval et allons-y !

Bohem sourit et se mit en selle. Il n'était pas certain que le Premier en Ville apprécierait la chose s'il l'apprenait, mais ils n'avaient vraiment plus le choix. Après tout, ne lui avait-il pas dit lui-même qu'il finirait par trouver une solution ? Or entrer dans la commanderie, c'était la seule solution. Il n'y en avait pas d'autre.

Bohem et Mjolln sortirent des écuries côte à côte.

— Je suis simplement curieux, ahum, de savoir comment tu comptes t'y prendre pour entrer dans une commanderie de la Milice sans y être invité...

— Je ne sais pas. Je n'ai pas l'habitude de faire ce genre de choses. Mais il y a peut-être quelqu'un qui peut nous aider... Quelqu'un qui s'est déjà sûrement essayé à quelques visites non sollicitées...

— Ne me dis pas, oh non, que tu veux demander à la petite voleuse d'hier ?

— Si, Loeva. Voilà peut-être le moyen de lui faire gagner un peu d'argent.

Le nain écarquilla les yeux.

— Tu veux inciter une jeune fille à la cambriole ?

— Ce n'est pas de la cambriole ! Nous n'allons rien voler, je veux juste... regarder.

— N'est-elle pas un peu jeune pour que tu l'entraînes dans nos histoires ?

Bohem tourna la tête vers le nain et le regarda d'un air défiant.

— Quel âge avait ma mère quand elle t'a entraîné dans les siennes ?

— Ahum. Oui, elle avait treize ans, mais...

— Je pense que cette fille doit avoir à peu près le même âge, non ? Et ce que je veux lui demander est moins dangereux que ce qu'elle fait toute la journée, visiblement...

— En es-tu bien sûr, oui ? Ça, entrer chez les Miliciens, je ne suis pas sûr que ce soit de toute prudence.

— Nous lui dirons de partir si cela tourne mal.

Mjolln fit une grimace dubitative et haussa les épaules.

— De toute façon, encore faut-il, ça, mon ami, que l'on puisse la retrouver...

Et, en effet, ce ne fut pas chose facile. Ils passèrent l'après-midi tout entier à parcourir de long en large le quartier Saint-Jacques mais, respectant sans doute l'adage selon lequel on ne revient jamais sur le lieu de son crime, la jeune fille resta introuvable.

C'est en se décidant, vaincus, à aller boire un godet dans une taverne de la Boucherie qu'ils la virent enfin, avec sa coiffure de garçon manqué, ses yeux de colère sur sa bouille friponne. Et au visage qu'elle fit quand Bohem l'appela par son nom, il y avait fort à parier qu'il l'interrompait au moment où elle s'apprêtait à se livrer à son art favori sur un autre client.

— Encore vous ! s'exclama la jeune fille d'un air embarrassé.

— Oui, encore nous. Bonjour, Loeva, nous avons un marché à te proposer.

La petite voleuse pencha la tête et ne put s'empêcher de sourire.

— Quelque chose d'honnête, j'espère !

— Oh, je crois que ta conception de l'honnêteté ne s'en trouvera pas trop chamboulée, se moqua Bohem en lui faisant signe de venir s'asseoir à leur table.

Elle hésita en jetant un regard vers le tavernier.

— Euh... Je ne sais pas si j'ai vraiment le droit de m'asseoir ici...

— Tu n'as pas non plus celui de faire les poches des clients, et ce n'est pas ce qui te retient, semble-t-il...

— Bon, dit-elle en prenant place en face de Bohem. Que voulez-vous ?

Le tavernier leur lança un regard de travers, mais après avoir poussé un soupir désabusé, il les laissa tranquilles : sans doute préférait-il voir la gamine assise à cette table ; pendant ce temps-là, au moins, il était certain qu'elle ne volait rien à personne.

— Connais-tu la commanderie ?

La jeune fille fronça les sourcils.

— Oui, je connais la commanderie, comme tout le monde ! Pourquoi ?

— Tu es déjà entrée dedans ?

— Je n'y ai jamais rien volé, si c'est ce que vous voulez savoir !

— Non, ce n'est pas ce que je veux savoir, encore que cela aurait pu nous être utile... Mais es-tu déjà entrée dans la commanderie ?

— Il y a longtemps, oui, répondit-elle, intriguée. Quand j'étais à l'orphano, nous étions allés là-bas pour la fête de l'âne. J'étais entrée dans la chapelle de la commanderie assise sur un baudet, et cela n'a pas très bien fini... Il semble que les Miliciens n'apprécient pas vraiment cette fête.

— Oui... Vous n'aviez probablement pas choisi la meilleure chapelle pour ce genre de facéties... Mais accepterais-tu de nous y emmener ?

— Vous y emmener ? Mais vous n'avez pas besoin de moi ! Pourquoi ne demandez-vous pas directement aux Miliciens de vous faire la visite ? se moqua-t-elle.

— C'est que... Nous aimerions y aller sans que les Miliciens le sachent...

Loeva haussa les sourcils, en feignant d'être choquée.

— Je croyais que le vol était une vilaine chose ! N'est-ce pas vous, qui hier...

— Il ne s'agit pas de voler quoi que ce soit, coupa Bohem. Il y a là-bas un objet que je veux aller voir. Simplement voir...

— Bien sûr ! ironisa la jeune fille.

— Non ! Vraiment ! Je dois regarder quelque chose qui est quelque part là-bas, et c'est tout.

— Et où, là-bas ?

— Je n'en ai pas la moindre idée !

— Cela ne va pas simplifier les choses...

— Cela signifie que tu acceptes ?

— Vous parliez de marché... Combien proposez-vous ?

Bohem hésita. Il n'avait pas vraiment réfléchi à la question. La jeune fille voulait sûrement de l'argent. Et de l'argent, ils en avaient. La duchesse leur en avait donné plus qu'il n'en fallait. Toutefois, ce dont Loeva avait besoin, plus encore que d'argent, c'était d'une chose qui ne s'offre pas si facilement : une deuxième chance. Et c'est ce que Bohem aurait voulu lui offrir. Mais comment faire ? Que pouvait-il faire pour l'aider vraiment ? Lui trouver des parents adoptifs ? Non, c'était ridicule ! Un métier ? Ce n'était pas dans ses cordes ! Il aurait aimé lui offrir beaucoup plus que de l'argent, mais il ne voyait pas comment faire. Pour le moment, lui proposer des pièces était malheureusement ce qu'il pouvait faire de mieux.

— Combien... combien gagnes-tu en une journée, d'ordinaire ?

Loeva grimaça.

— Allons, insista Bohem. N'aie pas peur. Dis-moi. Et n'exagère pas !

— Cela dépend ! Parfois, rien du tout ! Parfois, de quoi vivre un mois tout entier !

— Alors, va pour... deux mois ! Si tu nous aides à pénétrer dans la commanderie sans être vus et à trouver ce que l'on cherche, je te donnerai de quoi vivre pendant deux mois. Que cela soit ta meilleure journée de l'année !

— Lutès est chère, vous savez, deux mois, c'est beaucoup d'argent !

— Contente-toi de nous faire profiter de ton savoir-faire. Je m'occupe de l'argent.

— Marché conclu ! répliqua la jeune fille tout sourire. Mais qu'est-ce que vous voulez voir là-bas qui puisse justifier que vous dépensiez une telle somme ?

Bohem hésita.

— Une œuvre d'art.

— Elle est belle ?

— Je ne sais pas. Sûrement.

— Elle vaut cher ?

— Elle n'est pas à vendre... Et je te répète que nous n'allons pas là-bas pour voler quoi que ce soit. Pour regarder, simplement.

La jeune fille haussa les épaules.

— D'accord. Ça me paraît complètement idiot, mais c'est votre problème, pas le mien.

— Exactement.

— Et quand voulez-vous que nous y allions ?

— Ce soir même.

— Alors, il va me falloir la moitié de l'argent tout de suite.

Mjolln éclata de rire.

— Bohem, dit-il, ça, je te félicite : tu as trouvé plus têtu que toi !

La jeune fille regarda Bohem l'air étonné.

— Bohem ? C'est votre nom, Bohem ? Hier vous m'aviez dit que vous vous appeliez autrement... Autremer, ou quelque chose comme ça...

Le louvetier acquiesça d'un air embarrassé. Il aurait préféré que Mjolln ne prononce pas son vrai nom.

— Vous êtes le fameux Bohem ? insista la jeune fille. Celui qui parle avec les Brumes ?

— Écoute, disons que je ne suis pas le fameux Bohem, que je suis Bohem, tout simplement. D'accord ?

— Ah, d'accord ! Et moi je ne suis pas la petite voleuse Loeva, je suis Loeva, tout simplement...

— Ça me va ! répondit le louvetier en souriant. Et je te présente Mjolln, le barde.

— Enchantée. Ça sert à quoi, cette chose ? dit-elle en pointant du doigt la cornemuse.

— Ahum. Ce n'est pas une chose, c'est un instrument de musique ! Une cornemuse.

— Jamais entendu parler.

— Ça ne m'étonne pas, répliqua Bohem. Et tu n'as sûrement jamais entendu un son pareil...

— Qu'est-ce que ça veut dire, ça ? demanda Mjolln d'un air désobligé.

— Rien. C'est très beau.

Le nain haussa les épaules. Il n'était pas sûr que Bohem ne se moque pas de lui...

— Bon, coupa Loeva. Et notre affaire ?

Le louvetier prit dans sa bourse quelques pièces et les donna à la jeune fille. Il y avait là beaucoup plus qu'il n'avait promis. Loeva ne put masquer son heureuse surprise.

— Allez, en route ! dit Bohem en se levant. Allons préparer tout ça.

La jeune fille, fière et ravie, suivit Mjolln et Bohem

jusqu'à leurs chevaux. Elle monta derrière le louvetier et ils se mirent en route vers le nord.

*
* *

— Le plus dur, ce ne sera pas d'entrer, avait expliqué la jeune fille. Le plus dur, ce sera de s'enfuir si nous sommes repérés.

— Bohem. Ahum, nous aurons peut-être besoin d'un peu d'aide, ça, oui, si tu vois, ce que je veux dire...

Le louvetier avait très bien compris ce que sous-entendait le nain. Les bayards auraient pu leur être d'un grand secours. Mais il n'était pas sûr, si loin de la forêt, que les Brumes puissent l'entendre. En outre, elles devaient être toutes en route pour la forêt de Roazhon, comme l'avait promis la Licorne. Non, cette fois-ci, ils allaient devoir se débrouiller seuls.

— Comment penses-tu que nous pourrons entrer ? avait demandé Bohem.

— Eh bien, l'accès est libre, vous savez, il y a beaucoup de gens qui vivent dans l'enceinte de la commanderie et qui reçoivent de la visite. Il y a des allers et retours toute la journée. Les gardes à l'entrée ne sont pas très regardants.

— On ne peut pas prendre le risque qu'ils nous reconnaissent, avait objecté le louvetier. Disons que mon visage et celui de Mjolln ont des chances de ne pas leur être complètement inconnus...

— Ah. Alors, il faudra entrer sans se faire voir... Si j'avais été toute seule, j'aurais pu me cacher dans une des nombreuses charrettes qui reviennent des champs quand le soleil se couche, mais à nous trois, cela risque d'être un peu difficile... Non, la seule solution, c'est de rentrer par l'enceinte de la commanderie. Il va nous falloir des cordes...

Ainsi, la nuit était tombée, ils avaient attaché leurs chevaux non loin de la commanderie et ils étaient à présent au pied de la muraille opposée à l'entrée, équipés pour l'escalade, et Bohem commençait à se demander si tout cela était bien raisonnable... Loeva était si jeune ! Mjolln avait raison : ce n'était pas très prudent de l'emmener dans ce genre d'aventures. Mais la jeune fille ne semblait pas inquiète. Au contraire, l'entreprise, visiblement, l'excitait beaucoup, et c'est sans hésiter qu'elle lança une corde lestée par-dessus le mur.

La commanderie de la Milice du Christ était à l'écart de la ville, sur les terres marécageuses au nord de Lutès. La surface de l'exploitation que Livain VII avait cédée à l'ordre à son retour de croisade était, disait-on, le tiers de celle de la capitale. Et, au milieu de ces terres, la Milice s'était fait construire un véritable village fortifié ; Loeva avait expliqué à Bohem qu'il y avait dans l'enceinte de très nombreux bâtiments, et que trouver le bon risquait de ne pas être simple... De l'extérieur, on voyait seulement la tour César qui gardait l'entrée de la commanderie et, au centre, le gigantesque donjon de pierre, qui comptait cinq étages et qui était flanqué de quatre tours et d'une tourelle.

— Qui veut monter en premier ? demanda la jeune fille le sourire aux lèvres, après s'être assurée que la corde tenait bon.

— J'y vais, répondit Bohem sans hésiter.

Loeva lui tendit la corde et il commença à grimper. Cela faisait bien longtemps qu'il n'avait pas fait ce genre de choses, et cela lui rappela son enfance à Villiers-Passant. Arrivé au milieu de la muraille, toutefois, il se rendit compte que c'était moins aisé qu'il ne l'avait imaginé. La corde commençait à lui brûler les paumes, et ses bras fatiguaient. Il essaya de se plaquer le plus possible contre le mur et de glisser ses pieds dans des interstices pour faire passer le maximum de poids sur ses jambes et se reposer un peu. Il regarda en bas et, malgré l'obscurité, il crut deviner sur le visage de Mjolln et Loeva qu'ils s'impatientaient. Il poussa un soupir et se remit à escalader. Après une dernière série d'efforts, il arriva enfin en haut de la muraille. Il passa ses deux avant-bras sur le rebord et se hissa au-dessus en essayant de ne pas faire de bruit. Il y avait encore de la lumière dans la cour de la commanderie et il put découvrir les nombreux bâtiments. En plus du donjon, il aperçut une grande église, flanquée d'un clocher roman, un cloître, de nombreux logements, un puits, un four, une chapelle, un moulin et d'autres bâtiments encore dont il ne pouvait deviner la fonction. Il y avait quelques espaces arborés, des pelouses, et le long des chemins des piquets sur lesquels brûlaient des torches.

Pour le moment, il n'y avait personne en vue, et les seules lumières venaient des flambeaux à l'extérieur ou des cierges qui, sans doute, étaient allumés dans la chapelle et l'église. Bohem se retourna et fit signe aux deux autres de venir le rejoindre. Loeva passa la première et se montra beaucoup plus agile et rapide que Bohem. Quant à Mjolln, il eut tellement de mal à monter jusqu'en haut que Bohem tira finalement sur la corde pour le hisser vers eux.

— Vous verrez quand vous aurez mon âge ! chuchota-t-il en époussetant ses vêtements.

Assis tous les trois à califourchon sur le mur, ils observèrent la commanderie. Bohem remarqua que la jeune fille fronçait les sourcils.

— Qu'est-ce qu'il y a ? demanda-t-il en s'approchant d'elle.

— Il n'y avait pas autant de bâtiments la dernière fois que je suis venue... Cela a été beaucoup agrandi !

— Ce n'est pas grave, dit Bohem. Il y a neuf chances sur dix que ce que nous cherchons soit dans le donjon, tu ne crois pas ?

— Je n'en sais rien, répliqua-t-elle. Vous ne m'avez même pas dit ce que vous cherchez exactement !

— C'est une sculpture, de taille moyenne, qui représente un temple antique.

— Et pourquoi serait-elle dans le donjon ?

— Je ne sais pas... C'est une intuition. C'est un objet que les Miliciens doivent vouloir exposer, or le donjon semble être l'édifice principal, non ?

— Je n'en ai pas la moindre idée !

— Eh bien, ça, intervint Mjolln, nous ne sommes pas au bout de nos peines !

— Alors ? demanda Loeva. Que fait-on ?

— Je mise sur le donjon, affirma Bohem. Allez ! Essayons le donjon !

La jeune fille acquiesça. Elle prit le bout de la corde et la fixa plus solidement sur le dessus de la muraille.

— Nous allons descendre par ici, et nous pourrons nous servir à nouveau de la corde pour ressortir...

— C'est un peu dangereux de la laisser là, non ? Quelqu'un pourrait la voir...

— C'est un risque à prendre. Il nous faut garder un moyen de partir rapidement.

— D'accord. Allons-y.

Cette fois-ci, Loeva passa la première. Elle se laissa glisser le long de la corde et sauta rapidement dans l'herbe au pied de la muraille. C'était un terre-plein légèrement bombé et, en se baissant un peu, elle était à l'abri des regards. Mjolln passa après elle, puis Bohem en dernier.

— Passons par la droite, suggéra Bohem. À travers les arbres. C'est là qu'il y a le plus d'ombre.

Loeva hocha la tête et se mit aussitôt en route. Mjolln et Bohem la suivirent prudemment. Ils arrivèrent rapidement à l'abri des arbres, dans une obscurité profonde. Chacun leur tour, ils avançaient d'un tronc à l'autre, s'arrêtant à chaque fois pour vérifier que rien ne bougeait dans la cour de la commanderie. Tout était silencieux et ils devaient faire attention à ne pas marcher sur les quelques branches qui traînaient par terre pour ne pas faire de bruit.

Soudain, Bohem entendit un grincement de porte de l'autre côté de la pelouse qui bordait leur rangée d'arbres. Il fit signe à Loeva devant lui de se baisser, et il se plaqua contre un tronc. Délicatement, il pencha la tête pour essayer de voir ce qu'il se passait. Il vit alors deux moines qui sortaient de la chapelle et qui se dirigeaient dans leur direction. Il se recula pour se cacher à nouveau et attendit, la mâchoire serrée. Les avaient-ils vus ? Venaient-ils vraiment vers eux ? Il entendait leurs pas sur les graviers de la petite allée, qui approchaient lentement. Puis leurs voix. Ils parlaient à voix basse, d'un ton désinvolte ; ils ne devaient pas les avoir repérés. Bohem expira en silence et écouta leurs pas passer derrière lui et s'éloigner vers l'est. Il sortit à nouveau la tête et les vit entrer dans un petit bâtiment, au loin. Il fit signe à Loeva. Elle lui sourit et se remit en route.

Au fur et à mesure qu'ils avançaient vers le sud, la vue sur l'entrée de la commanderie et la tour César se dégageait. Bohem aperçut un bâtiment rectangulaire de deux étages, adossé à la muraille, et qui avait l'architecture austère d'un édifice militaire. Il en déduisit que ce devait être la garde de la commanderie et qu'il était sans doute prudent de la surveiller régulièrement et de ne pas s'en approcher.

Ils arrivèrent bientôt à la hauteur du donjon et Loeva s'accroupit pour attendre que les deux autres la rejoignent.

— C'est maintenant que ça se complique, chuchota-t-elle. Il va falloir traverser le chemin de gravier, et cela risque de faire du bruit...

— En effet...

— Vous voulez que j'y aille toute seule ? proposa la jeune fille. Je suis la plus légère, et j'ai l'habitude. Je pourrais me faufiler dans le donjon...

— Ne dis pas de bêtises ! répliqua Bohem. Je me demande même si tu ne devrais pas faire demi-tour, maintenant... Cela devient risqué, et nous n'avons plus vraiment besoin de toi...

— Ah oui ? Vous savez crocheter une serrure, Bohem ?

— Non, mais...

— Alors, vous avez vraiment besoin de moi, coupa la jeune fille.

Mjolln secoua la tête d'un air amusé. Ce n'était pas le moment de l'expliquer à Bohem, mais décidément, la jeune fille le faisait de plus en plus penser à Aléa ! Ce que Loeva venait de dire lui avait rappelé les nombreuses portes que la mère de Bohem, presque vingt ans plus tôt, avait ouvertes devant lui avec une facilité déconcertante...

— Alors, allons-y, dit Bohem. Et gare aux graviers !

Loeva jeta un coup d'œil à droite et à gauche, puis elle se lança, le dos courbé, vers l'immense donjon. Elle traversa la bande d'herbe, puis ralentit en arrivant sur les graviers, et d'un pas léger elle passa de l'autre côté de la petite allée. À tout moment, quelqu'un pouvait la voir.

Depuis les meurtrières du donjon, depuis le haut d'une tour ou à travers la fenêtre d'un bâtiment. Bohem, tapi dans l'ombre, sentait battre son cœur. Quand il vit la jeune fille arriver au pied du donjon, il se précipita à son tour. Se baissant le plus possible il franchit le chemin de gravier en grimaçant, courut sur l'herbe puis il alla s'accroupir près de Loeva.

— Pour l'instant, ça va, dit-elle en l'attrapant par le bras.

Bohem lui sourit.

— Merci. Merci pour ce que tu fais.

— Eh ! Me remerciez pas. C'est pour l'argent...

— Bien sûr.

Bohem se redressa et fit signe à Mjolln de l'autre côté de la cour. Mais le nain ne bougea pas. Au contraire, Bohem le vit se cacher derrière un arbre. Il fronça les sourcils.

— Il a dû voir quelque chose, murmura le louvetier en reculant.

Il se plaqua contre le mur du donjon et la jeune fille l'imita. Puis ils virent Mjolln qui leur faisait des signes. Ils avaient du mal à voir ce qu'il montrait, tant il était dans l'ombre, mais Bohem finit par comprendre qu'il désignait quelque chose sur leur gauche. Vers l'entrée du donjon. Soudain, le nain se plaqua par terre et disparut derrière les herbes. Ils entendirent alors des pas dans la direction qu'il avait indiquée. Des pas lents, indécis, qui s'approchèrent d'eux, puis s'arrêtèrent, juste là, à quelques coudées seulement. Ils virent l'ombre qui s'était dessinée sur le sol. Une silhouette large et haute. Bohem attrapa la main de Loeva et la serra au creux de sa paume. Ils restèrent un moment ainsi, collés contre le mur, les yeux presque fermés, sans respirer. Puis le bruit des pas reprit. S'éloigna lentement. Bohem poussa un petit soupir de soulagement.

La tête de Mjolln réapparut. Puis le nain se lança sur l'herbe, traversa l'allée de gravillons sur la pointe des pieds et se faufila jusqu'à ses amis, les yeux écarquillés.

Il fit des signes à Bohem, pour essayer de lui expliquer ce qu'il avait vu. Un garde. Devant le donjon. Qui devait être encore là. Il fit un geste circulaire vers la droite. Le louvetier acquiesça : mieux valait faire le tour du donjon et chercher une entrée de l'autre côté ; celle-ci était inaccessible.

Le louvetier passa en tête et, le dos collé au mur, longea le donjon pour le contourner par la droite. Il évoluait avec prudence, les mains plaquées sur la surface rugueuse des pierres, pas après pas. Les uns derrière les autres, ils suivirent la courbe de l'édifice, et arrivèrent bientôt devant la tourelle nord. Bohem jeta un coup d'œil par-delà le mur pour essayer de voir s'il y avait quelqu'un de ce côté du donjon. Il ne remarqua rien. Cette façade, au contraire de l'entrée, n'était pas du tout éclairée. Il se remit en route sans relâcher sa vigilance. Ils passèrent la petite tour et commencèrent à suivre le mur nord du donjon. À mi-chemin, ils découvrirent un renfoncement dans la pierre, avec un petit escalier qui descendait vers une porte basse. Le cellier sans doute.

Bohem s'arrêta pour jeter un coup d'œil.

— Tu crois que cela communique avec le reste du donjon ? demanda-t-il en se retournant vers la jeune fille.

— Aucune idée. Mais autant essayer... C'est moins risqué que de l'autre côté.

Bohem acquiesça et, après avoir vérifié qu'il n'y avait toujours personne dans la cour, il descendit les marches étroites. Il attendit un instant, puis, comme il n'y avait aucun bruit à l'intérieur, délicatement, il tourna la poignée de la porte. Elle résista. La porte était fermée à clef. Il lança un regard à Loeva, juste derrière lui. Elle lui sourit.

— Je vous avais dit que vous auriez besoin de moi !

— Tu penses pouvoir y arriver ?

Elle se pencha pour examiner la porte.

— Ça n'a pas l'air d'une serrure trop méchante, conclut-elle. Je vais voir.

Bohem s'écarta pour la laisser s'installer et fit signe à Mjolln de venir se cacher avec lui en bas des marches.

La jeune fille sortit un crochet de sa poche et s'accroupit devant la porte. Elle inséra le petit bout de métal à l'intérieur de la serrure, puis le ressortit lentement pour estimer la pression des ressorts. Ensuite, graduellement, elle appliqua une pression sur les mécanismes, un à un, jusqu'à ce que les pièces commencent à se mettre en place. Quand le crochet ne passait pas, elle le déplaçait lentement d'avant en arrière jusqu'à ce que le métal cède. Elle jeta un regard à Bohem, inspira profondément, puis des deux mains, elle fit tourner le crochet dans la serrure le plus délicatement possible. Il y eut une série de déclics, puis la porte s'ouvrit.

— Et voilà ! dit-elle fièrement en se redressant.

Bohem lui fit un clin d'œil, passa devant elle et poussa lentement la porte. L'intérieur était plongé dans le noir absolu.

— Je ne vois rien, dit-il. Mjolln ?

Le nain prit l'une des petites torches dans le fond de son sac, jeta un coup d'œil alentour puis partit l'allumer sur un flambeau planté dans le sol en retrait du donjon. Il revint rapidement vers la porte en essayant de masquer la flamme derrière sa main, puis il tendit la torche à Bohem.

Le louvetier entra lentement dans la cave et leva la torche au-dessus de sa tête. La pièce s'éclaira autour de lui. Bohem fit un geste circulaire pour l'inspecter complètement et il découvrit, entassés contre les murs de pierre, de nombreuses bouteilles de vin, quelques tonneaux et un grand foudre en chêne. L'air était frais et légèrement humide, et le sol était couvert de terre fine. De l'autre côté de la cave, il vit une porte surélevée, derrière trois petites marches. Il s'avança et fit signe aux deux autres de le suivre. Mjolln referma la porte derrière eux.

Après avoir vérifié qu'il n'y avait pas d'autre issue, Bohem fixa sa torche contre une étagère et alla essayer la poignée de la porte qui s'ouvrit aussitôt. Il la poussa avec précaution et découvrit alors un petit escalier en colimaçon, abrupt et très étroit. Il monta les premières marches, les mains posées sur la paroi, et vit une nouvelle porte, qui devait être au niveau du rez-de-chaussée.

— C'est probablement les cuisines, murmura-t-il en faisant signe à la jeune fille. On essaie d'entrer ?

Loeva hocha la tête. Le louvetier monta les dernières marches, se frotta les mains pour essuyer la sueur qui commençait à envahir ses paumes, puis il ouvrit la porte. Elle donnait en effet sur les cuisines du donjon, éclairées par la faible lumière qui passait à travers les fenêtres.

— Bien, dit Bohem à ses deux compagnons, blottis derrière lui. Attendez-moi ici, je vais partir en reconnaissance. C'est plus prudent. À trois, nous multiplions les risques de nous faire repérer.

Loeva le retint par le bras.

— Bohem, franchement, il vaudrait mieux que ce soit moi. Je suis plus petite, plus discrète, et j'ai l'habitude de ce genre de choses.

— Non ! Hors de question.

— C'est ridicule, Bohem !

— Shhh !

— Allons ! insista-t-elle. Vous risquez dix fois plus que moi de faire du bruit.

— Je suis tout à fait capable d'être silencieux, objecta-t-il.

— Mais si vous tombez sur une autre porte fermée, vous ne saurez pas l'ouvrir, et vous serez obligé de venir me chercher. Allez, Bohem ! Faites-moi confiance !

Le louvetier fit non de la tête.

— Je pense qu'elle a raison, intervint Mjolln derrière elle. Bohem, ahum, elle a raison.

— C'est trop risqué !

— Mais je ne vais pas bien loin, pressa Loeva. Je vais juste repérer comment est organisé le rez-de-chaussée ! Et s'il m'arrive quoi que ce soit, d'ici, vous l'entendrez !

Bohem poussa un soupir. Il savait que la jeune fille avait raison et qu'elle ferait cela certainement mieux que lui. Mais il avait tellement peur qu'il lui arrive quelque chose !

— Vous savez, reprit la petite voleuse en grimaçant, c'est presque aussi risqué pour moi de rester ici, à vous attendre !

— Bon, céda Bohem. D'accord. Mais sois vraiment prudente. Pas de risque inutile. Tu jettes un coup d'œil dans les serrures, tu regardes ce que tu vois, s'il n'y a rien, tu ouvres la porte, tu inspectes les environs et tu reviens ici.

— Entendu ! répondit-elle, excitée.

Elle ne semblait pas se rendre compte de la dangerosité de la situation, et c'était bien ce qui inquiétait

Bohem. Mais il la laissa partir, résigné. Loeva entra dans les grandes cuisines.

Bohem se rapprocha de Mjolln et celui-ci lui fit une moue qui se voulait rassurante. Ils regardèrent la jeune fille s'éloigner sur la pointe des pieds. Elle fit le tour de la longue table qui trônait au centre de la pièce et repéra l'unique porte, sur le mur opposé. Elle se baissa, regarda par le trou de la serrure comme le lui avait demandé Bohem, puis tourna précautionneusement la poignée. La porte s'ouvrit, et la petite voleuse s'engouffra dans la pièce voisine.

Bohem et Mjolln tendirent l'oreille pour essayer de l'entendre, mais elle ne faisait pas un bruit. Ils attendirent en se jetant des coups d'œil inquiets.

Il n'y avait pas un seul bruit dans le donjon. Bohem sentait monter l'angoisse dans les battements de son cœur. Il essaya de rester serein. De faire confiance à la jeune fille. Elle avait l'habitude. Immobile, il attendait à côté du nain. Mais le temps commençait à lui sembler long. Loeva avait disparu depuis un bon moment et ne revenait toujours pas. Il s'imagina le pire. Et si elle s'était fait prendre ? Si des Miliciens les avaient repérés depuis longtemps et avaient attrapé Loeva, sans faire de bruit ? Non. Elle se serait débattue. Ils auraient entendu quelque chose. Mais pas si elle était déjà deux pièces plus loin. Les murs étaient si épais ! Il n'aurait jamais dû la laisser partir seule... Quel imbécile ! Une fille si jeune ! Et qui n'avait rien à voir avec leurs histoires... Il l'avait jetée dans une souricière !

Bohem était sur le point de partir la chercher quand Loeva réapparut à la porte de la cuisine. Elle traversa la petite pièce et les rejoignit en haut de l'escalier de la cave.

— Je n'ai rien vu qui ressemble à ce que vous dites, expliqua-t-elle, d'un air gêné. Il y a une chambre vide, une autre dans laquelle j'ai entendu des ronflements – alors, j'ai préféré ne pas y entrer – et une salle à manger et une antichambre. Il y a beaucoup de bibelots dans cette dernière, mais pas de sculpture en forme de temple...

Bohem grimaça.

— Il reste les étages à visiter, reprit la jeune fille. J'ai repéré l'escalier qui mène en haut. Il est dans la tourelle nord. Il n'y a personne jusque là-bas, nous pouvons monter, si vous voulez...

— Malheureusement, on n'a pas le choix.

— Alors, suivez-moi. Il faudra juste faire attention à ne pas faire de bruit en passant devant la chambre où j'ai entendu des ronflements...

Ils traversèrent la cuisine derrière la jeune fille, passèrent la porte où ils l'avaient vue disparaître, longèrent prudemment la chambre occupée, puis suivirent Loeva vers l'escalier en colimaçon qui montait à l'intérieur de la tour nord. Ils marchaient en redoublant de prudence, sans faire de bruit, et faisaient attention à ne rien renverser tout en inspectant les murs, les meubles, les moindres recoins du donjon à la recherche du chef-d'œuvre. Mais, en effet, il y avait peu de chances qu'il fût dans ces pièces, et Bohem espérait qu'ils trouveraient quelque chose à l'étage. Mais il commençait à en douter. Le chef-d'œuvre était sans doute exposé à un endroit où il y avait du passage. S'il était vraiment dans le donjon, il aurait dû être au rez-de-chaussée... À moins qu'il y eût plus haut une salle de réception ou quelque bureau important.

Ils montèrent les grandes marches de granit en s'appuyant sur les pierres froides du mur de la tour. À mi-chemin, Loeva s'arrêta soudain et leur fit signe de ne plus bouger. Bohem s'immobilisa. Il les avait entendues, lui aussi : des voix sourdes, en haut de l'escalier. Deux personnes qui discutaient à l'étage, peut-être trois.

— Bohem, murmura Mjolln derrière lui.

Le louvetier se retourna et lui fit signe de se taire en fronçant les sourcils.

— Regarde ! insista le nain en désignant une meurtrière à côté de lui.

— Quoi ? demanda Bohem en redescendant les quelques marches qui le séparaient du Cornemuseur.

— Regarde ! L'église !

Bohem approcha sa tête de l'ouverture et jeta un coup d'œil au dehors.

— Eh bien ?

— Ahum, elle ressemble beaucoup à un temple, tu ne trouves pas ?

C'était une église gothique, avec une grande coupole en son centre, et dont l'entrée, en effet, ressemblait au porche massif d'un temple antique.

— Oui, un peu, c'est vrai, murmura Bohem. Mais de là à en déduire que le chef-d'œuvre est à l'intérieur...

— Ça, cela ne coûte rien, non, d'aller vérifier, louvetier, surtout qu'il y a du monde ici, ahum, et que ce n'est peut-être pas prudent de monter, non ?

Bohem haussa les épaules. Il regarda Loeva quelques marches plus haut. Elle les dévisageait, dans l'expectative. Il hésita, puis il lui fit signe de redescendre. Non. Cela ne coûtait rien d'aller voir dans l'église, et, de toute façon, il était de moins en moins sûr que le temple d'Ariel puisse se trouver dans le donjon.

Ils commencèrent à descendre les marches tous les trois, toujours aussi prudemment, et soudain ils entendirent une porte s'ouvrir au-dessus d'eux. Les voix qui étaient étouffées l'instant d'avant étaient à présent claires et beaucoup plus fortes. C'étaient bien celles de trois hommes, à n'en pas douter. Qui discutaient... et qui s'apprêtaient à descendre l'escalier !

Bohem accéléra le pas et fit signe aux deux autres de se dépêcher. Ils allèrent aussi vite qu'ils purent sans faire de bruit, arrivèrent au rez-de-chaussée au moment où les pas commencèrent à résonner en haut des marches, puis ils se précipitèrent dans la cuisine, descendirent dans la cave à toute vitesse et refermèrent la porte derrière eux. La torche brûlait toujours à l'intérieur, et ils se lancèrent des regards sidérés.

— On l'a échappé belle ! murmura Loeva en souriant.

— Ça n'est pas drôle du tout ! répliqua Bohem. Tu ne te rends pas bien compte... Si les Miliciens nous trouvent ici...

Il ne finit pas sa phrase. Dans un sens, il ne voulait pas inquiéter la jeune fille. Mais il se demandait si elle comprenait qu'ils risquaient vraiment leur vie.

— Je sais, je sais, répliqua la jeune fille. Mais on va faire attention, n'est-ce pas ?

Bohem secoua la tête et alla vers la porte qui menait au dehors. Il colla son oreille contre la paroi. Aucun bruit dans la cour, pour le moment. Il ouvrit, inspecta rapidement l'enclos de la commanderie et sortit. Mjolln et Loeva lui emboîtèrent le pas.

L'église était située au nord, assez près de l'endroit par lequel ils étaient arrivés. Ils longèrent donc le donjon en courant, jusqu'à ce qu'ils arrivent en face de l'impressionnant bâtiment.

Bohem posa un regard circulaire sur la cour et les baraquements alentour. Il n'y avait toujours personne de ce côté-ci. Le louvetier se frotta les mains, inspira un grand coup et courut à travers la grande étendue d'herbe jusqu'au large puits de pierre, qui était à mi-chemin. Il resta caché un instant, accroupi, pivota sur ses pieds puis se précipita vers l'église. Par chance, il n'y avait pas de gravier de ce côté-ci, le chemin était en terre, mais en revanche il n'y avait pratiquement aucun arbre et donc beaucoup moins d'ombre. Il fallait aller vite. Il arriva, courbé en deux, au pied de la grande rotonde. Il s'agenouilla, reprit son souffle, puis fit signe à ses amis de le rejoindre.

Mjolln passa le premier, puis Loeva. La cour était toujours déserte de ce côté-ci, mais Bohem était à peu près sûr qu'il y avait des soldats de l'autre côté, près du bâtiment rectangulaire qui flanquait la tour César. Cela devenait de plus en plus risqué. Plus le temps passait, plus leurs chances de se faire repérer grandissaient.

Les uns derrière les autres, ils longèrent la partie circulaire de l'église et approchèrent du grand porche. Bohem s'arrêta près des claires-voies qui bordaient l'entrée.

— On ne peut pas entrer par ici, marmonna-t-il. La porte est beaucoup trop grande, les Miliciens risquent de nous voir ou de nous entendre. Il faut trouver une entrée latérale...

— Il y en a sûrement une de l'autre côté, en bas du clocher, répliqua Loeva.

— Allons voir.

Le mur de l'église était assez creusé pour qu'ils soient à nouveau cachés dans l'ombre. Ils firent rapidement le tour du bâtiment par l'autre côté, se baissant chaque fois qu'ils passaient devant les vitraux hauts et étroits, puis ils arrivèrent au pied du haut beffroi qui abritait les cloches. Il y avait en effet une petite porte en bois, en mauvais état, et qui semblait ouverte.

— Bien, dit Bohem. Il va falloir faire très attention. Il y a beaucoup de moines dans cette commanderie, et les Miliciens eux-mêmes ont pour devoir de prier plusieurs fois dans la nuit. Les vêpres sont passées, je pense, mais il reste peut-être les complies ou je ne sais quel autre office nocturne ! Alors, soyons prudents.

Effectivement, à cette heure tardive, les risques de croiser des gens étaient sans doute beaucoup plus élevés ici que n'importe où ailleurs. Bohem jeta un regard aux deux autres, hésita un instant devant la porte, puis se décida à l'ouvrir.

*
* *

Je t'attendrai ici, là où tu ne m'attends pas. Au cœur de la nuit. À l'heure des Brumes.

As-tu trouvé ce que tu cherchais ? Crois-tu donc que tout est fini ?

Tu te crois tellement invincible ! Mais je suis là. Je t'attends. Je veille. Et tu ne pourras pas m'échapper, Bohem. Tu ne pourras plus m'échapper. C'est par moi que viendra le moment de ta mort.

Regarde. Ces pauvres chevaux ! Ils ne pourront pas vous porter bien loin, tu sais. Vous les avez usés. Épuisés. Et moi je suis là qui veille. Non. Tu ne pourras pas m'échapper.

Je t'enfoncerai cette lame jusqu'à ce que ta vie s'arrête. Là. Dans le creux de la gorge. Je te trancherai le cou. Avec ce seul couteau et la rage dans mon cœur. Je le tiens tout contre moi. Depuis si longtemps. Je l'ai gardé pour toi. Aiguisé mille fois. Je le tremperai dans ton sang. Et je le laisserai dans ta gorge, pour l'éternité, comme une croix plantée sur une pierre tombale. Cette lame ne connaîtra jamais d'autre destin. Elle est faite pour toi.

Pour ta traîtrise. Car tu es l'ennemi. Tout est ta faute,

Bohem. Tout est arrivé à cause de toi. Ta vie est une insulte à la vie. Et je te donnerai la mort. Ce sera une délivrance. Pour nous deux.

Tu m'entends, Bohem ? Je suis ici.

Sors. Je t'attends.

Et je verrai ton corps idiot, allongé dans la terre, la peur dans ton regard partie depuis longtemps. La mort, la mort, que rien ne peut changer.

*
* *

Il n'y avait personne à l'intérieur du beffroi. C'était une petite pièce emplie de poussière et de paille, entièrement vide jusqu'à la charpente qui supportait, au sommet, les cloches de l'église. Deux longues cordes descendaient depuis les deux bras de sonnerie et traînaient par terre au milieu de la paille. Sur le mur d'en face, une petite porte donnait sans doute sur la nef de l'église.

Bohem traversa la pièce ronde et se colla contre la porte. Il n'y avait toujours pas de bruit, pas un seul, mais il fallait rester prudent : les gens dans les églises ne font jamais de bruit... Il fit signe à Mjolln et Loeva d'attendre, il avala sa salive, chercha un peu de courage au fond de lui-même et ouvrit la porte tout doucement.

Il passa sa tête dans l'ouverture et découvrit l'intérieur de l'église, cette gigantesque rotonde, soutenue par six larges piliers, et qui était à elle seule une représentation de l'univers céleste et divin, du cosmos dans son entier. Chaque face de cette coupole hexagonale était ouverte de trois fenêtres étroites, qui symbolisaient tout à la fois la Sainte-Trinité, et la vie, la mort et la résurrection du Christ. Sur la droite s'étendait une longue nef rectangulaire, orientée vers le sud-est, vers la Terre sainte, et dont la charpente ressemblait à celle d'un grand vaisseau.

Mais ce qui attira tout de suite l'œil de Bohem, ce fut la tribune, au-dessus des arcades de la coupole, du côté est de l'église.

C'était une grande alcôve, fermée par une balustrade de pierre, vers laquelle montaient deux escaliers symétriques. Et au milieu, posé sur un autel, il était là : le chef-d'œuvre des Compagnons. Le temple d'Ariel. Bohem en était sûr. Cela ne pouvait être que ça. Une sculpture de pierre, de la taille d'un grand coffre, et qui représentait un temple dont le style était fort semblable au porche de cette église. Le temple d'Ariel qui renfermait le mystère des portes du Sid. Enfin ! À quelques pas seulement. Accessible.

— Il est là, balbutia Bohem en levant la main vers la tribune.

Il avait parlé tout bas, mais sa voix résonna tout de même sous le dôme immense de l'église. Mjolln et Loeva levèrent la tête pour regarder à leur tour.

Bohem leur fit des signes, pour éviter que sa voix ne fasse à nouveau écho au-dessus d'eux. Il fallait qu'ils montent là-haut, leur fit-il comprendre. Il posa un regard circulaire dans l'église. Toutes les chaises étaient vides, il n'y avait personne ni d'un côté ni de l'autre. Il entra sous la coupole et se dirigea vers le premier escalier qui montait à la tribune, à gauche. Mjolln et Loeva le suivirent sans faire de bruit.

Ils arrivèrent tous les trois au pied des marches, regardèrent en haut, virent que la voie était libre et montèrent l'escalier. Sur leur droite, ils purent admirer la perspective somptueuse de la grande coupole. Les piliers et leurs chapiteaux, les rangées de contreforts et d'arcs-boutants.

Arrivés en haut, Mjolln et Bohem se précipitèrent vers le temple d'Ariel. Éclairé par la lumière de quelques cierges et par les rayons colorés de la lune que filtraient les vitraux, il leur apparut, magnifique, majestueux. La sculpture était d'un réalisme saisissant, avec de nombreux détails minutieux. Édifié sur une plate-forme carrée, le temple en lui-même était de forme rectangulaire. Des arches massives ouvraient sur de grandes portes de chaque côté de la muraille, vers lesquelles montaient des escaliers imposants. À l'intérieur, le temple se divisait en deux parties : une immense tour, qui dépassait tout le reste, et qui se divisait en son sommet en deux terrasses crénelées, et le temple à proprement parler, bordé de colonnes corinthiennes, et dont le toit était ouvert en son milieu. Certaines parties de la sculpture étaient couvertes d'une fine couche d'or et d'autres étaient en bronze. Le toit était orné de nombreux motifs : des rosaces, des grenades ou des chérubins...

— C'est ce que vous cherchiez ? demanda la jeune fille les yeux écarquillés.

— Oui, à n'en pas douter...

— Mmmh. C'est très beau ! Mais, en effet, pas moyen de voler une chose pareille ! Bon. Et maintenant ? Que fait-on ?

— Shhh ! lui intima Bohem en tournant lentement autour du chef-d'œuvre.

Il s'arrêta devant le fronton du temple et fit signe à Mjolln de venir voir.

La façade de la haute tour était magnifiquement sculptée. C'était un bas-relief miniature d'une minutie prodigieuse. Les motifs étaient aussi nombreux que sur la galerie d'une cathédrale. Bohem s'approcha et comprit qu'il s'agissait d'une succession de scènes, presque toutes identiques. On y voyait chaque fois un homme qui, le corps à moitié enfoncé dans la pierre, semblait sortir d'une haute stèle, devant laquelle étaient prosternés de nombreux autres personnages. Mais, pour chacune d'elles, le décor était différent.

— Tu crois que c'est cela ? chuchota Bohem en posant une main sur l'épaule du Cornemuseur.

— Je pense, oui. Ahum. Ce sont différentes représentations des portes du Sid. Ça, certaines ressemblent à ce que j'ai pu voir dans mon pays à l'époque où elles existaient encore, mais il y en a beaucoup plus, oui, que je ne l'imaginais.

— Mais comment savoir laquelle est la bonne ? Laquelle est celle que nous cherchons ! Il y en a tellement ! Il faut trouver celle dont parlait la Licorne, celle qui doit se trouver en Gallica. Mais comment la reconnaître ? Rien n'indique où se trouvent ces portes !

— Attends, ahum, ne t'emporte pas, Bohem. Regardons de plus près.

Mjolln s'approcha autant que possible du fronton du temple d'Ariel. L'air grave, les sourcils froncés, il inspecta les sculptures de plus près. Soudain, il se retourna vers Loeva.

— S'il te plaît... Ça, tu veux bien aller chercher un cierge ? demanda-t-il à la jeune fille. Il y a des choses inscrites en bas de chaque niche, oui. Je n'arrive pas à les lire.

Loeva grimpa sur une chaise au fond de la tribune et attrapa l'un des cierges qui étaient encore allumés sur le rebord des arcades.

— Tenez, dit-elle en la tendant au nain.

Bohem, impatient, était collé contre Mjolln et regardait par-dessus lui.

Le nain, sur la pointe des pieds, commença à déchiffrer les inscriptions.

— Parfait ! s'exclama-t-il soudain. Ce sont des indications de lieu ! Regarde, là : Gaelia, Gor Draka. C'est le nom de la montagne, dans mon pays, au pied de laquelle se trouvait l'une des portes du Sid ! Je connais cet endroit !

— Excellent ! répliqua Bohem, exalté. Excellent ! Vite ! Regarde s'il y a écrit « Gallica » quelque part.

— C'est ce que je fais ! répliqua le nain. Ahum. Patience !

Au même instant, ils entendirent un claquement en bas, vers la porte de l'église. Bohem se redressa d'un bond, les yeux écarquillés. Le bruit résonnait encore entre les murs, comme une menace grandissante. Il tourna la tête vers le rez-de-chaussée et aperçut un moine, debout au milieu des chaises, qui regardait dans leur direction, hébété.

— Qui est là-haut ? lança le moine en avançant lentement vers la tribune.

Bohem se baissa aussitôt, pour se cacher derrière le chef-d'œuvre, mais c'était trop tard, évidemment : le moine l'avait vu ! Le louvetier jeta un coup d'œil vers Mjolln. Il était encore en train de déchiffrer les inscriptions sur le fronton du temple, il lisait le plus vite possible, passant frénétiquement d'une épigraphe à une autre.

— Il faut qu'on descende avant qu'il appelle du secours ! les pressa Loeva.

— Attendez ! répliqua Mjolln. Je n'ai pas encore trouvé !

Bohem pesta. S'ils descendaient les escaliers, ils allaient se retrouver face au moine. Mais s'ils restaient en haut, ils seraient acculés et ne pourraient plus s'enfuir. Il n'y avait pas d'autre issue !

— Mais qui êtes-vous ? insista le moine d'une voix beaucoup plus inquiète, et beaucoup plus proche...

Il n'y a qu'une seule solution, pensa Bohem. *Descendre affronter le moine avant qu'il n'aille chercher du renfort, et laisser ainsi à Mjolln le temps de déchiffrer les inscriptions du temple.*

— Je m'occupe de lui ! lança-t-il en se précipitant vers les escaliers.

Il descendit les marches à toute vitesse et se retrouva nez à nez avec le religieux.

— Mais ! Qui êtes-vous ? Que faites-vous là ?

Bohem ne répondit pas et bondit sans hésiter vers le moine. Il fallait l'assommer, ou au moins le bâillonner. Mais celui-ci prit peur et partit en courant dans le sens opposé. Le louvetier se lança à sa poursuite. Il ne fallait pas le laisser sortir ! Bohem sauta par-dessus une rambarde pour rejoindre le centre de la coupole. Il courut aussi vite qu'il put, mais il se prit les pieds dans une chaise. Il s'écroula par terre, glissa sur le sol glacial de l'église, puis se releva en grognant. Mais il avait perdu trop de temps : le moine venait de sortir par la grande porte de l'église et appelait au secours sur le parvis d'une voix hystérique.

Bohem s'immobilisa aussitôt et fit volte-face. Cela ne servirait plus à rien de rattraper le moine, à présent. Il fallait fuir.

— Descendez ! Vite ! cria-t-il aux deux autres en se dirigeant vers la porte du clocher. Dépêchez-vous ! Les Miliciens vont arriver !

Mjolln et Loeva ne se firent pas prier. Ils apparurent en haut des escaliers et descendirent les marches quatre à quatre. Loeva ne souriait plus du tout. Ses yeux étaient emplis de terreur.

— Tu as eu le temps de tout lire ? demanda Bohem à toute vitesse en attrapant Mjolln par les épaules.

— C'est bon ! répondit simplement le nain

Bohem ouvrit la porte donnant sur le clocher, ils entrèrent tous les trois dans la petite pièce puis se précipitèrent dehors. Ils entendirent alors les voix et les bruits de pas de l'autre côté de la cour, du côté du bâtiment de la garde.

— Vite ! La corde ! s'écria Loeva en indiquant les remparts au nord de la commanderie.

Ils coururent ensemble de toutes leurs forces, traversant les allées et les terre-pleins, sautant par-dessus les massifs de fleurs. Bohem allait beaucoup plus vite que les deux autres et il fut le premier à voir les deux soldats en face de lui, qui fonçaient droit sur eux, leur épée à la main.

Mjolln avait peut-être une dague sur lui, mais Bohem, lui, n'avait pas d'arme. Pourtant, le louvetier ne s'arrêta pas de courir. Il était trop tard pour faire demi-tour, et les Miliciens qui arrivaient de l'autre côté étaient certainement beaucoup plus nombreux encore.

Ils vont me massacrer !

Il chassa cette idée de sa tête et courut encore plus vite en criant, pour se donner du courage. Les deux hommes en face se laissèrent sans doute impressionner, car ils ralentirent leur course et se mirent en garde.

Je n'ai aucune chance ! À main nue contre deux hommes armés ! Je vais me faire dépecer !

Il fut bientôt à portée de leurs épées et, sans réfléchir, il se jeta en l'air, sur le soldat de droite.

Tout se passa en un éclair, mais qui sembla durer une éternité. Le temps sembla n'être plus qu'une succession d'images saccadées. Bohem eut l'impression de se voir flotter au-dessus du sol. Arrêté presque. Et les pensées traversèrent son esprit comme les carreaux d'une arbalète.

Je dois être plus rapide que sa lame. Comme à Villiers-Passant, quand l'Aïshan a abattu son épée sur moi. Plus rapide que le temps.

Le soldat était en train de faire un grand mouvement circulaire pour intercepter Bohem en plein vol, du tranchant de son arme. Bohem la voyait s'approcher. Si vite, et si doucement à la fois.

Un jeu de l'esprit.

Au dernier moment il donna un coup de reins et passa juste en dessous du fil étincelant de l'épée. Sa main frôla le plat du métal froid, et il s'écroula de tout son long sur le soldat, sans cesser de hurler. Le choc fut violent et ce fut comme si le temps reprenait son cours normal. L'homme céda sous la violence de son assaut et ils tombèrent tous les deux sur le sol avec force. Bohem attrapa aussitôt la main de son adversaire pour bloquer une deuxième attaque. Ils roulèrent sur l'herbe, agrippés l'un à l'autre. Quand Bohem fut sur le dessus, il bloqua soudain leur chute en écartant le genou. Et sans attendre il asséna un coup de tête au soldat bloqué entre ses jambes, les bras en croix. L'os du nez de son opposant se brisa dans un claquement sec. Le sang gicla sur le front de Bohem. Le Milicien hurla de douleur.

Au même instant, le louvetier devina une ombre qui tombait sur lui. Le deuxième soldat se précipitait vers eux. Mais Mjolln venait d'arriver lui aussi et, en se jetant par terre, il fit un croche-patte au nouvel assaillant. Le Milicien perdit l'équilibre, tomba sur le ventre, et quand il se releva il dut parer l'assaut de Mjolln qui brandissait sa dague.

Bohem, qui avait tourné la tête, reçut de l'homme qui était encore sous lui un coup de poing en plein visage. Il roula sur le côté en se tenant la joue. Le soldat, dont le nez était complètement déboîté et le visage couvert de sang, tenta de se relever en s'appuyant sur son épée, mais Bohem ne lui en laissa pas le temps, se releva plus vite encore et lui envoya un grand coup de pied dans le bas-ventre. Le Milicien s'écroula lourdement par terre, sans voix.

Bohem se tourna vers le second, qui était en train de se battre avec Mjolln sous le regard terrifié de Loeva, qui n'osait intervenir. Le louvetier ramassa l'épée qu'avait lâchée le soldat, lequel se roulait par terre, les mains entre les jambes, et il se précipita pour aider le nain. D'un coup d'œil, il jaugea la situation. Mjolln, dont la dague était trop petite, n'arrivait pas à frapper son adversaire et se contentait de parer les coups, avec de plus en plus de difficulté. Au loin, d'autres Miliciens, une demi-douzaine au moins, arrivaient en courant. Il n'y avait pas un instant à perdre. Bohem poussa un cri pour que le Milicien se retourne. Il ne voulait pas le frapper de dos. Mais il lui laissa à peine le temps de réagir et donna deux grands coups d'épée, de taille et d'estoc. Le Milicien para le premier coup mais fut trop lent pour esquiver le second et l'épée s'enfonça dans son ventre. Il tomba à terre en se tenant les entrailles.

Bohem lâcha son épée et attrapa Loeva par la main.

— Vite !

Ils se mirent à courir tous les trois et se précipitèrent vers l'endroit où ils avaient laissé leur corde. Les Miliciens n'étaient plus très loin, et Bohem se demanda s'ils auraient le temps d'escalader la muraille. Quand ils arrivèrent au pied du rempart, Bohem chercha désespérément la corde dans l'obscurité. Mais il ne la voyait nulle part. Les Miliciens l'avaient-ils trouvée ? Non ! Elle était un peu plus loin, sur leur gauche. Il poussa Loeva devant lui.

— Vas-y ! Monte !

La jeune fille sauta pour attraper la corde et grimpa à toute vitesse. Ses pieds glissaient sur la paroi de pierre, mais elle arriva rapidement au sommet.

— À ton tour ! dit Bohem en tirant Mjolln par le bras.

— Non ! Tu montes plus vite que moi, et tu me hisseras une fois en haut.

Pas le temps de discuter. Bohem commença à escalader la paroi. Et cette fois-ci, il ne s'arrêta pas à mi-chemin pour se reposer. Il monta aussi vite qu'il put, en tirant sur la corde et en poussant sur ses pieds.

— Dépêche-toi ! hurla Mjolln.

Les Miliciens n'étaient plus qu'à quelques pas. Bohem se jeta sur le dessus du rempart. Le nain agrippa la corde de sa main droite et la fit tourner deux fois autour de son poignet.

— Vite ! hurla-t-il. Hisse-moi !

Bohem se mit debout sur le rempart pour avoir plus de force, saisit la corde des deux mains et tira dessus avec rage. Le nain était tellement lourd ! Les Miliciens arrivèrent au même instant au pied du mur et l'un d'eux lança son épée vers Mjolln, à mi-hauteur. La lame, heureusement, arriva sur le plat et rebondit sur son armure de cuir.

Bohem tirait de toutes ses forces, il s'y prit à trois reprises et parvint à hisser Mjolln jusqu'à lui. Il se rendit alors compte que Loeva avait disparu. Était-elle tombée ? Non ! Il l'aurait entendue ! Elle était sans doute parvenue à descendre de l'autre côté sans l'aide de la corde. Il jeta un coup d'œil en bas, mais il ne la vit nulle part.

Mjolln détacha la corde de sa main et la laissa tomber de l'autre côté du rempart, pendant que les Miliciens essayaient de grimper à mains nues.

Bohem fit signe au nain de passer le premier. Pendant que Mjolln se laissait glisser le long de la corde, le louvetier réussit à décrocher une pierre qui était branlante, en haut du rempart. Il la leva au-dessus de sa tête et la projeta sur le Milicien qui commençait à grimper. Le soldat reçut la pierre en pleine tête et tomba à la renverse.

Bohem se retourna, vit que Mjolln était arrivé en bas ; il agrippa la corde, se laissa glisser le long du mur et rejoignit le nain qui avait commencé à courir vers l'endroit où ils avaient laissé les chevaux.

Ils aperçurent alors Loeva qui tirait les deux animaux derrière elle en courant vers eux. Grâce à elle, ils allaient gagner du temps. *Cette jeune fille est vraiment dégourdie*, pensa Bohem. Il attrapa son cheval, monta en selle et tendit la main à la jeune fille qui se hissa derrière lui. Le nain monta sur son poney, et ils partirent au galop vers l'ouest sans attendre. S'ils voulaient être certains que les Miliciens ne pourraient pas les rattraper, ils devaient s'éloigner le plus vite possible et profiter de la nuit pour disparaître. Il n'y avait pas un instant à perdre. Mais Bohem était obligé de ralentir un peu son cheval, car le poney de Mjolln était beaucoup moins rapide. Il jetait de temps en temps des coups d'œil derrière lui pour vérifier que le nain suivait, et soudain il aperçut un cheval qui les pourchassait déjà !

Bohem n'en crut pas ses yeux ! Comment était-ce possible ? Le cavalier était si proche d'eux et pourtant les Miliciens n'avaient certainement pas eu le temps d'aller chercher leurs chevaux, de faire tout le tour de la commanderie et de retrouver leur piste ! C'était inexplicable !

— Mjolln ! cria-t-il. Plus vite ! Nous sommes suivis !

Le nain jeta un coup d'œil derrière lui, incrédule, et vit à son tour le cavalier qui les talonnait, et qui commençait même à gagner de la distance. Il essaya de pousser son poney encore plus fort, mais la pauvre bête faisait déjà tout ce qu'elle pouvait pour rattraper le cheval de Bohem.

Ils continuèrent à ce rythme effréné pendant longtemps encore. Bohem se retournait de temps en temps, de plus en plus inquiet. La commanderie avait depuis longtemps disparu dans le lointain obscur. Mais le cavalier ne cessait de se rapprocher et il allait bientôt les rejoindre.

Voyant que le poney de Mjolln commençait à perdre de la vitesse, Bohem décida soudain qu'il ne servait plus à rien de fuir. Celui qui les poursuivait allait finir par arriver à leur hauteur et par les attaquer par-derrière. Il était seul. Autant s'arrêter pour lui faire face. L'affronter et en finir.

Le louvetier tira sur les brides de son cheval et lui fit faire demi-tour pour faire face à leur ennemi. Puis il prit l'épée accrochée derrière sa selle et se mit en garde. Mjolln mit un peu de temps à réagir, mais dès qu'il comprit ce que faisait Bohem, il arrêta son poney et vint se placer à côté de son ami.

Le cavalier qui les poursuivait ralentit aussitôt son cheval et passa au pas. Il n'était plus très loin à présent. Il avançait lentement vers eux, sa silhouette se découpant sur la toile bleutée de la nuit.

Bohem fronça les sourcils. Ce cavalier avait quelque chose de bizarre. Quelque chose d'étrange. Il n'était pas très grand et plutôt mince. Son cheval continuait d'avancer vers eux et bientôt ils purent distinguer son visage. Ou une partie en tout cas.

Car l'autre moitié était cachée sous un masque de cuir.

Chapitre 6

CELLE QUI VENAIT DANS LA NUIT

Andreas Dumont Desbardes arriva avec ses hommes à la commanderie de Lutès au beau milieu de la nuit, quelques heures après que Bohem et ses amis se furent enfuis.

Étant donné l'heure tardive, en entrant dans l'enclos il se demanda pourquoi il régnait une telle agitation et il alla tout droit vers le donjon, devant lequel étaient réunis plusieurs sergents, des moines et des chevaliers de la Milice du Christ.

— Que se passe-t-il ? demanda-t-il en descendant rapidement de cheval.

Les hommes rassemblés devant le grand bâtiment lui lancèrent des regards surpris. Ils ne s'étaient certainement pas attendus à voir arriver le Grand-Maître de la milice. C'était une nuit étrange, et tous semblaient fort mal à l'aise.

— Maître, répondit finalement l'un des sergents en s'avançant vers lui, nous... Nous venons d'être cambriolés par... Par...

— Par qui ? pressa Dumont Desbardes, impatient.

— Par ce monsieur Bohem...

Le Grand-Maître resta bouche bée. Bohem avait cambriolé la commanderie de Lutès ? C'était une plaisanterie ! Il n'arrivait pas à y croire. C'était trop énorme ! Le louvetier se moquait-il de lui ? Ou bien les Miliciens se trompaient-ils ?

— Êtes-vous bien certains que c'était Bohem, le louvetier ?

— Oui, affirma le sergent d'un air confiant, et il y avait aussi le nain, avec lui... En s'échappant ils ont blessé deux de mes hommes. Et je les ai vus de mes propres yeux.

Alors, il n'y avait pas de doute possible. Mais c'était tellement incroyable ! Ce jeune homme qu'il pourchassait depuis Carnute était venu le narguer sur son propre terrain ! Au cœur même de la commanderie mère de la Milice du Christ ? Était-il fou ? Cela n'avait aucun sens !

— Et qu'a-t-il cambriolé exactement ? demanda Dumont Desbardes en jetant un coup d'œil alentour.

— On ne sait pas encore maître, mais nous l'avons surpris avec ses complices à l'intérieur de l'église.

— Dans l'église ! C'est un pilleur d'église ?

— Il faut croire, maître...

Dumont Desbardes éclata aussitôt de rire. Tout cela était complètement grotesque ! Absurde ! Il n'arrivait pas à comprendre ce qui avait pu inciter Bohem à prendre un risque si énorme. Le défi ? Non. C'était sûrement autre chose. Quelque chose dans l'église. Qu'était-il venu chercher ici ? Les reliques d'un saint ? Le temple d'Ariel ? Oui. Pourquoi pas ? C'était le plus ancien chef-d'œuvre du Devoir. Et Bohem semblait être en train de mettre la main sur cette confrérie. Peut-être voulait-il reprendre à la Milice cette sculpture symbolique.

— Le temple d'Ariel est-il toujours là-haut ? demanda Dumont Desbardes en regardant l'église.

— Oui, maître. Mais... Mais ils étaient effectivement devant quand notre frère les a surpris. Vous pensez qu'ils essayaient de voler le temple ? Ils n'étaient pas assez nombreux pour ça, maître ! Le temple est beaucoup trop lourd...

— C'est peut-être pour ça qu'ils ne l'ont pas dérobé. Ils ne s'attendaient peut-être pas à un chef-d'œuvre de cette envergure... Je ne sais pas, moi ! À vous de mener l'enquête, sergent !

— C'est ce que nous faisons.

Soudain, les sergents rassemblés devant l'entrée du donjon regardèrent par-dessus l'épaule du Grand-Maître. Quelqu'un arrivait derrière lui.

Dumont Desbardes se retourna et reconnut Pierre de Pierreville, le Sénéchal, l'un des principaux officiers du chapitre. Il était vêtu d'un long manteau noir – seuls les officiers du chapitre non combattants pouvaient porter cette couleur – et portait sur le cœur, en bijou, la croix des huit béatitudes.

— Maître ! Je suis très, très surpris de vous voir ici, vous et vos hommes...

— Et la bonne nuit à vous aussi, de Pierreville, railla le Grand-Maître. Mais, après ce qu'il vient de se passer ici, plus rien ne devrait vous surprendre...

— Vous avez quelque chose à voir avec tout cela, maître ?

— Que voulez-vous dire, Sénéchal ? s'offusqua Dumont Desbardes.

— Vous arrivez quelques instants à peine après cette mésaventure...

— C'est que nous poursuivions Bohem qui a aidé un hérétique à s'évader lors d'une exécution à Carnute...

— Une exécution à Carnute ? Mais que *faisiez-vous* à Carnute ?

— Sénéchal, je vous conseille de changer rapidement de ton, car vous allez me mettre en colère. Ignoreriez-vous notre règle sur la paix et la vertu de charité ? « Chaque frère se doit de ne pas inciter son frère au courroux ni à la colère », de Pierreville. Je suis Grand-Maître de cet ordre, je vous le rappelle, et je ne pense pas qu'il soit convenable que vous me parliez ainsi. Et la cour de la commanderie n'est pas non plus l'endroit... Je vous donnerai les raisons de ma présence ici plus tard et en un autre lieu.

— Vous ne croyez pas si bien dire, Dumont. Le chapitre se réunit demain matin dans la chambre capitulaire. Vous serez convoqué en fin de matinée.

— Le chapitre ? Tout le monde est ici ? s'étonna le Grand-Maître. Je n'ai pas été mis au courant !

— Cette réunion n'est prévue que depuis quelques jours. C'est une réunion exceptionnelle.

— Une réunion exceptionnelle ? Mais pour parler de quoi ?

— Mais de vous, Dumont. Pour parler de vous...

*
* *

Bohem descendit de son cheval en tremblant. Ses jambes semblaient prêtes à défaillir. Il s'appuya sur l'animal et, bouche bée, regarda encore la personne qui les avait suivis.

Il était certain de la reconnaître. Mais il ne pouvait l'accepter. Son esprit refusait de croire ce que ses yeux voyaient.

Ces cheveux blonds bouclés. Cette bouche fine et céleste. Ces yeux d'un bleu profond. Cette allure fébrile et élégante à la fois. Cela ne pouvait être qu'elle. Et pourtant il ne pouvait l'admettre.

Catriona. Ici, devant lui. Comme un fantôme surgi au milieu de la nuit.

Bohem cligna des yeux et avala sa salive. Mais le visage de sa sœur était toujours là. Non. Il ne rêvait pas. C'était bien elle, cachée derrière ce masque de cuir. Sa petite sœur. Sa belle petite sœur, si fragile, si douce, si silencieuse. Qu'il avait tant pleurée pendant de si longues heures ! Comment était-ce possible ? Comment pouvait-elle être là, vivante ? Immobile, droite, mais vivante.

Il hésita, abasourdi, puis il avança vers elle, les yeux écarquillés, la bouche entrouverte. Elle avait arrêté son cheval et le dévisageait à présent.

Mjolln, derrière eux, s'était rapproché de Loeva, et ensemble, ils observaient la scène sans vraiment comprendre.

— Cat... Catriona ? bégaya Bohem, perplexe. Ce... Ce n'est pas possible...

La jeune fille fit un geste de la tête pour chasser ses cheveux derrière ses épaules. Mais elle ne le quitta pas des yeux. De ses yeux bleus perçants.

— C'est bien moi, Bohem.

— Mais... Je... Tu...

Le louvetier n'arrivait pas à trouver ses mots. Cela faisait presque cinq mois maintenant. Cinq mois depuis Villiers-Passant. Cinq mois qu'il la croyait morte.

Il entendait encore les paroles du pelletier. « Elle est morte ! Ton père est mort ! Ils sont tous morts, Bohem ! » Il avait vu la maison qui brûlait. Les corps dans la rue. Comment pouvait-elle être là ?

— Je croyais que tu...

— Tu n'es pas venu me chercher, Bohem, coupa la jeune fille d'une voix pleine de haine.

— Comment ça ? Je... Je ne comprends pas...

— Tu nous as abandonnés, Bohem. Tu nous as laissés mourir sous les coups de tes propres bourreaux. Et le village a brûlé, à cause de toi.

Bohem n'en revenait pas. C'était bien sa voix. La voix de sa petite sœur. Mais elle avait changé. Elle était devenue amère et froide. Glaciale même.

— Je... Je ne pouvais pas savoir. Je suis revenu, et...

— Ne mens pas. Tu n'es pas revenu, Bohem. Je t'ai attendu. Longtemps. Au milieu des flammes. Regarde.

Elle arracha d'un coup le masque de cuir de son visage pour dévoiler ce qu'il cachait. Ses brûlures horribles. Sa peau en lambeaux. Bohem ne put retenir une grimace. Sa petite sœur ! Catriona, si belle... Défigurée ! Les flammes avaient emporté la moitié de son beau visage.

Il essaya de se ressaisir. Elle était vivante ! Vivante ! C'était tout ce qui comptait !

— Catriona... Je suis désolé, je suis réellement désolé, dit-il en s'approchant d'elle.

Il aurait voulu l'embrasser. La prendre dans ses bras. La serrer contre lui, très fort, comme il l'avait fait jadis. Lui dire qu'il l'aimait. Qu'il ne la quitterait plus jamais. Mais elle tira sur ses brides et fit reculer son cheval.

— Désolé ? Tu es désolé ? Il est un peu tard pour ça, Bohem ! Tu as laissé mourir ton père au milieu des flammes ! Et tu m'as abandonnée, moi ! Ta petite sœur ! Moi qui t'admirais tant ! Moi qui croyais en toi, qui t'ai toujours tant aimé, même quand tous les autres te rejetaient. Comme j'étais naïve ! Tu es un démon, Bohem ! *Le* démon ! Pourquoi n'es-tu pas venu, grand frère ?

— Je croyais...

— Je t'ai attendu ! Je pensais que tu viendrais ! J'en étais tellement sûre ! Je t'avais vu marcher dans les flammes, Bohem, pour sauver cette Brume. Tu te souviens ? Mais moi ? Moi, Bohem ? Je ne le méritais pas ? Pas comme ces Brumes que tu veux tant sauver ? Tu tiens donc à elle plus qu'à ta propre sœur, c'est cela ?

— Pas du tout... Catriona... J'ai cru que tu étais morte... Dans les flammes...

— Tu as cru ? Mais comment ? Tu n'es même pas venu voir ! Si tu étais venu, Bohem, tu m'aurais trouvée, là, qui t'attendais. Et tu aurais vu ton père. Mort.

— Martial n'était pas mon père, Catriona... Je... Comment t'expliquer ?

Non, il n'aurait pu lui expliquer. Lui dire qu'il était l'enfant d'un autre homme et d'une autre mère ? Pas comme ça. Pas ici.

— Pas ton père ? Comment peux-tu dire une chose pareille ?

— Il n'était pas mon père, Catriona, je t'assure...

Catriona éclata aussitôt d'un rire dément.

— Pas ton père ! lâcha-t-elle. Mais alors, moi, je ne suis pas ta sœur ? C'est pour ça que tu m'as abandonnée ? Parce que tu ne me considérais plus comme ta sœur ?

Bohem se mordit les lèvres. Il ne savait plus que dire.

— Écoute, Catriona, je...

— Tais-toi ! coupa la jeune fille. Je ne veux plus entendre tes mensonges ! Je vais te dire pourquoi je suis ici. Je suis ici parce que le roi de Gallica m'a demandé de venir te parler. Cela fait deux jours que je vous suis, Bohem. Je vous ai suivis dans Lutès, et je vous ai suivis à la commanderie. J'ai attendu, et quand je vous ai vus vous enfuir, je me suis dit qu'il était temps. Temps que je fasse ce que je suis venue faire.

— C'est Livain qui t'envoie ? reprit Bohem, stupéfait. Livain ? Pour me parler ? Mais je ne comprends pas... Comment as-tu rencontré le roi et... Et de quoi dois-tu me parler ?

— Cela n'a aucune importance, Bohem. Car ce n'est pas cela que je suis venue faire. Je me moque de la mission de Livain. Ce roi est un idiot. Ce sont tous des idiots. Des sots. Qui ne comprennent pas. Mais je sais moi, maintenant. Je sais qui tu es vraiment. Je connais ton vrai visage.

— Catriona, je ne comprends pas...

— Tu n'as pas de cœur, Bohem. Le démon n'a pas de cœur. Il ment. Il trompe. Il trahit. Tu ne m'as jamais vraiment aimée. Ce sont tes Brumes que tu aimes, n'est-ce pas ? Tes Brumes...

Bohem sentit les larmes monter à ses yeux. Il devait lui dire, lui expliquer. Lui faire comprendre. Il l'aimait plus que tout au monde. Il se souvenait encore de son visage, de son regard derrière cette porte, le jour où il était parti. Comme elle lui avait manqué ! Comme il s'en était voulu ! Il fallait qu'il lui dise. Qu'elle sache !

— Catriona, je...

— J'attends ce moment depuis longtemps, coupa la jeune fille en baissant la tête d'un air menaçant. Depuis trop longtemps.

Un sourire se dessina sur ses lèvres. Un sourire terrible. Qui cachait plus de folie et de haine que Bohem n'en avait jamais vu. Et soudain, Catriona donna un grand coup de talon à son cheval. L'animal fonça sur Bohem comme un cheval de guerre. Catriona hurlait, les yeux rivés sur son frère.

Le louvetier eut à peine le temps de s'écarter. À peine le temps de comprendre. Il fut projeté au sol, violemment. Il se cogna la tête par terre et perdit connaissance l'espace d'un instant.

Quand il rouvrit les yeux, il vit Catriona qui était descendue de cheval et qui courait vers lui, un couteau à la main. Il se leva péniblement et marcha à reculons en tendant les mains vers sa sœur, mais elle se jeta sur lui et lui envoya un coup de couteau dans le ventre. Bohem n'eut pas le réflexe d'esquiver. Il était tellement désemparé. Tellement perdu ! Il voulait tant la prendre dans ses bras ! Lui demander pardon !

La lame s'enfonça dans son ventre, jusqu'à la garde, puis Catriona la ressortit d'un coup sec. Bohem hurla de douleur et se laissa tomber par terre. Catriona se précipita vers lui et s'agenouilla sur son torse. Elle colla la pointe ensanglantée de son couteau sous le cou de son frère et le dévisagea.

Je vais te voir mourir. Lentement. Comme j'ai vu mourir notre père.

Ses yeux étaient ceux d'une folle. Rouges de haine et de démence. Avides d'un meurtre libérateur. Tant attendu.

Tu vas payer pour nous tous, Bohem. Enfin. Payer pour Martial. Pour le Père Grimaud. Pour tous ceux qui sont morts à cause de toi et à qui tu as tourné le dos.

Elle posa lentement sa deuxième main sur le manche de son couteau, puis elle se pencha vers lui.

— Tu as raison, Bohem, chuchota-t-elle d'une voix soudain calme et sereine. Tu as raison. Je suis morte. Je suis morte ce jour-là. La petite fille que tu connaissais n'existe plus. Celle qui croyait en toi. Celle qui t'aimait. Elle est morte, comme est mort notre père. Pour toi. Par toi. Dans la douleur.

Elle ricana.

— Et aujourd'hui, c'est toi qui vas mourir. Je vais voir ton corps idiot, allongé dans la terre, la peur dans ton regard partie depuis longtemps. La mort, la mort, que rien ne peut changer...

Bohem sentit la lame appuyer de plus en plus fort sur sa gorge. Il sentit le liquide chaud couler dans son cou. Son propre sang. Il ne pouvait rien faire. Il ne *voulait* rien faire. Sa sœur avait raison. Il ne méritait que la mort. Comment avait-il pu faillir ainsi ? La laisser souffrir au milieu des flammes ? Devant le cadavre de son père ?

Les larmes coulaient sur ses joues. Se mêlaient au sang le long de sa nuque. La vie n'avait plus d'importance. Il voulait en finir. Oublier. Tout oublier. Cette peine, cette douleur, cette trahison.

Il ferma les yeux, ses paupières chassèrent les dernières larmes, et aussitôt il sentit un choc terrible.

Il était mort.

Égorgé. Enfin. Libéré. Libre.

Non ! Ce n'était pas possible. Son cœur lui faisait encore mal. Sa gorge était toujours nouée. Il respirait. Il entendait son souffle pénible, irrégulier. Et, soudain, il sentit le corps de Catriona glisser d'un seul coup. Et il entendit le bruit sourd de sa chute tout contre lui. Il ouvrit les yeux et vit sa sœur, les paupières grandes ouvertes, allongée sur lui, la tête posée sur son épaule, les mains étendues dans la terre. Une dague plantée dans la nuque. Une dernière grimace sur ses lèvres.

Et ces yeux ! Ces yeux ! C'étaient ceux qu'il avait vus un jour derrière la porte de leur petite maison. Terrifiés. Suppliants. Désespérés. Mais sans vie, cette fois. Sans vie, et à jamais.

*
* *

Andreas Dumont Desbardes fut le dernier à entrer dans la salle capitulaire de la commanderie. Tout le chapitre était déjà là, et l'attendait. Ils étaient installés, silencieux, autour d'une grande table rectangulaire, vêtus de leurs longs manteaux noirs – hormis le Maréchal qui, tout comme Dumont Desbardes, portait le blanc des frères combattants. Le Sénéchal de Pierreville se tenait à l'une des extrémités, et à l'autre se dressait une chaise vide pour le Grand-Maître.

La pièce entière était décorée avec les symboles de l'ordre. Des baucents ornés de croix pattées étaient pendus aux quatre murs. De nombreuses pièces rapportées d'Orient étaient disposées sur les commodes qui occupaient les murs de la longue salle, dont un buste de Mahomet en bois doré.

Dumont Desbardes passa lentement derrière les officiers : le Maréchal du couvent, le Commandeur de Jérusalem, les frères chevaliers commandeurs de Gallica et les sept frères sergents de Lutès, ainsi que deux chapelains. Il avait pris l'*abacus*, le bâton réservé à son grade et qui symbolisait le commandement spirituel de l'ordre, et il s'appliquait à le faire cogner sur le sol à chacun de ses pas, comme pour marquer son autorité.

Ils ne m'ont jamais regardé ainsi. Certains, ceux que je connais le mieux, sont gênés. D'autres, comme le Sénéchal, ont le regard narquois. Ils doivent préparer cela depuis plusieurs jours. Peut-être plusieurs semaines. Un complot. C'est sûrement de Pierreville qui a tout fomenté.

Il veut ma place. Je le sais depuis le début. Mais je ne vais pas l'abandonner si facilement. J'ai vaincu des ennemis bien plus redoutables que ces opportunistes véreux. Il n'y en a pas un seul ici qui ait guerroyé en Terre sainte. Mes vrais frères sont dehors. Ce sont les chevaliers de la Milice du Christ, ceux qui étaient en croisade avec moi pendant que ceux-ci défendaient leurs intérêts propres dans la capitale...

— Andreas, soyez le bienvenu au chapitre, l'accueillit Pierre de Pierreville en se levant.

Les autres officiers se levèrent à leur tour, la main sur le cœur.

— Chapitre que je suis censé convoquer moi-même, Sénéchal, et non l'inverse... J'aurais dû être consulté avant qu'une date soit arrêtée. Estimez-vous heureux que j'accepte de venir ici aujourd'hui.

— Maître, ces assemblées extraordinaires sont prévues par le règlement...

— Dans un cas et un seul, Sénéchal.

— En effet.

— Voulez-vous dire que vous souhaitez voter ma destitution ? demanda le Grand-Maître, un sourire au coin des lèvres.

Il n'ose pas me regarder en face. Il n'ose pas me dire en me regardant droit dans les yeux, comme un vrai chevalier, la raison de ce chapitre. Il préfère se cacher derrière le règlement. De Pierreville est un lâche. Je n'en ferai qu'une bouchée.

— Allons, Pierre, répondez ! insista Dumont Desbardes. Sommes-nous réunis ici pour soumettre ma destitution au vote du chapitre ?

— Andreas, je vous en prie, asseyez-vous. Nous devons respecter notre protocole, dans notre intérêt et dans le vôtre. Avant tout, je dois vous préciser que notre frère chapelain va rédiger un procès-verbal de cette réunion.

— Mais j'espère bien ! Je pourrais ainsi le faire lire à Sa Sainteté, répliqua Dumont Desbardes en prenant place. Je suis sûr que le pape appréciera.

Le Grand-Maître posa les coudes sur la table et croisa les mains devant lui.

— Je vous écoute, dit-il d'une voix fière et faussement curieuse.

— *Non nobis domine sed nomini tuo da gloriam*, commença le Sénéchal d'une voix grave et solennelle. An du Seigneur 1154, dix-huitième jour d'octobre, le vénérable Andreas Dumont Desbardes, par la providence divine Grand-Maître de la Milice du Christ, est entendu par le vénérable et très religieux chapitre de la Milice du Christ, défendeur de l'Église catholique, apostolique et johannique, présidé par moi-même, Pierre de Pierreville, Sénéchal de la Milice du Christ, dans la chambre capitulaire de la commanderie mère de Lutès, sur la tenue de sa Grande-Maîtrise et sur son comportement au sein de l'ordre pour les dix premiers mois de l'an 1154...

— Ne soyez pas si cérémonieux, de Pierreville ! Dites ce que vous avez à me dire et finissons-en. J'ai à faire, et cela ne pourra attendre très longtemps.

— C'est que je m'attache, moi, à respecter notre règle, mon cher maître.

— Tant mieux pour vous, Pierre ! Je m'attache, moi, à défendre les intérêts de la chrétienté et de notre ordre en particulier...

— Je vais vous donner lecture, pour mémoire, de la première règle de saint Courage...

Quel toupet ! Comment peut-il oser ? Je ne dois pas le laisser faire. Je n'entrerai pas dans son jeu.

— Je connais notre règle certainement mieux que vous, Sénéchal, et je n'ai nul besoin qu'on me la relise. « La Milice du Christ parle premièrement à tous ceux qui méprisent secrètement leurs propres volontés et désirent avec un pur courage servir la chevalerie du souverain roi et à ceux qui désirent accomplir et accomplissent, avec assiduité, la très noble vertu d'obéissance ». Je me reconnais dans cette règle, Pierre. Mais vous ?

— Il n'est pas question de moi, aujourd'hui, mais de vous, maître. C'est bien l'article premier de la règle de la Milice que vous venez de réciter, en effet, mais il semble que vous ayez cessé de le respecter, vous-même, depuis trop longtemps, ainsi que de nombreuses autres règles de notre ordre...

— J'ai participé au chapitre qui rédigea ce texte avec saint Courage, abbé de Blanval, mon enfant, quand vous n'étiez encore qu'un petit sergent de province avide de pouvoir, et je vous prie de ne pas m'accuser avec tant de légèreté, car lorsque je lui porterai ce procès-verbal, vous aurez à répondre devant le pape de ces allégations.

— Andreas Dumont Desbardes, continua le Sénéchal en ignorant les menaces du Grand-Maître, reconnaissez-vous avoir ordonné l'exécution d'une Mère de l'ordre des Compagnons du Devoir en la ville de Sarlac ?

— Je le reconnais et j'en suis fier, de Pierreville, car cette femme avait protégé et aidé un hérétique et refusait de répondre à la question. Car voyez-vous, je suis « parmi ceux que Dieu a élus de la masse de perdition et a ordonné par son agréable pitié pour la défense de la Sainte Église », ainsi que le précise toujours ce premier règlement. Avez-vous d'autres questions ?

— Dois-je vous rappeler, Dumont Desbardes, que le Grand-Maître de la Milice du Christ, conformément au règlement, ne dispose pas des pleins pouvoirs et doit soumettre certaines de ses décisions au vote du chapitre ? L'exécution d'une personne n'ayant pas été reconnue coupable d'hérésie à la suite d'un procès demandé par l'autorité ecclésiastique et exécuté devant notaire fait partie de ces décisions qui doivent être soumises à notre vote...

— Cette femme était coupable d'hérésie et l'avait avoué devant moi et devant les frères chevaliers qui m'accompagnaient.

— Elle n'avait pas été reconnue coupable devant notaire, maître, et devait donc être encore considérée comme chrétienne. Or, selon notre loi, un frère qui tue ou fait tuer un chrétien ou une chrétienne perd la maison de la Milice et doit être destitué de ses fonctions après vote du chapitre.

— Je vous répète que cette Mère était coupable d'hérésie, votre accusation est illégitime.

— C'est ce dont devra décider le chapitre, maître. Je vous en prie, laissez-moi continuer. Andreas Dumont Desbardes, reconnaissez-vous avoir donné vous-même la mort au frère sergent Fredric...

— Il suffit ! s'exclama le Grand-Maître en se levant. Je n'ai ni le temps ni l'envie de répondre à ces questions insultantes. Ce que j'ai fait, je l'ai fait dans l'intérêt de l'ordre et dans celui de l'Église. Je n'ai pas à m'en justifier devant cette assemblée.

Il quitta la table et se dirigea vers la sortie.

— Continuez votre petite cérémonie sans moi, Sénéchal, votez ce que vous voudrez, je m'en rends, moi, à la grâce de Sa Sainteté Nicolas IV et de notre roi, Livain VII le Jeune. Adieu !

Il sortit de la chambre capitulaire et claqua la porte derrière lui.

Sans attendre, il réunit les hommes qui l'avaient accompagné de Tolsanne à Lutès et leur ordonna de le suivre jusqu'au palais de l'Île de la Cité.

*
* *

Bohem perdit beaucoup de sang avant que Mjolln ne parvienne à arrêter l'hémorragie de sa blessure au ventre. Adossé contre un arbre, il pleurait – comme il l'avait fait toute la nuit – et Loeva à son côté lui tenait tendrement la main.

Mjolln revint quelque temps après le lever du soleil, les mains noires de terre et le front en sueur. Il avait creusé lui-même une tombe pour celle qu'il avait dû tuer, et l'avait enterrée derrière une petite futaie, à quelques pas de là.

— Je... Je suis désolé, Bohem, dit-il en s'agenouillant près du louvetier.

Bohem avait tellement pleuré que ses yeux étaient maintenant rouges et gonflés. Il n'avait pas prononcé un seul mot depuis la mort de Catriona, et son corps, de temps en temps, était subitement secoué par de nouveaux sanglots.

— Je suis vraiment désolé, répéta le nain en posant une main sur l'épaule de son ami. Ça, je... Ahum. J'aurais dû essayer de la repousser, simplement. De m'interposer, oui. Mais j'ai vu sa lame s'enfoncer dans ta gorge et j'ai pris peur. C'était ta vie ou la sienne, Bohem... Je... Oh, je suis réellement désolé !

Le louvetier secoua lentement la tête. Mjolln n'y était pour rien. C'était sa faute, à lui. Sa faute. Catriona avait raison : il l'avait abandonnée. Il n'aurait jamais dû écouter le pelletier, le jour de l'incendie, se contenter de ses dires. Il aurait dû aller voir par lui-même. Il aurait pu la sauver, et tout aurait été différent. Mais maintenant... Maintenant il allait devoir vivre avec tout cela sur la conscience... Et c'était insupportable. C'était trop. Beaucoup trop pour lui. Plus dur encore que la première fois.

— Je ne pouvais pas, non, la laisser te tuer, mon Bohem. Nous devons continuer, oui. Nous devons rejoindre la Licorne... Je... Je ne pouvais pas. Ahum. Écoute-moi, louvetier. J'ai trouvé le nom de l'endroit où se trouvent les portes du Sid, ça oui. Nous devons amener les Brumes... Et retrouver Vivienne. Nous devons continuer, Bohem.

— Non, murmura le jeune homme sans relever la tête. Non. Cela n'a plus aucun sens. Je ne peux plus.

— Comment ça, tu ne peux plus ? Ahum. Tu ne vas pas rester ici, là, au pied de cet arbre ! Allons ! Bohem ! Nous devons au moins retrouver Vivienne, la troubadour !

— Laisse-moi.

— Non, Bohem, nous...

— Laisse-moi ! hurla Bohem en repoussant le nain.

Mjolln tomba à la renverse. Il resta bouche bée un instant, puis il se releva lentement. Des larmes montèrent au bord de ses paupières. Lui qui ne pleurait jamais.

Le nain s'écarta, la tête baissée, et disparut de l'autre côté des arbres. Bohem ne le regarda pas partir. Il n'entendait plus. Il ne voyait plus, ne sentait plus. Son cœur et sa tête étaient plongés dans un néant immense. C'était comme si le monde s'éloignait lentement de lui et qu'il sombrait dans un gouffre infini dont il ne pourrait plus jamais sortir.

— Allons ! Monsieur Bohem ! chuchota Loeva à côté de lui. Votre ami a raison. Vous devez vous reprendre ! Votre sœur... Votre sœur, je crois, est mieux ainsi. Je crois... Je crois qu'elle voulait peut-être mourir. Vous ou elle, pour elle, cela n'avait plus d'importance... Elle voulait en finir, n'est-ce pas ? Mais vous... Il y a, je crois, des gens qui comptent sur vous, Bohem.

Le louvetier ferma les yeux. Il ne voulait pas entendre la jeune fille.

— Vous ne pouvez pas les abandonner, continua-t-elle. On parle de vous partout. Vous représentez tant, pour tant de gens. Même moi, j'ai entendu parler de vous, à Lutès. Et puis il y a votre amie, cette Vivienne. Mjolln dit que vous devez la retrouver. C'est... C'est la femme que vous aimez ?

Mais il ne répondit pas. Les larmes, encore, furent sa seule réponse.

— Vous ne pouvez pas l'abandonner, elle. L'amour est plus fort que tout, m'a-t-on dit. Plus fort que la mort. Et puis, les Brumes... On dit que vous parlez aux Brumes... C'est vrai, n'est-ce pas ?

Bohem resta silencieux. Il ne bougeait pas, ne pleurait même plus. C'était comme s'il avait perdu connaissance.

— Tout ce que nous avons fait, dans la commanderie, c'était pour les Brumes, n'est-ce pas ? Vous n'allez pas les abandonner, les Brumes ! Bohem ! Vous m'entendez ? Vous ne pouvez pas les abandonner !

— Et moi ? lâcha enfin Bohem en redressant soudain la tête. Hein ? Et moi ?

Il regarda la jeune fille droit dans les yeux.

— Ne m'a-t-on pas abandonné, moi ? demanda-t-il d'une voix étranglée. J'ai vu ma sœur mourir par deux fois. Deux fois ! Tu comprends ? Par deux fois ma sœur est morte à cause de moi ! Par deux fois j'ai perdu l'être qui m'était le plus cher au monde...

Il laissa à nouveau retomber sa tête entre ses épaules et se remit à pleurer.

Loeva passa une main derrière son cou et posa l'autre sur son bras.

— Bohem. Je... Je veux bien être votre sœur, moi.

Le louvetier prit la jeune fille dans ses bras et sanglota contre elle. Comme un enfant. Et elle le serra contre lui. Comme une sœur. Et elle était sincère. Elle avait pensé chacun de ses mots. Du fond du cœur elle voulait se lier à lui. Lui offrir ce qu'il avait perdu. Lui redonner la sœur qu'il avait vue mourir.

Ils restèrent ainsi longtemps, jusqu'à ce que les pleurs de Bohem se fussent complètement arrêtés. Et plus longtemps encore.

*
* *

Une mélodie d'une douce mélancolie s'éleva au milieu de la plaine. Mjolln, seul parmi les arbres, jouait de la cornemuse, les yeux fermés. Ses notes étaient d'une beauté unique et glissaient le long de la terre comme le chant d'une sirène sur les flots. Tristes et réconfortantes à la fois. C'était le mode du deuil que jouaient les bardes de Gaelia. Et Gaelia, il l'imaginait tout autour de lui. Ses vertes vallées. Ses forêts infinies. La mer, partout alentour. Il était triste. Profondément triste. Parce qu'il partageait la peine de Bohem. Il connaissait si bien cette douleur. Il l'avait ressentie, aiguë, assassine, le jour où il avait appris la mort d'Aléa. Et, comme Bohem, il avait pleuré toute une nuit, et même plusieurs jours. Car elle était comme sa sœur. Sa petite sœur. C'était pour elle et pour Catriona qu'il voulait jouer. En leur mémoire. Comme une ode à cette fraternité disparue.

— Comment s'appelle cet endroit où sont les portes du Sid ?

Le nain sursauta. Il ne les avait pas entendus approcher. Il se retourna et sourit au louvetier. Le jeune homme se tenait le ventre. Il semblait souffrir de sa blessure, mais son regard avait retrouvé un peu de vie. Et la jeune fille à côté de lui souriait.

— Alors, ahum, Bohem, oui, tu es prêt à repartir ? s'enthousiasma le nain.

Bohem haussa les épaules.

— Oui. Je suis désolé. Je me suis comporté comme un égoïste. Je ne vais pas passer le reste de ma vie à pleurer comme un enfant...

— *Tu es un homme, puisque tu pleures...*

Les deux amis se sourirent chaleureusement.

— Où sont les portes, Mjolln ? demanda Bohem à nouveau.

— À Karnag. Les portes sont dans une ville qui s'appelle Karnag. C'est ce qui était écrit sur le temple d'Ariel, en tout cas.

— Tu sais où cela se trouve ? demanda Bohem.

Le nain fit une grimace.

— Aucune idée ! Mais nous trouverons sûrement...

— Moi, je sais ! intervint Loeva.

Bohem se tourna lentement vers elle.

— C'est au duché de Breizh, expliqua la jeune fille.

— Comment sais-tu cela ? s'étonna le louvetier.

— Eh bien ! Je suis née dans cette région. Mon prénom, à l'origine, vient du duché de Breizh...

— Vraiment ? reprit le nain en s'approchant d'eux. « Loeva » ? Et que signifie-t-il ?

— « Sève ».

Bohem hocha la tête.

— C'est un joli nom, murmura-t-il.

— Et où se trouve Karnag, précisément, dans le duché de Breizh ? demanda Mjolln, impatient.

— À l'ouest de Roazhon, près de la côte.

— À quelle distance, oui, de Roazhon ? insista-t-il.

— Je ne sais plus trop, assez loin je crois. Mais j'étais toute petite, la dernière fois que je suis allée là-bas. C'était avant que je sois envoyée à l'orphano de Lutès.

— Dans la région de Roazhon, ça oui, cela tombe bien. Mais ce n'est sans doute pas un hasard, n'est-ce pas, Bohem ? Si la Licorne est déjà près de cet endroit. Oui, sans doute pas un hasard. Tout est lié.

Bohem acquiesça.

— Bien, ahum, alors, je crois que nous devons nous mettre en route, Bohem. Tu as donné rendez-vous à la Licorne trois jours avant la Toussaint, n'est-ce pas ? Et Bastian sera là aussi, oui. Et La Rochelle. Vivienne, peut-être aussi. Nous devons y aller, oui.

— Loeva ? demanda Bohem. Tu... Tu veux retourner à Lutès ? Nous pouvons te donner le poney de Mjolln, et il montera avec moi... Et puis je vais te donner l'argent que je t'ai promis, avec ça, tu seras tranquille un bon moment.

La jeune fille parut vexée.

— Bohem ! Je... Je préférerais vous accompagner.

Le louvetier prit la main de la jeune fille.

— Cela me ferait très plaisir, Loeva. Très plaisir. Mais tu sais que cela risque d'être dangereux...

— Vous n'allez pas me répéter ça toute la vie, tout de même ?

— D'accord, répondit le louvetier. Mais à une seule condition...

— Laquelle ?

— Tu arrêtes de me vouvoyer.

Loeva sourit.

— Je crois que c'est dans mes cordes !

— Alors, Mjolln a raison. Nous devons nous mettre en route. La Toussaint approche.

*
* *

— Andreas, calmez-vous, nous avons sûrement un moyen d'arranger cette fâcheuse situation.

Le Grand-Maître de la Milice du Christ avait rapidement obtenu un entretien avec le roi de Gallica et Pieter le Vénérable. Ils s'étaient isolés tous les trois dans le bureau de Livain, et, malgré la retenue qu'exigeait son rang, Dumont Desbardes ne pouvait masquer sa colère.

— C'est de Pierreville qui a tout manigancé, j'en suis certain, Majesté ! Ce maudit petit Lutésien de Pierreville ! Ce fourbe veut prendre ma place depuis au moins cinq ans. Il aurait sans doute préféré que je meure en Orient quand je vous escortais pour votre croisade, Livain. Mais je suis revenu, et il fera tout pour m'écarter des affaires de la Milice ! Tout !

— Calmez-vous, maître ! insista le roi. Calmez-vous !

Mais Dumont Desbardes était beaucoup trop emporté pour l'entendre. Il déambulait devant la fenêtre comme un animal en cage.

— Réunir le chapitre pour voter ma destitution ! Oser me faire ça, à moi ! Qui ai donné ma vie à l'ordre ! Qui vous ai suivi en Terre sainte, et qui ai défendu la chrétienté au cœur même de Jérusalem ! Il a osé me faire ça à moi ! Qui ai tout sacrifié pour la Milice ! Je n'en reviens pas !

— Pour la dernière fois, Andreas, je vous prie de vous calmer ! Si vous voulez que Pieter et moi puissions vous aider, vous devez recouvrer votre sérénité et m'écouter.

Le Grand-Maître s'immobilisa enfin, poussa un long soupir et s'assit à côté de l'abbé de Cerly, en face du roi.

— Veuillez me pardonner, Livain. Jamais de ma vie je n'aurais imaginé en arriver là. Mais vous avez raison, je vais essayer de me calmer. Je vous écoute, Majesté.

— Bien. Avant tout, je veux vous dire mon mécontentement. Pieter le Vénérable, ici présent, vous a fait savoir que nous ne voulions plus que vous vous mêliez de l'affaire du louvetier, Bohem...

— Ce n'est pas moi qui suis allé à lui, Majesté, mais lui qui est venu à moi.

— Vous l'avez suivi jusqu'à Lutès, Andreas, et c'était une décision stupide !

— Majesté...

— N'en parlons plus ! Ce qui est fait est fait. Je me suis occupé, moi, de cette affaire, et nous avons quelqu'un qui va se charger de nous ramener le louvetier.

— Et qui donc ? répliqua Dumont Desbardes, perplexe.

— Une personne que mon épouse a retrouvée et qui est mieux placée que quiconque pour le retrouver. Peut-être y est-elle déjà parvenue, car elle suivait Bohem le soir où il est entré dans votre commanderie. Mais nous gardons son identité secrète, et cela ne vous regarde plus.

Le Grand-Maître poussa un soupir exaspéré. Mais il resta silencieux. Il ne pouvait plus se permettre de s'opposer au roi.

— Dumont Desbardes, vous devez regarder la réalité en face, reprit Livain, vous êtes dans une fort mauvaise situation.

— Pardon ? s'offusqua le Grand-Maître.

— Allons ! Pas d'hypocrisie ! Vous le savez comme moi. Le chapitre peut voter votre destitution aujourd'hui même, et vous ne pourrez rien y faire.

— Je ne les laisserai pas faire !

— S'ils votent contre vous, vous n'aurez pas le choix. Vous connaissez la règle de saint Courage mieux que quiconque, Andreas. Les officiers du chapitre peuvent vous destituer à tout moment s'ils votent unanimement contre vous. Mais Pieter et moi pouvons peut-être les en dissuader. N'est-ce pas, cher abbé ?

Pieter le Vénérable hocha lentement la tête.

— Je le pense, en effet. Le Sénéchal est un homme comme les autres : il a des faiblesses. Il suffit de trouver la faille.

— Et quelles sont ses faiblesses ? demanda Dumont Desbardes en tournant la tête vers l'abbé de Cerly.

— Pour trouver les faiblesses d'un homme, maître, il faut connaître ses ambitions. Celles de votre Sénéchal sont bien différentes des vôtres.

— Ma seule ambition est de défendre la chrétienté, Pieter...

— Oui, oui... C'est entendu, nous n'en doutons pas un seul instant. Mais vous êtes un homme de terrain, Andreas, un homme de combat.

— Je suis un chevalier, abbé.

— Exactement. De Pierreville, lui, est un politicien. Il n'a jamais porté l'épée que pour l'apparat et ne la portera jamais au combat. Ce qui l'intéresse, c'est le pouvoir. Et donc, ce qui compte le plus pour lui aujourd'hui, c'est Lutès.

— Lutès ? s'étonna Dumont Desbardes.

— Bien sûr ! répliqua l'abbé de Cerly. Jérusalem est une ville pleine d'incertitudes. Monsieur le roi et vous-mêmes voudrez bien m'excuser, mais votre dernière croisade s'est soldée par un échec, et la Terre sainte est tout sauf sûre, aujourd'hui. Peut-être Jérusalem retrouvera-t-elle la paix un jour, mais rien n'est moins sûr, et de Pierreville le sait. Lutès, en revanche, est en pleine expansion. C'est la plus grande ville du royaume de Gallica et peut-être même la plus grande ville d'Occident. Elle grandit plus vite que toutes les autres cités que je connais. Gageons qu'elle sera demain le plus grand carrefour commercial et politique du monde occidental.

— C'est certain, affirma le roi en opinant du chef.

— Vous en conviendrez, Andreas : aujourd'hui, mieux vaut être Commandeur de Lutès que de Jérusalem...

— C'est possible, répondit le Grand-Maître. Et alors ?

— Et alors, de Pierreville a une priorité : lui qui est Commandeur de Lutès, il ne doit pas passer à côté du développement de la capitale. Il sait que le moment est crucial, et que la Milice doit acquérir rapidement de nombreuses terres autour des remparts de la ville... Car, dans quelques années, Lutès aura doublé sa taille, et ceux qui en bénéficieront seront les propriétaires terriens. Si les gens qui possèdent aujourd'hui des champs et des marais autour de Lutès savaient combien ces terres se monnaieront un jour, ils n'en reviendraient pas ! Tout l'avenir de Gallica se jouera dans cette ville, Andreas, et de Pierreville le sait pertinemment. N'est-ce pas, Majesté ?

Le roi acquiesça en souriant.

— Or, si le Sénéchal veut acquérir de nouvelles terres, il a intérêt à rester en bons termes avec la couronne... Car, comme le veut la loi du royaume, la Milice ne pourra rien acheter sur le domaine de la couronne sans l'accord préalable de Livain...

— Je comprends, glissa Dumont Desbardes d'une voix soudain plus calme.

— Plus que votre place, intervint le roi, ce que de Pierreville désire vraiment, c'est faire de sa commanderie la plus grande commanderie d'Occident. Et pour cela, il aura besoin de moi. Le Sénéchal ne pourra rien me refuser que je lui demanderai. En outre, Pieter ici présent m'assure que le pape pourrait lui aussi, si nécessaire, influencer le chapitre pour qu'il abandonne ses charges contre vous...

Andreas Dumont Desbardes regarda le roi. Celui-ci le dévisageait en souriant, silencieux. Qu'attendait-il ? Quelque chose en échange ? Bien sûr. Il n'allait pas aider le Grand-Maître pour rien... Rien n'était gratuit au palais. Tout était politique.

— Qu'attendez-vous de moi, Majesté ?

— Vous lisez dans mes pensées, maître !

— Je sais comment marche le monde...

Livain hocha la tête, puis il se leva et alla s'asseoir sur le bord de son bureau, tout près du Grand-Maître.

— Emmer Capigesne s'apprête à déclarer la guerre à Gallica, Andreas.

— La guerre ? Il n'oserait pas !

— Non seulement il ose, mais c'est imminent. Il a envoyé il y a plus d'une semaine un messager pour faire entrer Gaelia dans le conflit à ses côtés. Ses troupes sont en train de se rassembler dans le comté de Pierevain. Le conflit est inévitable.

— C'est de la folie ! Ne pouvez-vous pas trouver une conciliation ?

— Il est trop tard, Andreas. La seule chose que nous puissions faire, c'est préparer notre défense. Nous avons besoin de mettre toutes les chances de notre côté. Mon épouse est déjà partie pour le royaume de Chastel, elle reviendra, je l'espère, avec quelques milliers d'hommes. Mes vassaux me soutiennent également. Mais nous devons écraser Emmer par le nombre et par la force. Et c'est là que vous pouvez nous rendre service, maître.

— Je suis votre serviteur, Majesté.

— La Milice du Christ n'a pas d'ordinaire pour mission de participer à ce genre de conflit. Car ce sont des chrétiens qui nous attaquent. Mais vous pourriez peut-être convaincre vos hommes du contraire, et mener au combat un régiment de Miliciens et de frères chevaliers. Car, en fin de compte, c'est tout le royaume chrétien de Gallica qui est en danger. Et notre royaume est bien plus fidèle à la papauté que celui d'Emmer. Nous avons besoin de vous, Andreas. Vos hommes sont parmi les meilleurs soldats du royaume.

— Le chapitre ne me laissera jamais faire...

— Je vous ai dit que je m'occupais, moi, du chapitre, répliqua le roi.

— Et le pape ?

— Il nous soutient, intervint Pieter le Vénérable, d'un air satisfait.

— Tout ce que vous aurez à faire, Andreas, c'est mener vos hommes à la victoire. J'ai déjà levé mon ost, car nous voulons attaquer les premiers.

— Me battre à vos côtés contre Emmer Capigesne ? Majesté, ce serait un immense honneur !

— Alors, c'est un marché conclu ?

— Débarrassez-moi du chapitre et je ferai tout ce que vous voudrez, Majesté.

*
* *

Cela faisait quatre jours qu'ils avaient quitté Lutès. Quatre jours depuis la mort de Catriona. Et si la blessure morale commençait à se refermer dans le cœur de Bohem, celle, physique, dans son ventre, semblait ne pas vouloir guérir. Chaque soir, Mjolln essayait de soigner le louvetier, mais la plaie continuait de saigner, et Bohem – quoiqu'il essayât de ne point le montrer – souffrait atrocement.

Loeva, quant à elle, avait trouvé sa place auprès de ses deux aînés, elle leur offrait sa jeunesse et sa bonté naturelle, ne se plaignait jamais malgré la longueur du voyage, et passait des heures, le soir, à écouter le Cornemuseur jouer de son instrument ou raconter l'une de ses mille aventures. Mjolln était heureux de l'avoir à ses côtés car, tout seul, il aurait eu bien de la peine à réconforter Bohem. La présence de Loeva apportait un peu de gaîté à leur équipée. Elle semblait si heureuse de voyager avec eux qu'ils en oubliaient presque le reste. Ils fonçaient droit vers Roazhon, sans trop penser à ce qui les attendait là-bas. Les Brumes, Vivienne peut-être... Il suffisait d'espérer !

Prudents, ils évitaient les villes et les villages, car la Milice était peut-être encore à leur recherche. Dès le deuxième jour, ils avaient acheté à un paysan un deuxième poney pour Loeva. La jeune fille, qui n'était jamais montée à cheval, avait eu un peu de peine au début, mais elle s'était vite habituée et allait maintenant aussi vite que Mjolln.

Au soir du quatrième jour, ils s'installèrent sous un grand rocher, à l'abri du vent, et alors que la nuit tombait, ils partagèrent un lapin que Bohem avait chassé.

— Mjolln, je crois savoir qui a enlevé Vivienne, annonça soudain le louvetier alors qu'ils étaient tous trois silencieux depuis un petit moment.

— Pardon ?

— Depuis le début, je croyais que c'était la Milice du Christ. Mais plus j'y réfléchis, plus je me dis que ce n'est pas possible. Cela n'aurait aucun sens. Dumont Desbardes ne se serait pas contenté de l'enlever, elle. Il aurait essayé de nous tuer tous. Moi, en tout cas. Non. Celui qui a enlevé Vivienne ne peut l'avoir fait que pour une seule raison : faire pression sur moi.

— Comment ça ?

— Elle n'a pas été tuée, Mjolln. Elle a été enlevée, presque sous nos yeux. Celui qui l'a enlevée, j'en suis convaincu, s'en servira pour passer un marché avec moi. Elle servira se monnaie d'échange. La vie de Vivienne contre...

— Contre quoi ?

— Je n'en suis pas certain, avoua Bohem. Mais j'ai fait de nombreux rêves étranges. Tu sais...

Le louvetier jeta un coup d'œil embarrassé en direction de Loeva.

— Tu sais, reprit-il, des rêves... dans le monde de Djar. Et je sais que celui qui avait envoyé les Aïshans pour me tuer est toujours là.

— Es-tu sûr, ahum, de qui il s'agit ?

— Oui. C'est Lailoken, le Sauvage.

Loeva fronça les sourcils. Bohem se rendait compte que tout cela devait la sidérer, mais il ne voulait pas attendre qu'elle dorme pour parler à Mjolln. Après tout, elle était avec eux, à présent. Elle avait le droit de savoir...

— Il m'a parlé, plusieurs fois, dans le monde de Djar. Mais je ne suis pas sûr de comprendre ce qu'il me veut. Il... Il me reproche la fin du Saîman, la fin de ce pouvoir dont tu m'as parlé...

— Ah. Ça, oui, le pouvoir des druides. Oui. C'est cela que te reproche Lailoken, oui ? La fin du Saîman. Mais tu n'y es pour rien, non. Il s'est éteint, ahum, quand ta mère est devenue reine...

Loeva ne put une nouvelle fois cacher son étonnement. Elle avait entendu beaucoup de légendes sur

Bohem, mais elle s'était imaginée que la plupart étaient fausses et jamais elle n'aurait pensé qu'il était le fils d'une reine... Pourtant, elle devait s'attendre à tout, maintenant. Car depuis qu'elle était auprès de ses deux nouveaux compagnons, elle allait de surprise en surprise, et cela n'allait pas s'arrêter, semblait-il...

— Il veut me tuer, Mjolln. Il me l'a dit plusieurs fois, dans le monde de Djar. Alors... Alors, ce sera peut-être la vie de Vivienne... contre la mienne.

Un long silence suivit la dernière phrase de Bohem. Le louvetier, les yeux dans le vague, essayait de pousser sa réflexion encore plus loin. Il était sûr de ne pas avoir encore compris la relation exacte entre toutes ces choses. Le Saîman, les Brumes, le Sauvage...

Quant à Loeva, elle ne savait pas quoi dire. Pour la première fois, la jeune fille ne se sentait plus du tout à sa place. Elle avait l'impression d'entendre des choses qui ne la concernaient pas. Qui lui faisaient peur, en tout cas. Le Sauvage ? Bohem avait rencontré le Sauvage ? Ce personnage de légende qui faisait peur aux enfants existait donc vraiment ? Non ! Elle refusait d'y croire ! Bohem était-il fou ? Pourtant, il semblait très sérieux... Et ce n'était certainement pas par hasard que son nom était sur toutes les lèvres dans le royaume ! Bohem n'était pas un garçon comme les autres. Elle essaya de ne pas céder à la peur. Elle essaya de se convaincre qu'elle avait simplement de la chance d'être là, près de ce jeune homme si singulier.

— Nous trouverons, Bohem, une autre solution, oui. Mais...

Mjolln s'arrêta de parler. Il semblait gêné.

— Mais quoi ? le poussa Bohem.

— Mmm. Je ne sais pas si je devrais te dire ça, ahum.

— Quoi ? répéta Bohem.

— Je sais, oui, que cela doit être désagréable, quand... Quand je parle de ce que ta mère faisait... Oui, ahum.

— Je t'écoute, Mjolln.

— Le plus profond regret de ta mère, Bohem, c'est de ne pas avoir su résoudre le plus grand conflit de sa vie, oui, autrement que... Comment dire ? Autrement qu'en tuant son adversaire, Maolmòrdha. Un jour, elle a été obligée de l'affronter et de le tuer et, toute sa vie, elle l'a regretté. Oui. Parce que c'était le contraire de ce qu'elle prêchait, ahum. Toute sa vie, elle a voulu prouver que l'on peut, ça, résoudre les conflits autrement qu'en s'entre-tuant. Tahin. Je n'étais pas d'accord avec elle, non, ça non... Je crois que parfois on n'a pas le choix... Comme...

— Comme avec Catriona ?

Le nain acquiesça d'un air désolé.

— Oui. Mais vois-tu, maintenant, là, je ne cesse de penser à tout ça... Depuis Catriona, Bohem. Je ne cesse de penser à ce que ta mère disait, et je me demande, oui, si elle n'avait pas raison...

— C'est-à-dire ?

— Ahum. Il n'y a pas de plus grand défi au monde, oui, que de résoudre un conflit sans en arriver à l'élimination de son adversaire, n'est-ce pas ? Quand un homme te menace d'une arme et que ta vie est en jeu, tu n'as souvent que le choix entre sa vie, oui, et la tienne... Pourtant, c'est cela que ta mère cherchait, ahum. Une troisième voie. Plusieurs fois, elle y est parvenue. Elle a évité bien des conflits et arrêté bien des guerres, tu sais, en mon pays, là-bas. Mais ce combat-là, ce combat contre son plus grand ennemi, ça, elle n'a pas pu le résoudre autrement. Elle a tué Maolmòrdha.

— Où veux-tu en venir ?

Le nain lança à Bohem un regard plein d'intensité. Il le fixa longuement, d'un air grave.

— Il faut que nous trouvions la troisième voie, Bohem. C'est le sens de ta vie, n'est-ce pas ? Vivre ensemble. Apprendre à vivre ensemble. Concilier. Oui ? Tout se résume à cela. Ton message ne pourra souffrir une exception si grande...

— Mon *message ?* s'étonna Bohem.

— Allons ! Tu le sais bien ! Le monde a les yeux rivés sur toi. Tu es porteur d'un message, louvetier, que tu le veuilles ou non. Tahin.

Bohem avala sa salive. Le nain avait-il raison ? Était-ce cela, le sens de sa vie ? Le sens qu'il devait lui donner, en tout cas ?

Peut-être. Il était le porteur involontaire d'un *message*. Involontaire ? Vraiment ? Non. Il avait fait des choix. De véritables choix. Sauver les Brumes ou les Bons Hommes de Nabomar ; entrer chez les Compagnons du Devoir... Non, ce n'était pas involontaire. C'était flou, tout simplement. Trop flou, pour le moment. Parce que ce message, il ne le comprenait pas encore entièrement. Mais Mjolln avait raison. Et cette phrase qui revenait si souvent dans sa bouche ou celle du nain résumait peut-être à elle seule la quête que Bohem menait, et que sa mère avait menée avant lui. « Vivre ensemble ». Vivienne elle-même le lui avait rappelé, le soir où il hésitait à accepter la proposition des Compagnons de Carnute.

— Bohem, reprit le nain en posant une main sur l'épaule de son ami, il faut que nous trouvions la troisième voie. Quand le jour viendra, tu ne tueras pas Lailoken.

*
* *

— Livain a levé son ost, Majesté. Les troupes de Gallica sont déjà en route vers notre comté. Quatre colonnes armées se dirigent droit sur nous. Les divisions de Livain accompagnées de la Milice du Christ arrivent de Lutès, les troupes du comte Théodore II ont déjà franchi le Veromandois, celles du comte Emmerich Ier sont au nord d'Aurilian, et l'armée de Théobald V, comte de Bleizis, attend l'ost du roi à la frontière. Nous pensons... Nous pensons qu'il y a entre cent et cent cinquante mille soldats en marche vers Pierre-Levée, Majesté.

Le général Chroce était entré dans l'antichambre du roi sans attendre que le chambellan du palais l'y ait invité. L'information qu'il venait livrer à Emmer ne pouvait souffrir aucun délai et il savait que le roi ne lui en tiendrait pas rigueur.

Emmer fit signe à l'officier de prendre place.

— Il a donc choisi d'attaquer le premier ! Je ne m'étais pas trompé ! Hélène aurait dû m'écouter ! Nous aurions pu réagir beaucoup plus vite. Cent cinquante mille hommes ? C'est plus du double de ce que je pourrai réunir ici en quelques jours !

Le général Chroce resta muet. Personne, au palais, n'osait mentionner les raisons de la disparition de la duchesse de Quienne, mais nul n'ignorait la dispute qui l'avait opposée au roi de Brittia. Hélène, furieuse, avait quitté la ville avec les cent soldats de sa garde. Emmer lui-même faisait mine de ne pas s'en inquiéter ; la duchesse était une femme imprévisible et ce n'était pas la première fois qu'elle s'absentait quelque temps sans dire où elle allait mais, au fond, il était fort anxieux. Ce désaccord ne donnait pas aux sujets de la reine et du roi une image solide du couple royal, et cela risquait d'entamer leur confiance au moment, justement, où la guerre se préparait.

Emmer se dirigea vers la porte et demanda à un garde que l'on aille chercher Valérien, maître d'artillerie du palais des Ducs et fidèle conseiller d'Hélène.

Celui-ci arriva rapidement dans le bureau du roi et prit place à côté du général Chroce. Il avait déjà été mis au courant du départ des troupes de Gallica et il avait la mine rembrunie.

— Valérien, l'heure est grave et j'aimerais que vous participiez à cette réunion. Votre avis m'est cher, vous le savez, et la confiance qu'Hélène a en vous m'inspire le plus grand respect.

— Majesté, je suis au service de la duchesse et au vôtre.

— Merci. Vous... Vous êtes toujours sans nouvelles d'Hélène ?

— Malheureusement. Mais comme je vous l'ai déjà dit, je ne pense pas qu'il soit nécessaire de s'en inquiéter outre mesure. La duchesse, comme elle me l'a fait comprendre juste avant de partir, aura rejoint quelque couvent pour prier un peu... Elle... Elle redoutait cette guerre et ne veut pas y prendre part, je crois. Et elle est accompagnée de sa garde, Majesté, l'élite des soldats de Pierre-Levée... Il ne peut rien lui arriver.

— Je vous remercie de votre franchise, Valérien. J'ai été un peu dur avec la reine. Et je comprends qu'elle ait éprouvé le besoin de sortir de cette ambiance belliqueuse... Mais, malheureusement, je ne me trompais pas sur les intentions de Livain. J'espère, cher maître, que vous accepterez de nous aider, car à présent nous ne pouvons plus reculer. Livain nous attaque, et que nous le voulions ou non, cette guerre aura lieu.

Le maître d'artillerie acquiesça.

— Nous avons pris du retard, expliqua le roi. Livain a pris les devants, et la guerre va devoir se jouer sur notre terrain, ce qui pourrait tourner en notre défaveur. En outre, nous n'avons pas non plus l'avantage du nombre. Livain a obtenu le soutien de Dumont Desbardes et de la Milice du Christ, ainsi que celui de ses principaux vassaux, sans compter que son épouse a peut-être convaincu le roi de Chastel de prendre part au conflit. Nous, en revanche, sommes sans nouvelles de Gaelia. Leuthaire n'est pas encore rentré de Providence... Tout cela s'annonce fort mal... J'ai perdu trop de temps à vouloir convaincre Hélène... J'aurais dû aller chercher davantage de soutien auprès de mes vassaux en Brittia.

— Majesté, intervint le général Chroce, le duc de Breizh et le comte d'Arvert, comme vous le leur aviez demandé, vous ont envoyé plusieurs garnisons de leur armée qui devraient arriver dans quelques jours à Pierre-Levée pour nous assister, et vos vassaux de Brittia vous ont tout de même dépêché un effectif de huit mille hommes.

— Cela ne suffira pas à opposer à Livain un nombre conséquent de combattants. En comptant mon armée de trente mille hommes et celle de ces vassaux, nous serons moins de soixante-dix mille, et la plupart arriveront peut-être après le début des hostilités.

— Ceci n'est pas forcément un handicap... Un renfort tardif est souvent un bon moyen de prendre l'ennemi à revers...

— Messieurs, nous devons trouver la meilleure stratégie pour combler notre déficit numérique.

Le roi de Brittia se leva et alla examiner sur une table basse une carte du comté de Pierevain. Il resta muet un petit moment, puis se retourna vers les deux hommes et reprit la parole :

— Je veux connaître votre avis : devons-nous partir à la rencontre de Livain ou l'attendre ici ?

— L'attendre ici ? répliqua aussitôt le maître d'artillerie, hébété. Majesté, vous ne l'envisagez pas sérieusement ? Ce serait... Ce serait une catastrophe ! Pierre-Levée est une grande ville, bien trop difficile à défendre, et nous mettrions en péril la vie de nombreux civils !

— Pierre-Levée est une ville fortifiée, Valérien, nous aurions l'avantage du terrain, ce qui ne serait pas le cas si la bataille avait lieu en rase campagne ! Et vous connaissez cette ville mieux que personne, vous saurez en tirer de nombreux avantages.

— J'insiste, Majesté : nous ne sommes pas assez nombreux pour défendre Pierre-Levée, la ville est trop large, trop éparpillée ! Les points faibles beaucoup trop évidents... Pour pénétrer à l'intérieur des remparts, l'ennemi n'aura que trop de choix !

— Nous ne sommes pas assez nombreux non plus pour mener une bataille frontale contre l'armée de Livain !

— Pierre-Levée est la capitale du comté, mais aussi la cour de la duchesse de Quienne, Majesté. Si nous perdons ici, nous perdons toutes les terres d'Hélène !

— L'enjeu ne sera pas moins grand ailleurs, Valérien. Ce qui compte, c'est de mettre le plus de chances possible de notre côté ! Et je crois que profiter des avantages d'une ville fortifiée est un atout que l'on ne peut négliger, étant donné la situation.

— Hélène n'est même pas ici pour défendre sa ville ! Elle n'aurait jamais quitté Pierre-Levée avec ses meilleurs soldats si elle avait su que vous prendriez une telle décision !

— Mais je préfère, moi, qu'elle se soit absentée, Valérien ! répliqua le roi en colère. Voudriez-vous qu'elle risquât sa vie ici ?

— Non, bien sûr ! Mais nous ne pouvons pas laisser les troupes de Livain parcourir ainsi les fiefs de Brittia impunément et attendre ici qu'il vienne mettre notre ville à feu et à sang. Plus il avancera profondément sur vos terres, Emmer, plus notre défaite sera coûteuse. Nous devons l'arrêter le plus tôt possible.

Le roi hocha la tête d'un air peu convaincu.

— Qu'en pensez-vous, général ? demanda-t-il en se tournant vers Chroce.

L'officier hésita. Il connaissait Emmer depuis longtemps. Il savait que le roi lui faisait confiance, et que ce qu'il allait dire compterait beaucoup dans la décision royale.

— Je comprends que le maître d'artillerie veuille éviter à tout prix que le conflit soit porté ici, dans cette ville. Il y a en effet de nombreux civils qui pourraient être tués, et la défense d'une ville si grande est loin d'être aisée. Mais je crois que ce serait pourtant un réel avantage. La chose qui me semble la plus importante, c'est que si Gaelia nous envoie des troupes ou si celles de vos vassaux ont du retard, elles viendront d'abord à Pierre-Levée. Si nous sommes ailleurs, elles devront reprendre la route. Nous ne pouvons risquer que l'armée de Gaelia ne sache où nous trouver ! Enfin, en attendant ici, nous gagnons du temps, un temps précieux pour nous préparer au combat. Mais je comprends vos réticences, Valérien, et je ne peux que partager votre inquiétude. Peut-être pouvons-nous faire évacuer la ville pour éviter qu'il y ait des victimes dans la population ?

— Évacuer la ville ? s'exclama Valérien. Vous n'y pensez pas ! Pierre-Levée compte plus de quarante-cinq mille âmes !

— Nous avons plus d'une semaine pour le faire, rétorqua le général.

— Et où voulez-vous qu'aillent ces pauvres gens ?

— Dans les campagnes avoisinantes, maître, ou je ne sais où ! Là où ils voudront aller ! De toute façon, certains refuseront sûrement de quitter la ville...

— Raison de plus pour renoncer à cette stratégie ! Majesté, reprit le maître d'artillerie en se tournant vers le roi, c'est de la folie !

— Valérien, vous devez reconnaître que cette ville possède de nombreux atouts stratégiques ! Elle est fortifiée, surélevée et entourée d'un fossé. Nous devons étudier toutes les possibilités, mon cher. Cent cinquante mille hommes marchent sur nous. Il faut être réaliste : nous ne pourrons jamais les arrêter sur un champ de bataille.

— Alors, trouvons une autre place forte !

— Une place forte pour soixante-dix mille soldats ? Et

abandonner Pierre-Levée ? Vous plaisantez ! Livain viendra aussitôt prendre la ville !

Le maître d'artillerie se laissa retomber au fond de son fauteuil. Il était à court d'arguments, et il était horrifié. Il aimait Pierre-Levée plus que tout au monde, il était né dans cette ville et était déjà à la cour quand le père d'Hélène, duc de Quienne, y régnait encore. Pierre-Levée était la ville des poètes, des troubadours, et l'idée qu'on puisse la transformer en ville guerrière lui glaçait le sang.

Le roi reprit sa place à son bureau. Il se mordit les lèvres d'un air soucieux, puis il annonça :

— Messieurs, je vais réfléchir à tout cela. J'ai besoin d'un peu de temps. Je prendrai ma décision demain matin. Tenez-vous prêts.

*
* *

Bohem fut réveillé au milieu de la nuit par un bruit, de l'autre côté du rocher. Il se redressa aussitôt, repoussa sa couverture et se mit debout, tous les sens en alerte. Il ramassa délicatement son épée près de sa couverture et la glissa à sa ceinture en prenant garde à ne pas toucher la blessure à son ventre.

Depuis l'enlèvement de Vivienne et la mort de Catriona, il avait le sommeil léger, se réveillait plusieurs fois dans la nuit et il n'était pas retourné une seule fois dans le monde de Djar. Mais ce n'était pas un cauchemar qui l'avait réveillé cette fois. Il en était sûr. Quelque chose avait bougé à quelques pas d'ici. Peut-être une Brume ? Ou bien les gens qui avaient enlevé Vivienne les épiaient-ils encore la nuit venue ? Il voulait en avoir le cœur net.

Sans faire de bruit, il s'écarta du gros rocher sous lequel ils s'étaient couchés, et essaya de voir d'où le bruit pouvait venir. Tout était calme alentour. La lune projetait une lumière de guède sur la pierre et sur l'écorce des arbres. Un vent léger bourdonnait le long du sol, et on entendait au loin le clapotis cristallin d'une petite cascade. Bohem frissonna. Il marcha vers la droite, du côté où le sol escarpé remontait par-dessus le rocher. Il escalada lentement la pente, s'agrippant aux racines qui dépassaient du sol ici et là. La plaie qui refusait de guérir le fit souffrir à chaque effort. Arrivé en haut, il se redressa et aperçut aussitôt une silhouette noire, droite au milieu d'une futaie d'arbres fins, et que les vapeurs nocturnes semblaient envelopper d'un halo bleuté.

C'était la silhouette d'une femme.

Bohem s'approcha prudemment. La femme ne bougea pas. Elle n'essaya pas de se cacher. Plus il avançait, mieux il distinguait sa silhouette. Elle avait la taille fine et l'allure gracieuse, ses cheveux mi-longs étaient légèrement bouclés... Cela ne pouvait pas être elle ! Ici, au milieu de la nuit ? Bohem accéléra le pas.

— Vivienne ? appela-t-il à voix basse.

La femme fit deux pas en avant et son visage entra dans la lumière d'un rayon de lune.

— Non.

C'était une jeune femme, fort belle, du même âge sans doute que la nièce d'Hélène, mais plus petite, et ses cheveux étaient plus foncés.

— Qui êtes-vous ? demanda Bohem en posant la main sur le pommeau de son épée.

— Je suis Camille de Chastel, héritière du royaume de Chastel et épouse de Livain VII le Jeune, roi de Gallica.

Bohem écarquilla les yeux, incrédule. Était-ce un piège ? Il jeta un coup d'œil alentour. Mais il ne vit personne.

— Que... Que faites-vous là, madame ? demanda-t-il, sur ses gardes.

— Disons que je vous ai suivi...

La jeune femme avait une voix suave et avenante. Ce n'était pas la voix douce et mélodieuse de Vivienne, mais une voix plus chaude, plus ronde. Enchanteresse.

— C'est Livain qui vous envoie ?

— Oh, non ! Non, Livain me croit partie pour le royaume de Chastel. Le pauvre garçon...

Bohem secoua la tête. Il se demanda s'il ne rêvait pas. Cela lui semblait tellement invraisemblable !

— En réalité, reprit la jeune femme, au début, ce n'était pas vous que je suivais, mais votre sœur...

Le louvetier secoua la tête.

— Ma sœur ?

— Oui... Enfin, votre demi-sœur, Catriona. Je suis désolée, Bohem, j'ai vu ce qu'il s'est passé. J'étais là quand... Elle... Elle n'était pas censée vous attaquer...

— C'est vous qui l'avez envoyée ?

— Oui, oui c'est moi. Mais elle n'était pas censée vous attaquer, je vous assure. Je l'ai suivie pour voir si elle réussissait à vous convaincre...

— Me convaincre de quoi ?

— De vous unir à moi.

— À vous ou à Livain ?

La jeune femme s'approcha encore un peu et sourit. Elle avait de magnifiques petits yeux clairs, verts sans doute, quoique la lumière de la nuit fût trompeuse. Ils brillaient dans la pénombre tels les yeux d'une Brume.

— À moi, Bohem. De vous unir à moi. Livain est un sot. S'il vous plaît, ne parlons plus de lui...

— Pourquoi l'avez-vous épousé, si c'est un sot ?

— Mais, pour me rapprocher de vous, Bohem !

Le louvetier se retint de rire. Soit c'était un piège, soit cette jeune femme était complètement folle. Son regard, pourtant, semblait si sûr ! Si déterminé !

— Et que me voulez-vous ? Vous voulez me tuer, vous aussi ?

— Non ! Au contraire, Bohem ! Je vous ai dit que je voulais que nous nous unissions ! À présent que je sais qui vous êtes, votre mort serait pour moi une catastrophe ! Une catastrophe !

— Madame ! Ce que vous dites n'a absolument aucun sens !

— Pourtant, c'est bien vrai : je sais qui vous êtes, Bohem...

— Vraiment ? Et qui suis-je ?

La jeune femme posa ses mains sur ses hanches d'un geste gracieux.

— Tu es le Samildanach.

Le louvetier resta bouche bée. À part Mjolln et le Sauvage dans le monde de Djar, il n'avait jamais entendu personne prononcer ce mot-là ! Comment pouvait-elle savoir ? Connaissait-elle même le sens véritable de ce mot ? Sans réfléchir, il posa furtivement sa main sur son torse et effleura la pochette où il gardait la bague. Elle était toujours là.

— Bohem, tu dois me faire confiance...

Elle s'était encore avancée et elle n'était plus qu'à deux pas de lui à présent. Il hésita à reculer – cette folle allait peut-être tenter de l'assassiner ! – mais il était tellement hébété qu'il resta immobile.

— Nous devons nous unir, Bohem. Ensemble, nous pourrons gouverner le monde tout entier. Livain et Emmer ne sont rien. Gallica n'est rien. Ce sont tous des pantins, Bohem. Mais nous deux, réunis, rien ne pourra nous arrêter. Nous avons un destin à accomplir, tu sais. Viens avec moi au royaume de Chastel. Nous régnerons, là-bas, ensemble, sur le monde entier. Comme cela est écrit.

— Vous êtes complètement folle, madame ! souffla finalement Bohem en faisant un pas en arrière.

— Tu crois ? Alors, comment expliques-tu que je sache qui tu es ? Que je sache ce que tu gardes contre ton cœur ? Regarde, dit-elle en levant délicatement la main et en la tendant, à plat, vers Bohem.

Le louvetier n'en crut pas ses yeux ! Elle portait au doigt la même bague que celle que lui avait donnée le nain. Le symbole du Samildanach était gravé dessus : deux mains couvrant un cœur et une couronne.

— Où... Où avez-vous trouvé cela ?

— Tu as encore beaucoup de choses à apprendre, Bohem.

Elle fit un pas en avant, puis un autre. Elle posa sa main sur le bras du louvetier.

Il ne parvenait pas à bouger. Il était comme pétrifié. Par la surprise, mais aussi par les yeux de Camille de Chastel. Elle le dévisageait avec un regard charmeur. Ses yeux étaient si clairs, si purs et si droits !

La jeune femme approcha son visage de celui de Bohem. Puis sa bouche. Elle ouvrit doucement ses lèvres et l'embrassa.

Bohem resta paralysé quelques instants encore, comme envoûté par ce baiser. Puis soudain il recula la tête et repoussa Camille violemment.

La jeune femme fit quelques pas en arrière, puis s'immobilisa. Son visage s'illumina d'un sourire délicieux.

— Vous essayez de m'ensorceler ! lâcha le louvetier, furieux.

— Tu as le même pouvoir sur les gens, Bohem...

Le jeune homme s'essuya la bouche d'un revers de la main.

— Viens avec moi, louvetier, dit-elle en tendant la main vers lui.

Bohem secoua la tête.

— Vous êtes... Vous êtes complètement folle ! Retournez voir Livain et dites-lui que son stratagème a échoué ! Allez-vous en, madame, avant que je cède à la colère !

Camille pencha la tête d'un air désolé.

— Très bien. Tu as besoin de temps. Je te laisse réfléchir. Mais je reviendrai. Et ce jour-là, il faudra que tu sois prêt. Le temps nous est compté, Samildanach. À bientôt !

Elle se retourna et partit vers les arbres. Sa silhouette disparut lentement dans l'ombre, et soudain, elle ne fut plus là.

Bohem resta immobile un moment, abasourdi, puis il fit quelques pas en avant, pour voir où elle était passée. Mais elle avait disparu. Tout simplement.

*
* *

Le soir venait de tomber sur ce jour d'automne quand la longue colonne de l'armée de Livain et des Miliciens de Dumont Desbardes arriva dans le campement installé par le comte de Bleizis à la frontière, au sud-ouest de Bleiz.

C'était une impressionnante cohorte de cavaliers et de fantassins en armure, qui semblait ne jamais devoir finir d'arriver au milieu du camp de fortune. La lumière de la lune allumait ce long serpent de métal de reflets bleu argenté. Le vacarme immense s'élevait au milieu de la nuit, où se mêlaient les tintements des armures, le bruit lourd de la marche militaire, les craquements secs des roues des chars et le bruit des bêtes. Le vent faisait claquer dans l'air la toile tendue des oriflammes. L'ost royal comptait près de cinquante mille hommes, à pied ou à cheval, qui portaient sur leur surcot et sur leurs ailettes le blason de la couronne, des fleurs de lys dorées sur fond bleu nuit. Quant à l'armée du comte Théobald V, qui attendait là depuis plusieurs jours déjà, elle réunissait trente mille hommes, arborant les armes de Bleizis : un écusson coupé, portant en premier deux fleurs de lys d'or sur fond d'azur, surmontées d'un lambel d'argent, et en second une fleur d'azur sur fond d'or.

Les hommes de Dumont Desbardes, qui évoluaient parallèlement à l'armée de Livain, n'étaient que mille cinq cents, dont deux cents chevaliers et trente-trois sergents, mais c'étaient des soldats aguerris et qui comptaient au moins pour le triple. Leurs chevaux, de grands shires, forts, au corps musclé et aux épaules profondes, étaient dressés et équipés pour la guerre.

Une grande tente octogonale, sur laquelle flottait déjà le blason de la couronne, avait été installée au centre du campement pour accueillir le roi. Livain, qui avait revêtu son armure d'apparat, passa au milieu des troupes du comte de Bleizis escorté par la Garde royale, et salua les soldats qui se prosternaient sur son passage. Des flambeaux avaient été plantés tout au long de l'allée qui menait à la tente.

Le roi descendit de cheval, ôta son heaume doré à bec de passereau pendant que son écuyer lui enlevait les plaques de fer, trop lourdes, qui protégeaient son torse, ses bras et ses jambes. Le roi entra enfin sous la tente où l'attendaient le comte de Bleizis et ses généraux. Ils furent rapidement rejoints par le Grand-Maître de la Milice du Christ et par le général Goetta, principal conseiller militaire du roi.

— Comte, je vous remercie de la promptitude avec laquelle vous avez répondu à mon appel.

— Majesté, je suis votre serviteur. La sécurité de Gallica n'attend pas.

— Vous connaissez Dumont Desbardes, inutile que je fasse les présentations. Entrons directement dans le vif du sujet, si vous le voulez bien. Messieurs, asseyez-vous.

La chaise du roi était installée sur une petite estrade où plusieurs meubles étaient disposés à sa convenance, et plusieurs fauteuils, en face, avaient été préparés pour ses sujets. Ils prirent place après Livain.

— Les comtes Théodore de Flandrie et Emmerich de Vasteplaine sont en marche et devraient arriver ici même dans les deux prochains jours. Cela nous laisse un peu de temps pour penser à notre stratégie. Maître, vous connaissez l'art de la guerre mieux que quiconque ici, et je m'en remets à votre jugement...

— Majesté, vous m'honorez.

— Nous avons pris les devants, et pour l'instant aucun éclaireur n'est revenu nous annoncer un quelconque mouvement de troupes dans le comté de Pierevain. Emmer est encore à Pierre-Levée. À votre avis, pour quelle tactique optera-t-il ?

Dumont Desbardes, qui était heureux d'avoir retrouvé au côté du roi une place d'importance et d'avoir contrecarré le complot de Pierre de Pierreville et du chapitre, avait la mine fière et le regard brillant.

— Capigesne est sûrement au courant de l'ampleur de votre attaque, Majesté. Ses espions l'ont très certainement informé de la participation de vos trois vassaux et de moi-même. Il n'aura pas, lui, le temps de réunir une armée aussi vaste. Je pense donc qu'il va choisir de rester à Pierre-Levée, pour nous contraindre à assiéger la ville.

— Est-ce un désavantage pour nous ? demanda le roi.

— Cela sera forcément plus compliqué qu'une bataille de front, Majesté. Mais Pierre-Levée n'est pas une ville facile à défendre, et nous pourrons en profiter.

— C'est donc un siège que nous devons préparer ?

— Je le crois.

— Général, demanda Livain en se tournant vers Goetta, y sommes-nous prêts ?

Goetta acquiesça en souriant. Il avait une revanche à prendre sur la capitale du Pierevain, et l'idée d'assiéger Pierre-Levée le réjouissait d'avance. Hélène de Quienne l'avait humilié devant ses hommes, quand il était venu chercher le louvetier, et il gardait dans son cœur un profond désir de vengeance qu'il allait enfin pouvoir assouvir.

— Majesté, nous avons pris avec nous d'excellents ingénieurs militaires et de nombreux menuisiers. Votre armée possède déjà plusieurs pierrières sur roues, et nous pourrons monter d'autres machines aux abords de la ville. Nous avons également des bœufs pour pousser les chars jusqu'au siège. Tout a été prévu, Majesté.

— Parfait.

— Toutefois, intervint le comte de Bleizis, je pense que nous aurons intérêt à donner un assaut rapide. Nous ne pourrons compter sur un long siège pour affamer l'ennemi : plus nous attendrons, plus le risque de voir arriver des renforts de Brittia sera grand. Emmer Capigesne a encore de nombreux soldats de l'autre côté de la mer, sans compter l'éventuelle participation de l'armée de Gaelia. Le mieux serait de pouvoir prendre la ville sans leur laisser le temps d'arriver.

— En effet, acquiesça le roi. Cela nous sera-t-il possible ?

— Nous disposons d'un avantage numérique conséquent, répondit le général Goetta, et Pierre-Levée est grande. Nous aurons intérêt à multiplier les fronts, à attaquer la ville depuis les quatre points cardinaux, pour submerger l'ennemi.

— Cela nous obligera à diviser nos troupes en quatre, répliqua Livain.

— Certes, mais cela obligera aussi l'ennemi à éparpiller les siennes, et Pierre-Levée est si grande qu'il y aura certainement de nombreux points faibles dans la défense.

— N'oublions pas, intervint le comte Théobald, que Pierre-Levée est en hauteur et entourée de deux rivières...

— Ce sera en effet notre principal handicap, répondit le général, et Emmer sait pertinemment que c'est son seul atout. Gageons d'ailleurs qu'il va mettre les jours qui nous séparent de la bataille à profit pour installer des pièges autour de la ville...

— C'est pourquoi nous devons faire vite.

— Je vois, répondit le roi.

Livain se tut un moment pour réfléchir, l'air soucieux.

— La rapidité de notre attaque sera donc essentielle, reprit-il en relevant la tête. Peut-être ne devrions-nous pas attendre ici les comtes de Flandrie et de Vasteplaine pour prendre de l'avance et aller nous placer au sud et à l'ouest de la ville...

Dumont Desbardes acquiesça.

— Deux jours d'avance ne seraient pas superflus, en effet. Et si nous pouvions attaquer avant qu'Emmer ne puisse trouver des renforts, ce serait décisif !

— Très bien, conclut le roi. Je vous laisse régler les détails stratégiques. Prévenez les officiers que nous partirons demain. Et laissez ici une garnison qui accueillera les comtes de Flandrie et de Vasteplaine pour leur expliquer notre plan. Vous pouvez disposer, messieurs.

Ils se levèrent, saluèrent le roi et sortirent rapidement de la tente. La guerre annoncée depuis tant de mois allait enfin commencer, et tous semblaient s'en réjouir.

Chapitre 7

LE SIÈGE

Ils arrivèrent devant la forêt de Roazhon au milieu du huitième jour. Bohem souffrait de plus en plus. Sa blessure, plutôt que de guérir, s'aggravait de jour en jour, et son humeur était de plus en plus sombre. Il n'avait pas raconté à ses compagnons sa rencontre étrange avec Camille de Chastel car elle le plongeait dans un profond désarroi. Il restait muet la plupart du temps, partagé entre ce souvenir insolite et l'angoisse de ne pas revoir Vivienne.

Chaque soir, il devait changer le bandage qui protégeait sa blessure, et chaque soir il trouvait plus de sang sur l'étoffe. Sa mine était pâle, ses traits tirés, et il perdait beaucoup de forces.

Mjolln et Loeva tentaient de masquer leur inquiétude et faisaient tout leur possible pour lui changer les idées, mais ils ne parvenaient plus depuis quelques jours à lui tirer le moindre sourire.

Quand ils furent enfin à la lisière de la grande forêt, ils descendirent de cheval pour faire une pause et Bohem se laissa tomber par terre, à bout de forces. Mjolln se précipita à côté de lui.

— Je n'en peux plus, monsieur Abbac, balbutia Bohem en grimaçant. Je n'en peux vraiment plus ! Je suis si fatigué ! Cette blessure me tue à petit feu !

— Tu dois tenir bon, Bohem ! Ahum. Nous serons au cœur de la forêt ce soir, oui, et la Licorne, sans doute, pourra nous aider. Elle doit connaître des plantes dans cette forêt qui soignent les blessures, oui.

— Je n'entends plus la voix des Brumes, Mjolln. Et le monde de Djar, je ne parviens plus à le voir. Je... Je crois que je suis en train de mourir...

— Ne dis pas de bêtises, enfin ! Là ! Ta blessure, oui, est profonde et tu perds beaucoup de sang. Cela t'épuise. Ahum. Mais avec l'aide de la Licorne, ce soir, je vais essayer de mieux te soigner, oui. Tu dois tenir bon, mon ami.

— Je vais nous préparer un peu de viande, intervint Loeva en se penchant vers eux. Il nous en reste d'hier soir. Cela te redonnera des forces, Bohem.

Le louvetier acquiesça.

— Merci. Merci, petite sœur.

La jeune fille partit chercher du bois et alluma un feu de la façon que lui avait apprise Bohem, avec le briquet à silex qu'ils gardaient dans le grand sac du nain et un morceau d'amadou. Elle fit cuire la viande et apporta des morceaux saignants à ses deux amis.

Ils mangèrent tous trois en silence, Bohem reprit quelque peu ses esprits, but beaucoup d'eau, puis ils se remirent en route. Mjolln et Loeva devaient aider le louvetier à monter sur son cheval tant sa blessure le handicapait.

Ils pénétrèrent dans la forêt de Roazhon et se mirent au trot au milieu des arbres. Bohem, en tête, se demandait s'il allait retrouver le chemin qui menait au cœur de la forêt. Là où l'attendaient sans doute la Licorne et les Brumes.

Je n'entends plus la voix des Brumes. Je n'y arrive pas. Je n'ai pas la force, et mon âme s'y refuse. Que m'arrive-t-il ?

Camille de Chastel. Je n'arrive plus à penser à autre chose. Cette bague. Où a-t-elle pu trouver cette bague ? Et comment peut-elle la porter ? Que cela signifie-t-il ? Je pourrais en parler à Mjolln, mais je suis sûr qu'il ne sait rien à ce sujet. Il m'en aurait parlé lui-même.

J'ai peur.

Voilà. Pour la première fois, j'ai vraiment peur. Et c'est la peur qui paralyse mes sens. Je dois la dépasser.

Ne plus penser à ça. Vivienne. Je dois revoir Vivienne, ma belle Vivienne. Ses beaux cheveux d'or, ses yeux couleur de bois, son sourire, sa voix. Combien j'aimerais l'entendre ! Qu'elle me murmure à l'oreille l'un de ses beaux poèmes !

Non. Je ne dois pas céder à la peur. Je veux revoir Vivienne.

Je dois retrouver la force au fond de moi. Reprendre espoir. Ne pas laisser le monde se jouer de moi. Je ne veux pas être un pion. Je ne veux pas être une victime. La victime de Camille ou du Sauvage. Je ne dois pas les laisser jouer avec ma vie, dicter ma conduite. Je dois reprendre le contrôle de moi-même. Il est temps, maintenant. Il est temps que je choisisse. Que je décide.

Je suis un bâtisseur. Je suis un Compagnon du Devoir. Je dois construire ma propre vie. C'est mon pied qui avance. Mon cœur qui guide mes pas. Ma volonté. Je dois choisir seul. Ne plus écouter ma peur, mais lui commander.

Je trouverai la Licorne. Je construirai ma route jusqu'à elle. Je bâtirai mon chemin. Je guiderai les Brumes jusqu'aux portes du Sid. Par la force de ma volonté. Et je retrouverai Vivienne.

Soudain, Bohem tira sur les brides de son cheval et le força à s'arrêter. Derrière lui, les deux poneys l'imitèrent.

Ils étaient dans une partie fort dense de la forêt de Roazhon. Les arbres, de plus en plus serrés, laissaient peu de place pour leur passage. La lumière du soleil pénétrait difficilement dans le toit des branchages. Le sol était couvert de racines, de brindilles et de feuilles mortes.

Le louvetier, sans dire une seule parole, descendit de son cheval, lâcha les brides et fit quelques pas sous le regard médusé de ses deux amis. Il se laissa soudain tomber sur les genoux, les bras le long du corps.

Il ferma les yeux et inspira profondément. Il se souvenait de ce geste.

Il était ici chez lui.

Il plongea les deux mains dans la terre, agrippa le sol comme pour s'y retenir, et leva la tête vers la cime des arbres, paupières closes.

Je suis Bohem, le louvetier. Mon nom est Liberté.

Je suis Outremer, fils d'Aléa.

Je suis ici chez moi. Dans le ventre de ma mère. Roazhon, ouvre-toi.

Mjolln descendit lentement de son poney et fit signe à Loeva de ne pas bouger. Il fit quelques pas de côté pour regarder Bohem. Le louvetier était-il en train de succomber à sa blessure ? Non. Non, c'était bien ce qu'il pensait. Il l'avait déjà vu faire cela. Et Aléa, longtemps avant lui.

Il parlait à la forêt.

Soudain, le nain écarquilla les yeux et recula de quelques pas. Devant lui, les arbres s'étaient mis à bouger, à prendre vie. Lentement. Quelques feuilles d'abord, puis les branches, comme soulevées par le vent. Elles s'écartaient, gracieuses, les unes après les autres, selon une ligne droite qui partait de Bohem et s'enfonçait dans le cœur de la forêt. Les troncs eux-mêmes semblaient se mettre à glisser : c'était comme si la terre les repoussait, ouvrait une voie rectiligne, une allée parfaite au milieu des grands arbres. Les cimes aux couleurs d'automne se refermaient lentement au-dessus de cette avenue insolite et dessinaient une longue voûte orangée. C'était une haie d'honneur, de branches et de feuilles fauves, qui semblait s'allonger à perte de vue.

Mjolln, bouche bée, se dirigea vers Loeva pour lui donner la main.

— Que... qu'est-ce qu'il se passe ? balbutia la jeune fille, terrorisée.

Le nain serra sa main dans la sienne et essaya de lui faire un sourire rassurant.

— Ce n'est rien, c'est... c'est Bohem, Loeva. C'est Bohem, ne t'inquiète pas.

Puis lentement, le louvetier se releva au bord de l'allée magnifique. Il resta un long moment immobile, debout, majestueux, le dos tourné à ses deux compagnons. Puis il fit volte-face. Un sourire illuminait son visage. Ses yeux bleus brillaient comme ils n'avaient pas brillé depuis longtemps.

— Je les ai trouvées, affirma-t-il en revenant vers eux. Les Brumes. Elles sont là. Dépêchons-nous !

*
* *

— L'armée de Théobald est en place à l'ouest de Pierre-Levée, annonça le général Goetta en saluant respectueusement le roi. Quant aux comtes de Flandrie et de Vasteplaine, ils prendront poste au nord et à l'est de la ville dès demain soir, comme vous l'avez ordonné.

Livain hocha la tête d'un air satisfait. Le siège de Pierre-Levée s'annonçait pour le mieux. Même le temps semblait clément : il n'y avait dans le ciel aucun nuage menaçant, et la pluie ne risquait donc pas de rendre l'assaut plus difficile. La ville serait bientôt cernée et Gallica pourrait attaquer sur les quatre fronts. Emmer Capigesne n'avait aucune chance. L'heure de la vengeance avait enfin sonné.

Livain repensa aux humiliations et aux revers qu'il avait subis depuis deux ans. Le mariage d'Hélène avec Emmer Capigesne, quelques mois seulement après qu'il l'eut répudiée et, du même coup, la perte de près d'un tiers de Gallica. La mort de Courage de Blanval, son plus fidèle conseiller. L'échec de sa croisade en Terre sainte. Et puis cette année encore, l'affront qu'Hélène lui avait fait subir dans l'affaire du louvetier... Après toutes ces désillusions, le sort allait enfin lui sourire. Dieu l'avait donc entendu ! Il avait répondu à ses prières et, bientôt, il allait lui offrir la victoire. Gallica serait à jamais réunie, et Emmer Capigesne bouté hors du pays, vers sa Brittia natale.

Mais il ne fallait pas se réjouir trop tôt. Non. Cela pourrait lui porter malheur. Le combat serait rude. Comme l'avait expliqué le général, ils avaient peu de temps pour assiéger la ville, ils devaient faire au plus vite. Ils ne pouvaient risquer de laisser le temps à des renforts de venir par la mer prêter main-forte au roi de Brittia et prendre les troupes de Théobald à revers. Toutefois, le temps pouvait *aussi* jouer en leur faveur... si Camille avait réussi sa mission. Pour le moment, Livain était sans nouvelles de son épouse, mais elle devait être arrivée à Toledo, maintenant, et peut-être avait-elle réussi à convaincre son père. Ils pouvaient s'attendre à tout moment à voir venir du sud la fière armée du royaume de Chastel. Auquel cas, aucun renfort – même celui de Gaelia – ne pourrait suffire à sauver ce traître d'Emmer. Il serait perdu, sans aucun doute.

Livain releva la tête et serra les poings sur ses accoudoirs. Ce soir et cette nuit, il faudrait encore prier.

— Où en sont les préparatifs ? demanda-t-il au général Goetta.

— Les menuisiers avancent rapidement. Il y a alentour plus de bois qu'il n'en faut et nous construisons de nombreuses machines pour le siège. Nous avons quatre trébuchets, deux ici, pour vos troupes, et deux à l'ouest, pour le comte de Bleizis. Nous en fabriquons quatre autres pour les armées de Flandrie et de Vasteplaine, guère davantage, car ce sont certes des armes d'assaut redoutables, Majesté, mais il faut près de cent hommes pour manipuler chacune d'elle...

— Très bien.

— En revanche, reprit le général, nous avons de nombreuses pierrières, des tonnelons et quelques beffrois de la hauteur des remparts, et nous construisons en ce moment même des béliers pour enfoncer les portes et des échelles pour les murailles.

— Tout sera prêt demain soir ? demanda le roi, impatient.

— Majesté, vous aurez dès demain le plus bel arsenal militaire que l'on n'ait jamais vu dans ce pays, je vous en fais la promesse.

— Parfait, Goetta, parfait.

Au même instant, Dumont Desbardes entra sous la tente royale. Vêtu de son long manteau blanc, croix rouge pattée sur l'épaule, il tenait son heaume à bassinet sous le bras.

— Majesté, salua-t-il en se prosternant devant Livain.

— Maître ! Je vous ai convoqué car nous devons décider de votre position pendant l'assaut...

— Je resterai auprès de vous, Majesté, comme sur les routes d'Orient...

— Je suis très touché, Andreas, mais vos hommes pourraient être plus utiles ailleurs, sur un autre front, n'est-ce pas, général ?

— En effet. Votre armée, ici, est la plus nombreuse, Majesté. Cinquante mille hommes attaqueront le sud de la ville. Il y en aura trente mille à l'est avec le comte de Bleizis, et autant à l'ouest avec Vasteplaine. C'est au nord que se trouvera le front le plus faible. Théodore II de Flandrie n'a pu venir qu'avec vingt mille soldats.

— C'est déjà beaucoup ! répliqua le roi en souriant.

— Bien sûr, Majesté, mais c'est sans doute là que la Milice sera la plus utile.

— Je vois. Andreas, qu'en pensez-vous ?

— Je suis à vos ordres, Majesté. Et si vous n'avez pas besoin de moi à vos côtés, je ferai ce que vous dites.

— Andreas, j'aurais aimé avoir la Milice à mes côtés, comme au temps de notre croisade, mais vous serez plus indispensable encore sur le front nord. Le comte de Flandrie aura besoin de votre expérience et de la puissance légendaire de vos chevaliers.

— À vos ordres, Majesté.

— Maître, le temps pour nous de retrouver la saveur de la victoire est arrivé.

— Dieu vous entende, Livain !

Le roi acquiesça. Tous deux avaient de nombreuses revanches à prendre, et c'était la guerre qui, finalement, allait les réunir à nouveau.

— Comme moi, priez cette nuit, et nous l'emporterons.

— Nous prions, Majesté, nous prions. *Non nobis domine sed nomini tuo da gloriam*.

*
* *

Ils arrivèrent au tout début de la soirée au bout de la grande allée magnifique, au cœur même de la forêt de Roazhon. Ils avaient galopé toute l'après-midi vers cette lumière lointaine, et, derrière eux, les arbres s'étaient refermés après leur passage.

Ils descendirent tous trois en même temps de leurs chevaux, éblouis par le spectacle fabuleux qu'offrait cette alcôve naturelle, et restèrent côte à côte, comme paralysés par sa douce splendeur.

C'était une clairière féerique, comme un tableau vivant, drapée de nuées bleues qui semblaient la placer hors du monde et du temps. Le sol de terre et de roche grise était couvert par endroits d'herbe verte et de petites fleurs blanches. Une cascade d'argent coulait d'un haut rocher dans une petite rivière qui séparait en deux l'espace devant eux. De l'autre côté, elles étaient là, quelques dizaines, magnifiques, blanches comme des statues de glace : les Brumes. Éparpillées entre les arbres, allongées dans les herbes ou au sommet des rochers, immobiles, discrètes, silencieuses, la plupart avaient levé la tête quand ils étaient arrivés et les dévisageaient, sereines, résignées. Il y avait les loups, fiers et peureux à la fois, les bayards majestueux, les chimères inquiétantes aux épines dressées, ici une vouivre à la queue de dragon, là une piterne à la blanche fourrure, ou encore des tarannes, ces grands chiens élégants... On ne pouvait les voir toutes, et certaines, on les devinait seulement. Enfin, au milieu de la rivière, comme une reine gracieuse dans un écrin d'opale, la Licorne se dressait, digne, les pattes enfoncées dans un miroir d'eau claire.

— *Bienvenue Bohem. Ta voix nous a manqué.*

Le louvetier fit deux pas en avant, s'immobilisa de l'autre côté du cours d'eau, et salua la Licorne d'un geste de tête plein de respect et de grâce subtile.

— *Vous aussi, vous m'avez manqué. Je suis blessé, Licorne, et mon âme avait bien du mal à vous rejoindre. Mais je suis ici, maintenant.*

— *Oui, tu es ici. J'entends ta voix, maintenant, fils de la Terre. Je savais que tu viendrais. Les Brumes, tu les entends ? Elles chantent pour toi. Elles ont tellement pleuré ! Nous mourons, Bohem, les unes après les autres. Chaque jour, nous tombons par dizaine.*

Il y avait dans la voix de la Licorne une détresse si profonde ! Le louvetier fit encore un pas vers elle.

— Tout cela va bientôt s'arrêter, Licorne. J'ai trouvé les portes du Sid ! Nous partirons dès demain et vous pourrez enfin vivre éternellement dans la quiétude...

— Merci, Bohem. Merci mille fois ! Ton nom restera à jamais gravé dans le cœur des Brumes, Liberté. Et si tu le veux bien, nous partirons demain soir. La nuit nous est plus favorable.

— Bien sûr, Licorne.

— Les portes, Bohem, peux-tu me dire où elles se trouvent ?

— À Karnag.

La Licorne resta silencieuse et immobile un long moment.

— Karnag... Oui ! J'aurais dû le comprendre depuis longtemps !

— Pourquoi ?

— C'est un endroit peu ordinaire... Enchanté. Je l'ai traversé, il y a très longtemps, et je ne l'ai jamais oublié. C'était donc cela... Oui, j'aurais dû comprendre. Je suis désolée, Bohem...

— Ne vous inquiétez pas, à présent, nous sommes sûrs, et c'est tout ce qui compte. Demain soir, nous vous escorterons.

— Merci, fils d'Aléa. Il faut que tu te reposes, maintenant. Tes amis sont là, juste à côté. Ils t'attendent depuis plusieurs jours. Dépêche-toi !

— Vivienne ?

La Licorne baissa lentement la tête, silencieuse. Sa corne trempa dans l'eau brillante de la rivière.

— Je suis désolée...

Bohem acquiesça. Il s'était préparé. Il savait que les chances de La Rochelle étaient faibles de parvenir à la retrouver.

Vivienne ! L'heure de revoir enfin son visage lumineux n'était donc pas encore arrivée. Il aurait tant aimé la tenir ce soir dans ses bras. Pour ne plus jamais la quitter. Mais il en était sûr, à présent. C'était le Sauvage qui l'avait enlevée. Et il allait devoir le trouver, lui, pour revoir enfin celle qu'il aimait.

— Dépêche-toi, Bohem. Tes amis t'attendent.

La Licorne se retourna et s'éloigna parmi les Brumes, de l'autre côté de la rivière. Une à une, elles disparurent au milieu des arbres, dans le brouillard épais.

Bohem regarda un moment les silhouettes blanches s'évanouir, puis il se retourna vers ses deux compagnons. Loeva était tétanisée, la bouche entrouverte, et Mjolln, à côté d'elle, n'était pas moins ébahi.

Soudain, il y eut un craquement sur leur droite. Bohem sursauta. Puis ses lèvres s'ouvrirent sur un large sourire. La Rochelle était apparu au milieu des branchages.

— Fidélité ! s'écria Mjolln les bras grands ouverts.

Bernard de Laroche apparut à son tour, suivi de Bastian.

Ils se retrouvèrent tous autour de Bohem et s'embrassèrent chaleureusement, le cœur empli de joie et de peine mélangées.

Bohem présenta Loeva à ses amis, et la jeune fille les salua timidement.

— Bohem, nous... nous n'avons pas retrouvé Vivienne, annonça La Rochelle, d'un air accablé, dès que les présentations furent finies.

— Je sais, répondit le louvetier en soupirant. Je sais. Mais tout espoir n'est pas perdu. Je sais qu'elle est vivante, mon frère. Je le sens...

Il prit la main du Compagnon au creux des siennes et la serra longuement, comme pour le rassurer et se rassurer lui-même. Et il adressa un sourire reconnaissant à Bernard de Laroche, à côté de lui. Puis il se tourna vers le louvetier.

— Et vous, Bastian ? Avez-vous réussi à trouver des hommes pour nous aider ?

Le louvetier hocha la tête avec un sourire contenu.

— Oh oui ! Bohem ! Beaucoup plus que je n'aurais pu l'imaginer ! Ils sont rassemblés là-bas, dit-il en pointant son doigt vers le nord, dans notre campement. Nous sommes plus de cent vingt, Bohem ! Cent vingt-quatre exactement !

— C'est formidable !

— Ils sont impatients de vous rencontrer ! Vous auriez dû voir leur visage quand ils ont vu la Licorne et toutes ces Brumes ! C'était... C'était incroyable ! Incroyable !

Bohem lui tapa fraternellement sur l'épaule.

— Bravo, Bastian ! Je savais que je pouvais compter sur vous...

Puis il se retourna vers les autres.

— Nous partirons demain soir, mes amis, dès la tombée de la nuit. Nous sommes à trois jours de la Toussaint, et si Chrétien de Troyes et moi ne nous sommes pas trompés, les portes du Sid devraient s'ouvrir cette nuit-là. Et nous pourrons enfin sauver les Brumes. Allons, maintenant, présentez-moi ces bons louvetiers !

Ils repartirent tous ensemble vers le campement, abandonnant pour l'heure la grande clairière des Brumes.

*
* *

L'offensive fut lancée en milieu de soirée. Le roi, les comtes, les généraux et le Grand-Maître de la Milice du Christ s'étaient réunis une dernière fois dans l'après-midi pour préparer avec minutie les derniers détails de leur stratégie – un plan d'attaque terrible et foudroyant, dont le but unique était de faire tomber la ville le plus rapidement possible, quel qu'en soit le coût matériel et humain.

La tension était grande, chez les officiers comme chez les soldats. Aucun d'entre eux n'avait jamais pris part à un siège d'une si grande envergure, et tous savaient qu'il y aurait de nombreux morts, d'un côté comme de l'autre. Mais les capitaines ne laissèrent pas la peur s'installer dans les rangs. Ils sermonnèrent leurs troupes pendant toute la soirée, leur promettant une victoire écrasante, aiguisant leur haine de l'ennemi, éveillant leurs instincts guerriers... Dans la chaleur du nombre, la furie meurtrière ne tarda pas à monter, et l'on entendit jusque dans la ville la clameur furieuse de ceux qui se préparaient à mourir pour Livain. Quand l'heure du combat arriva, les soldats de Gallica étaient comme une horde barbare, assoiffée de vengeance et de sang.

Aux quatre coins de la ville, on commença par faire fuir les derniers habitants des faubourgs en mettant le feu à quelques maisons tout autour de Pierre-Levée. Par précaution – si le siège venait à durer – les soldats de Gallica prirent sans peine possession des moulins, des greniers à sel et des points d'eau. Puis, simultanément, les quatre armées se mirent en marche vers la ville, le cœur gonflé par la rage de vaincre.

Les bœufs, protégés derrière des peaux de bêtes humides et des boucliers, poussèrent les machines de guerre pour les amener près des remparts. Derrière eux, chevaliers et fantassins avançaient d'un pas lourd et bruyant, à l'abri derrière des mantelets ou cachés par leurs écus.

Le signal de l'assaut fut donné par une ligne d'archers au sud de la ville, dans les rangs du général Goetta, qui projetèrent au-dessus des remparts une volée de flèches enflammées, visibles depuis les quatre fronts. Aussitôt, les soldats actionnèrent toutes les machines de jet qui encerclaient Pierre-Levée. Les boulets et les pots de résine brûlante s'envolèrent des pierrières pour retomber à l'intérieur de la ville ou sur les remparts. Les trébuchets envoyèrent contre les fortifications de lourds et larges blocs de pierre qui firent s'écrouler des pans entiers de mur. En l'espace de quelques instants, ce fut une pluie de pierres et de feu qui s'abattit de tous côtés sur la ville fortifiée.

*
* *

Valérien, le maître d'artillerie du palais des Ducs, avait pris poste au nord de la ville dès qu'il avait aperçu sur les étendards la croix pattée de la Milice du Christ. Il savait que ses hommes et ceux d'Emmer, ici, auraient besoin de conseils stratégiques pour résister à l'assaut de ces chevaliers aguerris. Emmer, quant à lui, avait pris le front sud, pour faire face à Livain.

Pour ne pas démoraliser ses troupes, Valérien essayait de masquer sa colère en passant le long des courtines. Mais, au fond de lui, l'homme était furieux et accablé. Il savait que Pierre-Levée n'avait presque aucune chance de survivre à ce siège monstrueux, et quelle que soit l'issue des combats, cette ville, cette si belle ville, serait détruite au moins en grande partie, si ce n'était complètement. Elle qui n'était que paix et poésie ! Elle qui, depuis près d'un siècle maintenant, avait abrité les plus grandes fêtes de Gallica, accueilli les troubadours les plus renommés, les plus illustres poètes ! La cour d'Hélène était une cour de culture et de quiétude, qui s'était toujours exclue des ambitions guerrières de ses rois successifs. La duchesse avait perpétué avec amour et sagesse l'héritage de la famille de Quienne, cultivé dans cette ville un esprit de tolérance qui pour beaucoup était une lumière de l'Occident. Pierre-Levée était une cité féminine, gracieuse, dont les habitants étaient unis par leur amour pour Hélène. Elle n'était pas faite pour la guerre, ni pour voir mourir en son sein ses enfants par milliers.

Je suis heureux, Hélène, que vous ne puissiez voir ceci. Que votre éloignement vous épargne ce spectacle terrible ! Mais où que vous soyez, chère duchesse, où que vous soyez, priez pour Pierre-Levée. Priez pour nous. Et que Dieu vous entende !

Quand il arriva devant la grande porte du nord, Valérien vit avec effroi les premières pierres s'envoler des machines militaires de Livain et traverser le ciel obscur de la nuit.

Il se tourna aussitôt vers les soldats alignés dans les courtines et cria de sa voix la plus forte :

— Archers ! Armez vos arcs et vos arbalètes ! L'ennemi donne l'assaut ! Que personne n'abandonne son poste ! Tenez bon et préparez-vous au combat ! Que Dieu vous garde !

Au même instant un immense boulet défonça le haut de l'une des deux tours qui surplombaient la porte nord. Valérien vit tomber les premières pierres de sa ville. Il posa sur l'armée de Gallica un regard embué de larmes.

*
* *

Puis ce fut au tour des hommes de se lancer à l'attaque dans un vacarme immense. D'un côté comme de l'autre, les archers se mirent à décocher des flèches par milliers. Pendant cette première phase, il y eut plus de victimes au dehors de la ville qu'en dedans, car les soldats d'Emmer Capigesne étaient à l'abri dans les hourds, fixés en haut des remparts et depuis lesquels ils tiraient sur leurs agresseurs. Mais les flammes et les boulets commencèrent rapidement à détruire ces fragiles constructions de bois. Les échanges de tirs durèrent un long moment, de plus en plus désordonnés. Les flèches sifflaient en déchirant l'air, les blocs de pierre s'écrasaient dans un effroyable fracas, entraînant avec eux des soldats démembrés.

Au sud de la ville, le général Goetta donna l'ordre à ses hommes de passer à la seconde phase de l'assaut. Au milieu des flèches, les sapeurs amenèrent des chars emplis de terre et de pierres devant les fossés de la ville afin de les déverser dans les douves et de créer ainsi des accès pour les beffrois et les tonnelons. Protégés par leurs seuls boucliers, ils tombaient par dizaines sous les flèches, s'embrochaient sur les piques cachées dans le sol ou tombaient dans les pièges éparpillés tout au long de la tranchée. Les carreaux des arbalètes parvenaient à transpercer même les plus épaisses cottes de mailles, et les cadavres commençaient à s'entasser au pied des remparts, mais les soldats les plus acharnés, enjambant les corps inertes, parvinrent tout de même à combler les douves en plusieurs endroits, et les tours roulantes purent enfin approcher de la muraille, pendant que d'autres fantassins dressaient des échelles tout autour.

Du haut des beffrois, des archers et des frondeurs se mirent à viser l'intérieur des hourds tout en essuyant eux-mêmes des volées de flèches et de pierres. De nombreux soldats tombèrent du haut de ces tourelles de bois pour s'abîmer plus bas dans les douves humides.

— Encore ! Plus vite ! hurla le général Goetta en galopant vers ses capitaines. Envoyez une deuxième charge ! Il faut submerger l'ennemi ! Hissez toutes les échelles !

Une nouvelle vague de fantassins se rua aussitôt sur les remparts. Sur la droite, on avait amené un large bélier suspendu devant l'entrée sud de la ville. La gigantesque poutre frappait de plus en plus fort contre la lourde porte en chêne. Le bois résistait pour le moment, mais on l'entendait craquer et bientôt il céderait.

Depuis le haut des remparts, les défenseurs tentaient de renverser les échelles et lâchaient sur l'ennemi de la poix bouillante, des pierres et des poutres prévues à cet effet ou ramassées parmi les décombres qui commençaient à s'accumuler sur le haut de la muraille. Les assaillants tombaient du haut des échelles et s'écrasaient sur le sol au milieu de leurs frères d'armes, mais d'autres arrivaient encore, les uns après les autres, toujours plus nombreux, dressant toujours plus d'échelles, et bientôt les soldats de Pierre-Levée ne purent parer tous ces assauts répétés. Près de la grande porte, les premiers soldats de Livain passèrent par-dessus les remparts et engagèrent des combats à l'épée au milieu des courtines. Le bruit du métal s'éleva parmi les cris et les éboulements.

Au même moment, les trébuchets – qui nécessitaient un temps très long pour être rechargés – lancèrent leur deuxième salve. Et cette fois-ci, les tirs furent mieux ajustés. Les armuriers visèrent le haut des remparts, là où les pierrières avaient entamé la muraille. Le premier tir arracha un nouveau pan de mur, et le deuxième acheva d'abattre toute une section du rempart. L'armée de Livain pénétra aussitôt dans la brèche. Chevaliers en tête, écrasant du haut de leur monture l'ennemi submergé, suivis de près par une horde de fantassins aux lances dressées. De l'autre côté, l'armée de Capigesne s'était rassemblée pour tenter de repousser l'ennemi au dehors. Ce fut une collision violente et massive entre deux foules furieuses. Les corps se déchiraient sous les coups des épées, les blessés étaient écrasés par les chevaux caparaçonnés, les lances empalaient dans de grandes gerbes de sang, les masses d'armes brisaient les os, écrasaient les crânes, les coups se croisaient, de plus en plus violents, et les morts s'amoncelaient sur la terre ensanglantée.

L'armée d'Emmer ne put contenir longtemps la vague furieuse qui s'était abattue contre le sud de la ville. Le roi et son escorte se ruèrent vers le palais pour trouver un second refuge, et l'armée dut se replier elle aussi vers l'intérieur de la ville où se livra, dans les rues, une seconde bataille. On se poursuivait parmi les maisons enflammées, on surgissait au détour d'une rue, on tombait dans une embuscade... Petit à petit les combats s'éparpillèrent dans tout le sud de Pierre-Levée. Les soldats de la ville bénéficièrent de leur connaissance des lieux, et certains des rares habitants qui n'avaient pas fui prirent part aux combats, se jetant sur des armes de fortune, bâtons, pioches, fourches, couteaux... Mais l'armée de Livain avançait sans pitié, toujours plus nombreuse.

Sur le front est, les troupes de Vasteplaine rencontrèrent plus de difficultés. Le bras de la rivière faisait un barrage naturel et ralentissait l'assaut. Du haut des tours et des coursives, les archers d'Emmer avaient le temps de viser et de tirer bien plus de flèches, et les salves des trébuchets n'étaient pas assez rapprochées. La défense avait chaque fois le temps de se réorganiser. Alors qu'au sud, le général Goetta était déjà entré dans la ville, les soldats du comte Euzon II n'avaient encore ouvert aucune brèche sur la muraille orientale.

Mais à l'ouest et au nord, surtout, Pierre-Levée ne put résister très longtemps aux assauts des soldats de Gallica, et les chevaliers de la Milice du Christ, beaucoup plus organisés et aguerris, firent rapidement la preuve de leur efficacité aux côtés du comte de Flandrie.

Andreas Dumont Desbardes repéra rapidement les points faibles des remparts et ordonna que les machines de jet se concentrent sur ces zones. Il fallut peu de temps pour que la muraille s'écroule. La défense, sous les ordres du maître Valérien, dressa aussitôt une contre-sape en bois pour contenir l'assaut. Les fantassins qui s'étaient précipités pour entrer dans la ville furent coupés dans leur élan par une puissante salve d'arbalétriers. Mais ce ne fut qu'un sursis de courte durée car le petit mur de bois ne résista pas longtemps aux machines de jet et Dumont Desbardes ordonna à ses hommes de passer à l'attaque.

La Milice du Christ fut la première à entrer au nord de la ville, sous le regard terrifié de Valérien.

*
* *

— Bernard, je vous remercie d'avoir accompagné Fidélité...

Bohem était assis sur une paillasse, dans une petite cabane que Bastian avait fait construire par les louvetiers. Il était épuisé et sa blessure le faisait souffrir de plus en plus, mais il essayait de ne pas le montrer à ses amis, tant ils semblaient heureux de pouvoir parler un peu avec lui.

Il avait passé une bonne partie de la soirée parmi les louvetiers, les avait salués et remerciés un par un, et il était encore ému par la chaleur et l'enthousiasme que Bastian avait su cultiver parmi eux. Ainsi, ils avaient gagné leur pari. Ils avaient donné un sens nouveau au mot « louvetier ».

La clairière était calme et silencieuse maintenant, et Bohem était seul avec ses amis à l'abri de cette cabane en bois. Mjolln et La Rochelle discutaient dans un coin, se racontant sans doute mutuellement tout ce qu'il s'était passé depuis qu'ils s'étaient quittés, aux portes de Lutès.

Bernard de Laroche, assis près de Bohem, le regardait d'un air embarrassé.

— Ne me remerciez pas, Bohem. Je vous dois la vie et reste votre éternel obligé. De plus, nous n'avons pas su retrouver Vivienne et j'en suis bouleversé...

— Vous avez fait ce que vous pouviez, Bernard, et je n'aurais pas fait mieux. La Rochelle m'a expliqué que vous êtes retournés à Carnute puis que vous avez parcouru ensemble toute la région. Malheureusement, je crois que celui qui a enlevé Vivienne était parti depuis longtemps, et vous n'aviez aucune chance de le rattraper...

— Bohem, je ne sais que vous dire, nous avons échoué...

— Ne dites pas de bêtises, Bernard. Je vous suis reconnaissant et je n'oublierai jamais.

Il serra vigoureusement l'épaule du Bon Homme, puis rabaissa aussitôt la main. Sa blessure lui faisait atrocement mal dès qu'il bougeait le bras.

— Bernard, je veux que vous retourniez dès demain au comté de Tolsanne, dit-il en grimaçant.

— Pardon ? Ne puis-je pas vous accompagner ?

— Non, les louvetiers de Bastian seront bien assez nombreux pour me prêter main-forte. Vous avez mieux à faire au sud du pays.

— Comment cela ?

— Vous êtes venu chercher mon soutien, Bernard. Je veux vous le donner. Retournez à Nabomar et faites savoir aux Bons Hommes que je trouverai une solution pour vous protéger.

— Mais cela peut attendre... Je serai plus utile à vos côtés !

— Non, Bernard. Les Bons Hommes se font encore massacrer dans le sud du pays, et il faut que cela cesse. J'aimerais que vous fassiez avec eux ce que Bastian a fait avec les louvetiers. Rentrez à Nabomar, unissez les communautés de Bons Hommes derrière vous, et retrouvez-moi avec elles, dans un mois, à Pierre-Levée, à la cour de la duchesse de Quienne.

— Mais, Bohem...

— Je vous en prie, Bernard, faites-moi confiance. Retrouvons-nous à Pierre-Levée, avec les principaux représentants de votre communauté, et nous chercherons ensemble une solution à vos problèmes. Les Bons Hommes ont besoin de vous bien plus que moi.

— Soit. Je ferai tout ce que vous voudrez, Bohem.

— Faites-le uniquement si c'est ce que vous voulez aussi, Bernard... Je ne veux pas vous dicter quoi que ce soit... Mais je ne voudrais pas non plus que vous ayez fait tout ce chemin pour moi. Vous avez fait la promesse de faire connaître au monde l'injustice dont les vôtres sont les victimes, en mémoire de votre épouse et de votre enfant. Vous pouvez dire à vos frères que vous avez réussi votre mission. Votre cause sera entendue par la duchesse de Quienne, j'en fais le serment. Et si elle ne peut rien faire pour vous, alors je le ferai, moi.

— Merci, Bohem. Vous avez raison. Je partirai demain pour Nabomar et nous nous retrouverons dans un mois.

— Je serai heureux de vous revoir alors, Bernard, car... Car j'aurai besoin des conseils d'hommes de bonne volonté pour ce que je veux faire quand nous aurons sauvé les Brumes...

Mjolln et La Rochelle, qui discutaient à voix basse, ne purent s'empêcher d'entendre la dernière phrase de Bohem. Ils se tournèrent vers lui avec le même regard intrigué.

— Et quelle est cette chose, oui, que tu veux faire ? demanda Mjolln d'une voix faussement détachée.

Un sourire se dessina sur la bouche du louvetier.

— Je vois que vous avez l'oreille fine, monsieur Abbac ! se moqua Bohem.

— Allons, quelle est cette chose que tu veux faire ?

— Nous en parlerons en temps voulu, mes amis. D'abord, nous devons accompagner les Brumes et retrouver Vivienne.

— Ah non ! Ah non ! s'exclama le nain en feignant la colère. Pas de cachotteries, hein !

— Monsieur Bohem joue les grands mystérieux ? surenchérit Fidélité en s'approchant lui aussi.

Mais au même instant, Bohem se tordit de douleur. Sa plaie, comme chaque soir, l'éprouvait terriblement. Il posa ses mains sur son ventre et serra les dents en poussant un grognement.

Mjolln se précipita vers lui et le prit par la nuque.

— Ça va ?

— Ce n'est rien, murmura Bohem, ça va passer.

De la sueur coulait sur son front et son visage était d'une blancheur inquiétante.

— Ahum, Bohem, allons voir la Licorne...

Bohem ferma les yeux, attendit que la douleur se calme un peu, puis il acquiesça et Mjolln l'aida à se relever. Ils sortirent de la cabane sous le regard inquiet de La Rochelle.

Ils traversèrent ensemble la clairière. Bohem devait s'appuyer sur l'épaule du nain pour ne pas tomber. Les louvetiers avaient allumé un feu au milieu du camp, et ils étaient encore une demi-douzaine assis autour des flammes alors que tous les autres, sans doute, s'étaient endormis. Ils virent arriver Bohem, s'étonnèrent certainement de le voir si pâle, mais ils tournèrent discrètement la tête pour le laisser tranquille, comme Bastian le leur avait demandé.

Mjolln guida son ami jusqu'à la petite rivière, ils marchèrent lentement, car Bohem manquait tomber à chaque pas, et ils s'assirent enfin ensemble sur le bord d'un rocher.

— Qu'est-ce... Qu'est-ce qu'il m'arrive ? balbutia Bohem, complètement assommé.

— Tu as perdu beaucoup de sang, Bohem...

— Je... ne vais jamais pouvoir marcher jusqu'à Karnag, souffla le jeune homme d'une voix angoissée.

— Allons, courage, Bohem. Nous allons te soigner, oui. Ne t'inquiète pas. Ahum. Et si vraiment tu ne vas pas mieux, non, alors j'irai à ta place, ahum, j'accompagnerai les Brumes.

Bohem grimaça. La douleur à présent montait jusqu'à sa poitrine et il avait du mal à respirer. La tête lui tournait et sa vue se brouillait de plus en plus. Il transpirait à grosses gouttes.

Mjolln le tenait par les épaules, et ils attendirent ainsi un long moment, immobiles. Bohem était de plus en plus mal, ses yeux se fermaient tout seuls et il n'arrivait plus à bouger les bras. Et la Licorne n'arrivait toujours pas ! Mjolln essayait de masquer son inquiétude. Chaque fois que Bohem rouvrait les yeux, il lui souriait d'un air réconfortant. Mais au fond de lui il était terrifié. Il se demandait si son ami allait pouvoir tenir jusqu'à ce que la Licorne revienne. Et quand bien même elle serait là, saurait-elle le soigner ? Rien n'était moins sûr. L'état de Bohem s'était dégradé de jour en jour, et rien ne semblait pouvoir guérir sa plaie.

Soudain, le nain eut une idée et secoua Bohem par l'épaule.

— Bohem ! La Muscaria ! Ahum ! Il faut que tu prennes la Muscaria !

Le louvetier, fébrile, fit non de la tête.

— Allons ! C'est le meilleur moyen ! Oui. Elle guérit tous les maux, Bohem, on dit même qu'elle peut ramener à la vie, ahum, un homme qui vient de la perdre !

— Non, balbutia Bohem.

Sa voix était de plus en plus faible, et ses yeux perdus dans le vague.

— Non, répéta-t-il, je veux la garder, Mjolln. Pas la Muscaria... Nous devons la garder. Mjolln. Promets-moi.

— Mais qu'est-ce que tu racontes ? Ça, tu es en train de mourir, mon Bohem !

Les yeux de Bohem se fermèrent lentement. Ses lèvres bougeaient à peine.

— Pour Vivienne, murmura-t-il. Nous devons la garder pour Vivienne.

— Bohem ! s'écria le nain. Tiens bon ! Ne t'endors pas !

— Promets-moi, Mjolln. Quoi qu'il arrive, promets-moi.

— Tu es fou, ça !

— Je t'en supplie. Promets-moi, tu n'utiliseras pas la Muscaria ! Garde-la. Garde-la pour Vivienne...

Mjolln poussa un cri d'horreur. Le visage de son ami semblait s'être fermé d'un seul coup. Ses yeux étaient devenus blancs, et son corps s'était vidé de toute force. Le louvetier glissa lentement le long du rocher et s'écroula par terre.

Mjolln, les yeux emplis de larme, se laissa tomber sur les genoux, devant le corps inerte de son ami.

*
* *

Dès qu'il vit les chevaliers de la Milice du Christ entrer par la brèche au pied des remparts, Valérien se précipita vers l'escalier qui descendait du haut des courtines vers l'intérieur de la ville. Il dévala les marches aussi vite que possible et courut vers les écuries. Il portait une broigne, une cuirasse en cuir recouverte d'anneaux cousus, qui ralentissait sa course mais le laissait plus libre qu'un haubert ou qu'une armure de plates. La tunique descendait jusqu'à ses genoux et les anneaux tintaient chaque fois qu'il posait un pied à terre.

Il arriva devant le petit bâtiment où l'attendait un écuyer dans la pénombre, grimpa sur un grand cheval noir, équipé d'une barde sur tout le corps et d'un chanfrein qui protégeait sa tête, enfila un heaume cylindrique à dessus plat et partit au galop sans attendre. Quand il arriva en vue de la brèche, il dégaina une épée dont la poignée était assez longue pour être tenue à deux mains et poussa le cri de guerre du comté de Pierevain : « Endure jusqu'au bout ! ».

Les armées du comte Théodore et de Dumont Desbardes venaient de détruire la contre-sape en bois et les soldats de Gallica pénétraient en masse dans le nord de la ville. Au sol s'amoncelaient les ruines des remparts et les corps mutilés des soldats. Les abords de la muraille détruite étaient envahis par une fumée opaque à travers laquelle surgissaient par moments des groupes de combattants, portant fièrement au-dessus d'eux l'oriflamme de Flandrie ou la croix pattée de la Milice.

Valérien laissa son cheval s'abattre sur les premiers ennemis. Il traversa une ligne de fantassins armés de piques. Il passa si vite parmi eux qu'ils n'eurent pas le temps de lever leurs armes et les pointes aiguisées ricochèrent sur la barde du cheval en projetant des étincelles. Le maître d'artillerie précipita son épée de droite et de gauche avec une férocité vengeresse, de la tranche il coupait un membre, de la pointe il embrochait, du pommeau il assommait. Le cheval ralentissait à mesure que les lignes ennemies devenaient plus denses, Valérien devait parer de plus en plus de coups, et bientôt son cheval se mit à trépigner sur place au milieu des cadavres. Le maître d'artillerie tira sur les brides et, d'un mouvement de jambes, força son cheval à se cabrer, ce qui fit reculer nombre d'assaillants autour de lui. Alors, il fit sauter l'animal en avant et il traversa à nouveau la ligne des fantassins, au galop. Tout était de plus en plus confus, la fumée brouillait la vue et les corps s'amoncelaient dans de grandes flaques de sang. Les deux armées se retrouvaient dans de grandes mêlées où l'on avait du mal à distinguer l'ami de l'ennemi.

Valérien aperçut soudain un groupe de Miliciens qui se détachait vers l'ouest. Il fonça sur eux en armant son épée. En arrivant à leur hauteur il se pencha sur le côté, s'agrippant de la main gauche au pommeau de sa selle, et donna de grands coups d'épée sur tous les soldats que le cheval rencontrait sur son flanc droit. Il en fit tomber un premier, puis un deuxième, un troisième... Les touches se succédaient, de plus en plus violentes. Il coupa un bras, une tête, n'écoutant plus que sa hargne, et il frappa encore et encore, de toutes ses forces. Mais les soldats de Gallica arrivaient sans cesse et certains remontaient maintenant dans les rues de la ville. Valérien fit tourner son cheval et se précipita à leur poursuite. Arrivant par-derrière, il les fauchait sans pitié, frappant d'estoc et de taille.

Mais soudain, il sentit un grand choc dans son dos et il fut projeté instantanément par-dessus sa selle. Il tomba violemment par terre et roula jusqu'au pied d'une porte, en bas d'une ruelle.

Il secoua la tête pour reprendre ses esprits et se redressa lentement. Heureusement, son heaume lui avait évité de se fendre le crâne dans sa chute, mais son épaule droite, elle, le faisait grandement souffrir. Il pesta : il avait perdu son épée en tombant.

Un bon chevalier ne lâche jamais son arme.

Il la voyait, là, de l'autre côté de la ruelle, à moitié recouverte par la poussière. Il n'hésita pas un instant et se précipita vers elle, tête baissée. Des Miliciens arrivaient vers lui en courant. Il se demanda s'il aurait le temps de reprendre son épée avant qu'ils ne soient sur lui. Il courut à toute vitesse, poussant sur ses jambes de toutes ses forces, mais un Milicien était déjà sur le point de lui tomber dessus. Valérien se jeta par terre pour franchir les derniers pas et ramasser du même coup son arme. Il attrapa la poignée des deux mains, roula sur le dos et para, d'instinct, le violent coup d'épée que lui assénait son adversaire. D'une parade il détourna l'arme du Milicien avec tant de force que celui-ci fit deux pas en arrière pour ne pas perdre l'équilibre. Le maître d'artillerie en profita pour se remettre debout. Le Milicien se jeta aussitôt sur lui en armant par-dessus son épaule droite, puis il abattit son épée d'un puissant moulinet vertical. Valérien rompit au dernier moment en se glissant sur la gauche, puis se mit en garde à son tour. Ils échangèrent alors une série de coups, variant les attaques du taillant ou de la pointe, de dextre ou de senestre, puis le maître d'artillerie, dans une ultime feinte, parvint à désarmer son adversaire en crochetant sa garde. Le moment n'était pas aux belles manières, il ne lui laissa pas le loisir de se reprendre et enfonça d'un seul coup sa lame dans son ventre. Le Milicien s'écroula par terre, le visage tordu de douleur.

Valérien eut à peine le temps de dégager sa lame que déjà un nouvel adversaire lui tombait dessus. Les deux épées se heurtèrent violemment, une première fois, une deuxième, puis Valérien réussit une botte en poussant son adversaire au bras pour le faire tourner sur lui-même, glisser derrière ses épaules et lui trancher la gorge.

Pendant ce temps-là, d'autres Miliciens étaient passés derrière eux et remontaient déjà vers le centre de Pierre-Levée. Il était trop tard pour les arrêter. Valérien tourna la tête vers les remparts pour mesurer l'ampleur de la catastrophe. Ses hommes ne cessaient de reculer, et de plus en plus d'ennemis passaient à travers leurs défenses. D'autres continuaient d'entrer par la brèche, mais aussi par la porte qui avait fini par céder sous les coups d'un grand bélier. Valérien poussa un grognement découragé. Ils étaient trop nombreux ! Ils ne pourraient jamais les contenir, et cela devait être pareil, ou pire peut-être, sur les trois autres fronts.

Le maître d'artillerie, essoufflé, secoua la tête, d'un air désespéré. Les pierrières continuaient de jeter sur les maisons leurs boulets destructeurs. Pierre-Levée était en train de s'écrouler tout autour de lui.

À cet instant, il aperçut un chevalier de la Milice qui, du haut de son cheval, traversait un bataillon de soldats d'Emmer en les massacrant les uns après les autres avec une force et une précision extraordinaires. Valérien ne pouvait voir son visage, caché sous son heaume à bassinet, mais il était sûr de le reconnaître : ce ne pouvait être que lui, Andreas Dumont Desbardes, le Grand-Maître sanguinaire de la Milice du Christ.

Valérien n'hésita pas un seul instant. Tout espoir de sauver la ville était perdu, mais s'il fallait qu'elle tombe, il voulait emporter avec elle de nombreux ennemis. Et celui-ci n'était pas des moindres. « Endure jusqu'au bout ! »

Le maître d'artillerie se lança vers le Grand-Maître dans un dernier élan de fureur.

*
* *

Je suis mort. Sans vie. Sans corps. Je ne suis plus qu'esprit.

Je n'ai plus mal. La mort m'a délivré de mon corps. De la souffrance.

Je suis bien. Je flotte dans un néant immense. Obscur. Vide.

Je ne ressens plus rien. Pas de douleur, pas de joie, pas de chaleur, pas de froid. Pas de temps. Pas de futur. Pas de passé.

Je suis mort. Simplement mort.

Je suis une âme paisible dans le monde des morts. Et ce n'est pas Djar, non. Ici, il n'y a rien. Rien. Pas de montagnes, pas de ciel, pas de merle blanc. La paix, seulement. La fin de toutes les douleurs. La fin de toutes les choses.

Je suis bien. Je crois. Dormir pour l'éternité. Le repos, enfin.

Le calme, la solitude.

Mais Vivienne ? Les Brumes ? Aurais-je donc failli ?

Non ! Ce n'est pas possible ! Je ne peux pas. Je ne dois pas les abandonner. Non ! Je ne peux pas partir. Je ne peux pas être mort !

Si je dois mourir, que ce soit en les sauvant !

Mourir, oui, mais que ce soit après avoir redonné vie aux Brumes ! Retrouvé Vivienne. Je n'ai jamais rien voulu d'autre. Seulement sauver les Brumes et revoir Vivienne.

Oh, qu'ai-je fait ?

Pourquoi ai-je cédé à cet appel glacial ? Vivienne, je suis réellement désolé ! Mais où es-tu, Vivienne ? Si seulement tu voulais bien me guider !

Non. Je dois me débrouiller. Encore. Une dernière fois.

Je suis Bohem. Liberté Outremer. Je suis un bâtisseur.

Non, je ne suis pas mort. Je ne peux pas être mort car je n'ai rien construit. Rien sauvé. Je n'ai fait que détruire !

Je n'ai entraîné que la mort autour de moi ! Non ! Je ne peux pas être mort. Pas encore.

Je dois vivre. Vivre encore un peu ! Retrouver le chemin de la vie.

Je dois ouvrir les yeux. Là. Mais je n'y arrive pas.

Je ne peux pas y arriver seul. Je suis si fatigué !

Je dois me concentrer. Et je dois la chercher. Là. Quelque part au fond de mon âme. Je dois l'écouter. L'entendre. La sentir, la suivre, la laisser me guider. La voix des Brumes. Je dois écouter la voix des Brumes.

Ce chant gracieux. Cet appel chaleureux. Ces quelques notes simples, douces comme la voix d'une mère. Le berceau de la vie. La petite lumière au creux de mon esprit. Celle qui relie les âmes. Le chant originel. La complainte de la Terre.

La voix des Brumes.

Je dois écouter la voix des Brumes.

*
* *

Bohem ouvrit lentement les yeux.

Il cligna des paupières comme un nouveau-né.

Et il revint doucement dans le monde des vivants.

Sa vue s'éclaircit progressivement et il reconnut le visage de Mjolln, penché sur lui, avec un grand sourire. Il referma les yeux, attendit un moment, puis les ouvrit encore.

Oui, c'était bien Mjolln. Monsieur Abbac, le Cornemuseur, là, près de lui. Bien vivant.

Ses yeux s'habituèrent de mieux en mieux à la lumière et il vit les morceaux de bois derrière le nain, le toit de branches : ils étaient dans la petite cabane des louvetiers.

Il passa sa langue sur ses lèvres sèches, pour les humidifier. Il grimaça, puis il posa sa main sur son ventre. Il sentit l'étoffe serrée sur sa blessure. Elle était sèche. Il ne saignait plus. Il fronça les sourcils.

— Mjolln, murmura-t-il, la voix enrouée. Qu'as-tu fait ?

— Shhh, fit le nain en posant son doigt sur la bouche du louvetier. Repose-toi.

Mais Bohem repoussa la main du nain.

— Tu m'as donné la Muscaria ! reprit-il, le souffle court. Mjolln ! Non ! Tu m'avais promis !

Le nain secoua la tête.

— Shhh ! Calme-toi ! Non, Bohem, ça, non, je ne t'ai pas donné la Muscaria. Elle est toujours ici, oui, dans ta pochette. Je n'y ai pas touché. Ahum.

Bohem poussa un soupir. Il plia le bras et prit la pochette dans sa main. Il sentit la bague à travers, et le tissu qui entourait la Muscaria. Oui. Elle était toujours là.

— Mais alors, balbutia-t-il...

— C'est la Licorne, coupa le nain. Elle... Elle m'a aidé à te soigner. Ahum. J'ai recousu ta plaie, oui, avec un crin de la Licorne, Bohem ! Et ton bandage est imbibé de sève, oui, la sève d'un arbre qu'elle nous a indiqué, tada. Hum hum. J'étais sûr que l'on pouvait compter sur elle, oui !

— Je... Je suis guéri ? demanda Bohem en souriant enfin.

— Pas tout à fait, non. Mais ta blessure ne s'ouvrira plus, et ton mal s'est arrêté.

— Je me sens beaucoup mieux, en tout cas, dit Bohem en redressant la tête.

— Oui, ahum, cela se voit. Tu as déjà meilleure mine. Mais tu dois encore te reposer.

— Depuis combien de temps suis-je évanoui ?

— C'était hier soir, Bohem. Seulement hier soir, oui, ne t'inquiète pas. Les soins de la Licorne sont très efficaces, ça, ahum.

— En effet...

— Oui. Mais maintenant tu dois encore te reposer, Bohem.

— Nous n'avons pas le temps, rétorqua le louvetier. Les Brumes...

— Nous avons au moins jusqu'à ce soir puisque, ahum, nous voyagerons de nuit. Alors, dors un peu, oui, et ça, je viendrai te réveiller juste avant la tombée du soir.

Bohem acquiesça. Il attrapa la main du nain et la serra chaleureusement. Puis il ferma les yeux et chercha le sommeil. Il aurait voulu prendre le temps de réfléchir, de répondre aux mille questions qu'il se posait, mais il était encore fatigué. Il s'endormit rapidement, profondément, et sursauta au crépuscule quand Mjolln vint le réveiller.

— Ça va ? demanda le nain en s'asseyant près de lui.

Bohem hocha la tête en souriant.

Oui. Il se sentait encore mieux. Il inspira profondément et essaya de se lever. Il sentit une douleur dans son ventre, mais ce n'était rien à côté de ce qu'il avait enduré pendant les jours précédents.

— Attention ! s'exclama Mjolln, inquiet. Fais attention, oui, à ta blessure !

Bohem fit glisser ses pieds sur le bord de la paillasse, puis, en s'appuyant sur l'épaule de son ami, il se mit debout. Il fit quelques pas prudemment, puis il se retourna vers le nain.

— Ça va, Mjolln. Je me sens beaucoup mieux. Nous devons nous mettre en route.

Le nain fit une grimace. Il avait eu très peur la veille quand Bohem s'était écroulé devant lui et il aurait aimé que son ami se repose encore quelques jours. Mais ils n'avaient pas le choix. Mjolln secoua la tête d'un air désespéré.

— Bohem, dit-il simplement, résigné, tu es fou dans la tête !

Ils sortirent côte à côte de la petite cabane. Il commençait à faire nuit et les louvetiers s'affairaient dans le grand campement.

La Rochelle, qui discutait avec un groupe de louvetiers, fut le premier à le voir.

— Bohem ! s'exclama-t-il.

Il courut vers son ami en souriant et lui serra le bras.

— Tu nous as fait une sacrée peur, imbécile !

Les louvetiers s'approchèrent un à un derrière le Compagnon, et la joie envahit leurs visages.

— Je suis désolé, murmura Bohem en penchant la tête. Mais je vais beaucoup mieux, et nous allons pouvoir nous mettre en route.

Il aperçut alors Bernard de Laroche et Bastian qui se faufilaient à leur tour parmi les louvetiers.

— Bohem ! lança le Bon Homme tout sourire. Vous êtes déjà sur pied ! Comme je suis heureux ! Je... Je voulais être sûr que vous alliez vous remettre, avant de partir.

— Merci, mon ami. Oui, je me sens beaucoup mieux. Et je vous remercie d'avoir attendu !

— Vous faites plaisir à voir, maintenant !

— Merci. Vous pouvez partir tranquille. Nous allons nous mettre en route, nous aussi.

Bohem se tourna alors vers le second arrivant.

— Bastian, dites aux louvetiers de se préparer. La nuit tombe, nous allons pouvoir aller chercher les Brumes.

— Bohem, vous êtes sûr que ça ira ?

— Je vais parfaitement bien, ne vous inquiétez pas pour moi. Cela fait longtemps que je ne me suis pas senti aussi bien. Allons, préparons-nous, Bastian. Les Brumes ont besoin de nous...

*
* *

Dumont Desbardes abattit encore son arme au milieu du groupe de soldats. D'un seul coup de taille, il en pourfendit deux. Son épée était large comme deux lames ordinaires. Façonnée par des Compagnons, elle était si bien équilibrée qu'elle se maniait avec aisance, et elle était forgée dans un alliage si pur qu'elle tranchait même le métal. À chaque coup de lame, le Grand-Maître emportait une vie, parfois deux. Derrière son cheval s'étendait une longue ligne de cadavres, et il avançait encore, comme une machine infernale, entouré de ses sergents, écrasant l'ennemi d'un côté et de l'autre.

Bientôt il n'y eut plus un seul adversaire debout autour de lui et il s'engagea dans une ruelle qui montait vers le centre de la ville, au milieu des maisons enflammées.

— En avant, mes frères ! Vers le palais des Ducs ! cria-t-il en dressant son épée au-dessus de lui.

Il lança son cheval au galop dans la ruelle, pressé de prendre possession du cœur de la ville, mais au premier croisement il fut désarçonné par un homme qui avait surgi de derrière une maison. Le soldat l'avait attrapé par le bras et était parvenu à le faire tomber en arrière. Dumont Desbardes roula dans la terre poussiéreuse puis se releva d'un bond. Son cheval s'échappa au galop vers le sud, entraînant les sergents à sa suite.

Le Grand-Maître serra devant lui la poignée de son épée, puis il se mit en position. Son adversaire avançait lentement sur lui, en garde moyenne, et par moments il faisait habilement tourner son épée dans une passe exercée. *Une fine lame*, pensa le Grand-Maître en souriant. Il inspecta sa silhouette. Il était grand, vêtu d'une broigne, et tenait son épée à deux mains avec l'assurance et l'élégance d'un chevalier. Le pommeau de son arme, qui s'évanouissait en deux ailes de bronze, était richement décoré. Ce n'était pas un simple soldat, mais sans doute un homme de haut grade. Or il ne portait ni les couleurs d'Emmer, ni celles de l'un de ses vassaux. Cela ne pouvait être qu'un officier de la ville.

Dumont Desbardes voulait en avoir le cœur net. Il enleva son heaume et le laissa tomber par terre avec désinvolture.

— Je suis Andreas Dumont Desbardes, Grand-Maître de la Milice du Christ.

Son adversaire hésita un instant. Le chevalier du Christ se demanda s'il allait avoir l'audace de passer aussitôt à l'assaut sans se découvrir, lui, mais l'homme finit par enlever son heaume à son tour en poussant un soupir.

— Bonjour, Andreas.

Le Grand-Maître reconnut aussitôt son adversaire : Valérien, maître d'artillerie, plus ancien et plus proche conseiller de la duchesse de Quienne. Le visage de Dumont Desbardes s'illumina d'un sourire satisfait. C'était un ennemi à sa hauteur ! Et une mort qu'il allait donner avec grand plaisir.

Les deux hommes se dévisagèrent un moment, s'écartant lentement de la rue principale comme pour s'extraire de la bataille qui se livrait derrière eux, puis ils se tournèrent autour telles deux bêtes prudentes.

Soudain, Dumont Desbardes se rua sur son adversaire et porta un coup de taille vertical. Valérien fit une parade en diagonale et chassa vers le bas la lame du Grand-Maître. Le Milicien se remit en garde, faisant de petits cercles avec la pointe de sa lame comme pour chercher le meilleur angle d'attaque. Il feinta à droite, puis avança le pied pour donner un coup de martel à l'épaule. Mais Valérien esquiva à nouveau et riposta aussitôt d'un coup d'estoc qui frôla l'épaule du Grand-Maître. Ils se retrouvèrent côte à côte et Dumont Desbardes repoussa le maître d'artillerie d'un grand coup de coude. Celui-ci tourna sur lui-même et fit quelques pas en arrière, s'enfonçant encore plus loin dans la ruelle.

Les deux adversaires se firent face à nouveau. Dumont Desbardes avançait sur son ennemi, qui marchait, lui, à reculons mais n'avait pas perdu son assurance. Le sourire, en revanche, avait disparu du visage du Grand-Maître, car il commençait à prendre la mesure de son adversaire et n'était plus si certain de sa victoire. Dumont Desbardes avait quelques années de plus et il était moins rapide. Mais il garda confiance. Il maîtrisait l'escrime mieux que quiconque : il avait enrichi sa technique en combattant les infidèles sur la Terre sainte et connaissait plus de coups et de parades que n'importe quel Gallicien.

— Vous n'êtes pas auprès de votre duchesse ? demanda Dumont Desbardes en avançant sur le côté, la garde pendante.

Son regard brillait derrière la lame de son épée et les flammes des maisons se réfléchissaient sur le métal clair.

— Je n'aurais pas eu le plaisir de croiser le fer avec vous...

— Elle est donc au palais ?

— Là où elle est, vous ne pourrez jamais l'atteindre, Dumont.

Le maître d'artillerie fit un rapide pas en avant et, en se baissant, porta un coup du tranchant vers la hanche du Grand-Maître. Dumont Desbardes esquiva de peu et frappa à son tour. Dans le vide. Un pas de côté et il frappa à nouveau, plus fort cette fois. Sa lame effleura les chaînes de la broigne de Valérien, mais ne passa pas au travers. Il arma à nouveau et abattit encore son épée, à droite, à gauche, à l'intérieur, en contre-taille, chaque fois, le maître d'artillerie était le plus rapide et trouvait la parade.

Dumont Desbardes se remit en garde pour souffler un peu. Son épée était lourde et les combats l'avaient déjà un peu fatigué.

Ce scélérat est bien plus agile que je ne le croyais ! Et il est rusé. Il ne s'engage pas. Il frappe une fois, puis me laisse venir. Il me provoque pour me fatiguer. Je vais le tenir à distance jusqu'à ce qu'il perde patience et qu'il fasse une erreur.

Les deux hommes s'approchèrent à nouveau. Ils étaient arrivés au bout de la ruelle et étaient coincés entre un escalier, qui montait vers une rue plus haut, et une maison abandonnée.

Valérien amena la pointe de son épée vers le sol, puis tenta un nouveau coup d'estoc en remontant sa lame. Mais Dumont Desbardes frappa aussitôt sa jambe d'attaque du bout de son épée. La lame cogna dans les anneaux de fer, et le maître d'artillerie ne put achever de porter son coup.

Il arma à nouveau, frappa d'un autre côté, mais Dumont Desbardes le repoussa encore en lui heurtant la jambe. Deux, trois fois de suite, le Grand-Maître empêcha son adversaire de conclure ses attaques de la même façon.

Valérien commençait à sentir les coups sur ses mollets et ses cuisses. Dumont Desbardes ne pouvait frapper très fort dans cette position, mais il visait chaque fois le même endroit et cela devenait de plus en plus douloureux.

Le maître d'artillerie fit quelques pas en arrière pour reposer sa jambe, puis il changea sa garde en avançant le pied gauche.

Il feinta deux fois, puis donna un coup de taille par le dessus. Mais, là encore, Dumont Desbardes le coupa dans son élan en touchant sa jambe d'attaque. Valérien poussa un petit cri de douleur et recula en grimaçant. Ses talons heurtèrent alors les marches de l'escalier. Il hésita un moment, puis commença à monter à reculons.

C'était une position dangereuse. Il exposait tout le bas de son corps, mais il gagnerait en puissance s'il s'abattait sur son adversaire.

Dumont Desbardes le suivit sans hésiter, et le pressa même en avançant l'épée tendue devant lui. Ils échangèrent deux coups au milieu de l'escalier, et leurs lames cognèrent contre la paroi de pierre. Ils se donnèrent encore quelques coups esquivés, puis arrivèrent bientôt au sommet de l'escalier et débouchèrent dans une rue plus large.

Le Grand-Maître, à distance, abaissa sa garde un instant. À l'autre bout de la rue, à travers des nuages de fumée épaisse, il voyait ses hommes courir en direction du sud, monter vers le centre de la ville. Il ouvrit un large sourire.

— Vous avez perdu, Valérien. Mes hommes marchent sur le palais des Ducs.

Le maître d'artillerie secoua la tête.

— Jusqu'au bout, répliqua-t-il, le comté de Pierevain endure jusqu'au bout et ne se rend jamais...

— Tant mieux... Je préfère vous tuer que vous laisser vous rendre...

Dumont Desbardes se remit en garde et fit deux pas de côté pour se mettre en face de son adversaire. Ils étaient à distance d'attaque, maintenant, immobiles, droits comme deux arbres plantés au milieu de la rue. Et ils se dévisageaient, avec dans le regard cette haine et ce respect étrange des hommes qui vont se donner la mort en duel. L'un et l'autre savaient que ce serait le dernier assaut. Ils voulaient en finir, ici, maintenant.

Le Grand-Maître inspira profondément et écarta les pieds, comme pour mieux s'ancrer dans la terre de la grande rue enfumée.

Assez joué. Je veux entrer avec mes hommes dans le palais des Ducs. Il faut que j'en finisse rapidement avec lui. Depuis que je le tiens à distance, il n'a pas pu m'attaquer une seule fois. Je le sens, j'ai trouvé son rythme. J'ai compris la vitesse de ses coups. Il doit penser que je vais continuer de frapper sa jambe d'attaque. Mais pas cette fois-ci. Non. Tout est une question d'instinct. Je ne dois pas frapper avant lui. Ni en même temps. Mais juste après. Je dois envoyer mon coup dès qu'il aura entamé une attaque. Au moment crucial où il s'approche et se découvre. Il suffit que je garde la mémoire de son rythme. Que je sente l'instant.

Valérien se mit en position d'attaque. Le buste légèrement en retrait, les bras fléchis, les mains au niveau de la ceinture et l'épée dressée vers l'ennemi, légèrement en dedans, il s'avança prudemment, le pied droit en avant et le gauche derrière, en perpendiculaire. Il avait les yeux plongés dans ceux de son adversaire.

Je dois suivre son rythme, se répéta Dumont Desbardes. *Sentir le moment. Frapper aussitôt. Dès qu'il s'ouvrira.*

Et soudain, Valérien s'élança. Il arma sa garde à dextre puis porta un coup d'avers à la figure de son ennemi. Mais Dumont Desbardes fut le plus rapide. Profitant de l'ouverture de son adversaire et tout en parant l'attaque, il donna un grand coup de taille en biais et sa lame s'enfonça dans la hanche du maître d'artillerie.

Valérien fut projeté sur le côté et tomba au sol, le côté en lambeaux. En se redressant sur les genoux, il vit sa chair déchirée qui pendait sur le cuir. Il poussa un grognement. La tête lui tournait. Il comprit aussitôt qu'il ne pourrait certainement pas survivre à cette blessure. Et, sentant la mort venir, le maître d'artillerie, l'esprit embué, ne put s'empêcher de penser à Hélène. Il s'imagina la douleur terrible que la duchesse ressentirait en apprenant que sa ville était tombée aux mains de Livain et de la Milice du Christ. Elle qui avait toujours vécu ici. Elle qui n'avait pas souhaité cette guerre. Qui n'avait jamais souhaité *aucune* guerre, aucun conflit. L'idée le rendit fou de rage et lui redonna la force de se battre. Il se releva péniblement, tituba, mais se remit en garde avec courage.

Il vit Dumont Desbardes qui approchait lentement, la poignée de son épée levée sous son visage. Valérien se mit en marche lui aussi, le souffle court, l'épée tendue droit devant lui. Son sang coulait par terre et son visage avait déjà blêmi. Sa vue se troubla soudain. Il cligna des yeux pour se ressaisir, puis, à bout de forces, donna un coup d'épée à hauteur de poitrine.

Dumont Desbardes para l'attaque sans difficulté et força l'épée du maître d'artillerie vers le sol en maintenant d'une main le contact du fer. Puis de l'autre il saisit fermement le poignet de Valérien et le tira vers le bas. Il dégagea simultanément sa propre lame et la redressa vers l'estomac de son adversaire.

Le conseiller d'Hélène perdit l'équilibre et, les yeux écarquillés d'horreur, s'embrocha violemment sur l'épée du Milicien, jusqu'à mi-lame. Il s'écroula sur les genoux de tout son poids, le visage figé.

Dumont Desbardes dégagea son épée d'un geste brusque, et repoussa Valérien d'un coup de pied.

Le maître d'artillerie tomba à la renverse, les mains jointes sur sa plaie béante. L'arrière de son crâne heurta violemment le sol et il mourut sur le coup.

Dumont Desbardes salua son adversaire défunt avec un sourire narquois, essuya le plat de son épée et partit rejoindre ses hommes.

*
* *

Ce fut une procession bien singulière qui traversa cette nuit-là les ombres nocturnes de la forêt de Roazhon. Jamais autant de Brumes n'avaient parcouru ensemble une distance aussi longue. Et ce fut, pour les rares hommes qui eurent la chance de les voir, un spectacle magnifique et émouvant.

Tout autour, avançant prudemment en formation régulière, les louvetiers formaient une grande chaîne dans leur vert uniforme, l'arbalète tenue en garde, le regard à l'affût. Sous la lumière des flambeaux, le cuir teinté de leur gambison se mariait parfaitement aux couleurs sombres de la forêt. Ils étaient une armée d'un genre nouveau. Une armée pour la terre. Et dans leur regard brillait une fierté immense. Eux qui avaient passé leur vie à chasser les Brumes, ils voulaient leur rendre hommage, les guider dans leur denier voyage comme pour obtenir leur pardon.

En tête, Bohem et Bastian, côte à côte, ouvraient la marche la mine grave. Bohem avait beaucoup moins mal à sa blessure que les jours précédents, mais il était encore gêné pour marcher. En outre, on ne voyait pas bien dans la nuit, et ils espéraient qu'ils ne tomberaient pas sur une embuscade. La nouvelle que Bohem avait fait réunir les louvetiers s'était certainement répandue dans le royaume tout entier, et il n'était pas impossible que quelqu'un tente de les empêcher de sauver les Brumes. Ils devaient rester sur leurs gardes.

Quant à La Rochelle, Mjolln et Loeva, ils assuraient l'arrière du convoi et jetaient de temps en temps des regards inquiets derrière eux pour vérifier qu'ils n'étaient pas suivis.

Les torches vacillantes dessinaient, vues du ciel, un grand anneau de feu qui se déplaçait lentement vers l'ouest, dans un silence étonnant. Ils ne faisaient pas de bruit, marchaient avec précaution et ne parlaient pas. On entendait seulement le crépitement des flammes, le bruit des armures de cuir et de métal, et quelques branches qui se brisaient sous leur pas.

Au milieu de cette escorte immense, semblant flotter à travers les arbres comme le brouillard sur la mer, le cortège des Brumes évoluait avec grâce. C'était une grande meute d'argent, distante et digne, qui se faufilait entre les rochers, noyée dans les nuées bleutées de l'air humide. On aurait dit une luciole géante, qui volait au ralenti dans le cœur de la forêt, une grande lumière blafarde qui chavirait à la surface du sol. Les loups, les chimères, les bayards, les vouivres, elles étaient toutes rassemblées autour de la Licorne, protégées par cette armée étrange, et marchaient lentement vers le Sid, comme ces vieux éléphants qui, dignes et silencieux, s'en vont mourir au loin.

Au milieu de ce grand halo blanc, on les voyait disparaître par moments, derrière les arbres ou dans le brouillard épais, puis ici on distinguait une ombre furtive, là une silhouette, un mouvement près du sol... Rien ne semblait pouvoir arrêter cette vision féerique, ces fantômes de splendeur qui franchissaient les bois.

Après un long moment de silence, Bohem se tourna vers Bastian, le capitaine des louvetiers. C'était ainsi que l'avaient proclamé tous les autres. Il était leur chef, leur guide, le premier d'entre eux à avoir compris le sens de leur nouvelle vocation, le premier à avoir trouvé la Licorne.

— Bastian, murmura Bohem en se rapprochant de lui. Vous êtes de la région, n'est-ce pas ?

— Oui.

— Parfait. Il faut que nous suivions la forêt jusqu'au bout. Nous ne devons jamais sortir de l'abri des arbres.

— Cela va nous faire faire un détour par le sud, Bohem. Il n'y a pas de forêt au nord entre Roazhon et Karnag.

— Alors, nous ferons le détour par le sud, Bastian. Nous avons un peu d'avance. Nous ne pouvons pas prendre le risque d'amener les Brumes au grand jour.

Le capitaine acquiesça, confiant.

Ils marchèrent ainsi toute la nuit, les sens en éveil, prêts à défendre de leur vie le cortège des Brumes. Ils obliquèrent progressivement vers le sud pour rester à distance de la lisière de la forêt. Ils ne s'arrêtèrent pas une seule fois ni ne changèrent le rythme de leur marche. La procession continua longtemps. Mais ils sentirent bientôt la fatigue, et certains louvetiers montrèrent des signes de faiblesse. Toutefois il fallait marcher, et marcher encore.

Ce ne fut que quand les premiers rayons du soleil commencèrent à chatouiller la cime des arbres que Bastian leva la main pour ordonner à tous les louvetiers de s'immobiliser enfin.

Bohem lui adressa un sourire reconnaissant. Ils avaient passé la première nuit sans encombres. Karnag n'était plus très loin. Si tout se passait bien, ils y seraient pour la Toussaint.

Les Brumes se dispersèrent dans les dernières ombres et échappèrent même au regard bienveillant des louvetiers.

Les hommes de Bastian installèrent un campement où ils allaient pouvoir se reposer tout le jour.

*
* *

— Repliez-vous ! hurla le général Chroce en remontant la rue au galop. Au palais !

La nuit était déchirée par les flammes et les cris des mourants. Les combats dans les rues basses de Pierre-

Levée se transformaient en véritable hécatombe. Plus rien ne servait de lutter aux abords des remparts. L'armée de Livain et celles de ses vassaux étaient beaucoup trop nombreuses, et les machines de guerre avaient détruit la muraille en de trop nombreux points. L'ennemi s'infiltrait de tous les côtés. Les soldats d'Emmer entendirent l'appel de leur général et se ruèrent derrière lui vers le palais des Ducs, mais il était sans doute déjà trop tard. Ils ne pourraient pas tous entrer dans l'enceinte du château : il faudrait fermer les portes avant que les soldats de Gallica ne puissent y pénétrer.

Cependant, il y avait encore une chance de tenir tête à l'ennemi en attendant des renforts providentiels, et le général Chroce avait déjà vu une partie de son armée remonter vers le haut du promontoire rocheux où était construit le palais. Là-bas, enfin, le combat serait plus équilibré : les machines de guerre de Livain ne pourraient probablement pas être transportées aux abords du château. Ses remparts tiendraient plus longtemps que ceux de la ville.

L'officier guida son cheval à travers le labyrinthe des rues plongées dans la nuit, au milieu des églises et des maisons à encorbellement que l'incendie avait pour l'instant épargnées. Il fit tourner sa monture de ruelle en ruelle, grimpant toujours plus vite vers le sommet de la ville. Il s'engagea dans la rue du Marché et arriva au galop sur le parvis du palais. La grande place était éclairée par quelques flambeaux et par la lumière de l'immense édifice.

Les soldats d'Emmer, qui avaient survécu et qui avaient pu s'extraire des combats des remparts, arrivaient de toutes parts, se repliant, paniqués, vers ce dernier bastion. Le palais des Ducs semblait les appeler à lui, son grand donjon rectangulaire dressé, majestueux sur le parvis immense.

Chroce fit le tour de l'esplanade au galop en criant, pour motiver ses hommes et les presser vers la porte du palais.

— Plus vite ! Montez dans les courtines ! Plus vite, au nom d'Emmer ! Plus vite !

Mais bientôt il vit arriver l'ennemi dans les rues tout autour. Au nord, il reconnut le manteau blanc des chevaliers de la Milice du Christ. Au sud, les soldats de Livain. Il poussa un hurlement de colère et partit à toute vitesse vers le palais.

Les deux lourds battants en chêne massif se refermèrent derrière lui dans un vacarme assourdissant, et il sut aussitôt que tous ceux qui étaient restés au dehors allaient se faire massacrer. Certains sans doute allaient mourir à quelques pas, contre cette porte même.

Il sauta de son cheval au milieu de la cour, furieux, et jeta un coup d'œil alentour pour voir comment la défense s'organisait. Il y avait heureusement plus d'hommes à l'intérieur du palais qu'il n'avait osé l'espérer. Mais ce n'était pas le moment de compter.

Le général Chroce inspira profondément. Jamais il n'avait connu pareille situation. La défaite, oui, sur un champ de bataille. Mais être enfermé ainsi à l'intérieur d'un palais, écrasé par l'ennemi, à attendre une mort certaine, non, cette résignation fatale, cette terreur sourde, il ne les avait jamais vécues. Il était furieux et terrifié à la fois, submergé par un sentiment amer d'impuissance.

Il leva la tête vers le sommet du donjon où flottaient côte à côte les bannières de Quienne et de Brittia. Des torches brûlaient sur des supports en fer fixés tout autour de l'édifice. Il aperçut dans la lumière orangée la chevelure blonde d'Emmer, à travers un créneau de l'échauguette qui était en surplomb de ce côté du parvis. Le roi criait des ordres à ses capitaines depuis le haut de la guérite de pierre.

Le général Chroce se précipita alors vers l'entrée du donjon et monta les marches quatre à quatre pour rejoindre Emmer Capigesne. Il ouvrit la petite porte qui donnait sur le toit de la grande tour carrée et marcha d'un pas rapide vers l'échauguette où se tenait encore le roi, le front soucieux.

Emmer lança un coup d'œil rapide au général.

— Je vous écoute.

— Majesté, nos défenses ont lâché. L'ennemi est partout dans la ville...

— Je vois cela, Chroce, je vois cela... Mais nous devons tenir, général. Jusqu'à ce que l'armée du comte d'Arvert arrive enfin...

— Willem ne vient qu'avec vingt mille hommes, Majesté, cela ne suffira jamais ! L'armée de Livain est tellement nombreuse ! Je pense que vous devriez vous enfuir par la poterne au sud du palais avant qu'il ne soit trop tard, Majesté.

Le roi se tourna vers Chroce, le regard furieux.

— Jusqu'au bout, général. *Jusqu'au bout* ! Je ne suis pas de ceux qui abandonnent. Descendez dans les tours des remparts, occupez-vous de vos hommes, général, allons, vous savez ce que vous avez à faire !

— À vos ordres, Majesté.

— Où est Valérien, le conseiller de mon épouse ?

Le général fit une grimace embarrassée.

— Majesté, il est mort sous la lame de Dumont Desbardes... Je suis désolé !

Le roi ferma les yeux. La duchesse de Quienne ne le lui pardonnerait jamais.

— Bien, reprit-il en soupirant. Rejoignez vos hommes. Et priez. Priez pour que les renforts arrivent à temps !

Chroce acquiesça et fit demi-tour. Il devait reconnaître une chose : Emmer avait du cran. La plupart des rois auraient décidé de fuir depuis longtemps, en pareille situation. Mais le roi de Brittia, lui, était aussi courageux qu'il était têtu, aussi valeureux qu'il était orgueilleux. C'était un honneur de le servir. Et qu'elle qu'en soit l'issue, cette bataille resterait à jamais dans la mémoire des gens de Brittia et de Gallica.

Le général reprit quelque peu confiance et se lança à nouveau dans les escaliers pour redescendre vers la cour. La panique régnait au milieu du palais. Les armuriers poussaient des charrettes pleines de flèches, de lances et d'épées, les blessés partaient en boitant vers les hospices, les menuisiers installaient des poutres sur la grande porte, en contrefort, et des soldats désemparés se précipitaient, les uns derrière les autres, vers les escaliers qui menaient aux courtines.

— Attendez ! Redescendez ! hurla le général en leur adressant des gestes furieux.

Les quelques soldats qui étaient en train de grimper les marches, firent demi-tour, perplexes, et rejoignirent le général dans la cour.

— Cela ne sert à rien de monter tous là-haut tout de suite ! s'exclama Chroce en grimpant sur le rebord d'un puits. Nous avons un peu de temps avant que les archers de Livain arrivent jusqu'ici. Nous devons en profiter pour préparer notre défense...

— Mais, général, nous devons aider nos frères dehors... Ils sont en train de se faire massacrer juste devant nos portes !

— Nous ne pouvons plus rien pour eux, soldat ! Et ne me coupez jamais la parole ! Il n'y a pas un instant à perdre. Vous ! Allez assister les armuriers, il nous faut plus de flèches, beaucoup plus de flèches ! Vous ! Préparez la poix et la résine. Vous ! Montez des pierres tout le long des courtines, et aspergez d'eau les peaux de bête qui protègent les hourds. Tout de suite !

Les soldats à qui il avait donné des ordres se mirent aussitôt en mouvement, se dispersant aux quatre coins de la cour.

— Les autres, reprit le général, vous pouvez monter aux courtines. Faites ce que vous pouvez pour aider ceux qui sont restés dehors... Dieu ait leur âme !

Les derniers soldats ne se firent pas prier. On entendait au dehors le bruit des combats, et tous ceux qui n'avaient pas pu rejoindre le palais à temps étaient probablement en train de se faire écraser par la masse des soldats de Livain. Les hommes d'Emmer se précipitèrent vers le haut des remparts et firent ce qu'ils purent pour assister leurs frères d'armes.

Le général Chroce descendit de la margelle et fit quelques pas vers le centre de la cour. Il regarda le haut des remparts, les bâtiments, les jardins de l'autre côté du donjon. Le palais était immense, il ne serait pas facile à défendre.

Il espéra qu'ils étaient assez nombreux pour tenir jusqu'à ce que les renforts arrivent. Combien avaient survécu ? Combien avaient eu le temps de se replier jusqu'ici ? Six mille ? Sept mille ? Probablement guère plus. Il frissonna en pensant au nombre de morts aux quatre coins de la ville. Entre trente et quarante mille, peut-être plus. Certains avaient fui, sans doute. D'autres n'étaient que blessés. Mais c'était de toute façon une hécatombe terrible. Et ce n'était pas fini. Car les hommes de Livain, au dehors, étaient encore, eux, quelques dizaines de milliers.

Le général secoua la tête et se dirigea, accablé, vers la tourelle au sud des remparts.

Quand il arriva au sommet, il découvrit un spectacle plus sinistre encore qu'il n'aurait pu l'imaginer. Le parvis du palais était le théâtre d'un carnage répugnant auquel il était obligé d'assister, impuissant. Les archers d'Emmer essayaient tant bien que mal de soutenir ceux qui se battaient sur la grande place, mais plus rien ne pourrait les sauver. L'ennemi était de plus en plus nombreux, surgissait de chaque rue par vagues successives, et bientôt il ne resta plus un seul soldat d'Emmer vivant sur la grande esplanade.

Les chevaliers et fantassins de Gallica, excités par cette première victoire et attendant le renfort des archers, se mirent à mutiler les corps inertes et à les exhiber en direction des remparts. Ils enfoncèrent des têtes coupées sur des lances et plantèrent celles-ci au beau milieu de l'esplanade, comme une insulte macabre.

Le général Chroce serra les poings sur la pierre des mâchicoulis. Il posa son regard au-delà, sur le sud de la ville. Des colonnes de fumée s'élevaient en de multiples points. Les maisons brûlaient par centaines, les églises, les moulins... Les soldats de Livain n'avaient rien épargné. Ils ne voulaient pas prendre la ville ; ils voulaient l'*anéantir*.

Soudain, le général aperçut un groupe d'officiers galliciens de l'autre côté de la grande place carrée. Malgré l'obscurité, il parvint à distinguer leurs uniformes, éclairés par leurs torches. Il y avait un chevalier de la Milice du Christ – Dumont Desbardes certainement – et des généraux de Livain et de ses trois vassaux. Les combats étaient terminés, pour le moment, et le parvis était plongé dans un calme morbide. Ils avancèrent au milieu d'une escorte jusqu'au centre de la grande place, inspectèrent les remparts à distance, puis firent demi-tour et disparurent à nouveau dans l'obscurité de la nuit.

Quelques instants plus tard, des sous-officiers ordonnèrent à tous les soldats qui étaient encore devant le palais des Ducs de se retirer. L'esplanade se vida d'un seul coup. Les milliers de soldats partirent et laissèrent la place aux cadavres et aux ténèbres.

— Que font-ils ? demanda une voix derrière le général.

Chroce sursauta. C'était la voix d'Emmer Capigesne.

— Majesté, je pense qu'ils vont attendre demain pour attaquer. Peut-être même plus tard.

— Pourquoi ?

— À pied et à cheval, ils ne peuvent pas grand-chose contre les remparts du palais. Ils vont certainement essayer d'amener leurs machines jusqu'ici. Cela va leur prendre du temps...

— Croyez-vous qu'ils ignorent que nous attendons des renforts ?

Le général haussa les épaules.

— Peut-être en attendent-ils, eux aussi.

Chapitre 8

LES PORTES DU SID

Pendant les trois jours qui suivirent le début de l'attaque, un déluge de pluie s'abattit sur la capitale du Pierevain. C'était une pluie lourde et forte, qui tombait jour et nuit. On l'entendait claquer, incessante, sur les ardoises des maisons ou sur les pavés de la cour du palais. C'était comme si le ciel avait décidé de laver la ville de tout son sang. Des ruisseaux d'un liquide rose clair coulaient le long des rues vers le bas de la grande cité.

Pendant ces trois jours, le parvis du palais resta désert. Seuls quelques charognards osèrent s'aventurer sur la grande esplanade. Posés sur les cadavres, essuyant la pluie drue, ils arrachaient frénétiquement des bouts de chair, sous le regard horrifié des soldats d'Emmer, postés le long des courtines.

Depuis le donjon et les tours, on devinait toutefois la présence des soldats de Livain, toujours aussi nombreux, et l'on voyait avancer les machines de jet à travers la ville. Elles grimpaient, rue par rue, vers le centre de Pierre-Levée, sous des trombes d'eau noire, avec une lenteur menaçante. Certaines avaient été partiellement démontées pour être transportées plus facilement. On les voyait se soulever, s'arrêter puis repartir, faire demi-tour parfois quand la rue était trop étroite.

Mais, inexorablement, elles arrivaient.

En attendant de donner l'assaut, les troupes de Gallica occupaient probablement plusieurs bâtiments alentour. Elles avaient dû s'installer dans les plus grandes maisons, et il y avait fort à parier que la Milice du Christ avait fixé son siège au baptistère Saint-Jean.

De jour en jour, la tension montait dans l'enceinte du palais des Ducs. Sans voir le visage de l'ennemi, on devinait sa menace oppressante, qui pesait sur la ville comme le glaive du tyran de Syracuse, suspendu au bout du crin fragile d'un cheval. Prévoyant un long siège – les réserves du palais ne pouvant subvenir bien longtemps aux besoins de six mille soldats – l'intendant avait réduit les rations quotidiennes au strict minimum. En plus de l'angoisse, les soldats devaient se contenter de peu. Et pour parfaire leur désespérance, malgré la pluie, l'odeur des cadavres amassés tout autour des murailles commençait à devenir insupportable. C'était l'odeur de leurs frères qui pourrissaient sous leurs yeux.

Ce matin-là, le général Chroce, le visage sombre, entra dans le cabinet d'Hélène de Quienne, où s'était installé le roi son époux.

Emmer Capigesne, debout devant la fenêtre, les mains croisées dans le dos, ne se retourna même pas.

Chroce resta un instant immobile et silencieux, au milieu de la petite pièce.

— Je me demande si Hélène sait, dit le roi d'une voix grave et basse.

Le général ne répondit pas. Il savait qu'Emmer n'attendait pas de réponse. Il ne s'adressait pas vraiment à l'officier. Il pensait à voix haute, l'âme pleine d'amertume.

— Je me demande si elle sait, reprit-il. Si la nouvelle est arrivée jusqu'à elle, là où elle est. Comme elle doit m'en vouloir, elle qui ne voulait pas cette guerre ! Peut-être ne reverra-t-elle jamais ce palais. Et ses troubadours ? Ses fidèles troubadours ? Où iront-ils ? Pourra-t-elle un jour réunir à nouveau une cour de poètes, si cette place tombe ? Me pardonnera-t-elle ? Mais je n'ai pas le choix. Je *n'avais* pas le choix. Je connais trop Livain. Nous devons lui résister. Il a monté contre nous la terre entière. Le pape, même ! Lui qui est né, pourtant, à quelques pas de chez moi, au royaume de Brittia. Lui qui a grandi parmi les miens. J'aurais pu me rapprocher de lui, tendre enfin la main au chef de l'Église et oublier le passé... Mais Livain m'en a empêché. Le pire, voyez-vous, c'est que je ne crois pas qu'il le fasse pour la terre. La terre que, moi, je veux défendre. Non. C'est pour Hélène. Pour l'humilier. L'avoir répudiée ne lui a pas suffi. Lui avoir ôté la couronne de Gallica, ce n'était pas assez. Livain veut la déposséder, après l'avoir salie. Comment cet homme qui se dit si dévot peut-il être si mauvais chrétien ? Non. Je n'avais pas le choix. Hélène n'aurait pas pu l'arrêter. Il n'y a qu'une seule façon d'arrêter un homme comme Livain. Qu'une seule façon.

Le roi de Brittia poussa un long soupir, puis il se tut, sans avoir bougé.

Le général Chroce pouvait voir son visage se refléter sur la vitre de la fenêtre : le souverain avait fermé les yeux.

— Je vous écoute, général, dit soudain Emmer après un long silence.

— Majesté, la poterne a été découverte par l'ennemi. Nos espions ne peuvent plus quitter le palais ni y revenir. Nous sommes sans nouvelles des renforts du comte d'Arvert.

— Willem ne peut pas m'avoir abandonné, général. Ce n'est pas possible, c'est certainement, de tous mes vassaux, le plus fidèle.

— Ses espions l'ont peut-être prévenu du nombre des soldats de Livain, et il se sera ravisé...

— Non, général. Pas Willem. Peut-être, au contraire, est-il allé chercher plus de renforts encore...

Chroce ne répondit pas. Il aurait aimé partager l'optimisme de son roi, mais, en vérité, il était de plus en plus inquiet. Pendant les deux premières journées, il avait été trop occupé par la préparation de la défense pour penser à autre chose, mais à présent il n'avait plus rien à faire qu'attendre, au milieu de ses soldats, et l'angoisse ne l'épargnait pas, malgré sa longue expérience du combat. On le voyait tourner en rond dans la cour, longer les courtines, muet, vérifier encore et encore les préparatifs avec une rage obsessionnelle.

— Comment sont les troupes, général ? demanda Emmer.

Le général soupira d'un air accablé.

— Je ne vous mentirai pas, Majesté : elles sont... terrifiées.

Le roi se retourna enfin, l'air courroucé.

— Alors, c'est que vous ne remplissez pas votre devoir, Chroce ! S'ils ont peur, c'est sans doute qu'ils lisent l'inquiétude dans vos yeux ! Vous êtes leur général, bon sang ! Vous êtes leur chef ! C'est à vous de leur redonner confiance !

— Bien sûr, Majesté, mais...

— Ce sont les grands hommes qui remportent les grandes batailles, général, et bien des armées avant nous ont connu des situations plus désespérées que celle-ci et ont tout de même remporté la victoire. Le courage et la bravoure multiplient les forces de ceux qui se battent. Un siège est avant tout une guerre des nerfs. Ne perdons pas la bataille du courage, et nos chances de résister à l'assaut de Livain seront dix fois plus grandes !

— Oui, Majesté...

— Je vais descendre avec vous, général, et vous montrer un peu.

Le roi alla prendre son épée, posée près de son bureau, la glissa à sa ceinture et passa devant Chroce d'un pas décidé. L'officier le suivit dans les escaliers, confus, et il s'arrêta derrière lui sur le perron du grand donjon.

Les soldats dans la cour et en haut des remparts, qui n'avaient pas vu le roi depuis plusieurs jours, remarquant sa présence, se tournèrent les uns après les autres vers leur souverain.

— Soldats de Pierre-Levée ! cria le roi d'une voix forte et claire, qui s'éleva dans le clapotis continu de la pluie battante.

Petit à petit, malgré l'averse, les hommes se rassemblèrent dans la cour. Ceux qui étaient dans les courtines se retournèrent vers le donjon. D'autres arrivèrent des jardins ou sortirent des logis. Ils furent bientôt près d'un millier au pied de la haute tour, les yeux rivés sur Emmer Capigesne, roi de Brittia.

— Soldats de Pierre-Levée, répéta le souverain en faisant un pas en avant. Je sais votre inquiétude ! Je sais l'angoisse qui monte dans vos ventres, je sais la peur et la douleur, j'ai pleuré, moi aussi, nos frères morts au dehors ou au pied des remparts !

Il marqua une pause et posa un regard circulaire sur l'assemblée, s'arrêtant sur certains visages, plongeant ses yeux dans ceux des soldats, droits, pénétrants. La pluie dégoulinait sur leurs figures, alourdissait leurs vêtements, mais ses hommes l'écoutaient, attentifs.

— Cependant, les batailles comme celle que nous allons mener se gagnent avec le cœur ! Que ceux qui n'en ont pas se cachent au fond des oubliettes ! Que ceux qui craignent l'ennemi déposent leurs armes à mes pieds ! Car je les ramasserai, moi, ces armes ! Une par une, avec cette main ! Et je les lèverai vers l'envahisseur. Je serai au front, parmi ceux qui se battent. Ceux qui n'abandonnent pas. Car je suis un soldat, mes frères, et les soldats ne baissent pas la garde ! Les soldats se battent jusqu'à la dernière goutte de leur sang ! Le pire de nos ennemis, c'est celui qui se cache en nous-même ! La lâcheté, la couardise. L'abandon ! Alors, oui ! J'ai peur ! Moi aussi, comme chacun d'entre vous ! Mais la peur, mes frères, la peur n'est qu'un ennemi de plus, et avec vous, je la terrasserai ! Soldats de Pierre-Levée ! Le combat que nous allons livrer sera historique ! Il restera à jamais gravé dans l'histoire de ce pays. Dans les mémoires de nos enfants, et de leurs enfants, et de leurs petits-enfants. Que nous l'emportions ou que nous perdions, ce n'est pas cela qui restera dans leur souvenir. Non ! Ce qui restera, mes frères, c'est notre vaillance ! Notre bravoure ! Si nous devons être vaincus, soyons vaincus debout, l'épée droite et le regard fier ! Seul au combat ou avec vous, je ne fléchirai pas. Je me tiendrai face à l'ennemi, dressé comme ce vieux chêne qui résiste aux tempêtes ! Si nous mourons, nous mourrons ensemble ! Si nous l'emportons, nous l'emporterons grâce à nos courages mêlés !

Des cris d'enthousiasme commencèrent à s'élever au milieu de la foule, de plus en plus nombreux et de plus en plus forts. Les soldats d'Emmer ne cessaient de se rapprocher des marches du donjon, les uns contre les autres, enivrés par le nombre, excités par la voix auguste et solennelle de leur souverain.

— Soyez fiers, soldats ! Fiers d'appartenir à une armée de légende, fiers de défendre non seulement une cité, mais un symbole ! Celui de la liberté, de l'indépendance ! Car nous sommes à la cour d'Hélène de Quienne, votre reine, et ce sont ses valeurs que nous devons préserver ! Dans ce palais, il n'y a plus de roi, il n'y a plus de généraux, il n'y a plus d'officiers ! Il n'y a que des soldats, des frères d'armes qui partiront au combat comme un seul. Et si Dieu nous aide, nous l'emporterons ! Mes frères, aux armes ! Endurez jusqu'au bout !

Le roi prit son épée à sa taille et la leva vers le ciel dans un élan majestueux. Les soldats l'imitèrent dans une clameur immense. Les lames ruisselantes se levèrent dans ce ciel de pluie. « Jusqu'au bout ! » criaient-ils, le regard belliqueux.

Puis, Emmer les salua, comme on salue un prince, et rentra dans le donjon d'un pas martial et digne, l'épée toujours à la main.

*
* *

Je suis dans les jardins du palais des Ducs. L'été colore les bosquets, comme mille palettes de peintre. Le ciel bleu irradie de lumière. L'air est doux, mon corps léger flotte dans un océan de douceur. Je suis bien.

Suis-je revenu enfin dans le monde de Djar ?

Pourquoi ici ? Dans ces allées où je discutais pendant de longues matinées avec la duchesse de Quienne... Pourquoi ? Qui m'a mené ici ?

J'avance lentement sur les petits chemins de gravier. Je passe au milieu des fleurs et je devine derrière moi l'ombre du donjon majestueux. Je me laisse bercer par ce doux souvenir. J'ai dormi, une nuit, au milieu de ce parc. Je me souviens encore de l'arbre sous lequel Vivienne m'a embrassé. Là, sur cette petite butte d'herbe verte.

Soudain, j'entends des pas derrière moi. Qui se rapprochent. Mais je n'arrive pas à me retourner. Des pas lents, réguliers, qui s'enfoncent dans les gravillons et qui montent vers moi. Je dois me retourner, voir qui vient.

— Bohem ?

Est-ce possible ? Est-ce sa voix ?

Oui, je suis Bohem, et je dois me retourner. Le monde de Djar n'est qu'un jeu de l'esprit. Je me retourne. Et je la vois. Son grand front, ses cheveux roux, son regard brillant. La duchesse de Quienne.

— Hélène ?

— Vous m'entendez, Bohem ?

Elle me regarde, perplexe.

— Oui.

— Suis-je en train de rêver ?

— Peut-être, oui, mais nous rêvons tous deux, Hélène...

— Cela fait plusieurs nuits... Plusieurs nuits que je vous vois, ici, dans ces jardins qui me manquent tant, et jamais je n'ai réussi à vous parler ! Jamais vous ne vous êtes retourné...

— Ce soir, je vous entends, Hélène. Et je suis heureux de vous voir...

— Mais n'est-ce qu'un rêve ? répéta Hélène, s'approchant de lui et prenant sa main.

— C'est un rêve, et ce n'en est pas un. Nous sommes ensemble dans le pays des songes... Je ne savais pas... Je ne savais pas que vous pouviez venir...

— Je suis tellement heureuse de vous voir, Bohem ! Tellement heureuse ! Je voulais vous parler. J'ai... J'ai des choses à vous dire qui ne peuvent plus attendre !

Peut-être est-ce cela qui l'a menée ici et qui m'a guidé, moi. Son désir si fort de me voir... Ses rêves l'ont portée jusqu'à moi. Jusqu'au monde de Djar.

— Hélène, Vivienne a disparu...

— Je sais Bohem. Votre ami, La Rochelle, me l'a fait savoir par le réseau des Compagnons...

— Je la retrouverai.

Oui. Je la retrouverai. Où qu'elle soit, où qu'elle aille. Même jusqu'au pays des morts j'irai te chercher, Vivienne.

— Que vouliez-vous me dire, duchesse ?

— Pierre-Levée... Pierre-Levée a été assiégée par l'armée de Livain. J'ai voulu fuir la guerre que préparait mon

époux. Si seulement j'avais su qu'elle se livrerait dans mon palais, dans ma ville, ma ville bien-aimée, je ne serais jamais partie ! Je suis tellement inquiète, Bohem !

La guerre. Rien ne pouvait l'empêcher. Et tout est venu par ma faute. Je n'aurais jamais dû aller au palais des Ducs. C'est moi qui ai attiré Livain jusque-là. C'est moi qui lui sers de prétexte...

— Que puis-je faire ?

— Rien... Vous ne pouvez rien faire, Bohem. Prier peut-être...

— Je ne suis pas très bon pour ça...

Un sourire traverse son visage triste. Un sourire trop court, pourtant. Et sa main serre la mienne.

— Mais ce n'est pas cela que je suis venue vous dire, Bohem... Non.

Elle semble terrifiée. Ses yeux sont emplis de peur. Elle hésite.

— Je vous écoute, Hélène.

— Bohem, je vous avais dit que mon cœur sentait une menace plus grande encore que celle dont vous parliez... Je vous avais dit que je ressentais quelque chose d'étrange, derrière tout cela.

— Oui, je me souviens, c'était ici même, dans ces jardins.

— Bohem. J'ai compris d'où venait cette angoisse. Ce sentiment étrange. Je n'avais pas fait attention. Je n'avais pas réuni les éléments de l'énigme, et pourtant...

— Oui ?

— Bohem. Ce que je ne faisais que deviner est pire encore que je n'aurais pu le craindre. Ce qui se passe autour de nous...

Elle se tait. Elle tremble.

— Je vous écoute...

— Bohem, aucune femme n'est tombée enceinte depuis le mois de juin, dans tout le pays de Gallica.

Je la regarde, abasourdi. Aucune femme ? Il y a tant de détresse dans ses yeux. Et dans les miens, sans doute, doit se lire la surprise. Comment est-ce possible ? Peut-elle se tromper ?

— Vous en êtes sûre ?

— Oui, Bohem. Je l'ai d'abord remarqué au palais, sans vraiment y prêter attention. Mais quand j'ai quitté Pierre-Levée, j'ai traversé de nombreuses villes, rencontré des gens, des femmes, beaucoup de femmes. J'ai posé des questions, j'ai enquêté, j'ai cherché... Bohem, j'en suis sûre, maintenant. Il n'y a pas une seule femme dans tout le pays qui soit tombée enceinte dans les cinq derniers mois !

— C'est... C'est terrible ! Est-ce que...

Elle hoche la tête. Elle a compris la question que je n'ose pas poser.

— Oui. Cela a forcément un rapport avec tout ce qu'il se passe, Bohem... Les Brumes, vous, le retour du Sauvage... Toutes ces choses étranges ! Je vous l'avais dit...

Oui. Bien sûr. Ces choses sont liées. Je le sens, moi, comme elle doit le sentir.

— Vous rendez-vous compte, Bohem, de ce que cela signifie ?

J'acquiesce. Oui. Je le sais. Je le sens.

— Le monde meurt, Hélène. Comme les Brumes.

Des larmes montent à ses paupières. Des larmes de douleur et d'effroi. Je la prends dans mes bras. Je la serre contre moi comme une grande sœur.

— Nous devons faire quelque chose, Bohem. Vous devez faire quelque chose.

— Mais... Que puis-je faire ?

— Comprendre ! Vous devez comprendre !

— Comment ?

— Je ne sais pas. Où êtes-vous ?

— Je suis avec les Brumes, dans la forêt de Roazhon. Nous marchons vers Karnag, vers les portes du Sid. Je dois les accompagner, duchesse. Les portes s'ouvrent pendant la nuit de la Toussaint.

— Il faut que je vous voie, Bohem. Nous devons faire quelque chose.

— Oui. Je le sais. Je viendrai à vous dès que les Brumes auront franchi les portes du Sid. Où que vous soyez, je viendrai vous voir, Hélène.

— J'espère qu'il sera encore temps.

Je la garde encore tout contre moi. Comme pour lui

enlever un peu de sa peur. Partager sa douleur. Puis je la laisse partir.

Je ne peux pas attendre. Je dois me réveiller. Les Brumes. Karnag.

Pour le moment, oublier tout le reste. Ne plus penser qu'à ça.

Oublier, si je peux.

Le monde de Djar est un jeu de l'esprit.

Je peux le maîtriser. Je peux apprendre. Je le sens.

C'est un jeu de l'esprit. Mieux. Un jeu de mon *esprit.*

Le monde de Djar est un jeu de mon esprit.

*
* *

Au soir du troisième jour, la pluie cessa enfin. Et alors que le soleil s'évanouissait lentement à l'ouest dans un ciel de velours parme, on vit soudain approcher les machines, ces géants de bois sans visage, tout autour du palais. Les archers d'Emmer apparurent aussitôt entre les merlons, en haut des murs de pierre, parés pour cet assaut final.

Le siège du palais des Ducs allait donc commencer. Plus rien ne pouvait l'empêcher.

Les Galliciens poussèrent les pierrières et les trébuchets en première ligne, puis les tonnelons et les beffrois juste derrière. Ceux-ci seraient avancés jusqu'aux remparts au tout dernier instant, quand il faudrait entrer dans l'enceinte du palais.

Les soldats de Livain armèrent les machines de jet, et les archers, débouchant des ruelles, se mirent en place, formant deux longues lignes courbes. Parmi eux, des cavaliers tenaient dressés torches et grands étendards. On devinait les blasons de Flandrie, de Vasteplaine, de Bleizis, et, bien sûr, les fleurs de lys dorées du drapeau de Livain. Puis ce fut au tour des fantassins et des chevaliers de prendre place, en retrait, par bataillons si grands qu'ils débordaient jusque dans les grandes rues.

Soudain, tout redevint calme et silencieux. Les soldats s'immobilisèrent. Les machines, chargées, restèrent en place. Seuls bougeaient les derniers rayons du soleil, qui scintillaient sur les surfaces mouillées ; puis ils disparurent si vite que bientôt le parvis du palais fut plongé dans l'obscurité. Les flammes des torches dansaient au milieu des soldats, comme autant de cierges dans l'alcôve d'une chapelle.

Un long moment passa dans ce silence morbide, et la tension ne cessa de monter, lourde, pénible. C'était comme si le temps jouait avec une longue courroie qu'il étendait, lentement, jusqu'à la faire céder sans que jamais, pourtant, elle ne casse.

Au bout de la rue du Marché, Livain était là, vêtu de son armure dorée, le regard posé sur son armée immense, la mine satisfaite. Ils avaient fait vite. En trois jours seulement ils étaient parvenus à réorganiser les troupes et à amener la plupart des machines jusqu'au sommet de la ville. Il n'y avait pas de temps à perdre. Chaque jour qui passait risquait d'amener à Capigesne de nouveaux renforts.

Le roi de Gallica hocha lentement la tête. Andreas Dumont Desbardes et le général Goetta attendaient près de lui.

— Messieurs, faisons tomber le palais des troubadours ! déclara-t-il avec un sourire cynique.

Aussitôt, le général Goetta avança vers les machines de guerre au milieu de la grande esplanade et, debout sur ses étriers, donna l'ordre de l'assaut.

Instantanément, les crochets qui retenaient les bras des pierrières et des trébuchets furent lâchés, et les boulets de pierre s'envolèrent au-dessus du parvis. Le vol des projectiles sembla durer une éternité, allonger les derniers instants avant le premier impact. Puis les sphères de granit s'abattirent soudain sur le palais comme une tornade immense. La plupart s'écrasèrent sur les remparts, emportant des bouts de mur dans un vacarme extraordinaire. D'autres tombèrent trop court ou à l'intérieur du palais. Les pots de résine brûlante explosèrent en de multiples endroits. Les premiers incendies se déclarèrent ici et là, en haut de la longue façade.

Pendant que l'on rechargeait les machines, les archers de Gallica s'avancèrent vers les remparts. Le général Goetta amena son cheval devant eux, puis, dressant son épée vers le palais, il ordonna le tir d'une voix forte et grave. La première ligne, d'un seul geste, arma, puis décocha une volée de flèches embrasées vers les hourds et les tourelles. Les traits de flamme décrivirent en sifflant une courbe régulière dans le ciel ténébreux avant de retomber sur la grande muraille. Les pointes claquèrent sur la pierre ou contre le métal des boucliers, se plantèrent dans le bois ou dans la chair. La première salve sembla ne faire que très peu de victimes, car les soldats du palais étaient encore aux abris.

Soudain, à la surprise du général Goetta, de courtes catapultes apparurent en haut des tours du palais. Et ce fut sur les archers de Gallica, cette fois, que les pierres s'abattirent. Ce n'étaient pas d'immenses boulets comme pouvaient en jeter les trébuchets, mais des pavés en nombre. La nuée grise s'éparpilla dans le ciel et retomba, dispersée, sur les tireurs à l'arc, sous le regard médusé du général Goetta. Ils moururent par dizaines, réduits en bouillie par ces projectiles inattendus. Pris de panique, les archers se mirent à courir en tous sens.

— Reformez les rangs ! hurla le général, furieux, en remontant la cohue, au galop. Reformez les rangs, et tirez à volonté !

À l'autre bout du parvis, Dumont Desbardes s'impatientait. Il secoua la tête. Les soldats de Gallica n'étaient pas à la hauteur. Jamais des Miliciens du Christ ne se seraient ainsi dispersés ! Mais pour le moment, il ne pouvait rien faire. Il fallait que les remparts tombent. Il se retourna vers ses hommes et lut sur leurs visages la même fièvre, le même empressement. Il sourit. Bientôt, bientôt ils allaient pouvoir entrer dans la bataille. Et malgré les ordres de Livain, il irait lui-même, de sa main, occire Emmer Capigesne. Arracher la vie au souverain de Brittia.

La plupart des archers, après cette vague de panique, reprirent position tant bien que mal, pendant que la deuxième ligne s'avançait, pleine de regards terrifiés.

— Tirez ! Au nom du Christ, tirez ! ordonna le général Goetta du haut de son cheval.

Les archers décochèrent leurs flèches, bien moins ordonnées cette fois-ci.

— Encore, tirez encore !

Et alors, commença réellement la bataille. Les archers en haut des remparts se découvrirent enfin et se mirent à tirer eux aussi, à travers les créneaux, en hurlant la devise de la ville. Les catapultes, que l'on pouvait recharger beaucoup plus vite que les lourdes machines de jet, lancèrent depuis le haut des tours une nouvelle volée de gros pavés qui firent encore de nombreux morts au milieu de la place. D'un côté, les flèches déchiraient l'air, se plantaient dans la chair, et de l'autre, les os se brisaient, les corps étaient broyés sous cette pluie de pierres. Les archers couraient, affolés, à travers les nuages de poussière qui s'élevaient ici et là.

Pendant un long moment, les flèches se croisèrent au-dessus du parvis, causant plus de victimes dans les rangs de Livain que dans ceux du palais, et le général Goetta, voyant que cette phase tournait en défaveur de son camp, donna l'ordre aux fantassins de passer à l'attaque.

Remontant à travers la ligne déconstruite des archers, roulant sur les cadavres, anciens ou nouveaux, ils poussèrent jusqu'aux remparts les tonnelons et les beffrois, se réfugiant derrière ces tours immenses, puis grimpèrent à l'intérieur pour attaquer l'ennemi de face, pendant qu'au sol, d'autres fantassins hissaient les échelles. Les grandes barres de bois croisées s'élevèrent les unes après les autres contre l'enceinte du palais. Certaines retombèrent aussitôt, repoussées par l'ennemi. D'autres tombèrent plus tard, quand plusieurs soldats déjà avaient grimpé dessus.

Depuis les hourds, les archers d'Emmer projetèrent de la poix bouillante, puis décochèrent leurs flèches sur l'escarpe de pierre à la base du mur pour qu'elles rebondissent vers leurs assaillants.

De l'autre côté de l'esplanade, les trébuchets furent à nouveau chargés.

Dumont Desbardes, voyant que les sapeurs s'apprêtaient à tirer, se précipita vers eux en criant.

— Le rempart droit, imbéciles ! Visez le rempart droit !

Les soldats, perplexes, se firent passer le mot et inclinèrent les machines comme il l'avait ordonné. Commença alors la deuxième salve des hautes machines de jet. Les boulets s'envolèrent tous dans la même direction. Les premiers arrachèrent quelques pierres du rempart, puis des blocs plus grands. Les derniers firent s'écrouler un pan entier de la muraille, et, sans attendre un seul instant de plus, le Grand-Maître de la Milice du Christ ordonna à ses chevaliers de charger.

Les centaines de chevaux traversèrent en groupes le parvis au milieu du chaos et foncèrent au galop vers la grande brèche qui s'était ouverte sur le palais des Ducs. Ils franchirent les décombres et les cadavres et se jetèrent dans la percée géante. De l'autre côté s'éleva aussitôt une rangée de hallebardes. Les premiers chevaux s'empalèrent sur les pointes acérées. Leurs cavaliers tombèrent, assaillis par des fantassins en embuscade.

Les combats à l'épée s'engagèrent au milieu d'un grand nuage de fumée. Les lames tournoyèrent, s'abattirent violemment, tranchèrent, coupèrent, égorgèrent d'un côté comme de l'autre. Fantassins et chevaliers s'affrontèrent dans une mêlée confuse, au milieu des gravats.

Pendant ce temps, l'assaut continuait sur le rempart de gauche. Les soldats de Livain arrivaient en haut des échelles et sautaient dans les courtines en hurlant. La plupart des archers abandonnèrent leur arc et se saisirent de leur épée pour se défendre. Des corps tombaient du haut des parapets, d'autres se coinçaient, inertes, dans les mâchicoulis.

De l'autre côté des machines, tout au bout du parvis, Livain vit alors arriver vers lui un cavalier qui remontait des parties basses de la ville.

— Majesté ! cria-t-il en descendant de cheval précipitamment. Majesté, deux armées arrivent sur la ville. L'une par l'ouest et l'autre par le sud !

— Par le sud ? Est-ce l'armée de Chastel ? demanda le roi, pressant.

Le cavalier fit non de la tête, d'un air paniqué.

— Non, Majesté. Elle porte le blason de Willem, comte d'Arvert.

Le roi serra les poings et grimaça.

— Et par l'ouest ? demanda-t-il.

— Majesté, c'est... C'est...

— Parlez ! adjura le roi, hors de lui.

— Leur drapeau porte une couronne de diamants. C'est la bannière du royaume de Gaelia, Majesté.

Le roi poussa un grognement de rage.

— Allez me chercher le général Goetta ! Il faut que nous partions à leur rencontre pour les intercepter plutôt que les laisser monter jusqu'ici. Je ne veux pas deux fronts différents pour la même bataille !

— À vos ordres, Majesté.

Le soldat remonta à cheval et s'éloigna vers le centre du parvis.

*
* *

Bohem fut arraché à sa stupeur rêveuse par les premiers rayons du soleil marin. La mer, à quelques pas de l'orée des bois, réfléchissait à travers les arbres la lumière blanche de l'astre matutinal.

Ils avaient traversé toute la nuit la grande forêt qui longeait la côte du duché de Breizh. Les Brumes, regroupées derrière la ligne des louvetiers, semblaient de plus en plus éprouvées, et certaines s'étaient même écroulées, sans vie, au milieu du cortège. Ils avaient dû abandonner, le cœur gros, les cadavres désolants de ces créatures merveilleuses et continuer, inlassablement, à progresser vers l'ouest.

Mais la forêt était de moins en moins dense, et ils arrivèrent bientôt – Bohem et Bastian en tête – en vue du site de Karnag. Enfin. Leur destination finale. La promesse pour les Brumes, peut-être, d'un havre de paix pour l'éternité. Si tout se passait comme ils l'espéraient. Et pour le moment, rien n'était venu troubler leur fabuleuse procession.

D'un geste du poing, le capitaine des louvetiers fit signe à ses hommes de s'arrêter. Le cortège s'immobilisa parmi les derniers arbres.

Bohem fit quelques pas en avant et découvrit, stupéfait, ce paysage de légende.

Éloignée de la mer, la plaine ondulée, parsemée d'herbes rares, s'étendait vers l'ouest où elle se terminait par une longue zone surélevée. Là, spectaculaire, baignée par la lumière, une armée de hautes pierres se dressait vers les cieux, alignements superbes, comme autant de soldats de granit adressant au soleil un salut immortel.

C'étaient des centaines, non, des milliers de blocs gris, disposés à intervalles réguliers et qui envahissaient tout l'espace en rangées longues et parfaites. Tout au bout, à l'ouest, quatre lignes formaient un grand carré, comme une enceinte au ras du sol, un espace sacré.

Bohem entendit arriver Mjolln, Bastian, Loeva et La Rochelle.

— C'est incroyable ! s'exclama Fidélité en s'approchant de lui.

Les trois autres vinrent à leur hauteur. Côte à côte, ils regardaient, stoïques, le panorama prodigieux. Loeva poussa un long soupir.

— Je suis venue ici des dizaines de fois, quand j'étais petite... Mais je suis toujours aussi éblouie !

— Mjolln ? demanda Bohem en se tournant vers le nain. Reconnais-tu quelque part ce qui était gravé sur le fronton du temple d'Ariel ?

Le nain posa un regard circulaire sur les rangées infinies.

— Ahum. C'est possible. Il n'y avait pas autant de pierres... La gravure, oui, je crois, ne représentait qu'une partie, hum, de ce site... Il faudrait s'avancer un peu, ahum, mieux regarder les stèles.

— Vous croyez que ce sont vraiment les portes du Sid ? demanda La Rochelle.

Bohem hocha la tête.

— Je ne le *crois* pas ; j'en suis sûr ! Je le sens. Et la Licorne le sent, elle aussi.

Ils se tournèrent tous les quatre vers lui avec des regards étonnés. Il leur fit un sourire, puis sans s'étendre sur le sujet, il s'adressa à Bastian :

— Capitaine...

— Bohem ! coupa le louvetier. Ne m'appelez pas comme ça ! Je suis déjà assez gêné quand les autres le font !

— Bastian, corrigea Bohem, amusé, dites aux louvetiers de nous attendre ici. Laissez les Brumes se disperser un peu en retrait, dans la forêt. Mes amis et moi allons inspecter les lieux d'un peu plus près.

— Entendu.

Le louvetier partit vers ses confrères d'un pas rapide.

Bohem et ses trois compagnons, quant à eux, se mirent en route vers les rangées de pierres.

*
* *

Quand le général Goetta arriva au milieu de la grande rue qui descendait, à l'ouest, vers les remparts de la ville, il sut aussitôt qu'ils ne pourraient jamais arrêter l'armée de Gaelia. Les hommes venus de l'île lointaine devaient être trente mille, peut-être plus... Ils étaient certes en nombre égal, mais il fallut peu de temps au général pour comprendre que ces guerriers étranges comptaient chacun pour dix de ses soldats. Ils avaient le torse nu, le corps couvert de peinture bleue ; leurs longs cheveux, de cette même couleur, retombaient dans leur dos, noués de lanières de cuir. Ils étaient grands, beaucoup plus grands que la plupart des Galliciens et leurs bras étaient musclés comme ceux d'un forgeron. Ils avaient une allure de barbares mais se battaient avec une agilité rare, une technique étonnante, et chacune de leurs attaques était comme une danse rituelle. Armés de marteaux et de masses d'armes, ils marchaient sur l'ennemi sans crainte, frappaient encore et encore, se frayaient un chemin dans les lignes adverses à grands coups de moulinet.

C'était une vague massive et écrasante que rien ne semblait pouvoir arrêter, pas même les chevaliers de Livain, qui se faisaient renverser de leurs montures et finissaient au sol sous les coups impitoyables des lourdes masses de fer noir.

Les soldats de Gaelia avaient déjà franchi la muraille effondrée et remontaient maintenant vers le centre de la ville. Vers lui.

Le général Goetta jeta un coup d'œil aux six chevaliers qui l'escortaient. Le regard rivé sur lui, ils semblaient attendre ses ordres, impatients. Deux possibilités s'offraient à eux. Fuir comme des lâches, ou descendre au galop sur l'ennemi, vers une mort certaine. L'officier secoua la tête. Comment avaient-ils pu en arriver là ? La victoire lui avait paru si simple, si proche ! Les questions défilaient dans sa tête, terribles. Où était Livain ? S'était-il enfui, lui, ou était-il resté devant le palais avec ses hommes ? Et le comte d'Euzon, reparti vers le sud-est de la ville, pourrait-il contenir l'assaut de l'armée d'Arvert ? Ou bien serait-il submergé lui aussi ? Et la Milice du Christ ? Il avait vu Dumont Desbardes et ses hommes pénétrer dans le palais... Avaient-ils trouvé Emmer ? Et s'ils le trouvaient, s'ils le prenaient, forcerait-il ses hommes à renoncer ? Si, au contraire, Emmer l'emportait, qu'adviendrait-il alors de Gallica ? L'idée que son pays puisse passer aux mains du roi de Brittia le terrorisait.

Soudain, les cris des soldats de Gaelia le sortirent de sa torpeur. Il redressa la tête. L'ennemi n'était plus qu'à quelques enjambées, en bas de la rue.

— Général, que fait-on ? le pressa un capitaine sur sa droite.

Il hésita. Il était encore temps de fuir. Mais pourrait-il supporter la honte ? Un général n'abandonne pas ses hommes. Mourir pour Gallica ? Toute sa vie il s'était préparé pour ce moment-là. Mourir pour Livain. Donner son sang à la couronne... Oui, mais jamais il n'aurait pu imaginer que la chose était si terrifiante, quand elle était si proche !

Le général Goetta se tourna vers ses hommes. Il inspira profondément.

— Retournons au palais ! lâcha-t-il enfin en tirant sur les brides de son cheval.

Il rabattit le bassinet de son heaume pour ne pas voir le regard accusateur de ses soldats, et il partit au galop.

Non. Il n'était pas prêt à mourir. Pas pour ce roi.

*
* *

Ils approchaient lentement du grand carré de pierres, au bout des alignements, quand Mjolln poussa un cri.

— Bohem ! Regarde ! Ahum ! La stèle, là, oui, au milieu ! C'est celle du temple d'Ariel !

— Tu es sûr ? demanda le jeune homme en accélérant le pas.

Mais il n'avait pas besoin d'entendre la réponse du nain. Oui, il lui semblait reconnaître, lui aussi, la forme du bloc de granit.

C'était une pierre foncée, lisse, arrondie, et contrairement aux autres tout autour, elle n'avait ni mousse ni marques blanches sur sa surface. Elle était pure, régulière, et se dressait au-dessus de toutes les autres.

Bohem marcha encore un peu plus vite, le cœur battant, les yeux grands ouverts, puis, le regard levé vers la stèle, il s'arrêta un instant devant le carré de pierres. Il hésita. Les autres s'étaient arrêtés derrière lui, et ils attendaient, silencieux. Bohem se décida à franchir la ligne de l'enceinte.

Là, il fut saisi par une impression aussi soudaine qu'étrange. Comme si son corps tout entier était entré d'un seul coup dans un nuage glacial. Et sa vue se troubla.

Je suis dans le monde de Djar.

Il se retourna, hésitant, et distingua la silhouette de ses trois compagnons de l'autre côté du carré de pierres. Là où il était lui-même l'instant d'avant. Ils étaient là, bien réels, à quelques pas de lui, mais il avait le sentiment de les voir à travers une surface frémissante, une fine pellicule d'eau claire. Et il ne les entendait plus.

Je suis à côté d'eux, et pourtant je suis dans le monde de Djar.

Il porta une main tremblante à son visage, caressa lentement sa joue comme pour s'assurer qu'il ne rêvait pas.

J'y suis, et je n'y suis pas. Je suis ici et là. Dans les deux mondes à la fois.

Il se tourna à nouveau vers la stèle et fit quelques pas vers le centre du grand carré de pierres. Il avait l'impression d'être poussé par le vent de tous côtés, d'être porté par mille courants d'air.

Je suis à la porte du Sid.

Il tourna lentement autour du monolithe, les bras écartés.

À la croisée des mondes. Le Sid. Les morts. Les vivants.

Et soudain, alors qu'il avait fait le tour complet de la stèle noire, il sentit la blessure à son ventre. Elle recommençait à lui faire mal. Si mal... Il se mit à respirer péniblement, incrédule. La tête lui tournait.

Sortir. Maintenant. Je dois sortir du carré de pierres.

Il se dirigea en titubant vers ses amis. Ses pieds lui semblaient de plus en plus lourds. Quelques pas encore. Il grimaça, avança une jambe, puis l'autre. Il tendit le bras devant lui, les doigts écartés. Ses yeux voyaient de moins en moins bien. Le monde tournait autour de lui. Il sentait ses jambes vaciller sous son poids. Sa tête s'alourdir. Il allait tomber, s'évanouir. Mais une main attrapa la sienne et le tira brusquement hors de l'enceinte.

Il s'écroula par terre de l'autre côté des pierres, à l'extérieur du grand carré.

— Bohem ! Ça va ?

Il reprit lentement ses esprits. Le monde redevint clair autour de lui. La Rochelle était agenouillé à ses côtés et lui tenait encore la main.

— Oui... Oui, je crois que ça va.

Il posa la main sur son ventre. La douleur avait à nouveau disparu. Il se releva en s'appuyant sur l'épaule du Compagnon, puis il se frotta les yeux.

— Ça va, répéta-t-il.

— Ahum... Que... Que s'est-il passé ? demanda le nain, troublé.

— Je ne sais pas, répondit Bohem en se retournant vers la stèle. Je ne sais pas. Mais une chose est sûre. C'est la porte du Sid !

Il adressa un semblant de sourire à ses amis, mais ils ne paraissaient pas trouver la chose très réjouissante...

— Allons chercher les Brumes ! proposa-t-il toutefois en époussetant ses vêtements.

Ils le suivirent sans mot dire et se lancèrent des regards médusés.

*
* *

Emmer, posté en haut de la tour ouest du palais des Ducs, tapota sur l'épaule du général Chroce.

— Vous voyez, général ! Je vous l'avais dit ! Jusqu'au bout. Il faut croire jusqu'au bout !

L'officier, appuyé sur la pierre des merlons, observait la bataille à l'ouest de la ville avec un sourire perplexe.

— Majesté ! C'est... C'est un miracle ! Dieu vous a donc entendu !

Le roi haussa les épaules, et se saisit de son épée à sa ceinture.

— Dieu... ou le roi de Gaelia, peut-être !

Il sourit à son tour et agita son arme devant lui.

— À présent, tenons notre promesse, général ! Descendons nous battre auprès des nôtres !

— Avec plaisir, Majesté !

Les deux hommes se précipitèrent vers le petit escalier en colimaçon qui descendait dans la cour du palais. Ils arrivèrent côte à côte, au cœur de la bataille, et se jetèrent en criant aux côtés de leurs soldats.

Emmer, dès le début du siège, avait revêtu une armure de cuir, beaucoup plus légère que son armure de plates, et il se déplaçait avec aisance. Il se faufila parmi un groupe de soldats et se lança sur un chevalier de la Milice du Christ. Tenant son épée des deux mains, il donna un puissant coup de taille. Le chevalier para et repoussa l'épée du roi. Mais Capigesne frappa à nouveau, de l'autre côté, et plus fort encore. Le chevalier rompit sur le côté et évita la lame de justesse. Emmer frappa une troisième fois ; les deux lames se heurtèrent à mi-hauteur. Il lia l'épée de son adversaire, puis lui asséna un contre-taillant vers la gorge. La lame cogna contre le bas du heaume si fort qu'elle fit tomber celui-ci. Le chevalier perdit quelque peu l'équilibre et fit un pas en arrière. Le roi en profita pour armer son épée d'un grand cercle au-dessus de sa tête et donna un violent coup de travers, bras tendus. La lame décapita le Milicien sur-le-champ. Son corps s'écroula lourdement devant les pieds d'Emmer.

Où êtes-vous ? Je sais que vous êtes là. Je vous ai vu, tout à l'heure, depuis la tour de garde. Là, franchissant les remparts à cheval. Terrassant mes soldats.

Capigesne enjamba le corps inanimé devant lui et engagea le fer avec un deuxième Milicien. Ils échangèrent plusieurs coups, parades et attaques, mais le roi encore une fois l'emporta rapidement. Il enfonça sa lame dans les tripes de son adversaire, et se précipita vers un troisième.

Je finirai par vous trouver. Dussé-je les tuer tous. Un par un. Mais je vous trouverai. Je sais que vous êtes là, et c'est vous que je veux.

Emmer semblait invincible. Ses gestes étaient de plus en plus violents, mais toujours précis. Il avait appris dès sa plus tendre enfance les secrets de l'escrime auprès des meilleurs maîtres d'armes du royaume de Brittia, et il se battait avec force et courage. Les uns après les autres, il renversait ses ennemis, et chaque fois que tombait l'adversaire, il fouillait la foule du regard pour trouver celui qu'il cherchait. Il en tua dix, onze, douze peut-être, avant d'apercevoir enfin l'homme qu'il voulait.

Abattant son épée de droite et de gauche, dressé sur son cheval, il était là, enfin, à quelques pas de lui, avançant vers le grand donjon, et sur son manteau blanc le sang se mêlait au rouge de la croix pattée qu'il portait à l'épaule.

Vous êtes à moi, Grand-Maître.

Emmer esquiva un coup de lame qui venait de la droite, et sans même riposter il se précipita vers Andreas Dumont Desbardes, le regard brillant. Contournant son adversaire par la gauche, il grimpa sur le perron du donjon et se tint debout face à lui, les bras le long du corps, comme pour le défier.

Pour vous, ma reine. Pour vous, et en votre nom. Mon épée pour votre pardon. Je tuerai celui-ci, qui emporta votre fidèle Valérien. Je vengerai votre ville, Hélène. Votre ville que j'ai mise à feu et à sang. Pardonnez-moi,

Hélène. Pardonne-moi, petit troubadour. Et que Dumont Desbardes trépasse sous ma lame !

Le Grand-Maître, perché sur sa monture, aperçut enfin le roi. Il leva son épée, sortit son cheval de la mêlée confuse au milieu de la cour et le fit avancer vers la grande tour carrée.

Emmer ne bougeait toujours pas.

Dressé comme ce vieux chêne qui résiste aux tempêtes.

Le Grand-Maître sortit son pied droit de l'étrier et descendit lentement de cheval. Il fit quelques pas vers les grandes marches, puis salua le roi de Brittia d'un geste de tête. Il acceptait le défi, avide, semblait-il, d'une nouvelle victoire.

Emmer lui rendit son salut, et les deux hommes se mirent en garde.

Dumont Desbardes fit quelques pas de côté, puis monta les marches une à une jusqu'au perron. La pointe de son épée, tendue devant lui, immobile comme la pierre.

Sous leurs heaumes de fer, les deux hommes se dévisageaient dignement. Puis ils se mirent à tourner, doucement, réduisant à chaque pas la distance qui les séparait. Face à face, ils amenèrent les plats de leurs épées l'un contre l'autre. Les lames se frottèrent en silence. Puis soudain, Emmer donna la première attaque. Avançant le pied droit, il porta un coup d'estoc direct. Le Grand-Maître écarta sa lame du fort de l'épée.

Emmer se remit en garde, relâchant un instant ses muscles. Puis il frappa à nouveau, de taille, vers le buste de son adversaire. Dumont Desbardes esquiva d'une garde courte et riposta. Emmer se baissa et évita la lame au-dessus de sa tête.

Je ne suis pas Valérien, Andreas. Je ne tomberai pas comme lui. Mon sang ne finira pas entre les plis de votre manteau blanc.

Le Grand-Maître envoya un moulinet vertical. Emmer esquiva en sautant sur la droite et en profita pour viser le flanc découvert de son adversaire. Mais celui-ci tourna sur son élan et évita le coup en s'éloignant.

Les deux hommes se replacèrent, face à face. En bas des marches, les combats faisaient encore rage et se rapprochaient d'eux. Mais ils ne se laissèrent pas distraire et engagèrent à nouveau le fer.

Patience. J'enfoncerai ma lame dans votre gorge. Votre corps pourrira au charnier comme vous avez laissé pourrir le corps de mes frères.

Emmer enchaîna plusieurs coups. Martel, coups de revers, il avança sur l'ennemi en le submergeant d'attaques variées, à la tête, au torse, sur les jambes. Dumont Desbardes para les coups avec dextérité, mais fut contraint de reculer. Il arriva bientôt contre le mur du donjon. Emmer arma son épée par-dessus son épaule et abattit le tranchant d'un coup sec. Le Grand-Maître roula contre le mur pour esquiver. La lame du roi tinta contre la pierre mais ne se brisa pas.

Le Milicien saisit l'occasion et riposta, l'arme à mi-hauteur. D'un seul coup de la pointe, il atteignit le roi à l'estomac, mais sans force. La lame ricocha sur l'armure de cuir. Emmer fit un pas en avant et donna un violent coup de coude au visage de son rival. Dumont Desbardes fut projeté en arrière et se rattrapa sur le mur du donjon.

Il pare tous mes coups. Je dois trouver son point faible. Tout homme a un point faible. Un coup dont il ne connaît pas la parade. Une botte secrète. Oui. Ma *botte secrète.*

Capigesne commença alors à reculer, lentement.

Venez sur moi, Grand-Maître.

Dumont Desbardes se mit en garde basse, l'épée le long de sa jambe d'attaque, puis il avança vers le roi. Emmer continua de reculer, mais de moins en moins vite, laissant le Milicien remonter lentement sur lui et le laissant croire à une ouverture en relâchant la main droite de sa garde. Le Grand-Maître fit aussitôt un pas en avant et tomba dans le piège en donnant un coup d'estoc, droit devant. Le roi, qui attendait l'attaque, pivota le torse sur la gauche, et tendit sa main libre pour attraper le bras du Milicien, le poussa de toutes ses forces pour le faire tourner et envoya un violent coup circulaire de la main gauche, imparable, vers la hanche. La lame entailla le haubert de Dumont Desbardes et s'enfonça dans la chair.

Le Grand-Maître perdit l'équilibre et tomba sur le côté, tout près de l'escalier.

Je pourrais vous achever, maintenant. Mais levez-vous, Andreas. Je veux vous voir mourir debout.

Le Milicien resta un court instant sur le dos, se demandant sans doute pourquoi Emmer n'attaquait pas, puis il roula sur le côté et se releva aussi vite que possible. Un pied descendu sur la première marche, il se mit en garde d'une main, et de l'autre, essuya instinctivement le sang qui coulait à sa taille.

Au même instant, alors qu'il s'apprêtait à lancer une nouvelle attaque, Emmer reçut une pierre en pleine face, venue du centre de la cour. Le gros caillou enfonça son heaume et le roi tomba à la renverse, sonné.

Il secoua la tête et se redressa pour voir son adversaire.

Dumont Desbardes n'avait pas bougé.

Vous me laissez me relever, Andreas. Je ne vous épargnerai pas pour autant.

Emmer se remit rapidement sur ses jambes.

Les deux hommes avancèrent l'un vers l'autre, la garde à la même hauteur, et encore une fois leurs épées se touchèrent. Ils tournèrent ainsi, lame contre lame, au milieu du perron.

Capigesne eut soudain l'impression que les combats derrière eux s'éloignaient. Il se demanda si c'était une illusion, ou si ses troupes prenaient enfin le dessus.

Qu'importe ! Je dois me concentrer. Vous n'avez pas su parer ma première botte, Grand-Maître ? Essayons la deuxième !

Le roi s'avança et arma sur la gauche. Mais Desbardes fut plus rapide et frappa vers l'épaule. Emmer arrêta la lame de justesse, mais le Milicien lui envoya un coup au visage du pommeau de son arme.

La tête du roi partit en arrière, et au moment où il la redressait, il prit un violent coup de taille sur la cuisse. Retenant un cri de douleur, il fit un pas en arrière et se remit en garde. Il ne baissa pas les yeux pour voir sa blessure : le Grand-Maître armait à nouveau. L'épée du Milicien s'éleva dans l'air et s'abattit en biais vers son cou. Emmer para du fort de la lame et arrêta l'attaque juste devant son visage. Les deux hommes étaient face à face, presque à se toucher, leurs épées croisées entre leurs deux visages.

Aussitôt, Capigesne, reculant le buste, força l'épée de son adversaire vers le sol, puis, levant le genou, il lui envoya un coup de pied au ventre pour le repousser en arrière. Le Grand-Maître fut projeté contre le mur à nouveau. Son armure cogna avec bruit contre la pierre du donjon. Le roi se rua immédiatement sur lui, armant son épée sur la gauche pour feindre une taille. Dumont Desbardes para au dernier instant en oblique, le coude devant le visage et la pointe vers le sol. Les deux lames se rapprochèrent, mais juste avant l'impact, Emmer dévia la pointe, et de taille son coup devint estoc. La lame glissa le long du tranchant d'Andreas, se faufila entre ses bras levés et s'enfonça, droite et précise, sous sa pomme d'Adam. Le bout de l'épée ressortit par la nuque du Milicien et se planta entre deux pierres.

Pour Hélène !

Le roi dégagea sa lame d'un coup sec et avant que le corps du Grand-Maître ne s'écroule il lui trancha la gorge d'un revers violent.

La tête du Grand-Maître fut projetée vers la droite tandis que son buste inanimé s'affaissait le long du mur.

Emmer poussa un cri de rage victorieuse, puis il se retourna.

Il regarda la cour du palais et sourit sous son heaume. Les combats avaient pris fin. Les soldats de Livain et les chevaliers de la Milice du Christ, s'ils n'étaient pas morts, s'étaient rendus.

Contre toute attente, et grâce à Gaelia et au comte d'Arvert, ils avaient gagné cette guerre ! Emmer ferma les yeux un instant et pensa à son épouse.

Puis il rouvrit les paupières et il vit alors dans la pénombre un groupe de soldats qui portaient un homme vers l'hospice, trébuchant au milieu des cadavres et des soldats blessés. Reconnaissant l'officier qu'on transportait ainsi, il descendit rapidement les marches et se précipita vers eux en boitant, la cuisse ensanglantée.

— Général ! souffla-t-il en prenant la main de Chroce, soutenu par ses soldats.

— Majesté... balbutia le militaire. Ne... Ne vous inquiétez pas, ce n'est rien de grave... J'ai reçu un mauvais coup à l'épaule, simplement.

Le roi hocha la tête, rassuré.

— Majesté... Nous avons gagné, Majesté.

— Oui. Jusqu'au bout, mon ami. Jusqu'au bout. Et Livain ?

— Il s'est enfui avec ses derniers hommes...

Emmer secoua la tête.

— Je vous l'avais dit, général. On gagne les batailles avec le cœur...

Le roi regarda le groupe s'éloigner, puis il partit vers la grande porte, qui brûlait encore.

On raconte que lorsqu'il arriva sur le parvis du palais des Ducs, Emmer Capigesne vit devant lui les corps de dix-huit mille soldats.

*
* *

À la tombée de la nuit, les louvetiers sortirent de la forêt et formèrent une longue colonne vers les alignements de pierres pour protéger le passage des Brumes.

La nuit de la Toussaint, en cette année 1154, fut une nuit de pleine lune, et les Brumes marchèrent lentement dans une lumière blafarde. Les unes derrière les autres, elles traversèrent les longues rangées de pierres de Karnag. Les louvetiers, pour la dernière fois, posèrent leur regard sur ces créatures de légende qu'ils avaient jadis pourchassées et ils admirèrent la beauté unique de l'instant. Aucun d'eux ne voulait oublier cette dernière image, jamais.

Les derniers pas des Brumes sur la terre des hommes.

Les loups étaient les plus rapides. La queue basse, ils frôlaient le sol, se faufilaient entre les blocs de granit et jetaient des regards craintifs autour d'eux. Leurs yeux jaunes brillaient dans la nuit, magnifiques, et leur fourrure, blanche ou grise, se confondait avec la couleur des pierres. Derrière eux, la Licorne guidait les autres Brumes d'un pas majestueux. Sa longue corne d'ivoire, pointée vers la stèle lointaine, semblait indiquer le chemin. Après elle, les dernières chimères, une dizaine tout au plus, avançaient d'un pas lourd, secouant par moments leur crinière de lion. Puis venaient quelques bayards, des vouivres, des piternes... Il en manquait tant, à présent ! La forêt, derrière elles, abritait les corps immobiles de celles qui n'avaient pu tenir jusqu'ici.

Le cortège arriva enfin devant le carré de pierres au milieu duquel se dressait le monolithe sombre. Une à une, les Brumes entrèrent, hésitantes, dans l'enceinte dessinée sur le sol par les quatre lignes de blocs gris.

Bohem, debout en haut d'un tumulus qui surplombait la plaine, regardait les créatures se rassembler dans le ventre de Karnag, les yeux emplis de larmes. Il espérait qu'elles ne ressentiraient pas la douleur et l'impression étrange qu'il avait ressenties, lui, en approchant de la stèle.

— *Merci, Bohem. Merci !*

— *Merci à vous, Licorne. Et pardon ! Pardon pour ce que nous vous avons fait.*

— *Nous ne t'oublierons jamais, Liberté...*

Le jeune homme ne répondit pas. La gorge nouée, il poussa un long soupir peiné et regarda les dernières Brumes franchir la ligne droite des pierres.

Attendre. Il ne restait plus qu'à attendre, maintenant. Mais attendre quoi ? Il n'en était pas sûr... Si Chrétien de Troyes ne s'était pas trompé, si la gravure du temple d'Ariel était correcte, alors, peut-être, les portes du Sid s'ouvriraient-elles cette nuit. Oui, mais comment ? Et à quel moment ? Combien de temps devrait-il rester ici, devant ce spectacle magnifique et terrifiant à la fois ?

Bohem ferma les yeux. Il n'arrivait pas à concevoir qu'il ne les verrait plus jamais. Aucune d'elles. Ni la Licorne, ni les loups, ni les chimères... Mais c'était mieux ainsi. Oui, bien sûr, elles n'avaient pas le choix. Ce monde n'était plus fait pour elles, et elles n'étaient peut-être plus faites pour ce monde. Elles allaient appartenir au Sid, maintenant, et pour l'éternité.

Oui. Il devait le croire, il devait l'accepter. Mais bien qu'il fût heureux pour elles, cela lui déchirait le cœur. Il avait rêvé des Brumes depuis qu'il était enfant. Il était presque né au milieu d'elles. Les premières semaines de sa vie, il les avait passées parmi les loups. Évidemment, il ne pouvait pas s'en souvenir, mais il le sentait. Il l'avait toujours senti. Même si Mjolln n'était jamais venu le lui raconter, il aurait fini, un jour, par le découvrir par lui-même. Par se souvenir. Sa mère l'avait confié aux Brumes avant de mourir. Il avait grandi sous leur regard bienveillant, et il ne pourrait jamais l'oublier.

Mais il devait les laisser partir, maintenant. Et continuer, ici, sans elles, ce qu'il avait à faire. Retrouver Vivienne, puis rejoindre Hélène, comme il l'avait promis. S'occuper des Bons Hommes aussi... Tenir toutes ses promesses, et bâtir, jour après jour, avec les siens, avec les Compagnons, avec *ses* compagnons, le monde dans lequel il avait envie de vivre.

L'heure du repos n'était pas encore arrivée.

Bohem, bercé par la nostalgie, hypnotisé par le spectacle des Brumes, se laissa lentement emporter dans le monde de Djar.

J'espère que je les reverrai, ici au moins. Djar est un jeu de mon esprit. Il sera une alcôve pour les recevoir. J'espère qu'elles viendront me voir, depuis le Sid.

Que le lien ne sera pas rompu.

Une voix s'élève parmi les Brumes et m'appelle. Oui. Comme un chant lointain porté par le souffle du vent. Je reconnais cette voix. C'est celle d'un vieil ami. Une voix que je n'ai pas entendue depuis longtemps. Et c'est une voix si triste !

Je t'entends, Zao. Mon loup. Mon loup gris. Tu es donc là ? Dans le cercle de pierres. Tu vas me manquer, Zao, toi plus que toutes les autres, encore. Mais tu dois partir, toi aussi... Là où vous ne mourrez plus. Souviens-toi, je t'ai sauvé du bûcher, Zao, pour que tu vives. Tu dois vivre, avec les tiens, au cœur du Sid.

Alors adieu, Zao. Nous nous reverrons peut-être dans le monde de Djar... Oui ! Revenez me voir ici, mes Brumes. Ici.

Bohem ouvrit lentement les yeux et il les regarda encore une fois, serrées les unes contre les autres, attendant leur dernier voyage. Il pouvait sentir leur peur et leur espoir. Leur joie et leur tristesse. Il ressentait les mêmes émotions, comme s'il allait devoir partir, lui aussi.

Et puis soudain, alors que les louvetiers, ébahis, commençaient à se regrouper autour du grand carré de pierres, Bohem crut voir du coin de l'œil des silhouettes de l'autre côté des alignements, à la lisière de la forêt.

Le louvetier serra les poings. Il n'avait pas besoin de regarder. Il devina aussitôt qui étaient les hommes qui avançaient dans la nuit. Il avait espéré jusqu'au dernier instant qu'ils ne les trouveraient pas. Mais il s'était préparé. Il savait qu'ils allaient venir.

Alors, il se tourna vers eux. Vers lui.

Lailoken.

*
* *

Fidélité La Rochelle, au pied du tumulus, debout devant les Brumes, fut le premier à les apercevoir. Il attrapa le bras du nain, à côté de lui.

— Mjolln, regarde !

Le Cornemuseur tourna la tête et les vit à son tour, ces silhouettes sombres se découpant dans la lumière de la lune, qui avançaient sur eux. Il fronça les sourcils, fit quelques pas en avant en plissant les yeux pour essayer de mieux voir malgré l'obscurité. Puis il reconnut les deux druides et leurs Magistels, et les Aïshans autour d'eux. Aussitôt, il porta la main à la poignée de sa dague.

— Nous ne devons pas, non, les laisser approcher ! Ahum.

Le nain se retourna vers le capitaine des louvetiers.

— Bastian ! Dites à vos hommes de se regrouper, oui. De se regrouper, tahin, et de se préparer à se battre !

— À se battre ? répliqua le louvetier, interloqué.

— Oui, répondit le nain en désignant les silhouettes qui approchaient de l'autre côté de la plaine. Ahum, vous allez faire ce que vous êtes venus faire, Bastian. Ça, oui. Louvetiers, vous allez devoir protéger les Brumes !

Bastian acquiesça lentement, regarda les hommes qui avançaient au milieu des longues lignes de pierres, puis il se retourna vers ses confrères et leur donna l'ordre de se préparer au combat.

— Mes frères ! cria-t-il. Laissez vos arbalètes et prenez vos épées ! Nous allons devoir nous battre en combat rapproché ! Pour les Brumes ! Pour la Licorne !

*
* *

— Je t'avais dit, Bohem, que je serais là... Je ne mens jamais.

— Oui. Je t'attendais, Lailoken. Je t'attendais, Merlin... Bien sûr. Merlin le Merle blanc.

— Alors, ne m'attends plus, Bohem, car je suis ici. Souviens-toi, je suis celui par qui tu vas périr. Cette nuit.

— Où est Vivienne ?

— Tu ne la reverras jamais, Bohem. Jamais. Puisque tu dois partir. Mais, en revanche, je peux te proposer un marché.

— Où est-elle ?

— Cela ne te servirait à rien de le savoir, puisque ce soir, quoi qu'il advienne, tu ne seras plus de ce monde.

— Que me veux-tu, Merlin ? Pourquoi t'acharnes-tu ainsi ?

— Oh, je n'ai rien contre toi en particulier, mon enfant. Mais tu comprends, je dois prendre ta place. Je dois être le nouveau Samildanach. Je ne peux donc pas faire autrement, je suis désolé... Ce soir, tu dois quitter ce monde. Mais Vivienne, je peux lui laisser la vie sauve, si tu me facilites les choses...

— Pourquoi veux-tu prendre ma place, Lailoken ? Crois-tu vraiment qu'elle soit si enviable ?

— Parce que tu ne comprends pas ton rôle. Tu ignores tout du Saîman. Et parce que je meurs, Bohem, comme les Brumes. Et tu mourrais aussi, toi, de cette blessure que tu as au ventre, si tu n'étais le Samildanach. Mais tu ignores tout. Tu es une erreur de la Moïra. Le Saîman ne doit pas disparaître. Et je saurai, moi, le faire renaître. Toi, tu n'y comprends rien...

— Le Saîman ? À quoi sert le Saîman ? Tu parles de choses qui ne concernent plus notre monde. De choses

que ma mère a combattues. Le monde change, nous devons l'accepter, Lailoken, trouver notre place. Les Brumes s'en vont, et le Saîman disparaît. C'est ainsi. Et c'est peut-être mieux. C'est ce que voulait ma mère, et je crois que je comprends pourquoi, maintenant. Le Saîman n'a plus sa place dans ce monde, Lailoken, la magie n'a plus sa place : elle était une malédiction pour les hommes. Elle les a séparés, elle les a opposés. Nous devons la laisser disparaître...

— La laisser disparaître ? Pour la remplacer par quoi ?

— Rien. Les hommes n'ont besoin de rien. C'est en eux qu'ils doivent trouver les réponses. C'est seuls qu'ils doivent construire leur route. Seuls, mais ensemble.

— Ha ! Verbiage de Compagnon ! Tu récites bien ta petite leçon, Bohem. Mais non, Compagnon, non... Tu ignores tant de choses ! Allons, accepte mon marché, et Vivienne aura la vie sauve. Donne-moi la bague du Samildanach et rejoins les Brumes devant la porte du Sid. Toi qui voulais tellement être auprès d'elles ! Prends la place de la Licorne. C'est tout ce que je te demande, Bohem. Et c'est la solution la plus simple, pour toi. Si tu refuses, je te tuerai, je tuerai Vivienne, et je viendrai prendre moi-même la bague autour de ton cou, de toute façon.

— Pourquoi veux-tu que je prenne la place de la Licorne ?

— Tu ne pourrais pas comprendre, Bohem. J'ai besoin d'elle et de ta bague. Et j'ai besoin que tu meures, ou au moins que tu entres dans le Sid. C'est à toi de choisir. Si tu veux mourir, c'est ta liberté. Si tu veux vivre, alors, entre dans le Sid. Car ici, c'est toi qui n'as plus ta place. Je suis le prochain Samildanach.

*
* *

En bas de la plaine, les guerriers aïshans, les druides et leurs Magistels se mirent soudain à courir vers le carré de pierres. Le bruit sourd de leurs pas sur la terre s'éleva dans la nuit comme le roulement menaçant des tambours de guerre.

— Loeva, reste ici ! Reste près des Brumes.

La Rochelle donna une épée à la jeune fille au cas où elle aurait besoin de se défendre, puis il se tourna vers Mjolln et Bastian.

— Mes frères, allons-y ! Nous ne devons en laisser passer aucun !

Les trois amis descendirent côte à côte, suivis de près par la centaine de louvetiers. Ils marchèrent d'abord, puis accélérèrent le pas, et enfin, ils se mirent à courir, de plus en plus vite, fonçant droit sur l'ennemi, les armes en garde, le regard furieux,

La Rochelle serra son poing sur son épée et l'éleva vers le ciel. Il entendit Mjolln, à côté de lui, pousser son cri de guerre dans la langue ancienne des nains de Gaelia :

— Alragan !

Les deux armées se rapprochèrent rapidement, courant l'une vers l'autre, inexorablement, et se rencontrèrent enfin au milieu des alignements de granit. Le choc frontal fut d'une violence effroyable. Des dizaines de louvetiers et de nombreux Aïshans moururent dans les tout premiers instants du combat, empalés sur les épées tendues, décapités ou démembrés. Les gerbes de sang scintillèrent sous les rayons de lune, et le combat sombra rapidement dans un chaos ignoble.

Les louvetiers étaient beaucoup plus nombreux – plus du triple en vérité – mais ils étaient loin d'avoir l'expérience des Aïshans ou la maîtrise des Magistels.

Le combat s'annonçait difficile, d'un côté comme de l'autre.

Les druides se battaient derrière leurs Magistels, une dague dans une main et un bâton dans l'autre. Ils n'avaient plus le Saîman, mais ils connaissaient encore l'art du combat. Henon, le Grand-Druide, se défendait avec une agilité étonnante malgré son grand âge. Son bâton fendait l'air avec force et vigueur, s'abattait sur le crâne de ses adversaires, fauchait leurs jambes, brisait leurs os. Au milieu de cette meute confuse, il se battait avec une rage folle, comme si c'était la dernière fois. Et ça l'était sans doute.

Les Aïshans, eux aussi, mettaient toute leur furie dans la bataille. Ils avaient une revanche à prendre contre les compagnons de Bohem, et ils savaient que c'était leur dernière chance de satisfaire leur maître, Lailoken. Cette fois-ci, ils n'avaient pas le droit à l'erreur. Ils se jetaient sur les louvetiers en hurlant, élevaient dans l'air leurs lourdes épées et frappaient avec une violence terrifiante. En force, ils traversaient les lignes ennemies, décapitaient, empalaient, écrasaient, puis se retournaient pour repartir vers le cœur de la mêlée.

Mais les louvetiers se défendaient avec courage et essayaient de repousser l'ennemi le plus loin possible du cœur de Karnag.

*
* *

— *Lailoken, je ne te donnerai ni ma vie ni ma bague. La Licorne et toutes les Brumes vont entrer dans le Sid. Tu ne peux plus nous en empêcher. Et je refuse de t'affronter. Rappelle tes Aïshans. Rappelle tes druides. Tout cela ne sert plus à rien. Ces hommes meurent pour rien. Je t'en prie, Lailoken, nous ne devons pas nous affronter. Nous devons trouver une troisième voie.*

— *Il n'y a pas de troisième voie, Bohem.*

— *Alors, construisons-la !*

— *Bohem, ne sois pas ridicule ! C'est écrit. Je serai le nouveau Samildanach. Allons, tu as encore une chance de sauver Vivienne. Donne-moi la bague et va prendre la place de la Licorne. Je t'offre la liberté d'entrer dans le Sid, Bohem. Je t'offre l'éternité...*

— *Je n'ai que faire de l'éternité ! Ce que je veux, c'est Vivienne. Dis-moi où elle se trouve...*

— *Non. C'est ta dernière chance, Bohem. Je te le demande pour la dernière fois.*

Je le vois à présent. Je le vois devant moi, qui se retourne et me regarde. Nous sommes sur un désert de soufre et sous un ciel de sang. Ses peaux de bête. La gueule du loup sur son crâne. Ses yeux rouges. Comment oublier ce visage ? Terrifiant, et pourtant...

Pourtant, je n'ai pas peur. J'ai presque pitié de lui. Que se cache-t-il sous ces yeux de sang ? Que se cache-t-il derrière ce regard de haine ?

Je pourrais le tuer, sans doute. Ici, dans le monde de Djar. Par la force de mon esprit. Mais je dois trouver une troisième voie. Pour Aléa. Réussir ce qu'elle n'a pas fini...

*
* *

Au milieu de la bataille confuse qui avait envahi la plaine de Karnag, Fidélité se jeta soudain sur Henon, le Grand-Druide. Le Compagnon, qui avait forgé lui-même son épée, la maniait avec une agilité étonnante pour un garçon de son rang. Il avait beaucoup appris, au côté de Mjolln. Portant son arme des deux mains, il frappait fort et visait juste. Mais son adversaire, en druide aguerri, esquivait chaque coup avec une grâce surprenante. Il tenait son bâton d'une seule main, le faisant siffler dans l'air à chacun de ses gestes, et dans l'autre il tenait une longue dague. La robe blanche du vieil homme claquait à chacune de ses parades. La Rochelle arrêta un instant l'enchaînement de ses coups et se mit en garde pour reprendre son souffle. Le Grand-Druide en profita pour abattre son bâton vers l'épaule gauche du Compagnon. Celui-ci l'évita de justesse et riposta aussitôt en donnant un coup d'épée de travers, du tranchant de son arme. Henon tourna sur lui-même et se retrouva derrière lui. Il asséna un coup dans les jambes du jeune homme et le fit tomber au sol.

La Rochelle vit arriver le bâton du Grand-Druide au dernier instant et pencha la tête sur le côté juste avant l'impact. Le bois s'enfonça dans la terre juste à côté de son oreille. Fidélité le saisit aussitôt de la main droite et tira dessus violemment. Le Grand-Druide fut entraîné vers l'avant mais se ressaisit quelques pas plus loin. Le Compagnon se releva aussitôt et se remit en garde.

Je ne sais pas qui vous êtes, vieil homme, mais vous ne passerez pas.

Il arma son épée derrière lui, fit un pas en avant, feinta et, au lieu de frapper son adversaire, donna un violent coup de taille dans le bâton du Grand-Druide. Le bois se coupa en deux. La Rochelle enchaîna en frappant de la pointe de l'épée. Henon repoussa la lame encore une fois. Fidélité tourna aussitôt sur lui-même pour envoyer un coup horizontal puissant. Le Grand-Druide essaya de parer, mais son bâton était trop court et l'arme du Compagnon l'atteignit en pleine hanche. Le vieil homme se plia en deux, hurlant de douleur. Mais en se relevant, ayant gardé sa dague dans la main gauche, il parvint à porter un coup à son adversaire. Fidélité esquiva en rompant sur la gauche, puis frappa à nouveau, plus haut et plus fort cette fois. La lame du Compagnon atteignit le Grand-Druide en pleine gorge et s'enfonça dans la chair. Henon lâcha ses armes, les yeux écarquillés. Il porta les mains à son cou ensanglanté, poussa un grognement rauque, puis s'écroula, sans vie.

Pour les Brumes, pensa le jeune homme, bouleversé, *pour les Brumes !*

Le Compagnon adressa un dernier regard au corps du vieil homme, puis il se retourna vers la mêlée. Le combat devenait de plus en plus violent. Mjolln, juste devant lui, s'était précipité sur le Magistel du Grand-Druide... Il se battait avec une telle rage que La Rochelle se demanda s'il ne réglait pas avec le guerrier une histoire ancienne... Une vieille vengeance.

La Rochelle tourna la tête et vit à quelques pas de lui un louvetier tomber au sol, les entrailles grandes ouvertes. Il se rua aussitôt sur l'Aïshan qui se tenait debout devant le corps inerte, la hache pointée vers le bas au bout de ses deux bras tendus. Fidélité arma son épée derrière sa nuque et envoya un puissant moulinet horizontal. Le guerrier releva sa hache à temps et arrêta la lame devant lui. Puis, abaissant son arme, il força l'épée du Compagnon vers le sol. La Rochelle eut le réflexe de ne pas résister et, au contraire, plia le poignet pour échapper à la prise crochue de la hache. Il dégagea son épée, fit un pas en arrière, remonta la pointe et avança d'un seul coup vers son ennemi. La lame s'enfonça dans la poitrine dénudée du guerrier.

— La Rochelle ! Derrière toi !

Le Compagnon se baissa juste à temps, grâce à l'avertissement de Mjolln. Il entendit siffler au-dessus de lui la lame épaisse d'une épée. Il fit volte-face en se redressant, et para aussitôt un deuxième coup violent. L'homme devant lui n'était pas un Aïshan. C'était un autre Magistel. Il n'y en avait que deux sur le champ de bataille, mais à eux seuls ils faisaient plus de morts que trois ou quatre louvetiers réunis. Fidélité ne se laissa pas impressionner et riposta rapidement, frappant de taille et d'estoc. Les deux épées se heurtèrent avec bruit, et progressivement, alors qu'il avait frappé le premier, les coups du Compagnon cessèrent d'être des attaques pour se transformer en défenses. Le Magistel était plus rapide, beaucoup plus rapide, et La Rochelle commença à reculer sous les coups incessants de son adversaire.

— Mjolln ! appela-t-il, au secours !

Le nain était à côté de lui, mais il était encore aux prises avec l'autre Magistel.

Fidélité para encore un coup, puis un autre. Le guerrier frappait de plus en plus fort. Et soudain, le Compagnon manqua une parade basse et reçut un coup d'épée en plein genou.

Il entendit l'os se briser et sentit aussitôt après une douleur insupportable. Il leva légèrement la jambe et se mit sur la pointe du pied pour ne plus être en appui sur son genou. Abasourdi, il faillit perdre l'équilibre. Le Magistel en profita pour élever son épée derrière sa tête et abattre un coup encore plus puissant vers le forgeron. Mais avant que la lame ne puisse atteindre La Rochelle, le guerrier reçut un grand coup de pied sur le tibia, si fort que sa jambe céda sous lui et qu'il s'écroula de tout son poids sur le sol. Mjolln, qui venait de sauver la vie du Compagnon, sauta sur le corps du Magistel et lui enfonça son épée dans le cou.

— Et de deux ! s'exclama le nain fièrement. En souvenir de Faith !

Fidélité adressa un signe de tête reconnaissant au nain, et s'apprêta à parer les coups d'un Aïshan qui déjà, avançait sur lui.

*
* *

Lailoken avance sur moi. Ses yeux sont emplis de haine, je les devine sous l'ombre du crâne de loup qu'il a sur la tête. Il tient un bâton dans ses mains. Peut-il me tuer dans le monde de Djar ? Non. Le monde de Djar est un jeu de l'esprit. Le jeu de mon *esprit. Oui, mais l'esprit peut tuer.*

Ses yeux ont la couleur de la mort. C'est ce qu'il est venu chercher, et rien d'autre. Il n'a pas d'autre issue. Mourir ou me tuer. Me tuer pour devenir le Samildanach.

Mais non. Je ne mourrai pas, et je ne le tuerai pas. Nous trouverons une autre issue. Je dois trouver une autre issue.

Il est là à quelques pas à peine maintenant. Et je sais que je ne peux pas lui parler. Il ne m'entendrait pas. Son bâton se dresse lentement au-dessus de sa tête et s'abat sur moi. Je dois esquiver. Le bout de bois frôle mon épaule.

Je dévisage Lailoken. Sait-il vraiment ce qu'il fait ? S'il était si sûr de me battre, pourquoi m'a-t-il d'abord proposé un marché ? Pourquoi avoir enlevé Vivienne ? Il n'y a qu'une seule explication.

Il a peur de moi. Lailoken a peur de moi.

Je pourrais faire apparaître une épée dans ma main et me défendre. Le terrasser. Il suffit que j'y pense. C'est un jeu de mon esprit. Mais je ne veux pas.

Je refuse de me battre.

Lailoken, pourtant, s'avance vers moi. Son corps semble flotter dans le ciel carmin. L'azur de Djar est teinté de ses crimes.

Le bâton du devin se soulève encore au-dessus de moi. Il s'abat, plus vite cette fois. C'est comme si Lailoken s'habituait à moi. À mes mouvements. À ma façon de bouger dans le monde de Djar. Je ne dois pas le laisser prendre le contrôle de mon esprit et prévoir mes mouvements. Je dois être maître de moi-même. Dans le monde des hommes autant que dans celui de Djar.

Je lève les yeux. La canne semble me tomber dessus mille fois, à l'infini, toujours plus vite. Mais j'esquive ses coups. De justesse encore. La prochaine fois, pourrai-je encore l'éviter ? Peut-être pas.

Si Lailoken me fait tomber ici, je tombe aussi dehors. Et cela, je ne peux pas me le permettre. Pas maintenant. Pas devant les portes du Sid. Car les Brumes comptent sur moi. Les louvetiers comptent sur moi. Loeva, Mjolln, La Rochelle, Bastian...

Ils m'attendent. Ils savent que je compte, moi, sur eux. Je ne peux pas les décevoir.

Je dois me battre, oui, mais pas comme il l'entend.

Je dois changer. Faire autrement.

— Il y a toujours une troisième voie, Lailoken.

Il ne répond plus. Il ne m'entend peut-être même pas ! Il traverse encore une fois ce désert de soufre. Il se jette sur moi, mais son bâton, cette fois, m'attaque de revers.

Je dois répondre autrement. Ne pas esquiver. Trouver une autre parade.

Trop tard. Le bâton me touche en pleine épaule.

*
* *

Bohem s'écroula par terre en hurlant de douleur. Du haut du tumulus, personne ne pouvait l'entendre. La plaine tout entière était emplie des bruits de la bataille que se livraient louvetiers et Aïshans. Le chaos grandissait à quelques pas de là, et il ne pouvait rien faire. Il avait un autre combat à mener. Chacun avait le sien, et personne ne devait perdre.

Ensemble. Nous devons y arriver, ensemble. Pour les Brumes.

Le jeune homme grimaça. Il avait l'épaule brisée, à n'en pas douter. Il se redressa lentement en se tenant le haut du bras, et il essaya de se concentrer. Il fallait qu'il retourne dans le monde de Djar. Le plus rapidement possible. Il ne devait pas laisser de temps à Lailoken...

Soudain, au pied du tumulus, il vit la haute stèle se draper de lumière. Les Brumes, tout autour, s'écartèrent, effarouchées. Le monolithe irradiait avec une intensité grandissante, devenait plus rouge encore que la braise, et quelques Brumes s'apprêtèrent à sortir de l'enceinte de pierres.

Non ! Restez là ! Restez devant la porte du Sid !

Bohem se mit à genoux, la tête haute.

Loeva ! Loeva ! Empêche-les de partir ! Rassure-les, Loeva !

Il attendit, se concentra sur la jeune fille. *Empêche-les de partir, petite sœur, et rassure-les !*

Alors, comme si elle avait entendu son appel, la petite voleuse de Lutès tourna la tête vers lui. Debout devant le carré des Brumes, les yeux écarquillés, elle avait l'air terrorisée. Son visage était éclairé par la lumière de la haute stèle.

Elle regarda Bohem et haussa les épaules, d'un air impuissant. Le jeune homme lui fit signe de rester près des Brumes. De ne pas les laisser partir. La jeune fille comprit, hocha la tête et essaya, tant bien que mal, de calmer les créatures terrorisées par la lumière. Les bras tendus, elle essayait de les empêcher de quitter l'enclos de la porte du Sid.

Bohem se mit debout et tourna la tête. Il devait lui faire confiance. Elle allait y arriver.

À quelques pas du grand carré de pierres, le combat des louvetiers et des Aïshans, quant à lui, semblait de plus en plus acharné. De nombreux corps étaient déjà étendus par terre.

Ce n'est pas la troisième voie...

Il se hissa sur la pointe des pieds pour mieux voir dans la plaine. Rassuré, il aperçut Mjolln et La Rochelle qui se battaient, côte à côte. À eux aussi, il devait faire confiance. Il n'avait pas le choix.

Ensemble. Nous devons y arriver, ensemble. Pour les Brumes.

Alors, il tourna la tête un peu plus, vers le bout de la plaine, et il vit le Sauvage, affublé de peaux de bête. Il approchait, traversant les lignes de pierres en s'appuyant sur son grand bâton. Et il se dirigeait droit vers les Brumes. Vers la Licorne.

Non, Merlin. Je ne peux pas te laisser l'atteindre. Les Brumes ont mérité leur liberté, maintenant. Laissons-les rejoindre le Sid.

Le Sauvage continuait de marcher vers le monolithe. Bohem ferma les yeux et se laissa tomber par terre.

Je dois l'attirer à nouveau dans le monde de Djar. Merlin. Entends-moi.

— Je ne suis pas mort, Lailoken. Je suis toujours là, et je ne te laisserai pas devenir le Samildanach. Cela ne sert à rien que tu ailles vers les Brumes. Affronte-moi d'abord, puisque c'est moi que tu veux.

Un silence absolu envahit le désert du monde des rêves. Je l'attends. Je l'appelle à moi. Comme il m'attirait jadis. Mais à présent, c'est moi qui veux le voir. C'est moi qui dois le contrôler.

Le monde de Djar est un jeu de mon esprit.

Sa silhouette apparaît soudain.

— La bague, Bohem. Donne-moi la bague du Samildanach ! Tu n'en comprends même pas le sens !

— Non, Merlin. Tu ne seras pas le Samildanach...

— Je le dois, Bohem. Si le Saîman disparaît, je meurs. Pour la dernière fois, donne-moi cette bague...

— Non.

Il avance à nouveau sur moi. Je suis à genoux. Je plonge mes mains dans le sable jaune du désert de soufre. Je ne fais qu'un avec la terre.

Le bâton s'élève au-dessus du visage de Lailoken. Cette fois-ci, je ne pourrai pas l'esquiver. Pas comme ça.

Le monde de Djar est un jeu de mon esprit. Je dois comprendre. Pourquoi nous sommes là. Comment nous sommes là. Comment j'ai pu amener Lailoken moi-même. Pourquoi la porte du Sid me brûlait tout à l'heure.

Le bâton s'abat lentement sur moi.

Je dois comprendre.

Il y a sûrement une autre voie.

Je vois les yeux de Lailoken derrière son arme. Je vois le bois qui va me briser le crâne. J'entends les pensées de Merlin. Sa haine. Sa peur. Je les ressens. Comme si elles étaient miennes.

Je dois comprendre.

Une troisième voie, Lailoken. Toujours. Il y a toujours une troisième voie.

Le bâton tombe sur moi comme une dernière sentence. Je ne peux plus l'éviter, mais si je ne l'évite pas, je meurs.

J'entends toujours les pensées de Lailoken. C'est comme si c'était moi qui abattais cette arme. Comme si j'allais me tuer moi-même. Je suis mon pire ennemi.

Je dois comprendre. Ce que je ressens. Ce que lui ressent. Ensemble. Nous sommes ensemble.

Oui, je comprends. Tout est un, tout est en moi.

Ici, je suis Bohem et je suis Lailoken. Je suis le ciel de sang et le désert de soufre. Je suis le Merle Blanc, je suis Vivienne, je suis la Licorne. Je suis le hêtre dans lequel tu as taillé ton arme, Lailoken... Je suis l'esprit qui frappe et l'esprit qui reçoit. Je suis le crâne qui se brise et je suis le bâton qui s'abat. Tu ne peux pas m'utiliser contre moi-même. Nous sommes un.

Djar est mon esprit.

Je suis le monde de Djar.

*
* *

La Rochelle, ne pouvant presque plus marcher, se mit en garde basse face au guerrier aïshan. Quand celui-ci arma sa hache par-dessus son épaule, le Compagnon comprit que ce n'était pas un guerrier comme les autres. C'était leur chef et sans doute le plus dangereux d'entre tous. Des runes rouges étaient peintes sur son torse et sur ses bras, et il portait une longue moustache tressée. Ses muscles étaient plus saillants encore que ceux des autres barbares. Et il avait au fond des yeux une certitude inquiétante. La certitude de tuer.

La lumière colorée, étrange, qui semblait venir de la porte du Sid et qui englobait petit à petit le champ de bataille rendait le barbare encore plus terrifiant.

L'Aïshan envoya un puissant coup de hache vers la tête du Compagnon. La Rochelle releva son épée et para du fort de la lame, mais le coup était si violent que l'épée céda et ne fit que dévier la course de la hache. Le tranchant de celle-ci effleura le front de Fidélité. Le Compagnon fit un pas en arrière, les yeux écarquillés. Son genou le faisait souffrir atrocement. Il ne pourrait résister longtemps face à un adversaire de cette envergure, de cette force.

Mais il n'eut pas le temps de chercher de l'aide, car le guerrier marcha vers lui en soulevant à nouveau sa hache, de l'autre côté cette fois, puis il frappa encore. La Rochelle leva sa garde en serrant la poignée plus fermement. Mais le coup, plus puissant encore, ne put être arrêté par l'arme du Compagnon, et celui-ci évita de peu de se faire trancher la gorge. Ses poignets lui faisaient mal, tant les chocs étaient brutaux. La force de l'Aïshan était celle d'un titan. Sa rage décuplée par le sang de ses frères qui, partout, abreuvait la terre de Karnag.

Fidélité eut à peine le temps de relever son arme que déjà l'Aïshan frappait à nouveau. Et encore, et encore. Chaque fois, La Rochelle mettait plus de temps à se remettre en garde, en équilibre sur une seule jambe, et ses mains le faisaient de plus en plus souffrir. Le coup suivant fut si fort que Fidélité lâcha son arme. L'épée s'envola et partit se planter dans la terre, loin sur sa gauche. Le barbare fonça sur Fidélité sans hésiter, la hache prête à lui fracasser le crâne. Mais au dernier instant, alors que La Rochelle se voyait déjà mort, Bastian surgit de derrière le Compagnon, s'interposa et para le coup à sa place, l'épée tendue à l'horizontale au-dessus de la tête.

La lame du louvetier, toutefois, ne résista pas à la violence du choc et se brisa en deux, si bien que la hache continua sa course et se planta violemment dans la tête de Bastian, dans un bruit sourd et terrifiant.

Le capitaine des louvetiers, le crâne fendu en deux, la cervelle écrasée, mourut sur le coup et s'écroula devant La Rochelle comme un pantin.

Fidélité ferma les yeux, résigné, et se laissa tomber sur le genou qu'il n'avait pas brisé, gardant l'autre jambe fléchie sur le côté. Il n'y avait plus rien à faire. Il était désarmé, et Bastian, le capitaine des louvetiers, était tombé.

Quand il rouvrit les yeux, La Rochelle vit sans surprise la hache du chef des Aïshans se dresser à nouveau devant lui.

*
* *

Lailoken frappe. Le bâton passe à travers moi. Non : il devient *moi. Il disparaît des mains de Lailoken et s'intègre à mon corps dans le monde de Djar.*

Tu ne peux pas me tuer ici, Merlin. Je suis ton arme. Je suis le bois. Je suis le hêtre, l'Armensul.

Tu te tais. Je sais reconnaître ton silence, Lailoken.

L'Armensul. Elle est là-bas, n'est-ce pas ? Tu n'as plus besoin de me parler, Merlin. Ici, je suis toi. Je suis le Devin. Je sais ce que tu sais. Je vois ce que tu vois. J'entends ce que tu entends.

Ainsi, Vivienne est dans l'Armensul ? Tu vois, je l'ai trouvée. Parce que je peux lire toutes tes pensées ici. Je suis tes pensées. Tu crois que j'ignore tout du Samildanach ? Tu te trompes. Je suis le fils de Kailiana, et je sais ce que je représente.

J'ai compris, Merlin. Compris ce qui te fait peur. Je suis le monde de Djar. Et je peux t'enfermer ici. Te bannir dans le monde de Djar.

Voilà. Tu as perdu, Lailoken. Non. N'essaie pas de sortir. Tu ne pourras pas. Je suis la porte de Djar, tu ne pourras plus sortir sans moi.

Ton corps erra, stupide, dans le monde des vivants.

Longtemps.

Aussi longtemps que tu me résisteras.

Tant que tu n'auras pas trouvé la troisième voie, frère devin, ton esprit restera enfermé dans le monde de Djar.

Tu vois ? Je ne voulais pas te battre, Lailoken. Je te laisse la vie sauve.

Te tuer, ce serait me tuer moi.

Médite cela, Merlin : je suis mon pire ennemi.

Médite cela, et pars loin. Voyage jusqu'au fin fond de Djar. Fais le tour de ce monde, Lailoken. Plusieurs fois s'il le faut. Mais ne reviens pas tant que tu n'auras pas trouvé la troisième voie.

*
* *

— Bohem ! Réveille-toi !

Le louvetier ouvrit lentement les yeux et découvrit le visage de Loeva au-dessus de lui.

— Bohem, ça va ?

— Oui, je crois. Et les Brumes ?

— Elles... Elles sont en train d'entrer dans le Sid, Bohem.

Le louvetier tourna la tête. Oui. Il les voyait. Juste en bas, comme aspirées par la lumière.

— Allons-y ! souffla-t-il.

Le jeune homme se redressa en essayant de ne pas trop bouger son épaule cassée. Il se leva, titubant. Loeva lui tendit le bras et le guida vers le bas du tumulus. Bohem jeta un rapide coup d'œil vers la gauche. Le combat n'était pas fini, les louvetiers, toutefois, semblaient parvenir à contenir les Aïshans. Et le Sauvage, quant à lui, avait bien disparu. Enfermé dans le monde de Djar.

Mais ce qu'il se passait à droite, au bout des alignements, plus que tout, dépassait l'entendement ! La lumière, au centre du grand carré de pierres, était de plus en plus vive. Elle projetait des rayons rouges et violets tout autour du site et formait de grands cercles mouvants qui semblaient glisser le long de la plaine. Le monolithe s'était soulevé du sol et flottait au-dessus de l'enclos. Et, en contrebas, on distinguait à peine les Brumes, dont les silhouettes étaient comme absorbées par la lueur éclatante.

Les unes après les autres, elles entraient dans la colonne éblouissante en dessous de la stèle et disparaissaient soudainement. Vers ce monde que les hommes ne pouvaient voir. Le monde du Sid.

Bohem et Loeva s'avancèrent lentement vers le carré de pierres.

*
* *

Le corps massif du chef des Aïshans était entouré d'un halo violet. Les deux mains levées au-dessus de la tête, il tenait sa hache fermement, et ses yeux fixaient La Rochelle.

Le Compagnon était tétanisé. Le reste du monde semblait avoir disparu autour d'eux ; il ne restait que le buste imposant du guerrier et la lame étincelante de sa hache, suspendue dans le ciel. C'était comme si tout s'était figé soudain, et que le temps se fût arrêté, offrant à La Rochelle un dernier sursis.

Les images alors se succédèrent dans sa tête. Sarlac. La rencontre avec Bohem et la belle Vivienne. Les yeux de la jeune femme. Les bayards dans la forêt. Pierre-Levée. Le palais des Ducs et Hélène de Quienne. Le sourire de la duchesse. Son indépendance. La Licorne. Roazhon. Puis Carnute. La réception de Bohem chez les Compagnons du Devoir. Bernard de Laroche. La nuit de l'enlèvement de Vivienne. Et Bastian, le bon Bastian, qui venait de mourir à ses pieds... Tous ces souvenirs se confondaient, se mélangeaient dans sa tête, se superposaient avec l'image de l'Aïshan qui allait le tuer.

Un sourire apparut au coin de la bouche du barbare. L'Aïshan inspira un grand coup et abattit sa hache.

La Rochelle ferma les yeux. Il était prêt à mourir. Mourir pour Bohem et pour les Brumes.

Il espérait seulement que celles-ci seraient enfin sauvées.

Qu'il ne serait pas mort en vain.

Puis plus rien.

*
* *

— *Adieu, Bohem, Adieu ! Nous entrons dans la porte du Sid ! Nous quittons ce monde à jamais ! Merci, louvetier !*

Bohem se laissa tomber sur les genoux, à côté de Loeva. Les yeux grands ouverts, il regardait les Brumes entrer dans le grand halo de lumière et disparaître sous le monolithe rayonnant. Ses yeux pleuraient à chaudes larmes et son cœur battait à tout rompre.

Il aurait tellement voulu pouvoir les sauver ici. Leur permettre de rester dans ce monde pour les voir encore toute sa vie. Oui, les sauver toutes, vraiment. Ou en sauver une au moins.

En sauver une au moins.

Soudain, il posa la main sur sa poitrine. Et il sourit.

Le louvetier se redressa d'un bond et s'avança jusqu'au bord de la rangée de pierres.

*
* *

Il y eut un bruit sourd et violent.

Puis un silence absolu. Un silence de mort.

La Rochelle ouvrit lentement un œil, puis l'autre.

Je suis mort. Je suis au royaume des morts.

Il baissa la tête. Le corps de l'Aïshan était étendu à ses pieds, immobile, le regard vide. Addham, le fils de la terre rouge, n'était plus.

Et devant lui, Mjolln, le visage couvert de sang, se tenait immobile, le regard hébété, une épée à la main.

Non. Je suis vivant.

Le Compagnon regarda autour de lui. Les derniers barbares avaient fui. Étendus par terre, il vit les corps des deux druides et de leurs Magistels, ainsi que ceux de nombreux Aïshans et probablement de deux fois plus de louvetiers. Une cinquantaine, peut-être, avaient trouvé la mort pour défendre les Brumes. Mais ils avaient réussi.

Les louvetiers avaient réussi.

La Rochelle, encore sur le genou, s'avança vers le nain et le serra dans ses bras de toutes ses forces.

— Mjolln ! Merci !

— Ahum... Attention, Compagnon ! Ne me serre pas trop fort, j'ai des blessures partout, oui ! Là, ici, là, et là.

La Rochelle ne put s'empêcher de rire.

— Merci, Mjolln ! répéta-t-il en se reculant un peu.

— Ahum. J'ai vu assez de mes amis mourir sous mes yeux, Compagnon. Ça, assez pour toute une vie, oui ! Ahum. Allons, rejoignons Bohem !

Fidélité se releva péniblement, le genou en charpie, mais il était si heureux d'être vivant, simplement vivant, qu'il n'y prêta même pas attention. Il s'appuya sur l'épaule du nain, et ils se mirent en route tous deux vers Bohem et Loeva, de l'autre côté de la plaine. La lumière étrange qu'ils avaient vue dans le grand carré de pierres s'était éteinte brusquement. Et les Brumes avaient disparu. Du moins, il n'en restait plus une seule au milieu de l'enceinte. La stèle avait repris sa place. Et devant elle, Bohem et Loeva leur tournaient le dos, immobiles.

Mjolln et La Rochelle, en s'approchant, aperçurent alors deux loups qui s'éloignaient en trottant vers la forêt. Ils se jetèrent un regard perplexe, puis accélérèrent le pas tant bien que mal.

Le nain et le Compagnon arrivèrent derrière leurs amis... Quelques louvetiers suivirent, épuisés.

— Que... Que s'est-il passé ?

Bohem se retourna. Il avait les yeux encore embués de larmes, mais il souriait.

— Les Brumes sont entrées dans le Sid, Mjolln. Nous avons réussi ! Elles sont sauvées !

— Oui, ça, j'ai vu, oui, mais... Ahum. Ces deux loups ?

Bohem haussa les épaules.

— Je leur ai donné la Muscaria...

— Pardon ?

— Je les ai sauvés, avec la fleur que tu m'avais offerte.

— Quoi ? Mais, et Vivienne ? s'offusqua le nain. Je croyais, ça, oui, que tu voulais la garder pour Vivienne ? Tu m'avais fait promettre !

Bohem posa une main chaleureuse sur l'épaule du nain.

— Rassure-toi, Mjolln, elle n'en a pas besoin. Je sais où elle est. Nous allons pouvoir aller la chercher. Elle n'a plus rien à craindre, le Sauvage ne peut plus lui faire aucun mal.

— Il est mort ?

— Non. Disons qu'il est... en sursis.

Mjolln fronça les sourcils. Il n'était pas sûr de comprendre. Mais il commençait à avoir l'habitude.

— Et pourquoi, oui, as-tu donné la Muscaria à ces deux loups, Bohem ?

Le louvetier se releva et se tourna vers la forêt.

— Je me suis dit que le monde ne pouvait pas vivre sans le souvenir des Brumes... Alors voilà. Nous ne pouvions pas les sauver toutes, mais celles-là au moins.

Bohem ferma les yeux, le visage radieux.

— Les loups, à jamais, seront là pour nous rappeler que sur cette terre, jadis, vivaient des créatures extraordinaires qu'on appelait les « Brumes ».

Épilogue

Je voyage à l'intérieur de moi-même.

Djar est mon esprit, mais il m'est encore mystérieux. Il y a tant d'endroits que je dois découvrir. Tant de choses que je dois comprendre. Des souvenirs dont je n'ai même pas conscience.

Je sais qu'Il est là, maintenant. Qu'Il a peur de moi. Il se cache, se terre, fuit. Mais un jour il trouvera. J'en suis sûr. Merlin trouvera la troisième voie. Il comprendra ce que nous devons faire. Et ce jour-là, je comprendrai aussi.

Ensemble. Nous devons y arriver, ensemble.

Je peux redessiner Djar à chaque fois. Peindre ses rivages, dessiner ses routes. Les arbres, les montagnes, les forêts. Donner naissance au jour et à la nuit. Réveiller le chant des oiseaux. Et inviter ici ceux que j'aime. N'est-ce pas ?

— Bohem ?

— Oui.

— Bohem Liberté !

La Licorne n'a jamais été aussi belle. Sa crinière brille comme l'argent. Ses yeux sont deux lunes de mercure.

— Nous sommes dans le Sid, louvetier, au milieu des silves. Nous sommes dans le Sid !

— Oui, Licorne. Nous avons réussi.

Djar resplendit autour d'elle. La Licorne illumine mon esprit.

— Oui. Vous avez réussi. Merci. Mais tu as encore beaucoup à faire, n'est-ce pas ?

— Oui. Et je ne sais pas par où commencer...

— Le plus important, Bohem, c'est d'abord de comprendre le sens de ce que t'a dit Hélène de Quienne.

— Comment savez-vous ce qu'elle m'a dit ?

— Je vous ai entendus, Bohem. Tu es Djar, mais tu ne connais pas encore Djar aussi bien que tu le crois.

— Oui, je commence à comprendre, Licorne. J'essaie d'ouvrir les yeux.

— Alors, as-tu réfléchi au sens de ce que t'a appris la duchesse ?

— Oui. Et je crois que j'ai compris, Licorne.

— Tu as compris ?

Elle le sait, elle aussi. Elle l'a toujours su. Pourquoi ne m'a-t-elle pas prévenu ?

— Oui, Licorne. Je crois que j'ai compris pourquoi aucun enfant ne naît sur Gallica. Les hommes...

— Oui ?

— Les hommes sont des Brumes. N'est-ce pas ?

— Et vous mourez, Bohem. Vous mourez comme nous. Tu n'as donc pas fini ton travail, louvetier.

— Je sais.

— Mais nous avons confiance en toi. Alors, va retrouver Vivienne. Va retrouver celle que tu aimes, et continue ton œuvre. Tu es un bâtisseur, Bohem. Bon courage. Nous reviendrons te voir.

À SUIVRE...

FIGURES POLITIQUES DE GALLICA

Livain VII le Jeune : roi de Gallica depuis l'âge de onze ans. Après avoir répudié sa femme, Hélène de Quienne, il épouse Camille de Chastel en second mariage.

Hélène de Quienne : duchesse de Quienne, répudiée par Livain VII, elle épouse Emmer Capigesne et lui apporte ses nombreux domaines (Quienne, Pierevain, Arvert). Fille du duc troubadour Willem IX, Hélène entretient à Pierre-Levée une cour de poètes.

Emmer Capigesne : duc de Northia, comte d'Andesie et de Turan, il épouse Hélène de Quienne en 1152 et est couronné roi de Brittia en 1154. Il devient aussitôt le pire ennemi du roi de Gallica.

Camille de Chastel : fille du roi de Chastel, elle deviendra la seconde épouse de Livain VII en 1154.

Andreas Dumont Desbardes : Grand-Maître de la Milice du Christ.

Nicolas IV : élu en 1154, il est le premier pape originaire de Brittia.

Pieter le Vénérable : abbé de Cerly, il est l'un des principaux conseillers du roi Livain VII.

Principaux vassaux de Livain VII :
- Redhan V, comte de Tolsanne

– Théodore II, comte de Flandrie
– Théobald V, comte de Bleizis
– Emmerich Ier le Libéral, comte de Vasteplaine

Principaux vassaux d'Emmer Capigesne :
– Euzon II, duc de Breizh
– Willem VII le Vieux, comte d'Arvert

Remerciements

Je tiens à remercier Dorothée Vernes de la Bibliothèque des Compagnons du Devoir à Paris pour son accueil chaleureux ainsi que les documentalistes de la Bibliothèque historique de la ville de Paris et Philippe Henrat, à nouveau, pour ses précieux conseils bibliographiques.

Et comme toujours, je veux adresser ma reconnaissance à tous ceux qui me soutiennent de livre en livre avec la même amitié fidèle : Bernard Werber, Emmanuel Reynaud, Patrick Jean-Baptiste, Stéphanie Chevrier & Co, les éditions Bragelonne (spéciale dédicace à la miss Turpin pour ses ouvrages spécialisés et sa patience), les familles Lœvenbruck, Wharmby, Pichon, Saint-Hilaire, Allegret et Duprez ainsi bien sûr que tous les artisans du bonheur...

Un grand merci aux libraires qui, non seulement continuent de promouvoir mes livres longtemps dans leurs rayons, mais m'invitent en outre pour des séances de dédicaces de plus en plus fréquentes... C'est l'occasion de faire des rencontres souvent mémorables, mais aussi de découvrir toutes les régions de Gallica !

Le hasard, d'ailleurs, a voulu que, pendant les derniers jours de l'écriture, je passe par Aix-en-Provence... Invité par la *Librairie de Provence* (j'en profite pour saluer Laurent, bienveillant libraire, Georges Foveau, chaleureux confrère, et Loeva, la lectrice qui m'a autorisé à utiliser son prénom dans ce roman...), j'ai donc écrit quelques pages de ce roman au *Manoir*, un hôtel installé dans le cloître d'un couvent franciscain datant du XVIe siècle et magnifiquement restauré dans les années mille neuf cent soixante-dix par... des Compagnons du Devoir ! Je ne crois pas aux signes du destin. Mais le hasard, lui, est un sacré farceur.

Enfin, les plus grands mercis vont à mes trois amours, Delphine, Zoé et Elliott, infiniment patients !

8662

Composition PCA à Rezé
Achevé d'imprimer en France (La Flèche)
par Brodard et Taupin
le 15 avril 2008. 47107
Dépôt légal avril 2008. EAN 9782290006382

Éditions J'ai lu
87, quai Panhard-et-Levassor, 75013 Paris
Diffusion France et étranger : Flammarion